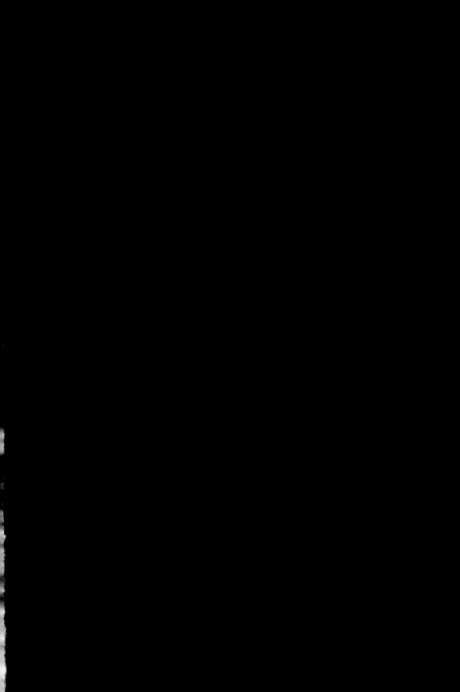

茶聖

Sen no Rikyu

装画……………星野勝之
装幀……………芦澤泰偉
本文デザイン……五十嵐 徹（芦澤泰偉事務所）

目次

【登場人物一覧】（登場順）

千利休《せんのりきゅう》（宗易） 大永二（一五二二）年〜天正一九（一五九一）年

堺の魚問屋・田中与兵衛の子として生まれ、与四郎と名乗る。武野紹鷗に茶の湯を学び、宗易と号して侘茶を大成させる。信長・秀吉の茶頭を務め、天下人による茶の湯の政治利用を手助けした。後に「利休」という号を正親町天皇から贈られる。

蒔田淡路守《まきたあわじのかみ》 永禄二（一五五九）年〜文禄四（一五九五）年

またの名を雀部《ささべ》重政《しげまさ》。豊臣秀吉・秀次の家臣。利休の弟子だった関係で、秀吉から取次役を命じられる。利休の切腹に際しては見届役を務め、一説に介錯を行ったという。

今井宗久《いまいそうきゅう》 永正一七（一五二〇）年〜文禄二（一五九三）年

武野紹鷗の女婿。堺の商人。利休・宗及と共に、信長・秀吉の茶頭を務め、天下三宗匠の一人とされる。織田信長上洛時に矢銭を納めることで堺を救い、以降も信長と緊密な関係を築いていく。

津田宗及《つだそうぎゅう》 生年不詳〜天正一九（一五九一）年

堺の豪商・天王寺屋の主。父（紹鷗の弟子）から茶の湯を学ぶ。利休・宗久と並ぶ天下三宗匠の一人で、信長・秀吉の茶頭を務めた。とくに秀吉と親しく、その茶頭として良好な関係を築いていた。

織田信長《おだのぶなが》 天文三（一五三四）年〜天正一〇（一五八二）年

室町幕府の歴代将軍が秘蔵した名物道具（東山御物）を継承したことで、茶の湯を政治的に利用することを思いつき、「御茶湯御政道」を創始する。茶の湯の認可制や土地の代わりに茶道具を下賜するなどの独特の施策を展開した。

羽《は》柴《しば》（豊臣）秀吉《ひでよし》 天文六（一五三七）年〜慶長三（一五九八）年

天下人となった後、信長の「御茶湯御政道」を継承し、茶の湯の政治的利用を推進する。利休と表裏一体となり、禁中茶事や北野大茶湯を開催し、桃山文化の中心に茶の湯を据えた。演能にも傾倒し、晩年は自らの事績を謡本に書かせ、自ら舞うほど力を入れていた。

山上宗二《やまのうえそうじ》 天文一三（一五四四）年〜天正一八（一五九〇）年

堺の商人にして利休の直弟子。秀吉の茶頭となるが後に放逐され、小田原の北条氏の許に身を寄せる。小田原合戦の際、使者として秀吉の許に伺候するが、再び勘気をこうむり、耳と鼻を削ぎ落されて磔刑に処される。

長次郎《ちょうじろう》 永正一三（一五一六）年〜天正二〇（一五九二）年

安土桃山時代を代表する京都の陶工。利休の依頼した楽焼（黒楽・赤楽）茶碗の創始者となる。渡来人の父が阿米夜《あめや》と名乗っていたため「あめや長次郎」とも呼ばれる。

りき（千宗恩） 生年不詳〜慶長五（一六〇〇）年

利休の後妻。利休の影響で茶道具や茶事に精通し、女性茶人の嚆矢となる。千少庵（連れ子）の母、そして千宗旦の祖母として、千家隆盛の礎を築く。

千紹安《せんのじょうあん》（道安） 天文一五（一五四六）年〜慶長一二（一六〇七）年

利休の長男。少庵の異母兄。秀吉の茶頭八人衆の一人。利休没後、細川忠興の茶頭となる。堺千家の祖となるが後継者がおらず、堺千家は一代で途絶える。

黒田《くろだ》孝高《よしたか》（官兵衛、如水） 天文一五（一五四六）年〜慶長九（一六〇四）年

秀吉の謀臣となって天下取りを助け、豊前中津城主となる。利休に傾倒した大名茶人でもあり、文芸や芸術全般への造詣が深い。関ヶ原合戦を機に徳川方に転じ、福岡藩五十二万三千石の祖となる。

千少庵《せんのしょうあん》 天文一五（一五四六）年〜慶長一九（一六一四）年

利休の後妻・りきの子であり、利休と血のつながりはない。利休の娘と結婚する。利休没後は蒲生氏郷の許に蟄居するが、後に許され、京千家の創始者となる。

石田《いしだ》三成《みつなり》 永禄三（一五六〇）年〜慶長五（一六〇〇）年

秀吉の奉行として太閤検地などの民政に手腕を発揮する。茶人が政治に参画するのを嫌い、利休との折り合いは悪かったと伝わる。後の関ヶ原合戦で没落した。

ルイス・フロイス 一五三二年〜慶長二（一五九七）年

ポルトガル出身のカトリック司祭（イエズス会士）。一五六三年に来日し、熱心に布教活動を行う。記録を残すことにも力を発揮し、信長・秀吉時代を書いた著作『日本史』等は貴重な史料となっている。

織田《おだ》信雄《のぶかつ》 永禄元（一五五八）年〜寛永七（一六三〇）年

信長の次男。信長没後は秀吉傘下の大名となるが、小牧・長久手合戦で秀吉に敵対する。後に許されて小田原合戦に従軍するも、戦後に移封を渋ったことで秀吉に追放される。秀吉の御伽衆を経て、その没後には家康に接近し、五万石余を与えられて大名となる。

ノ貫《へちかん》 生没年不詳

京の商家に生まれ、武野紹鷗の弟子になったとされるが、詳細は不明。世俗と距離を置くべく京都・山科に暮らし、独自の侘茶を追求した。北野大茶湯で秀吉に賞賛される。

古田《ふるた》織部《おりべ》 天文一二（一五四三）年〜慶長二〇（一六一五）年

信長・秀吉に仕えた大名茶人にして利休七哲の一人。二代将軍・秀忠の茶頭となり、独特な造形美の織部焼を創案する。しかし大坂の陣で不穏な動きをしたことで、家康と秀忠に切腹を命じられる。

高山《たかやま》右近《うこん》 天文二一（一五五二）年〜慶長二〇（一六一五）年

キリシタン大名にして利休七哲の一人。信長・秀吉に仕え、摂津高槻城主や明石城主などを歴任。秀吉の伴天連追放令にも信仰を捨てず改易に処される。その後、前田利家・利長に仕えるも、徳川幕府の禁教令にも改宗せず、国外追放とされてマニラで客死する。

ガスパール・コエリョ 一五三〇年〜天正一八（一五九〇）年

ポルトガル人。イエズス会士。インド・ゴアでカトリック司祭となる。秀吉から布教の許可を得るが、キリシタン大名に軍事援助を行うなど不穏な動きを示し、秀吉や家康の禁教令を誘発する。

大友《おおとも》宗麟《そうりん》 享禄三（一五三〇）年〜天正一五（一五八七）年

九州北部六カ国を領有したキリシタン大名。フランシスコ・ザビエルの導きでキリシタンとなる。大名茶人としても知られ、多くの名物を所有した。大坂城に来た折、秀吉と利休の案内で黄金の茶室を見学し、その詳細な記録を残した。

前田《まえだ》利家《としいえ》 天文七（一五三八）年～慶長四（一五九九）年

前田家（金沢藩）の始祖。信長・秀吉に仕え、秀吉没後は秀頼を補佐した。利家の死後に勃発した関ヶ原合戦に際し、息子の利長が東軍についたことで、加賀百万石の礎が築かれた。茶会に参加した記録は少なく、茶の湯にはさほど耽溺しなかった。

宇喜多《うきた》秀家《ひでいえ》 元亀三（一五七二）年～明暦元（一六五五）年

備前・美作・備中半国五十七万石余の大名にして五大老の一人。関ヶ原合戦で西軍に与したため、八丈島に配流され、そこで生涯を終える。若くして没落したこともあり、茶会記にその名を見ることは少なく、茶の湯に傾倒した形跡はない。

細川《ほそかわ》幽斎《ゆうさい》 天文三（一五三四）年～慶長一五（一六一〇）年

足利義輝・義昭、信長、秀吉、家康に仕えた当代屈指の文化人・大名茶人。茶の湯は武野紹鷗に学び、利休とは相弟子の関係。茶の湯は武士にとって欠くことのできないものと唱え、「知らぬは恥」とまで言い切った。

羽柴《はしば》秀長《ひでなが》 天文九（一五四〇）年～天正一九（一五九一）年

秀吉の弟で大和郡山城主。秀吉の補佐役として、秀吉に意見のできた唯一の存在。穏やかな性格の人格者で調整能力に優れ、キリシタン大名や利休とも緊密な関係を築いていた。茶の湯や諸文化への造詣も深く、多くの名物を所持し、茶会への参加も多い。

徳川《とくがわ》家康《いえやす》 天文一一（一五四二）年～元和二（一六一六）年

信長と秀吉同様、茶の湯を政治の道具として扱い、武家社会に浸透させる。二代将軍・秀忠と共に古田織部や小堀遠州を重用するが、名物の収集にはさほど熱心ではなく、茶会も侘を尊び、簡素を旨とした。

神谷《かみや》宗湛《そうたん》 天文二〇（一五五一）年～寛永一二（一六三五）年

博多の豪商にして茶人。貿易により巨万の富を築き、信長と秀吉に接近、秀吉の九州平定や文禄・慶長の役でも協力した。博多商人の筆頭として栄華を極め、詳細な茶会記録『宗湛日記』を残している。

細川《ほそかわ》忠興《ただおき》（三斎） 永禄六（一五六三）年～正保二（一六四五）年

細川幽斎の嫡男。信長・秀吉・家康に仕え、豊前小倉藩初代藩主、熊本藩藩祖となる。妻・ガラシャは明智光秀の娘。利休七哲の一人で、利休の茶風を忠実に継承したとされる。

蒲生《がもう》氏郷《うじさと》 弘治二（一五五六）年～文禄四（一五九五）年

信長・秀吉に仕え、伊勢松ヶ島城主、会津若松城主を歴任。利休七哲の一人で、利休没後、秀吉の命で預かった千少庵を会津若松で庇護し、千家存続の恩人とされる。

伊達《だて》政宗《まさむね》 永禄一〇（一五六七）年～寛永一三（一六三六）年

独眼竜と呼ばれた仙台藩藩祖。小田原合戦に遅参して改易となるところを、利休らのとりなしで助かり、豊臣大名となった。秀吉の死後は家康に接近し、六十二万石の大領の主となる。書をよくし、茶の湯、和歌、演能にも通じる文化人としても名を成した。

プロローグ

――何もかも空しきことでございましたな。

今生《こんじょう》最後の点前《てまえ》の支度を始めながら、利休は心中で秀吉に語りかけた。

――私は殿下をお恨みするつもりはありません。逆に私の命を奪っていただけることに感謝したいぐらいです。その謂《いい》が殿下にお分かりいただけますか。

外では雷鳴が轟《とどろ》き、稲妻が茶室の障子越しに光る。雨の音に混じって霰《あられ》が降っているのか、松籟《しょうらい》が常にない不穏な音を奏でていた。旅立ちの日にふさわしい室礼《しつらい》に、利休は満足した。

――殿下は力によって、この世に静謐《せいひつ》をもたらそうとしました。しかし殿下は、欲には勝てませんでした。こうして殿下と共に断崖《だんがい》から身を投げることは、私にとってこの上ない喜びです。

これまで感じたことのないほどの歓喜が、胸底から突き上げてきた。その心地よい感覚に浸りながら、利休は点前を始めた。


天正十九年（一五九一）二月二十八日、利休の聚楽《じゅらく》屋敷にある不審庵では、検使役の蒔田《まきた》淡路守、尼子三郎左衛門、安威《あい》摂津守の三人が、殊勝な面持ちで利休の点前を見つめていた。

荒々しく仕上げられた尻張釜から沸き立つ湯の音が、いつになく耳に心地よい。

すでに身に染み込んだ手順で、流れるような点前を披露した利休は、茶筅《ちゃせん》の起こした渦がいまだ残る茶碗を蒔田の前に置いた。

利休が最後の茶会に使ったのは、この頃、最も気に入っている黒楽の「禿《かぶろ》」だった。

馥郁《ふくいく》たる濃茶の香りが、四畳半の間に漂う。

「お先に頂戴いたします」

尼子と安威に軽く会釈した蒔田は、震える手で茶碗を持ち、神妙な面持ちのまま茶を喫した。

蒔田が茶碗を置くと、利休が問うた。

「お服加減はいかがですか」

「常と変わらず結構なお味でした」

二千石という中堅家臣ながら、蒔田は利休の高弟の一人で、秀吉と利休の間の取次役を務めていた。

利休が尼子と安威にも茶を振る舞うと、二人の緊張も幾分か解《ほぐ》れたようだ。

――茶によって荒ぶる心を鎮める、か。

かつて信長の言っていた言葉が、脳裏に浮かぶ。

――殿下、茶の湯によって心は鎮まりましたか。

利休は心中で秀吉に問うた。だが利休はその答えを知っていた。

「わしの欲心を鎮めれば、豊臣家の天下は失われる」

秀吉は己の欲を止められなかった。否、止めなかった。それこそが天下制覇の原動力だと思い込んでいたからだ。

──だが殿下は、己以外の者に野心や欲心を抱かせまいとした。それゆえ武士たちの荒ぶる心を鎮める何かが必要になった。しかし仏神にその力はない。だからこそ「別の何か」が必要だった。当初、信長はその役割を耶蘇《ヤソ》教に負わそうとした。だがその背後に潜む野心を知り、距離を置いた。秀吉もそれを踏襲した。

──そして殿下は茶の湯とわしを見つけた。いや、わしが示したのだ。爾来《じらい》、殿下とわしは一心同体となった。

秀吉と利休は光と影だった。その両面がうまく機能したからこそ、天下を制することができた。そしてその天下を維持するために、茶の湯はずっと必要だと思われた。

──だが光と影が互いの領域を侵そうとすれば、待っているのは破綻だけ。それが分かっていても、殿下とわしは破綻へと突き進まねばならなかった。

それでも利休の死によって、茶の湯は永劫《えいごう》の命を約束される。それとは逆に、豊臣政権は滅びへの一歩を踏み出すことになる。

「では、そろそろ旅立つといたしましょう」

「尊師──」

蒔田が感極まったように言う。

「これが最後になりますが、殿下に詫びを入れるおつもりはありませんか」

利休が無言のままうなずく。

「われら弟子一同の思いは一つ。何卒《なにとぞ》、ご翻意願えませんか」

「蒔田殿、お気遣いは心から感謝しております。ただ私は、死すべき時は今と心得ております」

無念そうに眉根を寄せると、蒔田が口を閉ざす。

利休は身をねじって床の間に手を伸ばすと、脇差の載せられた三方を自らの前に置いた。

「見苦しきものが飛ぶかもしれませんので、少しお下がり下さい」

四畳半の茶室では下がりようもないので、三人は形ばかりに身を引いた。

「尊師、書置（遺言書）などありましたら、ぜひお渡し下さい」

「書置はありませんが、遺偈《ゆいげ》を書きました。お目障りかと思いますが、どうかお収め下さい」

懐に手を入れた利休は、遺偈の書かれた折り紙を渡した。

人世七十《じんせいしちじゅう》　力囲希咄《りきいきとつ》
吾這寶剣《わがこのほうけん》　祖佛共殺《そぶつともにころす》
提《ひっさぐ》る我得具足《わがえぐそく》の一太刀《ひとつたち》
今此時《いまこのとき》ぞ天《てん》に抛《なげう》つ

「人生七十年。それは力漲《みなぎ》る一喝にすぎず。わが手にあるこの宝剣で、祖仏（祖先）と共に殺そう。私の傍らにあり続けた具足と太刀一本を提げ、今この時こそ、（わが身を）天になげうつ」

――どのような道を歩んでこようと、人の足跡など一喝の下に消え去るほど空しいものだ。だからこそ、この身を天になげうってみせる。

利休は爽快な気分に包まれていた。

「しかと承《うけたまわ》りました」

折り紙を捧げ持って一礼した蒔田は、それを懐に収めた。

上掛けを脱いで白装束になった利休は脇差を持つと、しばしその刃の輝きに見入った。

一礼した蒔田が、ゆっくりと利休の背後に回る。

尼子と安威の緊張が空気を通して伝わってくる。

背後で蒔田が小太刀を構える気配がする。不審庵は四畳半なので、空間は狭く天井も低い。それゆえ蒔田は、小太刀を使うと決めていたようだ。

利休は首をひねると、蒔田に軽く一礼した。

「お役目ご苦労様です。では、そろそろお暇《いとま》させていただきます」

利休は脇差を構えると、目を閉じた。

――わしは茶の湯と共に永劫の命を得るのだ。

様々な思いが脳裏を駆けめぐる。

――いざ、行かん。天の彼方に。

「咄《とつ》！」

次の瞬間、腹に激痛が走った。

第一章

覇者

一

天正十年（一五八二）六月十日、堺《さかい》の今井宗久の屋敷は沈鬱な空気に包まれていた。

宗久は腕を組んで黙りこくり、津田宗及《そうぎゅう》も深刻な面持ちで瞑目している。

京から届いたばかりの書状の一つを宗易（後の利休）が閉じる。

「もはや右府様ご落命は間違いないかと――」

右府様とは、かつて右大臣に任官していた信長のことだ。すでにその職は辞していたが、大半の者は信長のことを右府様と呼ぶ。

宗久がうなずくと、宗及もため息をつく。

「われらの手の者が、そろって右府様の死を伝えてきたのだ。まずもって間違いあるまい」

三人の真ん中には、信長の死を伝える書状が山のように積まれている。

「これからは、その措定（前提）で話していきましょう」

二人は宗易より少し年上なので、宗易は丁寧な言葉を使う。

「三位《さんみの》 中将《ちゅうじょう》 殿も討ち死にしたようです」

三位中将とは信長の嫡男で、すでに織田家の家督を継いでいる信忠のことだ。

「右府様と三位中将殿がお亡くなりになったということは、われらのやってきたことが水泡に帰したということだ」

宗及が天を仰ぐと、宗久が渋い顔で付け加えた。

「しかも右府様は、安土から『九十九髪茄子《つくもなす》』『珠光小茄子《じゅこうこなすび》』『勢高肩衝《せいたかかたつき》』といった名物の茶入、また玉澗《ぎょくかん》や牧谿《もっけい》の筆になる表具を本能寺に集め、公家や博多商人を相手に大寄せ（大茶会）を催すつもりだったという」

信長は「東山御物《ごもつ》」をはじめとする名物の収集に熱心で、本能寺に滞在したのは、それらを公家や博多商人に披露するためだった。安土から本能寺に運び込まれた名物は三十八にも上った。

「東山御物」とは、室町幕府八代将軍・足利義政が主となって集めた唐渡《からわた》りの「大名物」と呼ばれるもので、唐絵、墨蹟、漆器、香炉、花瓶、茶盞《ちゃさん》、茶壺、茶入など多岐にわたる。

また、この大寄せに堺衆を呼ばなかったのは、同日に堺を訪れていた徳川家康の饗応《きょうおう》を任せていたからで、すでに家康一行は堺を後にしていた。

「それらの大名物が、すべて灰燼《かいじん》に帰したということか」

宗及が天を仰ぐと、宗久が答える。

「それは致し方ない。大切なのは、向後《こうご》われらがどうするかだ」

宗易が一つの書状を見ながら言う。

「備中高松城を囲んでいた羽柴秀吉様が姫路城まで戻られたとのこと。おそらく弔い合戦を周囲に呼び掛け、謀反人の明智光秀を討つつもりでしょう」

「で、どちらが勝つ」

宗及の問いに宗久が答える。

「謀反人に勝ち目はあるまい」

「ということは羽柴様が勝ち、次男の信雄《のぶかつ》様か三男の信孝様を押し立てていくということか」

宗易が首を左右に振る。

「それは分かりません。羽柴様は欲深きお方。己の手で明智を屠《ほふ》れば、ゆくゆくは天下を簒奪《さんだつ》することも考えられます」

「まさか」と言って、宗久と宗及が顔を見合わせる。

「少なくとも信雄様でも信孝様でも、天下は治まりますまい」

宗久が渋い顔をする。

「北陸道には柴田勝家様率いる四万の精鋭がいる。天下の帰趨《きすう》は定まっておらん」

宗及が確かめる。

「つまり次なる織田家の当主に誰が就こうと、羽柴様と柴田様の勝った方が執政の座に就き、天下を牛耳るというわけか」

それには宗易が答える。

「いや、天下人になり得るお方が、もう一人おります」

「それは誰だ」

「三河様」

三河様とは徳川家康のことだ。

「ああ、あの御仁がいたな」

「しかしながら三河様が、織田家の内訌《ないこう》に首を突っ込んでくるかどうかは分かりません」

「いずれにせよ」と、宗久がため息をつきつつ言う。

「われらは次なる天下人の懐に入り込み、これまでと同じく、うまく操らねばならん」

宗易が言う。

「仰せの通り。しかし明智に勝ち目はなく、三河様には重代相恩の家臣団が付いておるので何かと厄《やっ》介《かい》。柴田様にも心を一《いっ》にした寄騎《よりき》や家臣がおります。しかし羽柴様は出頭を遂げたばかりでろくに家臣もおらぬゆえ、われらを頼ってくるでしょう。つまり羽柴様は、銭の力で家臣の手薄さを補わねばならぬのです」

宗及が問う。

「つまりわれらの力で、羽柴様に天下を取らせるというのだな」

宗易がうなずきつつ言う。

「まずは尼崎に出向き、羽柴様を出迎えます。お二人は堺衆から金銀をお集め下さい。おそらく羽柴様は姫路城の金蔵を開けて大盤振る舞いしておるはず。つまり羽柴様勝利のあかつきに献金すれば、堺の覚えはめでたいはず」

「さすがだな」と言って宗久が感心したが、宗及は腕組みしたままだ。

「だが厄介なのはそれからだ。これで名物の大半は灰燼に帰した。しかも逸品ばかりだ。右府様同様、次なる天下人に『東山御物』の収集を勧めても、肝心の名物がなくてはどうにもならん」

それは宗易も危惧していることだった。

「仰せの通り、名物がなければ、茶の湯によって武士たちの荒ぶる心を鎮め、この世から戦乱をなくすというわれらの思いも頓挫します」

茶の湯は茶室という別世界で、身分などの世俗的なものを忘れて一時的な遁世《とんせい》を行い、一視同仁《いっしどうじん》(平等)、一味同心《いちみどうしん》(心を一つにする)、一期一会《いちごいちえ》(一度限り)、一座建立《いちざこんりゅう》(最高のもてなし)といった概念を実現するものだ。しかしそうした概念には形がなく、武士たちには分かりにくい。そこで名物茶道具によって茶の湯の精神性を代弁させようというのが、信長の狙いだった。

「では、これからどうする」

宗久の問いに、宗易が答える。

「それには一考を要します。しばしのご猶予を」

「知恵者のそなたなら、何か考えつくかもしれんな」

宗及が座を立つ。それを機に三人の話し合いは終わり、宗易は今井屋敷を後にした。

――今までの労苦も水泡に帰したか。

気持ちは深く沈み、不安ばかりが頭をもたげる。

――再び戦乱の世に戻ってしまうのか。

そうなれば大名の支配地間の自由な行き来ができなくなり、商品流通は滞る。

――それだけは何としても避けねばならない。

宗易は、信長に初めて会った日に思いを馳せていた。

――あれは永禄十二年(一五六九)一月のことだったか。

前年九月、足利義昭を奉じて上洛を果たした信長は、堺に矢銭《やせん》（軍資金）二万貫を要求した。堺の自治組織である会合衆《えごう》の大半は拒否しようと言ったが、今井宗久だけは、「矢銭を出さなければ堺は火の海にされる」と力説して話をまとめた。

一貫文は現在価値の十万円相当なので（諸説あり）、二万貫文は二十億円となり、商都堺の屋台骨が揺らぐほどの額だった。

話がまとまると、信長は兵を率いて堺の町に乗り込んできた。堺は海に面した西を除く三方を堀と土塁で囲まれた環濠となっているので、まさに降伏した城に乗り入れてきた感があった。

ところが信長の第一声は、「堺の茶を喫したい」だった。

伊勢湾交易網を掌握し、一代で財を築いた信長の父の信秀は、その短い晩年に風流心を起こし、「東山御物」とそれに連なる高価な茶道具を買い集めた。それを幼い頃から目にしていた信長は、自然と茶道具に関心を持ち、居城だった小牧城や岐阜城でも茶会を開くほど茶の湯に執心していった。

こうした信長の嗜好《しこう》を知った傘下国人の松永久秀は、茶入の「九十九髪茄子」を、今井宗久は茶壺の「松嶋」と茶入の「紹鷗《じょうおう》茄子」を、それぞれ献上した。

信長の要望に応じて茶会の座が設けられ、宗久が茶を点《た》てた。床几《しょうぎ》に腰掛けて茶を喫する信長を前にして、三十六人の会合衆が次々と挨拶していく。

信長は中肉中背で、肌の色は白く、その声も女性のように甲高い。だがその切れ長の目は、この世のすべてを憎悪するかのように鋭かった。

——この者が次なる天下人になるのか。

足利家の血筋に連なる新将軍・義昭を推戴することで上洛の大義を得た信長だが、今後、義昭の執政の立場に甘んじるのか、それとも自らの力によって織田幕府を開くつもりなのかは分からない。

やがて、宗易が挨拶する番になった。

「千宗易、またの名を魚屋田中与四郎と申します」

「と、と、や、となﾞ」

「はい。今は納屋（倉庫業）を営んでおりますが、かつては魚の干物や塩物を扱っていたことから、祖父が屋号を魚屋と付けました」

「そうか。そなたは茶の湯の宗匠だと聞くが」

信長は一商人にすぎない宗易のことを知っていた。

「はい。宗久殿や宗及殿と違って不調法ですが、堺では末席にて茶筅を回しております」

信長が相好を崩す。

「茶筅を回すか。面白い言い方だな。宗久によると、そなたは茶の湯の事情に通じているというが」

「事情に通じているとは、どのような謂で」

「どこの誰がどのような名物を持っているか、そなたに聞けば何でも分かると聞いたぞ」

——つまりこの男は、名物を集めようとしておるのか。その片棒を担がされるのはご免だ。

宗易の直感が警鐘を鳴らす。

「私が存じ上げているのは、ごく一部です」

「それでよい。風聞《ふうぶん》や雑説《ぞうせつ》（情報）は集めるもので、やってくるものではない。名物を求めていれば、自然と集まることもある」

信長は情報を集める方法をよく心得ていた。

「後でわが宿に出頭しろ。茶の湯の話がしたい」

「承知しました」と答えて信長の前を辞そうとすると、背後から声が掛かった。

「知らぬ存ぜぬなどという話は聞きたくない。わが前に出るなら、そなたの知っていることを、あらいざらい話せ。そうだ。来る前に書置にまとめておけ」

――これは容易ならざることになった。

噂《うわさ》には聞いていたが、信長は一筋縄ではいかない男だった。

――このお方の狙いはどこにあるのか。

単に自らの趣味のために、信長が名物を集めるとは思えない。そこに何らかの深慮遠謀があるのは間違いない。しかしそれが何なのかは、まだ分からない。


堺での信長の宿所は宗久の本屋敷だ。宗久はこの日があるのを期し、屋敷内の家具や調度類を刷新し、自らは別宅に移るほどの力の入れようだった。

宗久の茶室に案内された宗易に、取次役が「上様が茶をご所望です」と告げてきた。

この時代、書院などで茶道具を台子《だいす》と呼ばれる棚に飾り、唐物天目で濃茶を喫するという「書院・台子の茶」が主流だった。

これに対し、村田珠光（単に珠光とも）が編み出した「侘数寄《わびすき》」、すなわち後に「侘茶《わびちゃ》」と呼ばれるものの流行が始まりつつあった。

ちなみに「書院・台子の茶」は目利きを主眼とし、「侘数寄」は作意に重きが置かれている。作意は作分とも呼ばれ、いわば茶の湯における創意工夫のことである。

茶の湯は、この二つの系統に分かれて発展していくが、やがて宗易により、「侘数寄」が「侘茶」として大成し、「書院・台子の茶」を圧倒していく。

水屋に回って点前の支度をしていると、渡り廊を大股でやってくる足音がした。道具を置き合わせ、湯相を整え終えた宗易が亭主の座に着く。すると突然、「入る」という声がして襖《ふすま》が開いた。

平伏する宗易を尻目に、信長は無言で正客の座に着く。

「では」と言って座に戻った宗易は、改めて釜を上げて炭を熾《おこ》し、香を炉にくべた。たちまち芳香が広い書院に漂う。

畳まれた帛紗《ふくさ》を開き、いよいよ点前が始まる。流れるような手つきで、宗易は台子点前を見せた。

それを信長の視線が追っている。

点前の美しさは誰にも引けを取らない宗易だが、値踏みするような信長の視線に嫌悪を覚えた。

――何かを品定めするような目だ。

信長に気取られないよう、宗易は慎重にぎこちなさを演出した。茶入から茶杓《ちゃしゃく》で茶葉をすくう時、わずかに畳にこぼすことまでした。

「お待たせしました」と言って、信長の前に茶碗を置く。

「そなたの点前は下手ではないが、宗久と宗及には及ばない」

すでに信長はこの日、二人を呼んで点前を見ていたらしい。

「堺では並ぶ者なき名人と聞いていたが、さほどでもないな」

信長の物言いは率直だ。

「不調法でございますゆえ、お目を汚してしまい、お詫びの申し上げようもありません」

「はて、宗久や宗及が口を極めて褒めそやすそなたの点前が、かようなものというのは不可解だ。まさかそなた――」

信長が疑い深そうな視線を向ける。

「わざとやったのではあるまいな」

「滅相もない」

背筋を冷や汗が伝う。

「上様を前にして、手が縮こまったのです」

「まあ、よい。点前は心のありようを映すと聞くが、まさにその通りということだな。いつの日か、そなた本来の点前を存分に見たいものだ」

心中に安堵《あんど》感が広がる。

茶碗を手に取った信長は作法通りに茶を喫した。

「うまい。たとえ目分量でも、茶葉と湯の量を完全に把握した者が点てる茶だ」

「ありがたきお言葉」

「そなたは何を見ている」

信長が唐突に問う。

「何を見ている、と仰せになられても――」

「どうやら、そなたにだけ見えるものがあるようだな」

「どうして、さように思われるのですか」

「そなたは道具を見ようとしないからだ」

――まさか、わしの視線を追っていたのか。

宗易が愕然《がくぜん》とする。

「真の目利きは見ない。心の目が見ているからだ」

「それは――」

確かに宗易は、信長が茶事に用意した名物を見ていなかった。厳密に言うと、視線が吸い寄せられることはなかった。なぜかと言えば「名物は心眼で見る」、すなわち手触りだけで、その値打ちが分かるからだ。

宗易の祖父の田中千阿弥《せんなみ》は、室町幕府八代将軍・義政の同朋《どうぼう》として唐物奉行を務めていた。この仕事は「東山御物」の管理と買い入れに関するもので、それなりの目利きでないと務まらない。宗易も幼い頃から祖父の指導を受け、青年期には堺でも有数の目利きになっていた。

「どうやら、道具に目が利くというのは本当のようだな」

「恐れ入ります」

「そなたを、わが茶頭とする」

予想もしなかった言葉に、宗易は慌てた。

「お待ち下さい。私は別の生業《なりわい》を持っております」

「宗久と宗及は受けたぞ」

──それならば廻り番だ。断わるわけにはいかない。

廻り番なら、信長の近くに誰か一人が詰めていれば事足りる。

宗易は覚悟を決めた。

「分かりました。謹んで拝命いたします」

「それがよい」

信長は、さも当然のような顔で茶を喫している。

「うまかった」

信長が空になった茶碗を置く。

「ご満足いただけたようで何よりです」

「これから堺には政所《まんどころ》（奉行所）を置く」

「えっ、堺は地下請《じげう》け（自治）の地として、足利将軍家からもお墨付きをいただいております」

「気に入らぬか」

「いいえ。そういうことではありませんが──」

宗易は慌てて前言を否定した。

「政所執事（奉行）には松井友閑《まついゆうかん》という男を据える。そこでだ──」

信長が立ち上がりながら言う。

「その友閑と、わが手の者の丹羽《にわ》五郎左（長秀）に名物の買い付けをさせる。そなたは目利きと聞くので、名物に値を付け、所有者が不満を抱かぬようなだめてくれ。これは、そなたでないと務まらぬ仕事だ。よいな」

「はっ」と言って宗易が平伏すると、信長は笑みを浮かべて言った。

「初めて『天下三宗匠』を招いた折、わしが床の間に雁《かり》の絵を掛けておいたのを覚えているか」

「あっ、はい――」

宗易は、その時のことをありありと思い出した。

「宗久と宗及の二人は雁の絵を褒め、『さすが牧谿』と言った。だが、そなたは何も言わなかった」

「あれは、牧谿ではなかったからです」

「よく見抜いたな。いかにもあれは偽物だ。それが分かっていながら、そなたは何も言わなかった」

「申し訳ありません」

「いや、何も言わなかったからよいのだ。偽物を摑《つか》まされた持ち主にそれを告げれば、持ち主は気分を害する。その後の茶事も気まずいものになる。しかも見抜けなかった二人に恥をかかすことになる」

「仰せの通りです」

宗易は信長の洞察力に舌を巻いた。

「わしは目利きがほしいだけでなく、そうした配慮のできる者を必要としている。そなたこそ、わしの目利きに適任だ」

「恐れ入りました」

――このお方は尋常ではない。このお方がこれから作り出す渦も、尋常な大きさではないはずだ。

信長の作り出す渦は、堺も宗易も容赦なくのみ込んでいくような気がした。

――そこからは逃れられぬ。だとしたら渦の中心に飛び込むしかないのか。

宗易は腹を決めねばならないと思った。

――それにしてもこのお方は、なぜそれほど名物に執心する。

宗易は、どうしてもそのことが知りたかった。

「ときに上様、名物を買い上げる宛所《あてどころ》（目的）はいずこに」

襖に手を掛けて出ていこうとしていた信長が振り向く。

「聞きたいか」

「はっ」

「そのうち教えてやる」

そう言い残すと、信長は来た時と同じように大股で去っていった。

二

天正十年（一五八二）六月十三日、備中国の高松城包囲陣から五十里余（約二百キロメートル）の道を五日半ほどで戻ってきた秀吉は、摂津国と山城国の境にあたる山崎《やまざき》の地で、謀反人の明智光秀を討った。世に言う山崎の戦いである。光秀は本拠の坂本城へと落ちていく途次、土民の槍に掛かって落命した。

この戦いで総大将を務めたのは、信長三男の信孝だった。だが誰の目から見ても、この勝利は秀吉あってのものであり、秀吉が天下人としての名乗りを上げたと認識した。

その後、清須会議で、それまでの本拠の長浜城を柴田勝家に明け渡した秀吉は、勝利の地・山崎に、新たな本拠として宝寺城《たからでらじょう》を築いた。

その宝寺城で行われた戦勝祝賀の茶会に、宗易ら「天下三宗匠」と山上宗二《やまのうえそうじ》が招かれたのは、山崎の戦いからおおよそ五カ月後の十一月七日のことだった。

「おお、皆そろっておるな」

秀吉が足取りも軽く現れると、宗易、宗久、宗及、山上宗二の四人が平伏した。

早速、四人を代表して宗久が祝辞を述べる。

「此度は謀反人・明智光秀を討滅したこと、まことにもって祝着至極。これにより宸襟《しんきん》を安んじ賜ることは必定で――」

なおも祝辞を述べようとする宗久を、秀吉が扇子で制する。

「堅苦しい前口上は要らん」

「ははっ」と言って四人が平伏する。

「どうだ。この茶室は」

宗及がすかさず答える。

「見事なものと存じ上げます」

「世辞は要らん。出来はよいが面白みはないだろう」

秀吉が周囲を見回しながら言う。

確かに武野紹鷗風の四畳半茶室だが、流布されている紹鷗茶室をそのまま写し取っただけで、作意らしきものは見当たらない。

「まだ城の普請（土木工事）が半ばなのでこんなものだが、そのうち風情ある数寄屋風の茶室を設え《しつら》るつもりだ」

「どのようなものをお望みで」

宗久がおずおずと問う。

「新奇なものだな」

宗久と宗及が顔を見合わせる。

「それは、いかなる趣向でしょう」

「そうさな」と言いつつ、秀吉は顎に手を当て考え込んだ。

――とくに考えがあるわけではないのだ。

宗易はそう見抜いたが、相手は秀吉なのだ。どんな突飛なことを言い出すか分からない。

「総見院《そうけんいん》様の時代にはなかった新しき趣向を凝らしたい」

総見院様とは信長の法名「総見院殿贈大相国一品泰巌尊儀《でんぞうだいしょうこくいっぽんたいげんそんぎ》」を略したもので、その死後、そう呼ばれるようになった。

——そうか。すでに羽柴様は、総見院様の時代を消し去る作業を始めているのだな。

それが茶室にまで及ぶということは、秀吉の並々ならぬ決意が感じられる。

——つまり総見院様の遺児（信雄か信孝）か孫（三法師）を奉じて、新政権を輔弼《ほひつ》するのではなく、自らが天下人となるということか。

宗易は秀吉の真意を読み取った。

「で、誰が縄張りする」

縄張りとは設計のことだ。

宗久や宗及と競い合うつもりはないが、新たな天下人である秀吉を思う方向に誘導していくには、自らが頭角を現さねばならない。

「よろしければ、私が——」

「ああ、宗易がやってくれるか」

秀吉が笑みを浮かべると、宗久がすぐに追従《ついしょう》した。

「茶室の設えで宗易殿に敵う者はおりません。羽柴様の門出を祝う茶室を造らせるには適任かと」

宗及もすかさず付け加える。

「宗易殿は、われらと違って独自の考えをお持ちですから、面白き茶室ができると思います」

「そうか。楽しみにしておるぞ」と言うや秀吉が話を転じる。

「ときに、こうして『天下三宗匠』をわが茶頭に迎えることになったが——」

――そんなことは聞いていない。

だが誰も否とは言えない。

「これまで、わしの宗匠を務めてもらってきた宗二だが――」

四人の間に緊張が走る。というのも信長から指名されて秀吉の茶頭になった宗二は、秀吉との相性が悪く、これまで一度は職を辞すことを願い出、一度は勝手に堺に戻ってしまったことがある。それでも師匠の宗易のとりなしで、ここまでは事なきを得ていた。

「これを機に、わしの許《もと》から去ってもよいぞ」

その言葉を聞いた宗二は、無言で平伏した。

「どうだ。うれしいか、宗二」

「――」

「そなたは、わしを嫌っていた。そうだな、宗二」

それでも宗二は無言を通した。四畳半の茶室の中に氷のような緊張が漂う。

「だがな、わしが宗二を堺に帰すと言ったら、わが弟の小一郎が、『それなら、わが茶頭に迎えたい』と申すのだ。わしは『物好きにもほどがある』と言ったが、小一郎は『それでも構いません』と返してきた」

小一郎とは、秀吉の腹違いの弟の秀長のことだ。

「堺に帰るも、小一郎の茶頭になるも、そなたの勝手だ。好きにせい」

それでも宗二は、唇を真一文字に結んで何も言わない。

宗易は出番が来たことを察した。

「宗二、羽柴様に返事をせい」

「――――」

それでも返事をしない宗二を、秀吉が揶揄《やゆ》する。

「師匠の問い掛けにも答えぬとはな。此奴はよほどの頑固者だ。思えばわしとの茶事の時も、問われたこと以外は一切答えず、黙って茶を点てておったわ。つまらぬ茶事だったが、総見院様の指名ゆえ、わしは任を解くこともできず下手な点前を見ておった」

思えば宗易も、この二十二歳も年下の弟子には手を焼いてきた。

天文十三年（一五四四）、山上宗二は、薩摩屋という商家の嫡男として生まれた。子供の頃から暴れ者として名を馳せ、その荒ぶる心を鎮めるために、父親は半俗の沙弥《しゃみ》として寺に通わせた。だが宗二は持ち前の頭のよさを発揮し、十六歳の時、宗論《しゅうろん》で住持をやりこめて寺を放り出された。そこで父親は、理屈だけでは語れない茶の湯に親しませるべく、宗易に預かってもらうよう頼み込んだ。

初めて宗二を見た時、宗易はその猛《たけ》き心の中にある才を見抜いた。それでも何度か断り、宗二が自ら弟子入りしたいと言うのを待った。一年後、宗二は頭《こうべ》を垂れて弟子入りを願った。

「何も言わぬでは、そなたの気持ちが分からぬ」

秀吉が不機嫌そうに言う。

「宗二、たいがいにしろ」

宗易が怒りをあらわにして言うと、ようやく宗二は膝を秀吉の方にねじった。

「小一郎様のお申し出、謹んでお受けいたします」

「そうか。それでよい。小一郎もさぞや喜ぶであろう。そなたも小一郎となら相性がよさそうだ」

小一郎こと秀長は温厚篤実な人物として知られ、その人柄を慕う者は多い。

それまで黙って事の推移を見極めていた宗久が口を開く。

「では、われら三人は、総見院様の頃と同じく廻り番で、ここに詰めればよろしいですな」

「ああ、そうしろ。だが新しい茶室ができるまでは、宗易が詰めろ。長くても半年だ。宗久と宗及は、茶会の時だけここに来ればよい」

宗久と宗及が平伏する。

「むろん宗易、茶室には新しい趣向を凝らすのだぞ」

「承りました」

「それから宗二よ」

秀吉が凄味のある声音で言う。

「わが弟を虚仮《こけ》にしたら、わしが許さぬぞ。それだけは心得ておけ」

「はい」

「では、茶の湯を楽しむとするか。誰が点前をする」

宗久が「それでは、私が――」と言おうとした時、それにかぶせるような野太い声がした。

「ぜひ、それがしに」

宗二である。

「そうだな。これが惜別の茶事となるからな」

秀吉が手を叩《たた》くと、次の間に控えていた同朋が、台子を運び込んできた。

秀吉に聞かれないよう、宗易が宗二に耳打ちする。

「粗相のないようにな」

「心得ております」

その後、茶事が宗二の点前で行われた。宗二は大過なく点前を披露し、最後には秀吉から称賛の言葉をもらった。

三

永禄十二年（一五六九）二月、堺は信長に矢銭を払う代わりに、その庇護下に入ることを了承した。これにより信長は佐久間信盛や柴田勝家ら九人の上使を堺に下向させ、堺を実質的な占領下に置いた。上使一行を迎えた宗久と宗及らは、大寄せを催して佐久間らを歓待した。

一方、宗易は裏方に回って、後に「名物狩り」と呼ばれることになる信長の名物買い付けを手伝っていた。宗易の仕事は名物と呼ばれる茶道具に値を付け、それを松井友閑と丹羽長秀に告げることだ。

だが事は容易には運ばない。

いまだ信長を「将軍の代官」程度にしか思っていない者は多く、引き取り値を告げても首を縦に振らないのだ。それでも情報に敏感な商人たちは比較的素直に従い、中には「代金などいただけません」と言って、献上する者までいた。

問題は寺の住持だった。住持にも茶の湯数寄はいる。というのも元々、茶の湯は入宋した栄西《えいさい》によって十二世紀の後半に伝えられ、禅寺から伝播していったので、その伝統が脈々と受け継がれていたからだ。

彼らは檀家《だんか》の寄進した資金に物を言わせ、「東山御物」などの名物を買い上げていた。とくに寺院の装飾にもなる床飾りや脇道具（書画の掛軸や花入など）を持っている寺は多く、彼らを説得して譲らせるのは至難の業だった。

武力に物を言わせて威嚇すれば、事は済む。だが諸寺から信望を得ようとしている信長は、相手に反感を抱かせずに買い取るべしという指示を出していた。

どうしても話のまとまらない時は、友閑や長秀と共に宗易が寺に赴くこともあった。中には足元を見て吹っ掛けてくる欲深い住持もいたが、宗易は同等の書画の相場を説いて納得させた。それでも頑として譲らない住持には、堺衆からの寄進という名目で、裏に回って圭幣《けいへい》（賄賂）を渡すなどした。

そうした努力の甲斐あって、信長の許に名物が集まり始めていた。


そんな最中の同年八月上旬、宗易は突然、妙覚寺にいる信長から呼び出しを受けた。

「久方ぶりだな」

小姓を従えて信長が方丈に入ってきた。室内の空気が張り詰める。

一段高い上座に着いた信長は、以前にも増して威厳に溢《あふ》れているように感じられた。

「ご無沙汰しておりました」

宗易が深く頭を垂れる。

「そなたの仕事ぶりは友閑や五郎左から聞いている。相当の手腕だというではないか」

「いえいえ、それもこれも上様の御威光の賜物です」

「その御威光とやらをひけらかさずに、そなたは頑固者どもに、うまく申し聞かせているそうだな」

――この御仁の目は節穴ではない。

信長は詳しく報告を受けていた。

「わしの見込んだ通り、そなたは器用者だ」

器用者とは何事にも精通しており、難しい仕事でも、うまくやりおおせる者のことを言う。

「ありがたきお言葉」

信長が背後に控える小姓に視線を向ける。それだけで小姓は、すべてを察したように次の間に消えると、三方に載せたものを重そうに運んできた。

「これは、わしが鋳造した銀子だ。褒美に取らそう」

眼前に円錐《えんすい》状に重ねられた銀子の山があった。優に米百石は買える量だ。

「いや、それほどのことはしておりません」

むろん宗易とて人だ。商人なので欲もある。だが、こうしたものは過去の功に対して下されるだけでなく、将来の活躍への期待も含まれているのをわきまえていた。

「これは褒美だ。他意はない」

躊躇《ちゅうちょ》する宗易の心中を見透かしたかのように、信長が言う。

「それでは、ありがたく頂戴いたします」

さらに遠慮をすれば、信長が不機嫌になるのは明らかだった。

「それでよい」と言って信長が笑う。

その冷たい笑いが胸底にまで染み通る。

「今日は、わしの真意をそなたに語ろうと思うて呼んだ」

「いったい何のことで――」

「以前、そなたは『名物を買い上げる宛所はいずこに』と問うたな」

「は、はい」

つまらぬ好奇心から余計なことを聞いてしまったことを、宗易は後悔した。

「今、それを教えてやろう」

信長は立ち上がると、床の間に飾ってあった「初花肩衝」を手に取った。

二月に入手して以来、信長はどこに行くにもこの肩衝を携行するほどの気に入り方だと、宗易は聞いていた。この肩衝は「天下三肩衝」の筆頭と謳われた名物中の名物だった。

「初花肩衝」を持って座に戻った信長は、無造作にそれを投げた。

「あっ」

「初花肩衝」は宗易の目の前まで転がると、弧を描くようにして止まった。もちろん畳の上なので割れはしないが、その扱いに宗易は意表を突かれた。

「わしにとって茶碗など、茶を喫する器以上の値打ちはない」

「では、なぜ茶道具を集めるのですか」

「わしは、茶の湯によって天下を統《す》べようと思う」

「それは、いかなる謂で」

「茶事の開催、つまり茶の湯張行《ちょうぎょう》を認可制にし、また功を挙げた者には、褒美として名物茶道具を下賜するのだ」

「功を挙げた者たちへの褒美を、土地や金銀ではなく茶道具にすると仰せか」

啞然として問い返す宗易に、信長は薄ら笑いを浮かべて答えた。

「そうだ。土地には限りがあるからな」

——この男は何を考えているのだ。

宗易には、信長の言っている言葉の意味が理解できない。

「分からぬか」

「はい。分かりません。武士にとって土地は何物にも代え難いはず」

「それを変えていくのだ」

信長が、さも当然のように言う。

「茶の湯を流行《はや》らせ、道具の値打ちを高めれば、皆はこぞってそれをほしがる」

「あっ」

「分かったか。皆の思い込み（固定観念）を変えていくのだ」

「それを主導するのが、茶の湯だと仰せなのですね」

「そうだ。これからは茶の湯がこの世を支配する。その大事業を手伝うのが、そなたら堺衆というわけだ」

――とんでもないことになった。

その先に待つものが何かは分からない。だが、この世の価値がひっくり返るようなことを、信長が行おうとしていることだけは間違いない。

「そのためには、この世の武士という武士のすべてを茶の湯に狂奔させねばならぬ」

「なぜ茶の湯なのですか」

「茶の湯は、武士たちの荒ぶる心を鎮められるからだ」

――そういうことか。

宗易は信長の深慮遠謀に舌を巻いた。

茶の湯に近い芸道でも、書画骨董は見るだけで作法がない。生け花に作法はあるが、価値を生み出せるものは花入しかない。それに対して茶の湯には、緻密な作法と多彩な茶道具という長所がある。

――しかも茶道具は、名人の「見立て」によって、いかようにも高い値が付けられる。

「だが荒ぶる心を鎮めるのは、わが天下が成った後でよい。まだ配下の者どもには欲心を持ってもらわねばならぬからな」

「つまり上様の天下が定まった後、武士たちの荒ぶる心を鎮めるために、茶の湯を敷衍《ふえん》させていくと仰せなのですね」

「そうだ。わしが天下を取って後は、何人《なんぴと》たりともわが血筋に弓を引けぬようにする。つまり武士たちの心を飼いならし、下剋上なき世を作るのだ」

「恐れ入りました」

――かような男でなければ、天下は取れない。

宗易は信長の底知れなさを畏怖した。

「だが、わしには権勢（権力）はあっても、威権（権威）はない。それゆえ、そなたが威権を司れ。それによって名物の値打ちを一国、二国と同等に、いや、それ以上のものにしていくのだ」

「はっ、はい」

下が上を覆す下剋上の時代にあっては、こうした価値の転換が起こってもおかしくはない。だが信長が、いかにしてそうした発想に行き着いたかは分からない。

「わしは南蛮人から教えられた」

信長が宗易の心中を見透かしたかのように言う。

信長によると、天下制覇の過程で功を挙げた者たちに報いる土地がなくなることは、以前から気づいていた。それをいかに解決するか、信長は知恵を絞った。だが、なかなかいい方策は浮かばない。ところがある時、かつて来日したザビエルという宣教師の弟子で、日本にとどまっていたフェルナンデスという修道士から、「西洋の王は、功を挙げた騎士たちへの褒美に絵画や彫刻を下賜します」と聞いた。さらに「王にとって、その威権を具現化する絵師や彫刻家はなくてはならない存在です」と教えられることで、自分もそれに倣《なら》うことにしたのだという。

「それを聞いた時、わしは膝を打った。だが、それをまねるだけでは面白くない。わしは茶道具を物として扱うにとどめず、茶の湯という一つの芸道として、大きく広げていこうと思うておるのだ」

――そうか。道具を下賜するだけでは、それで終わりだ。有徳人《うとくにん》（金持ち）だけの嗜《たしな》みだった茶の湯を、武士の間に流行らせることで、より大きな渦を生もうというのだ。

「だが厄介なことに、名物には限りがある」

信長の顔が曇る。

――確かに「東山御物」や唐渡りの名物の数は、さほど多くはない。

「それでもわしは堺を手にした。向後は多くの船を朝鮮や唐土《もろこし》に送り、名物をかき集める」

「なるほど。それで上洛するや真っ先に堺を――」

「ようやく分かったか」

「はい。得心しました」

「では、そなたにわが代官が務まるか。つまりわが政権の威権を担えるか」

宗易は堺の一商人かつ一茶人として生涯を送るつもりでいた。それぞれの道で一流にはなりたいと思っていたが、それ以上の野望はなかった。だが運命は、宗易を「一商人かつ一茶人」で終わらせようとはしていないようだ。

「いわば――」

信長が宗易に鋭い眼光を注ぐ。

「そなたには、わしの影になってほしいのだ」

「影、と仰せか」

「そうだ。そなたは影となれ。わしが光でそなたが影だ。つまり二人で天下を分け合うことになる」

――何たることか。

宗易の眼前に突然、道が開けてきた。だが堺衆の中で、自分ばかりが頭角を現すわけにはいかない。

「しかし上様の茶頭には、今井殿と津田殿もおられます」

「ああ、あの二人には表の仕事を担ってもらう。つまり、茶事を通じての雑説の収集と周旋《しゅうせん》だ。また宗久には交易の振興を、宗及には玉薬の原料となる焔硝《えんしょう》の入手を担ってもらう」

――そういうことか。

自らの家臣が交易や流通に詳しくないことを、信長は十分にわきまえており、その部分を堺衆に代行させせようというのだ。

「もはや戦など、わしにとってどうでもよいことだ。戦などせずに天下を平らげること、すなわち戦乱のなき世を実現することができれば、それに越したことはない」

信長の期待に応えていくのは、容易なことではない。だが宗易には、この世を静謐に導き堺の町を繁栄させる、すなわち日本国内の商品流通を活性化させるという念願がある。

「力の及ぶ限り、ご意向に沿うようにいたします」

平伏する宗易の頭上に、信長のせせら笑いが降り掛かる。

「力の及ぶ限りだと。わしの家臣で、そんなことを言う者はおらん。わしにとって大切なのは、一生懸命やったかどうかではなく作物《なりもの》（成果）なのだ」

「恐れ入りました」

宗易が額を畳に擦り付ける。

「わしの意のままに事が運ばぬ時は――」

信長が再び酷薄そうな笑みを浮かべる。

「それなりの覚悟をしてもらう」

「覚悟とは、いかなることで」

「さてな。そなたらの首を刎《は》ねるか、堺を火の海にするか」

――われらは好き好んで、そなたのために働くわけではない。

そうは思うものの、信長の言葉に抗《あらが》うわけにはいかない。

もはや堺と堺衆は信長の作り出した渦の中に身を投じてしまっており、そこから抜け出すことなどできないのだ。

――いや、待てよ。

その時、宗易は気づいた。

――信長の目指すもの、すなわち「戦乱のなき世」は、堺の目指すものと一致する。つまり操られているように見せかけて操ればよいわけだ。

それに気づいた時、宗易の胸底から自信がわいてきた。

「承知しました。上様のために必ずや――」

宗易は一拍置くと、思い切るように言った。

「ご意向に沿うようにいたします」

「それでよい」

信長の高笑いが方丈に響きわたる。それを宗易は冷めた心で聞いていた。

以後、宗易は信長の影となった。

信長が天下平定戦の合間に行った茶事にも幾度となく呼ばれ、その流れるような点前を披露した。

そうしたことを繰り返すことによって、上級家臣から次第に茶の湯が広まっていった。

天正二年（一五七四）には、相国寺《しょうこくじ》での茶会後に、宗易は信長から蘭奢待《らんじゃたい》という天下無二の香木の一部をもらった。蘭奢待は正倉院の宝物の一つで、二つとない高貴な匂いを漂わす香木として名高い。

信長の目指す「御茶湯御政道」は宗易の手助けを得て、うまく回り始めていた。

茶会を武功のあった家臣への認可制にし、褒美は土地の代わりに名物を下賜するなどして、信長は武家の間に茶の湯を浸透させると同時に、茶の湯を武家儀礼の一つにまで高めていった。

羽柴秀吉は茶道具一式を信長から賜って歓喜に咽《むせ》び、滝川一益《かずます》に至っては、信長から「武田攻めで功を挙げたら『珠光小茄子』を下賜しよう」と言われ、勇躍して武田勝頼の首を取った。だが、一益の行政手腕に期待するところ大の信長は、一益に上野《こうずけ》一国と信濃《しなの》二郡を与え、さらに関東奉行（関東管領と同義）に任命したが、「珠光小茄子」だけは与えなかった。

一益はこれに落胆し、「上野国のような遠国《おんごく》に配された挙句《あげく》、『珠光小茄子』もいただけず、茶の湯冥利も尽き果てた」と言って嘆いた。

茶の湯への熱狂は日増しに高まっていた。そこに起こったのが本能寺の変だった。

四

天正十年も押し迫った頃、宗易は上京《かみぎょう》にある「あめや」という屋号の窯元《かまもと》を訪ねた。

元々、「あめや」は先代が「阿米夜」という当て字で呼ばれた渡来人だったことに始まる。阿米夜は帰化して宗慶と名乗ったが、「あめや」が誰もが知る通り名となっていたので、それを屋号とした。

宗慶の子は長次郎と名乗り、瓦造りの窯元として洛中で名を馳せていた。

久方ぶりに京の町に来た宗易だったが、その賑やかさに舌を巻いた。信長の死など下々には関係ないと言わんばかりの活気だ。というのも信長の行ってきた楽市楽座、撰銭令《えりぜにれい》、金銀貨の鋳造と普及、枡《ます》（単位）の統一、道路網整備といった景気刺激策が功を奏し始めていたからだ。

冬にもかかわらず長次郎の作事場（工房）の中は熱気に溢れ、多くの職人や下働きの小僧が行き来していた。その間を縫うようにして、宗易は瓦の出来具合を確かめている男の許へと向かった。

「いかがなものか」

宗易の声に驚いたかのように振り向いた男は、持っていた獅子瓦《ししがわら》を示すようにして答えた。

「この獅子の顔が気に入りません」

「よき出来具合に思えるが」

「魔を寄せ付けぬために使われる獅子瓦の面つきとしては、柔和に過ぎます。これでは魔に付け入られてしまいます。今にも猛々しく吠《ほ》え出すようなものでないといけません」

「それなら、鏡に映った己の顔を彫ったらよい」

長次郎と呼ばれた男は、眉が太く顎骨が張っており、まさに獅子顔だった。

「さすが宗易様、苦い一服ですな」

二人は互いの戯《ざ》れ言《ごと》に高笑いすると、作事場の奥にある待合《まちあい》に向かった。


「つまり、村田珠光様が考案した『冷凍寂枯《れいとうじやつこ》』の思想を踏襲した茶碗を作れと仰せか」

長次郎が目を見開く。

珠光とは室町時代中期に活躍した茶人のことで、「茶禅一味」の思想を確立し、侘茶に行き着いた。すなわち珠光こそ侘茶の創始者と言ってもよい。

「冷凍寂枯」とは、「冷える」「凍る」「寂《さ》びる」「枯れる」という概念で、「侘」の構成要素となる。ちなみに「侘と寂《さび》」という言葉は並列ではなく、「寂」は「侘」を構成する一要素にすぎない。

「しかも一つひとつ、轆轤《ろくろ》を使わず手捏《てこ》ねで作ってもらいたいのだ」

「その真意は」

「そのうち分かる」

これからしようとしている提案を秀吉が受け容《い》れるかどうか分からない段階で、長次郎に真意を語っても仕方がない。

「つまり、これまでのように唐物の天目や高麗《こうらい》の井戸茶碗ではなく、和物の今焼き茶碗で、茶事を行うと仰せなのですね」

すでに十年来の知己ゆえか、長次郎は宗易の意を理解するのが速い。

今焼きとは文字通り、今焼いたばかりという意味だ。

「そうだ。これまでのように名物を見せ合い、その由来などを語り合いながら行う茶事ではなく、主人の作意によって一点一点に装いを凝らし、己の作意を競い合うような茶事にしたいのだ」

「作意を競うと仰せか」

「うむ。格式と定型から脱し、茶の湯を自在に飛翔させる」

長次郎が「うーん」とうなって感心する。

「さすが宗易様。私のような職人に、かようなことは考えも及びません」

「そんなことはない。何事も苦境に立てば生まれるものだ」

「苦境とは――」

「もはや、天下の大名物と呼ばれるものは少なくなったからな」

「あっ」と言って長次郎が膝を叩く。

「いかにも天下の大名物は本能寺で灰となりました。しかし総見院様がすべての名物を所持していたわけではないので、まだまだ世に名物はあまたあるかと」

「だが、名物の頂を成していたものは灰になった。それゆえ残る名物だけを、わしが見立てて値打ちを高めていっても限りがある」

「ははあ、それでお考えを変え、名物を見せ合うような茶事から、作意を競うような茶事に移行したいわけですね」

長次郎は頭の回転が速い。それが「あめや」を上京一と呼ばれる窯元に押し上げたのだ。

「だが、わしの考えを次なる天下人が受け容れるとは限らぬ上、わしの思惑が外れれば、今焼きの茶碗などに、誰も見向きもしないだろう」

「なるほど」と言ってしばし考え込んだ末、長次郎が言った。

「これまでと違った趣向を凝らし、その新奇さによって数寄者を引き寄せ、さらに新たな数寄者を増やしていくというわけですね」

「そうだ。わしは一つひとつが唯一無二となる茶碗によって、茶事に携わる者たちの数寄心を呼び覚まし、茶の湯を未来永劫に定着させたい。その手伝いをしてほしいのだ」

息をのむような顔をした後、長次郎が言った。

「この上なき誉れです。むろんお代はいただきますが」

「もちろんだ。そう言ってもらわねば気持ちが悪い」

作事場で働く者たちが振り向くほど、二人は高笑いした。

五

天正十一年（一五八三）閏正月五日、山崎宝寺城の山麓にある妙喜庵という寺の境内に造られた茶室で、初めての茶会が開かれた。蘇鉄《そてつ》の茂った内露地を経て、簀戸《すど》でできた撥木戸《はねきど》をくぐってきた秀吉は、蹲踞《つくばい》の傍らで頭を下げる宗易に一瞥《いちべつ》もくれずに言った。

「この座敷（茶室）は、やけに小さい気がするが」

「仰せの通り。中は二畳敷です」

「何と、さように狭いのか。そんなところで茶事などできるか」

秀吉の態度はよそよそしく、これまでのように対等な関係ではないことを主張しているかのようだ。

「まずはこれへ」

宗易が蹲踞を示すと、秀吉は不審そうな顔をしながらも、それに従った。

「手水鉢《ちょうずばち》はないのか」

「はい。数寄屋風の茶室でも、以前は貴人用の手水鉢と供人用の蹲踞の双方がありましたが、新たな趣向として蹲踞一つにしました」

「ということは雪隠《せっちん》も一つにしたのか」

宗易がうなずく。

茶室に付随する雪隠は、貴人用の「飾《かざり》雪隠」と供人用の「下腹《したばら》雪隠」の二つがあった。だが空間に無駄が多く無粋でもあるので、宗易は一つにした。また露地も内外に区切らず、同一空間のように設えた。

秀吉は不満そうな顔で手を清め、口をすすいだ。続いて飛び石を踏み渡り、柿葺《こけらぶ》きで切妻造りの茶室を見渡した。

「随分と侘びているな」

「はい。『新しき趣向を凝らしたものがよい』というご指示のほか何もなかったので、さようにいたしました」

「そうか。まあ、よい。で、この茶室の名は何という」

「待つ庵《いおり》と書いて、待庵《たいあん》と――」

「何を待つ」

「新しき世でございます」

「そうか。ここで茶を点てながら新しい世を待つというのか。面白い趣向だな」

秀吉はからからと笑うと、面坪の内から右手に見える躙口《にじりぐち》を見つめた。

「これは何だ」

「客の出入口になります」

「この狭さは、どういうことだ」

その出入口は高さが二尺三寸（約六十九センチメートル）、幅が二尺一寸（約六十三センチメートル）ほどしかなく、秀吉のような小柄な男はまだしも、大男や肥満漢が入るのは容易でない。

「この躙口が、これからの茶事には必須となります」

宗易の言葉に秀吉が目を剝く。

「どういうことだ」

「羽柴様は、『一視同仁』という唐土の古い言葉をご存じですか」

一視同仁とは、「相手が誰であっても平等に見て等しく仁を施すこと」という意味だ。

「知らん」

漢籍や古典籍からの引用を、秀吉は極端に嫌う。元が武士でなかった秀吉は、少年時代にこうした教育を受ける機会を得られなかったからだ。

「わが師、武野紹鷗は『茶の湯は一視同仁』と仰せでした」

「それが、この狭い出入口とどうつながる」

禅問答のようなやり取りに、秀吉は焦《じ》れてきていた。

「この口から身を入れれば、身分や立場といったものを忘れ、誰もが平らかに（平等に）なります」

「つまり、身分の差といった俗界の決め事を捨てろと言うのだな」

「ご明察」

秀吉の頭の回転は、武士の中で飛び抜けている。

「それが、そなたの考える数寄というものか」

宗易がうなずくと、秀吉は「よかろう」と答え、素早く躙口に身を滑り込ませた。

亭主は躙口を使わないのが礼法なので、宗易は茶立口から室内に入る。

「ご無礼仕《つかまつ》ります」

茶室に入ると、秀吉は五尺床の掛物を眺めていた。

「これは定家か」

「はい。藤原定家の手になる小倉色紙を飾りました」

色紙とは和歌、俳句、書画などが描かれた方形の料紙のことだ。色紙は模様や金銀箔などを散らしているものだが、宗易の用意した小倉色紙は薄茶色で、仮名文字で『拾遺和歌集』所収の恋の歌が記されている。

「いかにも草庵には、定家の色紙がよく似合う」

「これも師匠の教えの一つです」

宗易の師匠の武野紹鷗は、こうした草庵の設えをすでに考案していた。

「それにしても、二畳の茶室とはな」

秀吉が呆《あき》れたように笑う。

「これでも広いかと――」

「なんと、これで広いと申すか」

「はい。侘数寄には広すぎます」

「侘数寄か」

こうした間も、宗易は点前を進めていた。釜から上がる白い湯気が清新の気を室内に満たす。

「初めに確かめておくが、そなたらは、わしに賭けたと思ってよいな」

「もちろんです」

「嘘をつけ。別の者が権六《ごんろく》にも誼《よしみ》を通じているのだろう」

権六とは柴田勝家のことだ。

――ここは嘘偽りを言わぬ方がよい。

宗易の直感がそれを教える。

「申すまでもなきこと。われら商人は、万が一ということも考えねばなりません」

「万が一、か」

秀吉が呵々大笑《かかたいしょう》する。

「権六が天下を取れば、そなたらのような商人はたちまち行き詰まるぞ。そなたらが権六を操ろうとしても無駄だ。そなたらの話が分からんからな」

――その通りだ。

宗易ら堺衆にとって話の分かる相手、すなわち秀吉に天下を取ってほしい。だがそうならなければ、戦乱はいつまでも続く。

「さすが羽柴様、すべてお見通しですな」

「そうでなければ天下など望めぬ」

薄々は気づいていたものの、やはり秀吉は織田家の天下を簒奪しようとしていたのだ。

「そなたは、総見院様から『影になれ』と命じられていたな」

秀吉は、そのことも知っていた。

「よくご存じで」

「当たり前だ。出頭というのは主の意をいかに迎えるかだ。総見院様の側近く仕える者の一人や二人くらい籠絡《ろうらく》せずに、出頭など覚束ぬ」

「恐れ入りました」

秀吉は信長の意を先んじて知るために、近習《きんじゅ》や女房から情報を得ていたのだ。

「総見院様のお考えは独特だ。あれだけ先を見通せるお方はいなかった」

しながら飲み干した。

「私もそう思います」

「そうか。それなら話は早い」

宗易が「不調法ではございますが」と言いつつ茶碗を置くと、それを手に取った秀吉は、喉を鳴らしながら飲み干した。

「うまい」と言うと、続いて秀吉は茶碗を眺め回した。

「これは見たこともない形をしておるが、唐土の天目か」

「いいえ」

「では、高麗の井戸茶碗か」

「さにあらず」

「では何か」

秀吉は答えや結論を迅速に求める。

「京の窯元に焼かせた手捏ね茶碗です」

「手捏ね茶碗だと。かように粗末なもので、わしを饗応するのか」

宗易が何も答えないでいると、秀吉が何かに気づいたように言った。

「もはや名物はないとでも言いたいのか。つまり総見院様と同じ手は使えぬと」

「お察しの通りです」

「そなたは『新しき趣向』の謂が分かったのだな」

秀吉が宗易をにらみつける。

「この茶碗がその答えです」

二畳の茶室内に、鉛のような重苦しさが立ち込める。

しばらくした後、秀吉が顔を上げた。

「これが、そなたの答えと――」

「はい。名物がなければ、名物を作るまで。今焼きの茶碗を、唐物や高麗物よりも高い値で取引できるようにいたします」

「そんなことができるのか」

「羽柴様が天下を取り、私の威権を高めていただければできます」

「そなたは何という大それたことを考えておるのだ」

しばしその細い顎に手を当てて考え込んだ後、秀吉が言った。

「やるか」

宗易は畏《かしこ》まると深く平伏した。

六

天正十一年（一五八三）二月、清須会議の国分けで、柴田勝家方の城となっていた近江長浜城を降伏開城させた秀吉は、方向を転じて伊勢の滝川一益を攻めた。

滝川一益は柴田勝家と信長三男の織田信孝と組んで秀吉に敵対しており、勝家の本拠の越前北庄《きたのしょう》が深い雪に閉ざされているうちに、秀吉は降伏に追い込もうとしたのだ。

　これに対して勝家は無理を承知で南下を開始し、三月には琵琶湖北東端近くの余呉湖畔まで進出した。ところが、すでに羽柴方の陣城が数多く造られており、そこから先に進むことはできなかった。

　一方、秀吉も余呉湖から約一里南の木之本まで進出し、勝家と対峙《たいじ》したが、背後の岐阜で信孝が挙兵したため、いったん大垣まで戻ることにする。

　ところが四月二十日、柴田方の佐久間盛政が、賤ケ岳《しずがたけ》にある秀吉方の陣城に攻撃を掛けてきた。

　その一報を聞いた秀吉は急遽、道を引き返した。

　翌二十一日、余呉湖畔で秀吉と盛政の間で激戦が展開され、秀吉が勝利を収めた。これにより柴田勢は瓦解し、勝家は敗走を余儀なくされる。

　逃げる勝家を追った秀吉は勝家の本拠の越前北庄城に迫り、二十四日にこれを落とした。落城間近となった時、勝家は夫人のお市の方と共に自害して果てた。勝家に呼応して挙兵した信孝も降伏し、自刃に追い込まれる。

　かくして秀吉の最大の敵と目されてきた勝家とその与同勢力は、呆気なく潰《つい》え去った。


「これで戦はなくなるのでしょうか」

　初夏の木漏れ日の下、りき（後の宗恩）が枯れ落ちた紫陽花《あじさい》の花を掃きながら問う。

「そうさな。何事も羽柴様の胸先三寸だが、羽柴様を天下人として認めたくない御仁も多いだろう。それを思えば、まだまだ戦は続く」

堺にある屋敷の縁に腰を下ろした宗易が、茶杓を削りながら答える。

「殿御は、どうして戦うことがお好きなんですか」

「武士という生き物は、何かと戦っていないと不安なのだろう」

男には、常に自分が何者であるかを確かめたいという欲求がある。武士は戦いに勝つことによって、商人は富の大きさによって、それを確かめる。

――だがいつか、そんなことは空しいと気づく。

人を殺すことが嫌になった武士は出家し、飽くことなく富を集めた商人は、草生《くさむ》した草庵に籠もる。

宗易は、そうした者たちを何人も見てきた。

「これを見て下さい」

りきが何かを示して笑みを浮かべた。ようやく焦点が合い、それが何か分かった時、宗易の頰も緩んだ。

「もう朝顔の季節なのだな」

「はい。こんなに蕾《つぼみ》が膨らんでいます。これなら三日と待たずに花を付けます」

りきが、その細く長い指先で朝顔の蕾に触れている。

それを眺めながら、宗易は心からよき妻を得たと思った。

宗易は二十三歳の時に最初の妻を娶《めと》った。稲という名の心優しい女で、宗易との間に一男三女をもうけた。だが天正五年（一五七七）、流行病《はやりやまい》にやられて他界した。

その後、宗易はりきを後妻として迎え入れた。りきは観世流小鼓師の宮王三入《みやおうさんにゅう》の妻だったが、その死去に伴い未亡人となっていた。りきには少庵という連れ子がおり、宗易は少庵を養子にした上、稲とは別に囲っていた側室に産ませた亀と娶《めあわ》せ、千家（田中家）の跡継ぎとした。少庵と亀の間には、すでに息子（後の宗旦《そうたん》）がいる。

「これはどうだ」

削り上がった茶杓をりきに示すと、りきは縁まで来てそれを手に取った。

「常のものより、櫂先《かいさき》の折撓《おりため》が深い気がします」

「ああ、そうしたのだ」

「その一方、節の削りが浅いため、さほど蟻腰《ありごし》とはなっていません」

櫂先とは茶杓の茶をすくう部分、蟻腰とは茶杓にある竹の節の裏を削り、屈曲を生み出したもので、それが蟻の腰のように見えることから付けられた茶の湯用語だ。つまり、その角度によって茶杓の均整は変わり、美醜が決まる。

「かように些細《ささい》なことに、よく気づいたな」

「あなた様の妻ですから」

りきが恥ずかしげに微笑《ほほえ》む。

「そなたも削ってみるか」

りきが首を左右に振る。

「茶杓は誰でも削れるものではありません。その心のありようを茶杓に託せるほどの境地に達していない者が削ったとて、ただ茶をすくう道具にしかならないでしょう」

　宗易は薄く笑うと、中ほどで茶杓を折った。

　ぽきっという音と同時に、りきの「あっ」という声が聞こえた。

「なぜ、それほど丹精込めて削ったものを――」

「わしの心のありようを託せなかったからだ」

「それは、どのようなもので――」

「分からぬが、期待と不安の交じったものかもしれない」

　りきが口をつぐむ。それが何かを問うたところで、宗易が答えないのを知っているからだ。

「そろそろ風が冷たくなってきました」

「そうだな。中に入るか」

　宗易が立ち上がろうとした時だった。中木戸が開く音がすると、一人の男が姿を現した。

　その旅姿の男は、ずかずかと庭に入ってくると、縁に座る二人の前に拝跪《はいき》した。

「父上、義母上《ははうえ》、たった今、戻りました」

　一礼した男が日焼けした顔を上げる。宗易の長男の紹安《じょうあん》（後の道安）である。

「紹安、そなたはいくつになっても礼をわきまえぬな」

　紹安は先妻の稲の子で、今年三十八歳になるが、妻も娶らず放浪の旅を続けていた。

「ははは、父上は変わりませんな」

「紹安殿」と、りきが声を掛ける。

「見たところ、旅塵《りよじん》にまみれ、お疲れのようです。風呂にでも入ってから父上とお話しなさったらいかがでしょう」

「ありがとうございます。では、そうさせていただきます」

一礼した紹安は、入ってきたばかりの中木戸をくぐって表口に向かった。

七

宗易が風炉《ふろ》の炭を整える間、紹安はりきの用意した焼き魚、膾《なます》、汁物などに舌鼓を打った。

「義母上も料理の腕が上がりましたな」

宗易は何も答えない。

「とくにこの麩《ふ》の焼きは見事だ。父上の焼くものと遜色ない」

紹安は「ごちそうさまでした」と言って一礼すると立ち上がり、いったん蹲踞で手水を使った後、再び茶室に戻り、床に掛かった掛物に見入った。

「この圜悟《えんご》（宋代の禅僧）の墨蹟は最近買い求めたものですね。私がいた三年前には、お持ちでなかったはず」

「そうだ。そなたの妹が嫁いだ万代屋宗安《もずやそうあん》から買った」

「ああ、あの御仁なら、かなり吹っ掛けてきたでしょうな」

紹安の笑い声を無視して、宗易が紹安の前に茶碗を置いた。

「では――」と言って、一服した紹安が顔をしかめる。

「父上の濃茶は実に苦い」

「そなたには、その方がよいと思うてな」

「さすがです」

紹安が不敵な笑いを漏らす。

「で、どこに行っていた」

紹安は生まれついて気性が激しく、これまでも幾度となく宗易と衝突していた。三年ほど前、些細なことから口論となって出奔したきり、堺には帰っていなかった。

紹安は茶碗を置くと、懐紙を取り出して軽く唇に当てた。

「此度は北陸から関東へと行ってきました」

紹安はこれまで二度ほど長い旅に出ていた。一度目は伊勢から紀州へ、二度目は西国街道を通って赤間関まで行き、九州から四国へと渡った。いずれも二年以上の長旅で、書状も送ってこないので、安否さえ分からない有様だった。

「ということは、柴田殿健在の頃に北陸を回ったのだな」

「仰せの通り。織田家の北陸衆は柴田殿の下、結束力では比類ないものがありました。しかしその結束が、一日にして瓦解するとは夢にも思いませんでした」

「それが武というもの。武に生きる者たちの結束は堅固に見えても、実はもろいものだ。武とは欲得と同義のようなものだからな」

「なるほど。父上らしいお言葉」

「その後は、どこに行った」

宗易は紹安のために茶を点ててやった。

「お心づくし、かたじけない」と言いつつ、紹安が喉を鳴らして飲む。

その顔を見ていると、堺の町を走り回っていた頃の紹安を思い出す。

「北陸から越後に抜け、上野から武蔵へと回ってきました。越後上杉家の兵は精強で、謙信には財力もあります。ただし玉薬の欠乏はいかんともし難く、もはや羽柴殿の敵ではありますまい」

かつて信長は、武田・上杉・北条といった東国の有力大名を討つ前の下ごしらえとして伊勢長島を陥落させ、伊勢湾交易網を掌握した。これにより堺から伊勢長島へと運ばれていた海外産硝石の流通が止まる。だが信長は、武田氏を滅ぼしたものの上杉・北条両氏を討滅する前に、本能寺で横死した。

「それでその後、北条領にも入ったのだな」

「はい。小田原には、父上もよくご存じの板部岡江雪斎《いたべおかこうせつさい》殿がおります」

北条家重臣の板部岡江雪斎は、「宏才《こうさい》弁舌人に優れ、その上仁義の道ありて、文武に達せし人」（『北条五代記』）と謳われた傑物だ。とくに茶の湯への傾倒は著しく、北条氏と織田氏が同盟関係の頃は、よく上洛したついでに堺に顔を出し、宗久・宗及・宗易らと親密に交わり、その茶風を東国にもたらす役割を果たした。

「板部岡殿の厄介になりながら小田原で様々な話を聞いたのですが、三河殿は北条家との間に堅固な攻守同盟を結び、織田中将殿を担いで挙兵するつもりのようです」

三河殿とは徳川家康のこと、織田中将とは信長次男の信雄のことだ。

「そうか」と言って宗易が黙ったので、紹安は首をひねった。

「この話は、まだ秘事だと思っていましたが、すでに父上はご存じで」

「いいや、初耳だ」

「では、父上の立身にお役立て下さい」

「何だと」

宗易の胸底から怒りの焔《ほむら》が立ち上る。

「父上は羽柴様に取り入ろうとしていると、風の噂で聞きました」

「風の噂だと――」

「風は時として真《まこと》を運びます」

「たとえ真だとしても、わしは己一身のために羽柴様に近づいているわけではない」

「では、何のために」

紹安が挑戦的な眼差《まなざ》しを向ける。

「この世に静謐をもたらし、人々が自由に行き来できる世を作るためだ」

「ははははは」

紹安が手を叩かんばかりに喜ぶ。

「詭弁《きべん》にもほどがありますな」

「詭弁だと！」

「そうです。それは建前にすぎません。父上は織田様の時もそうだったではありませんか。今井殿や津田殿と結託し、南蛮からもたらされた銅弾や玉薬をかき集め、織田様に献上していたのはどこの誰か、お忘れではありますまい」

「それがどうした。わしは――」

宗易が言葉に詰まる。

「父上の調達した玉で、一向一揆に加わった農民たちは命を失ったのですぞ。その中には女もいれば童子もいた。私は――」

紹安が言葉に詰まる。

「伊勢長島にいた時、織田様の攻撃に巻き込まれました。それでも命からがら逃げ出しましたが、すぐに捕らえられました。もしもその場に古田殿がいなければ、私も焼き籠めにされていたでしょう」

焼き籠めとは、人々を小屋に閉じ込め、戸口に板を打ち付けて脱出できないようにし、外から火をつけて焼き殺すという凄惨な処刑法のことだ。

「古田とは織部《おりべ》殿のことか」

「そうです。私は織部殿の姿を見つけて懸命に呼び掛けました。織部殿は私に気づき、救ってくれましたが――」

紹安が無念そうに唇を嚙《か》む。

「ほかの者たちを救ってはくれませんでした。あれだけ泣いて頼んでも、織部殿は――」

「そなたのほかは救わなかったと申すのだな」

「はい。織部殿は『われらは右府様の命を奉じているだけ』と仰せになり、乳飲み子を抱いた女まで、焼き籠めにしました」

——そうだったのか。

その時、織部の胸中に去来したものが何だったたか、宗易には痛いほど分かる。

紹安の嗚咽《おえつ》が糸を引くように茶室に響く。

「紹安よ、それがこの世というものだ。こうした酷《むご》い世を終わらせるために、わしは戦っている」

「父上の戦いは、いつか無為なものになりますぞ」

「どうして、それが分かる」

「武人とはそういうものです。いかに羽柴様を操ろうとしても、最後は武人の本性が姿を現し、父上の命を奪います」

「たとえそうであろうと、わし一個の命で世の静謐が購《あがな》えるなら本望というものだ」

「ご立派なことだ」

紹安の顔に冷笑が浮かぶ。

「私は父上のそうした一面が嫌いだった。父上は悪巧者《あくこうしゃ》（偽善者）にすぎません。本音を言えば、羽柴様の御用者（御用商人）として、もうけたいだけではありませんか」

宗易が色を成す。

「それもある。しかし商人が富を得ようとすることの何が悪い。世を静謐に導くことと、堺衆の繁栄は矛盾しない」

紹安が首を左右に振る。

「権勢を持つ者にすり寄れば、いつか大きな対価を払わされますぞ」

そう言うと、紹安は帰り支度を始めた。

「そなたは、これからどうする」

「はて、どうしますかな。白河の関を越え、奥羽《おうう》の果てにでも行ってみようかと思います」

「さように遠くまで行くのか」

「はい。羽柴様の権勢と父上の威権の及ばぬ地まで赴き、心ゆくまで自らの茶を楽しみます」

「そなたは旅をせねばいられない男だ。わしも止めはせぬ。だが――」

宗易の声が強まる。

「そなたは、わしを超える才を持っている。いつの日か――」

「父上の代わりとなり、権勢を持つ者に取り入り、傀儡子《くぐつし》のように操れと仰せなのですね」

傀儡子とは黒装束に身を固め、背後から人形を操る者のことだ。

「そうだ」

「それが嫌だから、私は旅を続けています。その仕事は少庵にやらせたらよいでしょう」

少庵と紹安は同い年になる。だが少庵は、茶の湯を習い始めたのが成人してからということもあり、その振る舞いから目利きまで、宗易の後継者になることは容易でない。

「それが無理なのは、そなたも分かっておるはずだ」

二人の男は対峙したまま、身じろぎもしない。わずかな松籟と茶釜の湯の煮え立つ音だけが、静寂を支配していた。

八

空は晴れわたり、琵琶湖には涼風が吹いていた。白い帆を上げた船が列を成し、西岸から東岸を目指していく。その数は百を下らず、秀吉の勢威を象徴しているかのように思える。

その中で最も豪奢な一艘《そう》から、秀吉の高笑いが聞こえていた。

「船の上での茶会か。さすが宗易。風情がある」

秀吉の御座船に風炉や茶道具を持ち込んだ宗易は、琵琶湖上で茶事を開くという趣向を考えた。

「この季節には、窓の少ない茶室での茶会は向きません。それゆえ船上がよろしいかと――」

「船で安土城に出向き、天下平定の報告を総見院様にするつもりでおったので、ちょうどよい」

坂本を漕ぎ出した船は、前方左手に伊吹山を望みながら、東岸へと進んでいく。

「改めまして、天下平定の大業を成されたこと、祝着に存じます」

揺れる船の上で注意深く点前を行いながら、宗易が祝辞を述べる。

「わしは取るに足らない農民に生まれ、この世の底を見てきた。どれだけ辛酸《しんさん》を舐めてきたか、そなたには分かるまい。これまでこの額を――」

秀吉が芝居じみた仕草で、己の額を示す。

「どれだけ擦り付けてきたか分かるか。だがな、その時、いつも『今に見ていろ』と思ってきた」

「羽柴様は若い頃、随分と苦労なさったと聞いております」

「苦労どころではないわ。わしなどは、人として生きる値打ちもない男だった。それでも苦しい日々から、少しでも這《は》い上がりたかった。まさに手掛かりのない岩肌に張り付きながら、頂上を目指したようなものだ」

「ご心痛、お察しします」

宗易が濃茶を秀吉の前に置く。

「そなたのように何不自由なく暮らしてきた者に、わしの気持ちは分からぬ」

秀吉が喉を鳴らして茶を喫する。

「仰せの通りかもしれませんが、人の苦しみは身分や貧富から来るものだけではありません」

「ははは、よく言うわ。この世で最も切実なものは、今日の糧が得られるかどうか分からぬことだ。食べるに困らぬ者に、その気持ちは分からぬ」

秀吉が遠い目をする。よほど辛い日々を送ったのだろう。

「だが、これで安心というわけではない。わしの足をすくわんとする者が、まだおるからな」

「三河殿ですな」

「ああ、かの御仁は邪魔だ」

「しかし羽柴様、三河殿と戦いに及べば、毛利がその間隙を縫ってくることも考えられます」

「その通りだ。畿内を制する者は、常に周囲を敵に囲まれておるからな」

「では、戦わずしてひれ伏させることができれば、それに越したことはありませんね」

「ははは、そなたには武士が分かっておらん」

秀吉が乱杭歯《らんぐいば》をせり出すようにして笑う。

「武士の欲は際限がない。その欲を茶の湯によって抑えねばならん」

「仰せの通り。茶の湯こそ、武士たちの荒ぶる心と際限のない欲を抑える唯一の道具です」

琵琶湖の風が、秀吉の鬢《びん》を撫でていく。

「わしも、すでに齢《よわい》四十七だ。頼りになる息子もおらん。天下を平定できても、それを次代に伝えていくことができるか、はなはだ心許《こころもと》ない。ただ――」

秀吉の三白眼が宗易を射るように見つめる。

「茶の湯だけが武士たちの荒ぶる心を鎮め、謀反を抑えられるような気がする」

いよいよ東岸が近づいてきた。かつて信長が造った豪壮華麗な天守はなくなったものの、残った建築物や石垣は創建当時の威容を誇っている。

「実はな、わしは城を造ろうと思うておる」

「安土の城を修復なされるのですか」

「いいや。別の場所に、誰も見たことのないような巨城を築く」

秀吉の目は中空を見据えていたが、その金壺眼《かなつぼまなこ》が見ているのは、未曽有《みぞう》の規模の城に違いない。

「して、その城をどこに築かれるのですか」

「大坂の地よ」

「ということは、本願寺の跡地に」

「うむ。これからは商いがすべてを支配する。大坂の地には国中の富が集まってくる。そこを押さえる者が天下を制するのだ」

「総見院様がお考えになったことと同じですね」

「そうだ。総見院様は安土にずっといるつもりはなかった。安土では琵琶湖の交易網を制したにすぎず、次は大海を制する地に城を築かねばならぬと思われていた」

信長は清須、小牧山、岐阜、そして安土と本拠を移した。むろん安土にも腰を落ち着けるつもりはなかった。

「次は大坂に城を築くと、総見院様は仰せでしたな」

「ああ。しかし、それも本能寺の変によって夢と消えた」

秀吉は信長の後継者として、その構想を引き継ごうというのだ。

「わしは、天下に二つとない巨大で堅固な城を大坂に築き、諸大名やその使者を招く。その時、城の搦手《からめて》に造られた茶室で客人を接待する。つまりわが権勢の大きさを見せつけると同時に、茶事によって心を支配するのだ」

「つまり天下を治めるのは武力だけではなく、茶の湯だと――」

視界が晴れるかのように、秀吉の考えが分かってきた。

「そうだ。わが城の表は厳《いか》めしい武の象徴だが、裏に回れば典雅で風情ある空間が広がっている。そこに鄙《ひな》びた草庵を造り、武将たちの荒ぶる心を鎮めるのだ」

「なるほど。つまり二つの顔を持つ城を造ると仰せなのですね」

「うむ」と答えつつ、秀吉の干からびた手が宗易の肩に置かれた。

「その城の表の顔はわしで、裏の顔はそなたになる」

「あっ」

――わしにも天下を担わせるつもりか。

宗易は愕然とした。

つまり秀吉は、かつて信長が言っていた「表の顔」と「裏の顔」を具現化しようというのだ。

「わしとそなたの関係を城として実現する。これほど分かりやすい構図はなかろう」

「恐れ入りました」

秀吉が高笑いする。

「裏の空間は、茶室だけでなく、すべてそなたの好みにせい」

「承知しました」

気づくと船は安土城の舟入に着こうとしていた。すでに対岸には、立錐《りっすい》の余地もないほどの武士たちがひしめいている。

船が着くと、秀吉は笑顔を振りまきながら、待っていた者たちの輪の中に入っていった。

――裏の顔か。

宗易の胸底から、得体の知れない焔がわき上がってきた。

九

九月一日、普請作事を担当する者たちが一堂に会し、大坂城の鍬入《くわい》れの儀（地鎮祭）が行われた。

養子の少庵を伴って参列した宗易は、普請を担当する三十人余の大名たちと共に、黒田官兵衛こと孝高《よしたか》から縄張りの説明を受けた。

「宗易殿、お待ち下さい」

説明が終わり、搦手の方に向かおうとした宗易だったが、背後から孝高に呼び止められた。

孝高は風流を愛することから、いち早く堺の三宗匠とも誼を通じ、今では指折りの武将茶人となっていた。

「これは黒田様、実に見事な縄張りですな」

「それはよかった。この頭を絞りに絞って考えたものです」

「いよいよ普請が始まるのですね」

「はい。わが殿は何かを決めたら、すぐに取り掛かれというお方。ぐずぐずしていると、容赦なく外されます」

孝高がにやりとすると問うた。

「ときに、搦手の曲輪《くるわ》は山里風にするとか」

「はい。羽柴様のご要望を容れ、山里の風情を感じさせる庭と茶室にいたそうかと――」

「ははあ、それはよいことですな」と言いつつ、一転して孝高が声をひそめる。

「どうやら殿は競い普請としたいらしく、遅れることは不興を買うことになります」

「そうでしたか。お教えいただき、かたじけない」

「それがしは夫丸《ぶまる》（作業員）や材木の手配も行っておりますので、他に先んじてそちらに回すようにいたします。そのほかにも困ったことがあれば、何なりとお話し下され」

宗易が礼を言うと、孝高は「お任せあれ」と言い残して去っていった。

――これが威権というものか。

これまで孝高は宗易を尊重してはいたものの、ただの茶の宗匠という扱いだった。

――だが、今はどうだ。

これからは宗易が秀吉の懐刀《ふところがたな》になると、孝高は見ているのだ。

少庵が宗易を促す。

「義父上《ちちうえ》、そろそろ行きましょう」

「そうだな。で、足の具合はどうだ」

「ご心配には及びません。真冬以外は痛みませんので」

少庵は生来足が不自由だったが、宗易に心配を掛けないよう、いつも気丈に振る舞っていた。

二人は孝高からもらった絵地図を見ながら城の中を歩き、搦手の予定地に着いた。

そこは木々が鬱蒼と茂り、灌木《かんぼく》が地を這っており、長年にわたって放置されてきた場所だと分かる。

「父上、『市中の山居』を築くのに、ここは適地ですな」

「ああ、北向きで寂びた風情の漂う地だが、木々を伐採し、灌木を片付けて地をならし、それから植栽となると、夫丸を三百人ほど回してもらっても年内にできるかどうか――」

「それなら、木々や灌木はこのままにして、道だけ付けたらいかがでしょう」

「それはだめだ。それでは何の作意もない」

宗易は少庵の力量を見切っていた。だが頭は悪くないので、基本的なことを教えていけば、茶の宗匠として食べていけないこともない。

「茶の湯とは己の創意を凝らすことだ。胸内からわき上がる創意を作意に昇華し、一つの作品として提示する。それをどう見られるかで、茶人の値打ちが決まる。それは茶室や道具揃えだけでなく、庭や露地も同じだ。ありのままの自然ではなく、植栽にも作意が宿っていなければだめなのだ」

「なるほど」と呟きつつも、少庵は釈然としない顔をしている。

「少庵、侘数寄とは、しょせん人がどう感じるかだ。客も主人も、深山の風情が作意によって表されていることを知っている。木々や灌木が自然のままでは、侘数寄にはならぬのだ」

「つまり木々の一本一本まで、種類や位置をお考えになられるのですか」

「端的に言えば、そういうことだ。そこまでやって初めて、人は茶の湯に魅せられる」

眼下の藪《やぶ》を眺めながら、すでに宗易の脳裏には、侘数寄に溢れた庭と茶室が見えてきていた。

十

城を造るには、労働力の確保とその住環境の整備から始めねばならない。

大坂築城では、秀吉支配下および傘下大名三十カ国から六万人の夫丸が駆り出され、彼らの小屋掛け（仮住居）は天王寺付近にまで及んだ。しかも小屋掛けは、約四十日で二千五百四棟という速さで進められ、その食料の確保と配給も、秀吉奉行衆によって手際よくなされていった。

普請惣奉行の黒田孝高の配慮により、宗易の担当する山里曲輪用の建築資材は優先的に回されることになったが、その前に、夫丸たちとその食料の手配がある。

宗易は孝高に山里曲輪の普請差図（工事計画案）を提出し、九月十五日に普請を開始する承認を得たが、孝高によると、自分は計画案の承認と必要資材を申請することが仕事で、夫丸とその食料の手配は、羽柴家の奉行衆に委ねられているという。それでも孝高から奉行衆に通達してくれることになったので、宗易は安堵していた。

ところが十五日の朝になっても、夫丸は一人も来ない。そのため宗易は確かめに行くことにした。

大坂城の表の顔、すなわち城の中核部分の普請はすでに始まっていた。おびただしい数の夫丸たちが城内を行き交い、切り出された大小の石を、修羅などの運搬具に載せて運んでいる。

修羅とは巨石運搬用の橇《そり》のことで、コロと呼ばれる転がし丸太を軌道のように敷き詰め、その上に橇を載せて引いていく。

その人ごみを縫うようにして、宗易は奉行のいる仮小屋を探した。

「義父上、あれでは」

少庵の指差す方には、仮とはいえ檜《ひ》皮葺《わだぶ》きの本格的な屋敷があった。

対面の間らしき場所で待っていると、足音も高らかに一人の奉行がやってきた。

宗易は秀吉の茶頭とはいえ商人なので、少庵と共に丁重に平伏した。

「初めてお目にかかります。堺の千宗易です。こちらは息子の少庵になります」

「此度の普請作事の勘定奉行を仰せつかっております石田治部少輔《じぶのしょう》に候」

――此奴が石田三成か。

秀吉の帷幕《いばく》に石田三成という有能な若者がいるとは聞いていたが、これまで面識はなかった。

「宗易殿のお顔は、これまで何度か拝見しております」

三成が先手を打つように言う。

「それは恐れ入りました。ご無礼をお許し下さい」

「いやいや、それがしは若輩者。目の端にも留まらぬは当然のこと」

――此奴は賢そうだが敵を作る。

その皮肉一つで、宗易はそれを見抜いた。

「して、今朝は何用ですかな」

――用件を急げというわけか。

宗易は鼻白んだが、丁重な姿勢を崩さず言った。

「本日から山里曲輪の普請が始まります。しかし、どうしたことか夫丸が来ないのです」

「ああ、そのことで――」

三成は大福帳のようなものを懐から取り出すと、しばし黙ってそれを見つめてから言った。

「山里曲輪への夫丸の派遣は、十八日になります」

「それはまた、いかなる理由で――」

「石の切り出しと運搬が予定より二日も遅れているので、諸方面に皺寄《しわよ》せが及んでいます」

三成が他人事《ひとごと》のように言う。

「そうでしたか。それは存じ上げませんでした」

三成の声音が変わる。

「われらは一昨日、そのことを黒田殿の下役に伝えました。ここに確認の書付もあります」

三成は別の書状を取り出すと言った。

「それが伝わっていなかったのは、黒田殿の落ち度」

「いや、お待ち下さい。落ち度とは大げさな――」

「いいえ、こうした些事《さじ》を放っておけば、いつか取り返しのつかない大事が起こります。黒田家中の誰が、いかなる理由から宗易殿への伝達を怠ったのかを明らかにせねばなりません」

責任者を追及するということは、誰かが罰せられることにつながる。羽柴側は叱責で済ませても、黒田家としては普請奉行の解任や、下手をすると切腹を申し付けるという事態を招きかねない。

――そうなった時、恨まれるのはわしだ。

三成が険しい顔で言う。

「これは由々しき事態です。それがしにお任せ下さい」

「待たれよ。先走られても困ります」

「先走るとは、いかなる謂で」

「よろしいか」

宗易は悠揚迫らざる口調に改めた。

「この世は、すべてが思い通りに行くわけではありません。何事も人のやることには抜けが出ます。それをいちいちあげつらっていては、きりがありません。互いに折れるところは折れることで、助け合いの気持ちが生まれ、仕事がはかどるのです」

「ははあ、そういうものですか」

三成が田舎田楽のように、大げさに驚いてみせる。

「私はそう思います」

「ご高説を賜り、恐悦至極。では、夫丸を十八日に回すということで、山里曲輪の遅れはないと思ってよろしいですな」

——何だと。

さすがの宗易にも怒りの感情が込み上げてきたが、それを抑えるくらいはできる。

「それで結構です」

会談はそれで終わった。

帰途、無言で山里曲輪に戻る道すがら、少庵が言った。

「義父上、他人を困らせることに喜びを見出す輩《やから》は、どこにでもいるのですね」

「そなたはそう見たか」

「では、義父上はどう見ましたか」

「彼奴《きやつ》は、わしを恫喝《どうかつ》したのだ。つまり羽柴家中において、『茶人にでかい面はさせない』と言いたかったのだろう」

「なるほど。自分たちを甘く見るなということですね」

「そうだ。向後、彼奴が絡むことについては、慎重に考えてから対処せねばならん」

　宗易は気を引き締めた。

　十八日には夫丸も集まり、いよいよ山里曲輪の普請が始まった。

　一方、秀吉は十六日、鍬入れ（着工）の祝賀にやってきた人々を饗応することを宗易に命じ、大坂城内本丸に造らせた仮設御殿で、「道具揃え」を催した。この席で秀吉は、「四十石」「松花」「捨子」といった本能寺の変を生き抜いた名物を披露し、その案内役兼説明役を宗易と宗及に命じた。

　中でも「松花」は、「唐物茶壺の三大名物の一つ」と言われるほどの逸品で、かつて村田珠光が所有していたものを、名物狩りで信長が入手し、本能寺の変の直前にも披露されていた。

　宗易は名物重視から侘数寄への過渡期として、こうした名物を秀吉が自慢げに披露することを否定はしなかった。まずは茶の湯が、新たな庇護者の秀吉の下で健在であることを示し、徐々に新たな概念を植え付けていけばよいと思っていたからだ。

十一

月見櫓台《つきみやぐらだい》の西側をすり抜けて仮設の門をくぐり、右に折れのある石段を下っていくと、芦田《あしだ》曲輪との分かれ道に出る。左に行けば、さらに石段が続いて芦田曲輪の門に突き当たる。

この曲輪は城内を警護する者たちの長屋と、道具類を入れる土蔵から成る殺風景なものなので、宗易は築地塀《ついじべい》によって目隠しし、さらに築地塀の外側に植栽し、できる限り見えないようにした。

一方、芦田曲輪の方に行かずに直進して中木戸をくぐると、いよいよ山里曲輪だ。ここには古風な楼門を設け、ほかとは一線を画した空間に入ることを示すようにした。

山里曲輪はその名の通り、山里を城内に再現した異空間だ。門を入ってすぐのところは鬱蒼と茂る竹林にし、その中に露地を付けて飛び石を設けた。十間《けん》（約十八メートル）ほどの小路だが、来訪者はここを通ることで、茶の湯を嗜む心構えを徐々に養っていくという効果がある。

そこを抜けると視界が開け、饗応空間として設えた御広間に出る。ここには月見を楽しむ二階楼と四畳半の茶室が設けられている。

来訪者はここで食事をして振舞（宴）を楽しむ。御広間の前には池泉《ちせん》や四阿《あずまや》が造られ、周囲を回遊できるようになっている。さらに池泉からは小川を引き、川の屈曲や石の置き場所を工夫するなどして、常にせせらぎが聞こえるようにした。

となれば当然、門衛や貴人の供が待機する遠侍《とおさぶらい》、台所、納戸などの建物も必要になる。そうしたものを極力小さくし、さらに瓦葺きにせず、風情のある檜皮葺きや柿葺きにした。

　石を運ぶ威勢のいい掛け声が聞こえる中、宗易と少庵は、御広間の脇道を抜けた先の最も奥まった場所に足を向けた。

　二人の着いた場所は、整地されているだけで夫丸一人いない。

　――まさに市中の山居を造るには、申し分のない場所だ。

　そこに建てられる茶室が完成した時の姿が、宗易の脳裏に浮かぶ。

「義父上、ここに茶室を築くのですね」

　少庵の声によって目を開けた宗易は、何もない更地が眼前に広がっているのを見た。

「そのつもりだ」

「どのような茶室をお考えですか」

「田舎風の草庵だ」

「どれほどの広さのものに」

「二畳隅炉にしようと思う」

　少庵は驚いたようだ。

「羽柴様は派手好み。かような小間《こま》に満足なされるでしょうか」

「茶室は小さければ小さいほどよいのだ」

「なぜですか」

「広ければ邪心が入り込む。茶室では、ひたすら茶だけに専心する。それ以外の用途はない」

宗易が、「床は四尺五寸、壁は暦張、炉の脇に洞庫を設ける」という構想を語っていると、背後に人の気配がした。同時に二人が振り向くと、そこに一人の男が立っていた。

「驚かせてしまい、すみませんでした」

その宣教師姿の南蛮人は流暢な日本語でそう言った。

「あなた様とは、幾度かお会いしたことがありましたな」

かつて宗易は、安土城で宣教師のために茶を点てたことがある。

「はい。イエズス会士のルイス・フロイスです」

宗易と少庵は堺に住んでいることもあり、南蛮人は見慣れている。しかもフロイスはポルトガル人なので、黒い髪と黒い目をしている。

「堺の千宗易です」

「同じく少庵と申します」

二人が名乗ると、フロイスは会釈を返してきた。

フロイスはすでに日本に滞在して二十年ほどになり、年齢も五十歳を超えている。

「今日はいかがなされましたか」

「城下に教会ができたので、石田様にお礼を言いに来ました」

「それは重畳《ちょうじょう》」

宗易の脳裏に、三成のしたり顔が浮かぶ。

「十一月二十二日に大坂の教会で初めてのミサを行います。ぜひいらして下さい」

後に三之丸に包含される大坂城下の一角に土地をもらったイエズス会は、教会を建築していた。だが日本の大工たちが西洋建築など知るはずもなく、外見は寺院と何ら変わらなかったので、町の人たちからは南蛮寺と呼ばれることになる。

「こちらの仕事が予定通りに進んでいれば、顔を出すこともできましょう」

宗易はキリシタンになるつもりはないが、商いという点から宣教師たちとは良好な関係を築いてきた。むろん向後も、それを続けるつもりでいる。

少庵が首をかしげつつ問う。

「それにしても、どうしてこんなところへいらしたのですか」

「これだけ大きな城の普請は珍しいので、城内を散策していました。それで静かな方に歩いていくと、この場所に出たのです」

「ははあ、たまたまだったんですね」

少庵が納得したようにうなずく。

「はい。私も閑雅を愛します」

「カ、ン、ガ？」

「ええ、最近教わった言葉です」

宗易が笑みを浮かべる。

「西洋の方々は派手好みかと思っていましたが」

「仰せの通りです。ハライソ（天国）は輝かしい色彩に満ちています」

フロイスの顔にも笑みが浮かぶ。

すかさず少庵が付け加える。

「仏教でも、極楽浄土は極彩色に満ちています」

「そんなものはありません。あるのはハライソだけです」

宗易が鼻白みつつ言う。

「あなた方は素晴らしい宗教をお持ちだ。だが一つの神しか認めないのは、どうしてですか」

「それが真実だからです」

「この世は多様な考えからできています。他を受け容れることができなければ、争いが起こります」

「それがこの国の弱さです」

「いいえ、強さです。美は――」

宗易が軽く瞑目して言う。

「一つではありません。美は万物に宿るのです」

「それは正しい考え方ではありません」

宗易が首を左右に振る。

「あなた方とは最後の一線で理解し合えぬようだ。そうした考え方が、あなた方のしようとしていることの障害になるかもしれませんぞ」

フロイスが困った顔をする。

「つまり、いつか布教を禁じられる日が来ると言いたいのですか」

「それは分かりません。例えば天下人が、あなた方の宗教の敬虔《けいけん》な信者となれば、あなた方の信じるものが、この国の隅々まで広がるでしょう」

「その通りです。この国の民を仏教や神道といった邪教の頸木《くびき》から解き放つことが、われらの使命なのです」

「そうした考えは改められないのですね」

「もちろんです。真実は一つだけだからです」

宗易がため息を漏らす。

「それでも私は負けません」

「どういうことです。まさか茶の湯が神に勝てるとでもお思いか」

フロイスの口端に冷笑が浮かぶ。

「笑いたければ笑いなさい。いかにも宗教と茶の湯は別物だ。しかしわが行く道を邪魔するなら、それなりの覚悟をしていただく」

「待って下さい」

フロイスの顔に戸惑いの色が浮かぶ。秀吉の覚えめでたい宗易の権威に逆らうことは、布教活動に打撃を与えるとわきまえているのだ。

「千様の茶の湯も、われらが目指すものも同じです。この国から戦乱をなくし、人々が安楽に暮らせるようにすることではありませんか」

「その通りです。お互い道は違っても、目指すところは同じです。しかしこの国の民の大半がキリシタン信者になっても、仏教寺院や茶室を毀《こぼ》つことは許しませんぞ」

フロイスの顔が引きつる。

「あなたは神と戦うというのですか」

「それは、あなた方次第」

「何と大それたことを――」

フロイスは天に向かって手を合わせ、何事か呟《つぶや》いている。

「決してわが領分に立ち入らぬことだ。さすれば共に栄えることができるでしょう」

フロイスは胸の前で十字を切ると、恐ろしげな顔をして去っていった。

いつの日かキリシタンが絶大な勢力を得れば、その排他性をいかんなく発揮し、仏神どころか日本固有の伝統のすべてを破壊していくのは明らかだ。

「義父上、キリシタンとは、げに恐ろしきものですな」

少庵が嫌悪をあらわに言う。

「ああ、耶蘇教は人の心を虜《とりこ》にできる。その目的は崇高だが、他を否定する宗門は、この国にはなじまない」

――空海と最澄以来、多くの俗人が入り込み、財を生み出す構造を築き上げてきた仏教には、もはや衆生《しゅじょう》を救う力はない。では、他を排そうとする耶蘇教にそれができるのか。われらは手を組めるのか。

気づくと日が陰ってきていた。宗易は自問しながら少庵を促し、その場を後にした。

十二

天正十二年（一五八四）正月三日、大坂城内に山里曲輪と茶室が完成し、その「座敷抜《び》き」が行われた。「座敷抜き」と言っても狭い茶室に大人数は入れないので、祝賀に訪れた諸大名には二畳茶室を見せた後、御広間で秀長を主座に据えた茶事を行うことになった。

一方、二畳茶室では、主人役の宗易と正客の秀吉が対峙していた。

床には虚堂禅師の墨蹟を掛け、信楽《しがらき》の水指、面白《めんはく》の肩衝茶入、井戸茶碗といった質素な道具の取り合わせは、宗易がこれから目指そうとしているものを如実に表していた。

「見事なものだな」

秀吉はその鄙びた風情の漂う草庵を見て、さらにそれが二畳隅炉ということに驚きを隠せないようだ。

「かように狭い茶室では、主人と客が二人しか入れぬぞ」

「草庵の茶事は主人と客だけで十分かと。大寄せであれば御広間があります」

大寄せとは大人数で行う茶事のことだ。

「なるほど、いわばここは、わしとそなたの隠れ家ということか」

「はい。羽柴様でさえ、かような草庵で茶を楽しむことが知れわたれば、衆生も何ら恥じることなく、草生した草庵に割れ釜をぶら下げただけの茶事をするようになります」

秀吉が前歯をせり出し、下卑た笑いを浮かべる。

「それによって民にまで、茶の湯が広まるというわけか」

「その通りです」

音を立てて茶を喫すると、秀吉が唐突に言った。

「わしは虚《うつ》けと三河を討つことにした」

虚けとは信長次男の信雄、三河とは徳川家康のことだ。秀吉に与《くみ》して信孝を滅ぼした信雄は、この時、自領に加えて尾張・伊勢・伊賀を吸収し、百万石を超える大名となっていた。

「わしとて戦は好まん。それゆえ三人の宿老を虚けの下に送り込み、首根っこを押さえておる」

三人の宿老とは、津川玄蕃允義冬《つがわげんばのじようよしふゆ》、岡田長門守重孝《おかだながとのかみしげたか》、浅井田宮丸長時《あざいたみやまるながとき》のことだ。

「その三家老から、虚けと三河の間で、使者の往来が激しくなっているという知らせが届いた」

秀吉の金壺眼が光る。

「それだけで織田中将と三河殿を相手に戦をすると仰せですか」

「そうだ。戦に勝つには先手を打つことが大切だ。大義や理屈など後からどうにでも作れる」

「しかし織田中将と三河殿と戦うには、相応の覚悟が要りますぞ」

それとなく脅しを掛けてみたが、秀吉は動じる風もない。

「当たり前だ。勝負をしないで天下が取れるか」

「困りましたな」

「そなたが困ることはあるまい」

「いえ、羽柴様と私がこれからやろうとしていることと、戦は矛盾しております」

「そうかもしれぬが、この二人だけは、わしの目が黒いうちに倒しておかねばならん」

「今のうちに禍根を断っておくというのですな」

秀吉がうなずく。

「敵は三河殿。正面から戦えば共倒れになります」

「では、どうする」

「まずは、私を織田中将の許にお送り下さい」

「送ってどうする」

「恫喝してきます」

秀吉は大きく目を見開き、次の瞬間、大笑いした。

「ははは、こいつはまいった。茶人の千宗易殿が、総見院様の息子を脅しに行くと申すか」

「はい。羽柴様の威光と権勢をお伝えし、その傘下にとどまることが、己の器量に見合ったことだと分からせます」

「ははあ」と言いつつ、秀吉が膝を叩く。

「面白いとは思うが、やめておけ」

「なぜに」

「あのような虚けには、何を言っても無駄だからだ」

「それでは側近に説きます」

秀吉が腹を抱えて笑う。

「かの者の側近を知らぬのか、主に負けず劣らずの虚けばかりだ」

そこまで言われては、宗易も黙るしかない。

「いずれにせよ、わしが押し付けた三家老が不穏な動きを伝えてくれれば、即座に兵を動かす」

秀吉が恫喝するような目つきで、「もう一服」と濃茶を所望した。


三月六日、桜の花の咲き乱れる伊勢長島城で、その事件は起こった。

かねてより信雄は、秀吉派の三家老から「羽柴様に忠節を示すように」と言われていた。それゆえそのことを了解した旨の返答をし、花見の宴に参座するよう命じた。

三人は何の疑義も挟まず登城し、花見の宴が始まる前、小書院で信雄と歓談した。

しばらくして信雄が小用に立つと言って姿を消した後、三人だけが座敷に残された。すると突然、「お命、頂戴いたす!」と叫びつつ男たちが現れた。三人は逃れる術《すべ》もなく斬られ、戦国期にも珍しい陰惨な暗殺事件は終わった。

この一報を受けた秀吉は、小躍りしたい気持ちを抑え、憤怒の形相で全軍に陣触れを発した。

家康も動いた。家康は家康なりに勝算があった。秀吉が織田家中の内部抗争に明け暮れている間、家康は武田家旧領の甲斐・信濃両国の領有に成功し、強兵で鳴らした武田家旧臣の大半を軍団に組み込んでいたからだ。寄せ集めの秀吉軍団に比べ、徳川勢が一段と精強になったことは明白であり、家康は軍事衝突となれば勝つ自信があった。

さらに、甲斐・信濃両国の領有をめぐって争っていた北条氏と攻守同盟を結んだ家康は、後顧の憂いもなくしていた。

かくして、小牧・長久手の戦いが勃発する。

第二章

蜜月

一

天正十二年（一五八四）三月六日、秀吉派の三家老を討ち取った織田信雄は、秀吉に事実上の宣戦布告を行った。この知らせを受けた家康も間髪を容れず行動を起こす。

三月七日、岡崎城を出陣した家康は十三日には信雄と清須城で合流し、最初の軍議を開いた。

家康と信雄にとって苦戦は覚悟の上だった。というのも秀吉の勢力圏は、東は美濃・近江から、西は伯耆《ほうき》・備中まで二十カ国に及び、最も農業生産性の高い日本国の中央部を押さえている。その動員兵力は十五万。対する織田・徳川連合軍は、信雄が三カ国、家康が五カ国の太守とはいえ、せいぜい五万余の動員兵力だ。

秀吉には余力があり、持久戦での勝ち目は薄い。家康としては小競り合いで連勝し、全国の諸大名に「家康手強し」を印象付け、味方を増やしていくしかない。

反秀吉勢力の紀伊の雑賀《さいか》・根来《ねごろ》、四国の長宗我部《ちょうそかべ》、越中の佐々《さっさ》成政《なりまさ》らが、戦況次第では家康に味方する。そうなれば秀吉は逆に包囲されることになり、情勢が逆転することも考えられる。

だが秀吉は甘くはない。

四国の長宗我部に対しては淡路の仙石秀久に海上封鎖を命じ、雑賀・根来両衆に対しては岸和田城に中村一氏《なかむらかずうじ》、蜂須《はちす》賀《か》家政《いえまさ》、黒田孝高を入れ、毛利の抑えに宇喜多秀家を配した。さらに前田利家と丹羽長秀には、佐々成政の動きを封じさせた。

また、家康と同盟関係にある北条氏に援軍を出させないために、佐竹義重《さたけよししげ》、宇都宮国綱《うつのみやくにつな》、結城晴朝《ゆうきはるとも》らに下野国《しもつけ》をめぐる小競り合いを拡大させた。

両陣営の対立は、北陸から関東諸国にまで広がりつつあった。

羽柴方諸将を本陣の佐和山城に集めた秀吉は、諸国に向けて信雄と家康の非を鳴らすと、三月十三日、池田恒興《つねおき》と森長可《ながよし》に尾張国の犬山城を急襲させた。この先制攻撃は成功し、一夜にして犬山城を奪った。

十六日、勢いに乗る秀吉は犬山城にいた森長可に三千の兵を率いさせ、清須城攻撃に向かわせた。

この動きをいち早く摑んだ家康は、酒井忠次らに五千の兵を与え、森長可勢に当たらせた。

八幡林《はちまんばやし》から羽黒川にかけて衝突した両軍は、一歩も譲らぬ激戦を展開したが、兵力で劣る森勢は次第に押され、陣を捨てて潰走する。

一矢報いた家康と信雄は相次いで小牧山城に入った。これに対して秀吉も犬山城に本陣を設けた。

羽柴勢八万余、徳川・織田連合軍三万五千余の対決の時は迫っていた。


四月初旬、犬山城の本曲輪の庭園で、大寄せが行われた。

秀吉から犬山城に来るよう命じられた宗易は、少庵を伴い、従者に風炉釜、水指、建水などの諸道具を抱えさせて駆けつけた。

楽師たちの奏でる管弦と、風に舞う篝《かがり》によって幽玄な空間が演出される中、宗易は茶を点てた。

大寄せの場合、最初に振る舞う濃茶は、同じ碗で飲み回す吸茶《すいちゃ》になる。当然、末席には回らないので、形式的に口を付け、それぞれの茶巾で口を付けた部分を拭き取ってから回していく。

続いて薄茶が回される。これは吸茶ではなく、各服点《かくふくだて》といって個々に茶の入った薬籠《やろう》（木製塗物）が配られ、それを喫することになる。

大寄せも半ばを過ぎた頃だった。使者が入ったのか、陣幕の外が慌ただしくなってきた。

続いて「ご無礼仕る」という声と共に石田三成が現れ、秀吉に何事か耳打ちした。

「分かった。皆にも知らせよ」

「はっ」と答えるや、三成が甲高い声で報告する。

「今入った知らせによると、敵は小牧山での長期戦を覚悟し、その構えを強化すると同時に諸砦《しょさい》を構築、小幡《おばた》城と比良城を修築し、岡崎・清須間の防衛線を強化したとのこと」

その報告により、茶の湯によって緊張がほぐれ始めていた一同の顔色が、たちまち変わる。

――荒ぶる気持ちを鎮めるのは、容易なことではないというのに。

宗易は内心、舌打ちした。

秀吉が周囲を見回しながら問う。

「われらの守りはどうなっている」

堀秀政がすかさず答える。

「犬山城の前衛となる諸砦の構築は順調に進んでいます」

「となると陣城合戦か。こいつは長引きそうだな」

秀吉が吐き捨てるように言うと、森長可が発言を求めた。

「浮勢（奇襲部隊）によって三河を突かせる動きを見せれば、家康は慌てて兵を返そうとします。そこを羽柴様率いる主力勢が背後から突くのです」

池田恒興も膝をにじる。

「これは、よき策ではありませんか」

恒興は信長の乳兄弟で、信長の死を知って出家し、勝入《しょうにゅう》と名乗っていた。清須会議で宿老の座に押し上げられ、秀吉に味方することで、さらに大きな地位を占めるに至った。また恒興は森長可の岳父にあたり、羽黒八幡林で敗れた長可の名誉を挽回させたいと思っていた。

長可が絵図面を使って策を説明する。

うなずきながら長可の話を聞き終わった秀吉は、長いため息をついた。

「悪くない策だが、皆はどう思う」

次の瞬間、諸将はわれ先に持論を述べ始めた。その大半は長可の積極策を推していた。

――皆、羽柴様の意向を忖度《そんたく》しておるな。

この戦いで、秀吉は家康を討つつもりでいる。そうしなければ、いつまでも禍根を断つことができず、己が先に死ねば天下を簒奪される恐れがあるからだ。

「皆の気持ちは分かったが、そなたらは武士だ。戦場に来ると、われを忘れる。それゆえ――」

秀吉は首を回して居並ぶ者たちを見回すと、背後に控える宗易に視線を据えた。

「宗易の存念を聞いてみたい」

――なぜ、わしに問う。

宗易は意表を突かれた。

「私は商人ゆえ、戦場の策配には通じておりません」

「だからこそ問うている。事ここに至れば、武士たちは弱気なことが言えぬ。それゆえ虚心坦懐に物事を判断できる者に問いたいのだ」

重い沈黙が広間を支配する。

――三河殿ほどの戦巧者なら浮勢に気づかぬはずがない。

「どうだ、宗易。どのような存念だろうと、そなたを責めることはないから申してみろ」

――わしを試しておるのか。

宗易の脳裏に、乱戦の中、討ち死にする二人の姿が浮かんだ。

――だが、待てよ。

ここで秀吉に慎重な策を取らせてしまえば、秀吉有利なままで事態は推移し、やがて家康は滅亡させられるかもしれない。その時は双方に相当の損害が出るはずだ。双方の均衡を保ち、死傷者の続出する大戦を避けるには、小戦で家康に勝たせる必要がある。

顔を上げると、秀吉は微動だにせず宗易を見つめていた。その顔は醜怪極まりないが、その金壺眼の奥は聡明な光を宿している。

一礼すると、宗易が答えた。

「理に適った策かと」

「森や池田を慮《おもんぱか》って言っておるのではないな」

「もちろんです」

秀吉が再び宗易をのぞき込む。

――わしの真意を探ろうとしているのか。

緊迫の時が流れる。背筋に一筋の汗が伝う。

心の中で、「そなたは、わしを陥れようとしているな」という秀吉の声が聞こえる。

だが次の瞬間、秀吉の口から別の言葉が出ていた。

「宗易がそう申すなら、やってみよう！」

秀吉が立ち上がるや、長可と恒興が平伏する。

「宗易、そなたの言葉で決断できた。恩に着るぞ」

「私は思うところを述べたまで」

策が決定すると、秀吉は陣立て（諸軍の配置）に移った。もはや茶会は体を成さず、諸将は侃々諤々《かんかんがくがく》の議論を展開している。

やがて秀吉がその場を後にすると、諸将も天を衝くばかりの勢いで、自らの陣所に戻っていった。

その場に残されたのは宗易と少庵だけだった。

「少庵、給仕を頼む」

茶の湯における給仕とは点前から雑用までの一連の行為を意味していたが、次第に使った茶器の片付けを指すようになった。

「はっ」と答えると、少庵は片付けを始めた。

四月六日、羽柴秀次（この時は三好信吉）を総大将に、池田恒興、森長可、堀秀政率いる二万余の三河侵攻部隊が、尾張東部の丘陵地帯を迂回《うかい》して岡崎に向かった。

ところが翌七日夕刻、この動きは早くも家康の知るところとなった。

八日、先手を担う池田・森隊は、三河への進軍路を扼《やく》する岩崎城への攻撃を開始する。

一方、家康は九日未明、長久手北方の白山林《はくさんばやし》で、秀次勢に奇襲を掛けた。予想もしていなかった背後からの攻撃に、たちまち秀次勢が突き崩される。

これを聞いて救援に駆けつけた堀秀政は、秀次勢の壊乱《かいらん》ぶりを見て挽回をあきらめ、秀吉主力との合流を図るべく撤退に移った。その頃には、森長可と池田恒興も反転して徳川勢に挑んでいたが、その勢いを押しとどめる術もなく崩れ立った。池田恒興と森長可は、乱軍の中で討ち死にを遂げる。

事は宗易の思い通りに運んだ。

その後も小競り合いは続いたが、大会戦に至ることなく、事態は終息に向かった。

九月になると双方から和議の話が持ち上がった。しかし秀吉が家康に人質を送ることを要求したため、いったん和議は決裂した。

それゆえ秀吉は方針を変更し、信雄との間で単独講和を結び、家康を孤立させることにした。

二

「そろそろ恫喝に行ってくれぬか」と秀吉から頼まれた宗易は、十月初め、清須城に赴くことにした。

清須は尾張国の中心部にあり、鎌倉往還と伊勢街道が合流する交通の要衝である。

尾張守護職の斯波《しば》氏によって創築された清須城は、弘治元年（一五五五）に織田信長が入城し、永禄六年（一五六三）に小牧山城に移るまで、その本拠となっていた。

今は新たな主となった信雄が、城下町の再整備を進めていた。

――ここが、総見院様の居城だった清須城か。

五条川沿いに伊勢街道を下っていくと、清須城が見えてくる。

――総石垣造りで二重の堀で守られているのか。なるほど堅固な平城だ。

惣構《そうがまえ》の橋を渡ると、重臣の土方雄久《ひじかたかつひさ》と滝川雄利《かつとし》が大手まで出迎えに来ていた。常の儀礼に従い、輿《こし》を降りて挨拶を交わした宗易は、再び輿に乗り、本曲輪にある御主殿の前に至った。

そこで随伴してきた少庵と別れ、宗易一人が信雄と対面することになる。

遠侍に導かれていく少庵たちを見送ると、取次役の土方雄久と滝川雄利が、「どうぞ、こちらへ」と言って書院らしき一間に通された。

上座から五間（約九メートル）ほど離れた下座に着くよう指示された宗易がそこに座すと、その左右後方に二人が付く。

――わしを恐れているのか。

酸鼻極まる謀殺事件を起こした信雄である。自分がそうした目に遭わないよう、念には念を入れているのだ。

やがて帳台構えが開くと、信雄が現れた。信雄はその垂れ気味の目尻や下膨れした頰から、兄弟の中で、最も信長に似ていないと言われてきた。

――それは面相だけではない。

宗易は信雄をそう評価していた。

「これは中将様、お久しゅうございます」

「宗易殿が使者として来られるとはな。驚いたわ」

すでに書状で伝えてあるので、それは分かっていたはずだが、信雄は皮肉のように言った。

――どうやら備えは堅固そうだな。

その防御を突破し、信雄を組み伏せるのが宗易の仕事だ。むろん親徳川派の土方雄久と滝川雄利が左右に居並んでいるので、彼らとも丁々発止のやり取りをせねばならない。

「最近、茶事の方はいかがですか」

「茶事だと。この死ぬか生きるかの瀬戸際で、茶事もあるまい」

信雄は演能の名手として名を成していたが、茶の湯、和歌、管弦、蹴鞠《けまり》といった芸道全般の手練《てだ》れとしても知られていた。

「ははは、いかにもその通りですな」

「まさかそなたは、茶事をしに来たわけではあるまい」

「いえ、そのつもりで参りましたが――」

「此奴」と呟いた信雄の目は憎悪に燃えていた。むろんそれは、宗易個人に向けられたものではない。

信雄には、秀吉の陣営に属する者すべてが敵に見えるのだ。

「よし」と言うや、信雄が膝を叩いた。

「一客の茶事を行う」

一客の茶事とは、主人と客だけの茶事のことだ。

「お待ちあれ」と、土方雄久が口を挟む。

「それは、よきお考えとは思えません。宗易殿はあくまで使者。となれば、われらも陪席《ばいせき》させていただくのが筋かと」

「土方殿の申す通り」

滝川雄利も落ち着いた声音で言う。

「われらが話を伺わないことには、向後のあつかい（交渉）に取り違えが生じることもあり得ます」

「よいか」と言って、信雄が目を剝く。

「わしは、あつかいなど考えておらん。三河殿と一蓮托生と決めたからには、羽柴殿とは戦い抜くつもりでいる。此度は宗易殿の茶を楽しむだけだ」

二人が不安そうに顔を見交わす。

「わしは、もうそなたらに振り回されんぞ」

――そういうことか。

温厚な文化人にすぎない信雄が三家老を謀殺するなどあり得ないと思ってきたが、案の定、二人にそそのかされたのだ。二人には、家康の力を借りて織田家の天下を取り戻したいという野望がある。

――だがそれでは、天下人が羽柴殿から三河殿に変わるだけだ。

二人にはそれなりに勝算があるのだろうが、秀吉を打ち負かせても、信雄が家康を抑えて天下人になれる可能性はなきに等しい。

「では場所を移そう」

何か言いたそうな二人を尻目に、信雄が立ち上がった。


庭に案内された宗易は、取次役が示す蹲踞で手と口を清め、外腰掛けで信雄が来るのを待った。

やがて信雄が現れ、四畳半茶室に通されると、茶事が始まった。

――南向きか。

本来、茶室は北向きにして室内に陽光を取り入れていた。その方が陰影があいまいになり、道具の美しさが際立つからだ。だが宗易は、あえて南向きの茶室を造った。道具の美は細部に宿るからだ。

それに信雄の師匠の織田長益《ながます》が感心していたことを、宗易は思い出した。

「この茶室は有楽《うらく》殿の縄（設計）では」

信雄が軽くうなずく。

――だが総見院様が集めた名物の大半は、羽柴様に献上してしまったということか。

元々、茶に造詣が深かった信雄は、武将茶人として高名な荒木村重から贈られた「兵庫」と呼ばれる茶壺や「京極茄子」という茶入の大名物を持っていた。だがそれらは、清須会議で後継者指名を受けるために、秀吉に圭幣として贈ってしまっていたので、今はさしたる道具を持たない。

――その腹いせに、このお方は反旗を翻したのかもしれぬ。

茶道具、とくに大名物には、それだけ人を狂わせる魅力がある。

「では、料理を運ばせる」

信雄が外に声を掛けると、同朋たちが膳を運んできた。

料理は手前に飯と青菜の汁を並べ、それを隔てて貝付けと鮭の焼き物の菜二種を置き、さらに琵琶《びわ》鱒《ます》の和雑膾《かぞうなます》が付けられている。いわゆる一汁三菜という構成だ。その簡素な中にも、もてなしの気持ちが漂う献立に、宗易は付け入る隙があると見た。

「それでは、いただきます」

宗易と対座する形で、信雄も食べ始めた。

常であれば味などを褒めるのだが、そんな世辞を言う気にもならず、沈黙したまま食事が終わった。

「そろそろ炭を整える」

「はい」と答えた宗易は座を外して外に出ると、蹲踞で手水を使った。

後入《ごいり》で座に戻ると、床の飾りが墨蹟に変わっていた。

――下手だな。

それは名もない禅僧の書いた墨蹟だった。信雄が名物を持っていないのか、暗に招かれざる客である宗易を揶揄しているのかは分からない。

「眼福でございました」

「本気で申しているのか。わしは、もはやかような雑物《ぞうもつ》しか持っておらぬのだぞ」

——それを訴えたかったのか。

信雄が慣れた手つきで濃茶を練った。ちなみに濃茶は、点てると言わずに練るとなる。

「では」と言いつつ、宗易が口を付ける。

「そなたは、わしを殺しに来たのか」

鋭い言葉の切っ先が宗易に向けられる。

「まことにもって、よきお味かと——」

「そなたの狙いは何だ」

——もはや駆け引きをしている暇はないようだな。

宗易が穏やかな口調で問う。

「中将様は、天下人とは何かを考えたことがおありですか」

「天下人だと」

「そうです。天下の為政者のことです」

「そんなことは、そなたよりも分かっている。わしは父上の謦咳《けいがい》に接し、この世をどう導くかを教えられてきたからな」

「それは結構なことです。しかし天下人には、大きな器が必要です」

「何が言いたい」

宗易が茶碗を置く。信雄の瞳は小動物のように警戒心をあらわにしていた。

「親から引き継いだものを、ただ守るだけの常の大名や国人と違い、天下人には器が必要です」

「それが、わしにはないと申すか」

「はい。満々と水をたたえる器なくして、水をためることはできません」

「何と無礼な――」

「では中将様の胸内に、満々と水をたたえる器がありますか」

信雄が目を剝く。だが反論の言葉はない。

「残念なことですが、中将様は天下人の器ではありません」

「そんなことはない！」

「それは、ご本人が最も分かっておるはず」

信雄が手をつく。

「わしは、わしは――」

「そう。総見院様ではない。どんなに背伸びしようとも、絶対にお父上にはなれないのです」

信雄が声を絞り出す。

「わしは父上のようになりたかった。父上の一言で、周囲は震え上がって従った。わしは父上のように、軍配一つで千軍万馬を動かしたかったのだ」

「では仮に、それが現《うつつ》のものとなったらどうするのです。中将様は降伏した敵の首をことごとく落とし、乳飲み子を抱えた女を焼き籠めにできますか。そんなことができるのは、お父上だけではありませんか」

「そうだ。わしにはできぬ。わしは一人の敵も殺せぬ！」

「それがお分かりなら、何も申し上げることはありません。中将様には——」

宗易が慈愛の溢れる口調で言う。

「中将様の行く道があります。風流心の分かる方々に囲まれ、茶を点て、能を舞い、歌を詠むのが、中将様には似合っているのではありませんか」

信雄が肺腑を抉《えぐ》るような声を絞り出す。

「ああ、そうだ。それがわしの行く道だ」

「秀吉や家康は——」

宗易はあえて呼び捨てにした。

「戦うしか能のない者たちです。彼奴らは武によって、己が何者かを証明するしかないのです」

「しかし彼奴らは、皆から崇められている」

「それはかりそめの尊崇《そんすう》です。彼奴らは恐怖によって皆を支配しているだけではありませんか。力を失えば尊崇する者など一人もいません」

「それを本気で言っておるのか」

「はい。武によって立つ者は武によって滅ぼされる。平相国《へいしょうこく》（清盛）しかり、北条得宗家《とくそうけ》しかり」

そこまで言ったところで、宗易は口ごもった。だが信雄が後を続けた。

「わが父しかりだな」

「残念ながらその通りです。一方、文や芸によって立つ者は真の尊崇を受けます。例えば藤原定家や世阿弥は——」

信雄が口を挟む。

「そなたもか」

宗易が息をのむ。

「茶の湯を永劫に続くものとし、その頂点に君臨すれば、そなたは永劫の命を得られる」

宗易は虚を突かれた。

「図星であろう。秀吉など、そなたの走狗《そうく》にすぎぬ。そなたこそ天下を狙っておるのだ！」

信雄が宗易を指差す。

「では、私を殺しますか。私を殺して私に成り代わりますか。私のように秀吉のために茶を点てられますか」

信雄の顔が秀吉への憎悪に歪む。

「中将様は幸いにして総見院様のご子息であられた。それだけで向後、茶の湯でも、歌でも、能でも生涯楽しめます。それで十分ではありませんか。それとも三七殿（信孝）のように、室も子も殺された上、三条河原に首を晒《さら》しますか。それを見た京雀から『あれは天下人だった総見院様の息子の首だ』と言われて笑い者にされたいのですか」

「嫌だ！」と言って信雄が激しく首を振る。

「わしは常に父上の息子として見られてきた。一個の人として見られたことなどなかった。いつも父上の亡霊を背負わされてきたのだ。此度のこともそうだ。わしは秀吉と戦いたくなかった。それを馬鹿どもが『あなた様は総見院様の息子です。天下を取って当然なのです』と言って、わしを煽《あお》ったのだ。もうたくさんだ！」

　信雄が嗚咽を漏らす。宗易は背後に回り、その背を撫でてやった。

「中将様、総見院様の息子という頸木から逃れ、楽になって下さい」

「そなたは――、そなたは、そんなわしでも相手にしてくれるのか」

「もちろんです」

「わしが父上の子でなかったとしても、そなたは茶を点ててくれるのか」

「当たり前です。中将様は総見院様よりも――」

　そこで一拍置いた宗易は、確信に満ちた口調で言った。

「尊崇されるべき人なのです」

「それは本当か。わしはわしのままでよいのだな」

　宗易が力強くうなずく。

「そうか。これでよいのだな。これで――」

　信雄のすすり泣きが四畳半に漂う。それは、肩の荷を下ろせた者の喜びのすすり泣きだった。

三

「まことにもって見事な手際よ」

　大坂城の小書院に秀吉の高笑いが響く。

「過分なお言葉、ありがとうございます」

十一月十一日、秀吉は信雄と会見し、単独講和を結んだ。しかも信雄は秀吉の出した条件をすべてのんだ。さらに幼い娘を秀吉の養女として差し出すことにも同意する。

秀吉は歓喜し、「それでこそ三介殿」と手を叩いて喜んだ。

信雄との和睦《わぼく》が成った秀吉は、信雄から奪った伊勢国の大半の城を破却させた。というのも伊勢国には織田家の勢力が浸透しているため、情勢の変化によっては、国人たちが反旗を翻す可能性があるからだ。

一方、梯子《はしご》を外された形になった家康は十二月十二日、次男の義伊丸（後の結城秀康）を秀吉の養子にする前提で大坂に送り、和睦の道を探り始めた。


「そなたはたいしたものよ。あの虚けに、いかに損得を説いたのだ」

「損得と――」

「そうだ。かの者の宿老は損得勘定しかできぬ者たちだ。餌を投げれば食らいついてくる」

「餌と仰せになられますと――」

宗易が首をひねる。

「もしやそなたは、わしの与《あずか》り知らぬ密約を結んでおるのではあるまいな。そんなものは聞く耳を持たんぞ」

「なんの約束もしておりません。私は天下人について語っただけです」

「天下人だと」

「はい。中将様は、その任にふさわしくないと――」

宗易は経緯をかいつまんで語った。むろん秀吉を揶揄するようなことは伝えない。

「つまり虚けの心の襞《ひだ》に分け入り、その弱さを突いたのだな」

「はい」

「人の心を攻めるのは城攻めと変わらぬ。面白いだろう」

その問いに宗易は答えない。

「そうだ。何か褒美を取らそう。まあ、それは後でよいとして――」

このくらいのことで秀吉が褒美をくれないのは、宗易とて承知している。

「わしは小牧・長久手で痛い目に遭った。あの時、そなたはわしに、森や池田の申す策を勧めたな」

「お待ち下さい。勧めてはおりません。理に適っていると申したまで」

「どちらでもよいことだ。あの時、本心からそう思ったのか」

「私は商人です。兵の駆け引きには慣れておりません」

「まあ、よい。あそこで後れを取ったのは、わしにも責がある。戦は弱きところを突いた方が勝つ。わが方で弱いのは、わが甥《おい》の信吉（秀次）で、敵で弱いのは織田中将だった。わしは池田の懇請に根負けし、弱き者を前に出した。ところが家康めは、弱き者を城に入れて出さなかった」

あの時、家康は信雄と織田勢を小牧山城から動かさなかった。自軍の負担を軽くするために織田勢を出陣させるのが当然のところを、家康は自軍だけで戦ったのだ。

――織田勢が崩れれば、負け戦となるからだ。

宗易も薄々そのことには気づいていた。

「そなたは知るよしもなかろうが、孫子に『実を避けて虚を撃つ』という言葉がある。わが虚が秀次であるのと同様、彼奴らの虚は織田中将だったのだ」

「羽柴様、小牧・長久手はもはや終わったこと。これからは次善の策を考えましょう」

宗易は当たり障りのない言葉で、向後に秀吉の目を向けさせようとした。だが秀吉は、いまだこだわっていた。

「つまりそなたは、この無二の一戦を大会戦にせずに終えたわけだ」

「何を仰せか。私は戦の帰趨に関与しておりません」

「いいや。この戦の勝者は、そなただったのだ」

――その通りだ。

宗易は無言でいるしかない。

「そなたは、わしのために働いているわけではない。堺のため、いや、この世を静謐に導くために働いておる」

宗易は秀吉の賢さを思い知った。

「だがな、宗易、わしはそれでよいと思うておる」

それは予想外の一言だった。

「わしの周囲の者は皆が皆、わしのために働いておる。だが、それでは目が曇る。そなたのように別の見地から物事を考える者がおると、わしも鍛えられる。ひいてはそれが、天下人としての礎を固めることにつながるのだ」

――やはり、この男は侮れない。

いつの間にか秀吉は、独善的な支配者になることから脱しようとしていたのだ。

「だが、そなたの目指すことを実現するには、家康を排除しておかねばならないのだぞ」

「共に栄えることはできませんか」

秀吉が悲しげな顔で言う。

「それではいつの日か、わしの後継者が討たれることになる」

「そうはならぬよう、三河殿の外堀を埋めるのです。さすればほどなくして屈服します。ご存じのように三河殿は希代の律義者。総見院様ご健在時のように、使い方次第で強力な味方になります」

秀吉が遠くを見つめるような目をする。考えているのだ。

「いかに精強な兵を持つ三河殿とはいえ、丸裸にしてしまえば、いかようにもなるはず」

「そなたは賢いな」

秀吉が金壺眼を丸くする。

「まあ、よい。家康と戦い負けてしまえば、わしの天下もそれまでだ」

「その通りです」

「だが、外堀を埋めるとなると、どこかを攻めることになるぞ」

家康との無二の一戦は避けられても、秀吉は「家康の外堀を埋める」ために、その与同勢力と戦わねばならない。

――だが三河殿以外との戦いなら、さほどの大戦にならず、敵は屈服する。

宗易の読みが正しければ、戦による損害は必要最小限で収まる。

「どこを攻めるかな。越中の佐々か、四国の長宗我部か、紀州の雑賀・根来か――」

秀吉が挑むように問う。

「まずは、易き相手から攻めるのがよろしいかと」

「紀州か」

宗易がうなずく。紀州勢は寄合所帯なので、個々に降伏していく可能性が高い。

「よし、そうするか」

「しばしお待ちを」

立ち上がろうとする秀吉を、宗易が押しとどめる。

「向後の羽柴様のご出陣は、常の戦に赴くものとは異なります。帝の命を奉じ、また今は亡き総見院様の遺志を継ぎ、この世に静謐をもたらす天下人の戦、否、征伐となります」

「征伐か――」

征伐とは、朝廷や幕府の命を受けた者が反逆者を追討することを言う。

「それゆえ出陣を祝う盛大な儀を行い、負けるはずがない戦だという印象を諸将に植え付けねばなりません」

「そなたは何が言いたい」

「羽柴様が天下を慰撫《いぶ》する道具として茶の湯をお考えなら、出陣の儀に際し、これまでないほどの大寄せの大興行を催し、集まった者全員に茶を振る舞うのです」

その盛儀の噂は紀州まで届き、動揺が広がるだろう。

——さすれば降伏する者が相次ぐ。

宗易は威儀を正すと言った。

「天下は茶の湯と共にあるのです」

秀吉の眼光が鋭くなる。

「そうか、天下の中心に座すのは茶の湯だったな」

宗易は深く平伏すると、計画の概要を語った。

四

天正十三年（一五八五）二月、秀吉は大坂城山里曲輪に織田信雄を招き、講和を祝う茶会を行った。この茶事は四畳半茶室で行われ、秀吉自ら点前を行い、信雄と仲介の労を取った織田有楽斎が参座した。宗易は秀吉を給仕すべく、宗及と共に次の間に控えていた。

この時、毒殺を恐れた信雄は茶を喫さず、作法だけ執り行った。有楽斎が先に喫し、それを信雄に回しても「何《いず》にしてもれ茶をばきこしめされず」（『宗及茶湯日記他会記』）という頑《かたく》なさだった。

いずれにしても信雄との講和が整ったことで、後顧の憂いをなくした秀吉は次の一手を打つ。

同月、秀吉は紀州雑賀・根来攻めの陣触れを発した。出陣に先立つ三月八日、信長の追善供養として、大徳寺の総見院において大寄せが催された。これが、貴賤《きせん》を問わない大規模茶事の走りとなる「総見院の大茶湯」である。

この時、秀吉が所有する名物を陳列すると喧伝《けんでん》したので、畿内の数寄者たちが押し寄せてきた。時代はいまだ名物重視なので、それを餌にして数寄者たちを集め、侘数寄の時代になったことを茶事によって伝え、数寄者たちの口を介して侘数寄を敷衍させようという狙いが、そこにはあった。

この興行は総見院の境内に仮設の茶室を二棟建て、宗易と宗及が百四十三人に茶を振る舞うという趣向である。この時の茶室は、屋根が茅葺《かやぶ》きで九尺二間（間口約二・七メートル、奥行約三・六メートル）の櫟《くぬぎ》造りで、中央に通路が設けられ、次々と茶を振る舞えるようになっていた。

「総見院の大茶湯」は、畿内の数寄者がすべて集まったかと見まがうばかりの大盛況となった。

だがその賑やかさと比べ、茶室の侘びた風情に数寄者たちは瞠目《どうもく》した。これにより最新の茶の湯が侘数寄だという話が広がっていった。


久方ぶりに堺の屋敷に帰った宗易が夜になって茶室に向かおうとすると、庭に面した広縁に、一房の藤の花が置いてあるのを見つけた。

それを手に取った宗易が首をかしげた次の瞬間、闇の中から皺枯れた声が聞こえた。

「藤波の花は盛りになりにけり、平城《なら》の京《みやこ》を思ほすや君」

「丿貫《へちかん》、か」

次の瞬間、小さな人影が現れた。腰が曲がっているのか、前かがみになって足を引きずり、体を杖で支えている。

「宗易、久方ぶりだな」

その顔は垢《あか》で薄汚れ、片目は白底翳《しろそこひ》（白内障）なのか白く濁り、何も見えていないようだ。

「この季節になると、堺が恋しくなる。だが堺で会いたい者は、もうおぬしぐらいしかおらん」

ノ貫と呼ばれた男が、歯のない口を開けて笑う。

「万葉の古歌とは、おぬしも気が利いている」

「ああ、奈良を堺になぞらえてみた」

ノ貫が引用した古歌は『万葉集』に収められており、「藤の花が盛りになると、君は奈良の都が懐かしくなるだろう」という謂だ。

「本当に堺が恋しくなったわけではあるまい」

「それは分からん。帰りたくなったから帰ってきた。それだけのことよ」

ノ貫が広縁に座す。

その手の甲は肉がないほど筋張っており、肌は樹皮のように荒れている。

実は、ノ貫の故郷は堺ではなく京だった。上京の商家の長男に生まれたノ貫は、親との折り合いが悪く、少年の頃に実家を飛び出し、堺の商人たちの食客《しょっかく》（書生）になっていた。そこで茶の湯と出会い、武野紹鷗に弟子入りし、宗易とも知り合った。

二人は競うように精進したが、金に飽かせて名物を買い集める堺の茶人たちに嫌気が差したノ貫は、堺を飛び出して山科《やましな》の地に庵を構え、隠者として清貧生活を送ることにした。

「随分と痩せたようだが、山科の暮らしは厳しいのか」

「ははは」と、ノ貫が青白い月を見上げながら笑う。

「暮らしが厳しくとも、心は肥えている」

「おぬしは変わらぬな」

宗易も呆れたように笑った。

茶の作法や道具にこだわらず、自由な茶風を愛したノ貫は、手取釜一つで粥《かゆ》を煮て茶を喫するという豪気な茶人として名を馳せ、「一向自適（ひたすら自分の思った通りにする）」を標榜《ひょうぼう》し、真の侘数寄を追究した。その生き方は、ノ貫が言ったとされる「しばしの生涯を名利のために苦しむべきや（短い一生を名誉や金のために苦しんでどうする）」という言葉に貫かれていた。

「茶でも飲むか」

「いただこう」

宗易が四畳半の草庵を示すと、ノ貫は失笑した。

「まがい物が好きなおぬしらしい茶室だな」

「いいから入れ」

ノ貫は這いつくばるようにして、躙口に身を滑り込ませた。

急なので食事の用意ができず、餅だけ焼いて出したが、ノ貫は「これだけで十分」と言いながら餅にかぶりついた。だが歯がないためか、咀嚼《そしやく》には時間が掛かる。

宗易は食事を済ませていたので、早速、風炉の炭手前を行った。

茶の湯では茶にかかわる作法を点前、それ以外を手前と書く。

「それにしても、随分と変わった茶室だな」

「何が変わっておる。ただの草庵だ」

「いや、これは草庵とは以て非なるものだ。つまり、まねているだけのまがい物だ」

「わが作意を表しているのだ」

「作意だと。その裏に何かあるのだろう」

ノ貫は歯に衣着せぬ物言いをする。

「そんなものはない」

「いや、ある。おぬしは昔から真を見ようとしなかった。何事も斜めから物を見て、人と違う道を行こうとした。その思わせぶりな態度に、凡人どもは魅せられる。何とも愚かな者どもよ」

「それを言いに来たのか」

宗易が濃茶を置くと、ノ貫はその香りを犬のようにくんくんと嗅ぎ、一口で飲み干した。

「うまい。さすがに一流の茶葉を使っている」

「それで、何が言いたい」

宗易はノ貫を不快に思っていない。

「山科の庵に流れてくる風聞だけで、わしには、おぬしの思惑が読み取れる」

「何を聞き込んだ」

「おぬしが羽柴秀吉に取り入り、天下を動かそうとしておることだ」

宗易が笑みを浮かべたので、ノ貫は嘲《あざけ》られたと思って色を成した。

「そうではないとでも言うのか」

「堺の一茶人が、天下を動かせるはずがなかろう。わしは一兵も持たない」

「天下を動かすのに兵など要らん」

「さすがだな」

宗易が、呆れたように首を左右に振る。

「おぬしは、茶の湯の力によって傀儡子になるつもりだな」

それには答えず、宗易が問うた。

「まだ、濃茶を飲むか」

「もう一服いただこう。これほど高価な茶葉は久しぶりだからな」

再び点前を披露しながら宗易が言う。

「傀儡子とは面白いことを言うな」

「それ以外、何だというのだ。おぬしは秀吉に取り付き、秀吉を操り、この世を思うままに動かそうとしておる」

「戦のない静謐な世を作るためだ」

「それが商人や民の安寧（幸福）につながると言いたいのだな」

「そうだ。私利私欲からのことではない」

今度は、ノ貫が歯のない口を見せて笑う。

「嘘を申せ。おぬしは己の威権を確立するつもりだろう。そして己の認めた茶道具を、目の利かない武士たちに高く売りつけるのだ」

宗易が憤然として言い返す。

「わしは商人だ。茶道具を客の求める値で売るのは当然のことだ」

「わしは、そうした名物狂いが嫌で堺を飛び出した」

「それはおぬしの生き方だ。それに文句をつけるつもりはない」

「紹鷗宗匠が提唱していた真の侘は、清貧の中でしか見出せないはずだ。しかしおぬしは――」

濃茶に咽ったノ貫が、苦しげに咳《せ》き込む。

「ノ貫よ、わしは、おぬしの考えが間違っているとは思わない。だが、わしにも考えがある」

「分かっておる。それを言いに、ここまで来たわけではない」

「では、何を言いに来た」

ノ貫が見えない片目で宗易をにらむ。

「このままでは、おぬしは死ぬことになる」

――死か。いかにもノ貫の言う通りかもしれない。

だが宗易にとって、死はたいした意味を持っていない。

――死は覚悟の上だ。

時の権力者に巣くうと決めた時、すでに肚《はら》は決まっていた。

ノ貫が続ける。

「何事にも相通じるものだが、二人で何かを作り上げようとすれば、そのうち互いの距離が接近し、相手が煩《わずら》わしくなる。そして作り上げてきたものが完成に近づけば、次第にその大半を己一人で作った気になってくる。挙句の果ては、言わずもがなのことだな」

「どちらかがどちらかを食らう、と言いたいのだな」

ノ貫がうなずく。

「おそらく、そうなるであろう」

秀吉との関係がこのまま何の変化もないとは、宗易にも思えない。死ぬまでうまくいく可能性もあるが、明日にも破綻することもあり得る。

「ノ貫よ、わしももう六十四だ。この一身を、世の静謐のためになげうっても悔いはない」

「そういうことか――。それなら、わしは何も言うことはない」

「わしにそれを言うために、ここまで来てくれたのだな」

その問いには答えず、ノ貫は「では、行く」とだけ言って、躙口から出ていった。

道を違《たが》えた友がいつまでも元気でいてくれることを、宗易は祈った。

五

天正十三年（一五八五）三月二十一日、秀吉は十万余の大軍を率い、雑賀・根来一党を討伐すべく紀州に向かった。

一方の紀州勢は、雑賀・根来の両勢力や粉河寺《こかわでら》などの与同勢力を合わせても九千ほどにしかならず、その命脈は定まったも同じだった。

古くから紀伊国は仏教信仰が根強く、高野山《こうやさん》や熊野三山《くまのさんざん》はもとより、雑賀・根来の両勢力や粉河寺などが独自の領域支配を行い、大名勢力の「検断不入《けんだんふにゅう》（警察権の行使不可）」を維持していた。

実は前年、紀州勢は岸和田城を攻撃すると大坂に侵入し、大坂城下の一部を焼き払って風のように去っていった。この攻撃は、秀吉が小牧・長久手合戦へ出陣した直後に行われており、紀州勢が家康・信雄連合軍と気脈を通じているのは明らかだった。

紀州勢の勢力圏に疾風のような勢いで侵攻した羽柴勢は、和泉国の畠中・千石堀・積善寺城《しゃくぜんじじょう》などを落とし、二十三日には根来寺を、翌日には粉河寺を焼き払った。さらに雑賀に攻め寄せ、土橋一族ら反秀吉派の中心勢力を一掃した。

これを知った高野山金剛峯寺は降伏を申し出たので、焼かれることは免れたが、衆徒《しゅと》（僧兵）たちの持つすべての武器と、古来、保有してきたあらゆる特権を取り上げられた。

残る雑賀の太田一族は、本拠の太田城を水攻めにされて降伏した。これにより紀州征伐は呆気《あっけ》なく終わった。

「こうして、そなたに茶を点てるのは、しばらくぶりだな」

宗易の問いに、りきが答える。

「あなた様から一客の茶事にお誘いいただいたのは、おおよそ二年ぶりかと」

「よく、覚えておるな」

「はい。女子《おなご》は日々に変わったことが少ないゆえ、楽しかったことは、よく覚えております」

「楽しかったことか」

「そうです。あなた様との茶事は、私にとって大きな楽しみです」

南の窓からぼんやりと差す日が、りきの顔の陰影を際立たせる。宗易は心底、それが美しいと思った。りきはすでに五十を過ぎているので、みずみずしさは若い女と比ぶるべくもない。だが宗易には、見た目だけではない美しさが見えるのだ。

「それが分かっていたら――」

流れるような手つきで点前を行った後、宗易が楽茶碗をりきの前に置く。

「もっと、こうした時間を作ってやればよかったな」

その白い指先で茶碗を持ったりきが、それを小さな口に運ぶ。

次の瞬間、「ああ」という吐息が漏れた。

「うまいか」

「あなた様の点てた茶です」

茶碗を置いたりきが唐突に問うてきた。

「あなた様に楽しみはございますか」

「わしにか」

しばし考えた後、宗易は言った。

「わしの楽しみは、美しきものを見ることだけだ。しかしここ数年、そうした機会も少なくなり、逆に醜いものばかり見せられる」

「醜いものとは」

「人の心よ」

宗易が「もう一服、喫するか」と目で問うと、りきは軽くうなずいた。

「人の心は、醜きものばかりではありますまい」

「いや、わしが接する者たちの顔には、野心、欲心、邪心といった醜きものが溢れておる」

「邪心――」

「そうだ。邪心とは他人を陥れてでも己が上に行こうとする心、とでも言えばよいかな」

「お武家様とは恐ろしきものですね」

宗易はうなずくと、りきの前に茶碗を置いた。

「二服目だが、少し薄くした」

「私の好みを、よく覚えておいでで」

「ああ、そなたはわが室だからな」

りきはうれしそうに微笑むと、ゆっくりと薄茶を喫した。

――りきは、わしを好いておる。わしも、りきを好いておる。

その極めて単純な心のありようが、何よりも大切なものであることを、宗易は知っていた。

「あなた様は、どこへ向かおうとしているのですか」

りきが宗易に問う。

「わしは、冷え寂びた独自の境地へと向かうつもりだ」

それを聞いたりきは、「やはり」と言って微笑んだ。

侘茶の始祖である村田珠光は、「茶の湯の行き着く先は『冷凍寂枯』の境地」と言った。

「それが見えてきましたか」

宗易が首を左右に振る。

「あなた様の目指す『冷凍寂枯』の境地に至るには、野心、欲心、邪心に溢れた者どもにも茶を点てる必要があると仰せなのですね」

りきは直截《ちょくせつ》だった。だが宗易は「それは違う」とは言えない。

――いかにも、丿貫のように生きられれば、どれほど楽しいか。

だがそれは、己のことだけ考える孤高の茶人のすることだ。

――丿貫の茶は美しいものだけを濾過《ろか》しているにすぎない。それは、わしの茶とは違う。

美しいものも醜いものも併せてのみ込んだ果てにこそ己の茶があると、宗易は思っていた。

「お気を悪くなされましたか」

りきが心配そうに問う。

「いや、そなたの申す通りだ。だがわしは――」

宗易が語気を強める。

「茶の湯の力を試してみたいのだ」

「権勢に寄り添い、権勢を飼いならすおつもりですね」

「そういうことになる」

「それは、あまりに危ういのでは――」

りきが眉間に皺を寄せる。

「わしが命を失うと言いたいのだな」

「一つ間違えば――」

りきの瞳から一粒の涙が落ち、唐織の小袖の袂《たもと》を濡らした。

それを見た宗易は、あえて快活に言った。

「そなたは美しい。この茶碗もそうだ。だが醜きものを避けているだけでは、目指す境地にはたどり着けない」

「それが、あなた様なのですね」

りきの言葉に、宗易は「うむ」とだけ答えた。

六

大坂城内に満ちていた戦勝気分も一段落した五月末、宗易は山里曲輪の草庵で、秀吉と一客の茶事を行った。

和泉・紀伊二国を平定した秀吉は、これまで以上に自信に溢れていた。

「何ほどのこともなかったわ」

秀吉が喉を鳴らしながら茶を喫する。

「これも羽柴様の威徳によるものです」

「そなたまで追従を申すか」

秀吉が、まんざらでもないという顔で笑う。

「いえいえ、追従ではありません」

「では、皮肉で言っておるのだろう」

「そうお取りになられるのなら、ご随意に――」

紀州征伐で、秀吉配下の武士たちが敵地にあるというだけで寺院や村を焼いたと聞いた宗易は、遠回しに諫《いさ》めようと思っていた。だが秀吉は、宗易の意図を見抜いていた。

「かつて総見院様は仰せになられた」

秀吉が急に話題を変える。

「『しょせん神仏などというものは人が作ったものだ。それに寄りかかり、民を脅かして寄進を得ている神官や坊主ほど、たちが悪いものはおらぬ』とな」

宗易が黙って二服目を点てる。

「わしも最初は畏れ多いことだと思った。いつか天罰が下るとも思った。そして天罰は下った」

秀吉が、猿楽に出てくる小飛出《ことびで》のように金壺眼を大きく見開く。

「羽柴様は、本能寺の一件を天罰とお思いですか」

「ははは」と言って手を叩いて笑った後、秀吉は真顔で言った。

「天罰など、この世にはない。総見院様は己で掘った穴に落ちられただけだ」

相次ぐ勝利と成功が信長の心に過剰なまでの自信を生み、その結果、自らの落ち度を顧みることがなくなった。その証拠に、上洛後だけでも、足利義昭、浅井《あざい》長政、本願寺、松永久秀、三好義継、富《と》田《だ》長繁、荻野直正（赤井悪右衛門）、波多野秀治、内藤定政、別所長治、荒木村重ら、いったん信長に属した有名無名の者たちが、次々と反旗を翻していた。

――そして最後は明智殿か。

信長は相次ぐ裏切りから何も学ばなかった。信長にとって常に己は正しく、間違っているのは裏切った者たちだった。

秀吉が声をひそめる。

「だが、総見院様がお亡くなりになられたおかげで、わしは天下人になれた」

「冥府で、総見院様はさぞお怒りでしょうな」

宗易が皮肉を言ってみたが、秀吉は動じない。

「わしは神仏など信じない。だから冥府もハライソもない」

だが宗易は気づいていた。

——神仏を頼らない者は己を頼るしかなくなる。つまりこのお方も、総見院様と同じ道を歩まれるだろう。

「羽柴様の覚悟のほどが知れました」

宗易が秀吉好みの赤楽茶碗を置いた。その中の茶は、ほどよく泡立っている。

秀吉は皺深い手で茶碗を持つと、うまそうに飲み干した。

「そなたは神仏を信じるか」

秀吉が核心を突いてきた。

「神仏は心の拠りどころ。その存在のあるなしを論じたところで詮なきことです」

「さすがだな」

秀吉が口端を歪《ゆが》めて笑う。

「だが、そなたはフロイスを脅かしたそうではないか」

「脅かしたわけではありません」

「だが、『茶の湯は神に勝てる』と申したとか」

「申しました」

「面白い」と言って、秀吉が歯茎をせり出すようにして笑う。

「茶の湯ごときが、万民がひれ伏すという南蛮の神に勝てると、そなたは本気で思っておるのか」

「神仏と茶の湯は比べられるものではありません。しかし己の信じるもののほかすべてを否定するキリシタンどもに布教を許せば、やがて耶蘇教は疫病のごとくこの国に広がり、神社仏閣どころか羽柴様の天下をも壊すことになるでしょう。この国の神仏は、キリシタンの教えを前にして何の力にもならぬはず。であるなら――」

「茶の湯が、耶蘇教の前に立ちはだかると申すか」

宗易がうなずくと、秀吉が膝を叩いて笑った。

「随分と大きく出たな。そなたは、やはりわしが見込んだ通りの――」

笑いを堪《こら》えるように一拍置くと、秀吉が言った。

「大法螺《おおぼら》吹きだ」

宗易は笑いもせずに点前を続けた。

しばらく黙した後、秀吉が問うてきた。

「もしもキリシタンどもに布教を許せば、わしの天下を覆されると思うか」

その言葉には、多少の不安が感じられた。それを覚《さと》った宗易は、さらに一歩踏み込むことにした。

「耶蘇教の力は、一向宗の比ではありません。命知らずの民によって、羽柴様の天下どころか、武士の世も終わりを告げましょう」

秀吉の笑みが頬に凍り付く。

「そなたは、源頼朝公の開いた武士の世が、耶蘇教の敷衍によって終わりを迎えるというのだな」

「はい。羽柴様が南蛮の王侯貴族たちと同じく、耶蘇教という傀儡子に動かされてもよいとお考えなら、話は別ですが」

秀吉が沈思黙考する。茶釜の中の湯が煮立つ音だけが、茶室を支配していた。

「総見院様は耶蘇教の恐ろしさを見抜いていた。だが、こうも仰せになられた。『鉄砲の玉薬を制した者が天下を制する。玉薬は南蛮人にしか作れん。それゆえ南蛮人を駆逐することはできん』とな」

玉薬とは、硝石（焔硝）七割、木炭一・五割、硫黄一・五割を混ぜて造られる黒色火薬のことだ。

「仰せの通り。しかし玉薬を自前で作れるようになれば、その必要はないはず」

「もちろんだ。ということは、もう玉薬の心配はせんでも構わんと申すのだな」

宗易がうなずく。

これまでは、玉薬の原料の一つとなる硝石は国内で生産できず、入港時期も積載量も分からない南蛮船を頼りにせねばならなかった。すなわち鉄砲の普及に伴い、硝石を入手できるか否かが、戦の勝敗を左右するようになっていた。

ポルトガルやスペインの宣教師たちもそのことをよく知っていて、布教活動と抱き合わせで硝石の売買交渉をしてきた。すなわち硝石を入手するために、信長はキリシタンの布教を許していたことになる。

ところが堺の高三《たかさぶ》善右衛門隆世《りゆうせい》という国産火薬製造の専門業者が、試行錯誤を繰り返した末、硝石の大量生産を軌道に乗せようとしていた。

「では、もう少し辛抱すれば、キリシタンどもと手切れしてもよいのだな」

「おそらく」と答えて宗易が平伏すると、秀吉の鋭い声が聞こえた。

「そなたは、茶の湯以外のすべてを除くつもりだな」

――何という猜疑心《さいぎしん》か。

秀吉は相手の心を読むことに長《た》けている。それだけで、ここまで昇り詰めたと言ってもよい。

「滅相もないことです。そのような意図はございません」

「まあ、よい。わが天下では、人々の心を支配する道具は茶の湯だけと決めている」

「よきお考えかと」

宗易が平伏する。

「ただし、人の心の内を支配する道具にすぎぬ茶の湯が、現世《うつしよ》を侵食してくれば話は別だぞ」

秀吉が白刃を突きつけるかのように言う。

「では羽柴様も、わが領分に立ち入らないと、お約束いただけますか」

「何だと――」

秀吉の声に殺気が籠もる。

「そなたは、わしに立ち入らせんと申すのだな」

「はい。それが互いのためかと」

「そなたは、わしと対等の関係だと思うておるのか」

「対等かどうかなど、どうでもよいことです。大切なのは、このよき関係を長く続けられるかどうかです」

秀吉が押し黙った。

その沈黙は、何かを考えていることを示している。

――ここで引くわけにはいかない。

しばらくして、秀吉が「よかろう」と言った。その言葉には怒りが籠もっていた。

――これで「国分け」は決した。

だが宗易は、さらに茶の湯を確固たるものにしておきたかった。

「ありがとうございます。では、次の一手を打たせていただけますか」

「次の一手だと」

「はい。茶の湯をあまねく世に広めるための一手です」

「申してみろ」

宗易は威儀を正すと言った。

「この七月、羽柴様は関白に任官されると聞きました」

「さすがに早耳だな」

「私は商人ゆえ、早耳でなければ生き残れません」

秀吉が苦笑する。

七月、秀吉は関白に就任する。現職関白の二条昭実《あきざね》が、秀吉から圭幣をもらい関白職を辞したからだ。だが関白は藤姓《とうせい》（藤原姓）でなければ就けない。そのため秀吉は豊臣姓を創姓し、朝廷に申請することにした。むろん多額の献金により、それが認められるのは確実だった。

「関白任官ともなれば、正親町帝《おおぎまち》と公卿《くぎょう》の皆様に任官の礼をせねばなりません」

「当たり前だ。欲の亡者どもに金銀を山ほど献上せねばならん」

秀吉がうんざりしたように言う。

「それだけでは無駄金となります」

「何が言いたい」

「茶の湯をあまねく広めるには、まず山の頂からかと」

「どういうことだ」

「正親町帝をお招きし、いや、御所内で御礼の茶事を催しましょう」

「そなたは正気か」

秀吉が高笑いする。

「ああいう連中は因習や前例にこだわり、茶の湯などという新しきものは嗜まぬ」

茶の湯は室町時代初期に流行り始めたもので、歴史が浅いわけではない。だが貴族社会にとっては、すべて奈良・平安の昔からあるものだけに価値があり、それ以降の武士の世になってからのものは、「新儀」として蔑む風があった。

「果たしてそうでしょうか。かつて総見院様は、周囲が止めるのも聞かず正親町帝に『京御馬揃え』を観覧することを勧めました。当然、朝廷は難色を示しましたが、二度ほど押し返しただけで、結句、総見院様の勧めに従いました」

秀吉が真顔になる。

「今のわしなら、天皇に茶を献じることができるというのだな」

「はい。関白殿下には、総見院様を上回るお力があります。禁中での茶会を望めば、実現も夢ではありません」

まだ任官していないにもかかわらず、宗易は秀吉を関白殿下と呼んだ。

「そうか。わしは総見院様を上回ったのか」

秀吉は中空を見つめ、感慨深そうな顔をした。

信長の草履取りにすぎなかった秀吉が、信長以上の権勢を持つなど、本人にも信じられないのだ。

「今なら献金の薬も効いております」

「その通りだ。かような者どもは、薬が切れればまたほしがる。切れないうちに取れるものを取れるだけ取っておくべきだ」

「仰せの通り、鉄は熱いうちに打つべきです」

「よし、やってみるか」と言って、秀吉が座を立った。

この後、秀吉の意向を受けた者たちが朝廷工作に動き始め、禁中茶会は実現に向けて一歩一歩進んでいく。

七

秀吉の次なる狙いは四国だった。四国では、土佐一国から勢力を伸ばしてきた長宗我部元親が、全土を制さんばかりの勢いで領土を拡大していた。

秀吉は信長の方針を踏襲し、一貫して元親と敵対する道を選んできた。対する元親も、賤ケ岳合戦の折は柴田勝家陣営と誼を通じ、渡海して大坂を突く動きをしたため、秀吉は淡路島に抑えの兵を置かざるを得なかった。

六月、総司令官の秀長に率いられた羽柴勢は、安芸《あき》国から伊予国へと侵攻する毛利勢と連携し、四国に殺到した。その結果、讃岐《さぬき》・阿波《あわ》・伊予三国に広がる長宗我部方の防衛線を次々と突破し、長宗我部勢は各戦線で総崩れとなった。

七月、さしもの元親も降伏する。この戦いも、秀吉の強さばかりが際立つものとなった。


同じ頃、四国から戻ったばかりの古田織部が、堺にある宗易の屋敷にやってきた。早朝だったので、宗易は家人たちを起こすと、まず織部に湯浴みを勧め、その間に会席（料理）の支度を命じた。

織部は大坂から馬を飛ばしてきたとのことで、朝風呂後の朝会になった。

「お久しゅうございます」

くぐり戸を開けて待つ宗易に、織部がその端整な顔をほころばせる。

「四国では苦労されたようですね」

織部が笑みを浮かべて首を左右に振る。

「戦そのものは、たいしたことはありませんでした」

「それは重畳」

母屋の陰となっているため、いまだ足元の暗い露地を進みつつ、二人は塀で囲われた脇坪の内から茶室の縁に面する面坪の内に出た。

宗易が「こなたへ」と躙口を示すと、織部がその狭い口に痩身を滑り込ませる。

いったん母屋に戻った宗易は、りきが下ごしらえした会席の味を確かめ、多少の手を加えると、それを茶室に運ばせた。朝食なので一汁三菜である。

鮭の焼き物に舌鼓を打ちながら織部が語る。

「禁中茶会の件、聞きましたぞ」

宗易の箸が止まる。

「関白殿下は、もう皆様に、そのことをお話しされたのですね」

「はい。家中で知らぬ者はおりません」

宗易はため息をついた。禁中茶会は実現の可能性を探っている段階であり、万が一、朝廷が難色を示したら、そのやり取りだけで時間が掛かる。だが堪え性のない秀吉は、何かに執心すると、すぐにそれを口にしてしまう。

二人は苦笑するしかなかった。

「いずれにせよ、これで禁中茶会を催さねばならなくなりました」

「仰せの通り。さもないと、尊師は殿下の不興を買います」

「それは構いませんが――」

「そういうわけにはいきません。いかに殿下のお気に入りの尊師とはいえ、こうしたことが続けば、いつか遠ざけられます」

今井宗久などは秀吉の不興を買ったわけではないが、何となく秀吉とそりが合わず、遠ざけられていた。信長には宗易と宗及を凌《しの》ぐほど気に入られていた宗久だが、秀吉の下では、商人としての役割が主たるものとなっていた。

「で、首尾はいかがなものですか」

織部が遠慮がちに問う。その様子から、秀吉から「経過を聞いてこい」と言われたのは間違いない。

「今は菊亭晴季《はるすえ》様や勧修寺《かじゅうじ》晴豊《はれとよ》様を動かしておりますが、近衛信尹《のぶただ》様が反対しているようなのです」

左大臣の近衛信尹は、関白だった二条昭実との間で関白職について揉め事を起こし、その間隙を縫うようにして秀吉に関白職を奪われた。それ以後、秀吉に対して恨みを抱いていた。後に信尹は秀吉の不興を買い、薩摩国へと配流される。

「では、時間が掛かりそうですね」

「はい。そうなるでしょう」

「ちなみに殿下は、圭幣を惜しまないと仰せです」

――そういうことか。

人は金で動く。とくに収入を得る手段に乏しい公家たちは、競うように飛びついてくる。

「分かりました。近衛殿に多額の圭幣を渡します。おそらくご承知いただけるでしょう」

「では、殿下には『十分に手応えはある』とお答えしてもよろしいですね」

「構いません」

宗易が腹に力を込めて言う。

「ときに――」

織部の声音が緊張を含んだものに変わる。

「殿下から、向後は武と茶を表裏としていくと聞きました」

「そこまで、ご存じなのですね」

「やはり、そうでしたか」

織部の顔が曇る。

「織部殿は、いかに思われますか」

「いかにも茶の湯は武士たちの荒ぶる心を鎮め、殿下の天下を安んじるには好都合でしょう。しかし
――」

「殿下と天下を分け合うことは難しいと仰せですな」

宗易が笑みを浮かべる。

「そうです。近頃の殿下を見れば、よほどうまく立ち回らないと、尊師のお立場が危うくなります」

――やはり秀吉も、信長と同じ道を歩んでいるのだな。

信長は連戦連勝を続けた挙句、その自信は際限なく大きくなっていった。

――その先に待っていたのは破滅か。

増長は油断を生み、油断の裂け目はどんどん広がっていく。

「関白殿下の勘気をこうむれば、尊師とて、どうなるかは分かりません」

「覚悟はできています。いつ死を賜ろうと、たかが茶人の命。惜しいことはありません。だいいち私は見ての通りの年です」

宗易は六十四歳になっていた。それを思えば、己の命を賭場に張ってもいい気がする。

「見事な心掛けです」

織部が感服したようにうなずく。

「しかし」と言って一拍置いた後、宗易は思い切るように言った。

「今は私の死よりも、わが死後を案じております」

「死後と仰せか」

織部の目が見開かれる。

「そうです。私が死して後、誰かが私の仕事を引き継いでくれなければ、すべては元の木阿弥です」

「尊師には、紹安殿や山上宗二殿といった優れた弟子がおられるではありませんか」

宗易が首を左右に振る。

「なるほど、かの者らは茶人としての才覚はあります。茶の湯を伝えていくだけなら、十分にその任を果たせるでしょう。しかし殿下の影は務まりません」

「尊師はご自身の死後も、誰かをその地位に就けるつもりなのですね」

宗易がうなずく。

「茶の湯によって天下人を抑えていく仕事は、武家の世が続く限り必要でしょう」

「蒲生《がもう》殿や細川殿なら、武将として殿下の覚えもめでたい上、茶人としても優れています」

「お二人はすでに大身であり、殿下のお側で、その意をくんだ茶を点てることはできましょう。しかし、お二人にできることはそれだけです」

　この場合の「茶を点てる」とは、茶によって政治にかかわることを意味している。

「それだけでは足らぬと仰せなのですね」

「はい。お二人には、新たなものを生み出すことで、茶の湯に永劫の命を吹き込むことはできません。新たなものを生み出せなければ、人々の熱も収まり、茶の湯は武を抑える力を失います」

　二人の茶人としての才能を高く買っている宗易だが、茶の湯のような文化は、常に新たな価値を生み出していける者が牽引しない限り、やがて廃れていく。

「つまり尊師は、新しき茶の湯によって権勢を持つ者に寄り添い、その権勢を操って世を静謐に導く者を、後継者に望まれているのですね」

「しかり」と答えた後、宗易は射るような視線で織部を見た。

「その役割を果たせるのは、織部殿しかおりません」

「何と、かような大役をそれがしに――」

「それは、ご本人が最もよく分かっておられるはず。時代の牽引者となる方の茶の湯は、ものまねではできません。独自の境地に至れる者だけが牽引者となれるのです」

「それがしに牽引者になれと仰せか」

　織部の顔が引き締まる。

「織部殿、天下を静謐に導く傀儡子になって下され」

「尊師が背負っている荷を、それがしに背負えと――」

宗易が笑みを浮かべてうなずく。

「それがしには、荷が重すぎます」

「では、誰に背負わせますか」

織部が力なく首を左右に振る。織部ほどの者なら、冷静に己とほかの弟子の差が測れる。

――織部殿は茶人である前に武士なのだ。万が一、天下人の勘気をこうむれば、われら商人と違い、己はもとより妻子眷属《けんぞく》の命をも取られ、一族郎党を路頭に迷わすことになる。

だが次の瞬間、織部の顔に笑みが広がった。

「尊師に点ててもらった茶は、最後まで飲み干さねばなりません」

「お分かりいただけましたか」

「はい。尊師とは別の侘を見つけ、それによって世を静謐に導きましょう」

「織部殿、よくぞ申された」

宗易は感無量だった。

「この仕事だけは、才ある者がやらねばなりません。天がそれがしに才を与えたのは、そのためでしょう」

宗易は威儀を正すと言った。

「織部殿にそう言っていただけるなら、もはや思い残すことはありません」

「過分なお言葉、ありがとうございます」

織部は涼やかな笑みを浮かべていた。

「どうやら長い旅路になりそうですな」

「そうかもしれませんが、そうでないかもしれません」

それがいかに危険な仕事か、織部も十分に分かっているのだ。

「織部殿、そろそろ茶にしませんか」

「そうでしたね」

織部が安堵したかのように体の力を抜く。

「まずは茶によって、お心を鎮められよ」

「そうさせていただきます」

「では」と言うと、宗易は手を叩いて従者を呼び、会席を片付けさせた。

この時から数十年後、織部は宗易が危惧した通りの最期を迎える。

八

秀吉が四国攻めをしている最中の六月、越中の佐々成政が反旗を翻した。これに対して秀吉は前田利家に成政の抑えを託し、秀吉自身は四国攻めを優先させた。八月、長宗我部元親との間に和議が整ったことで、六万の大軍を率いて越中に出陣した。

これを聞いた成政は戦わずして降伏する。

かくして家康の外堀は次々と埋められ、家康は攻守同盟を結ぶ北条氏を除いて孤立無援となった。

一方、この年、家康は神川合戦《かんがわ》（第一次上田合戦）で真田昌幸に後れを取り、さらに秀吉の調略により、刈谷城主の水野《みずの》忠重《ただしげ》、木曽福島城主の木曽義昌《きそよしまさ》、家康股肱《ここう》の石川数正《いしかわかずまさ》、元信濃守護職の府中小笠原貞慶《おがさわらさだよし》らが秀吉の許に参じてしまう。この結果、信濃国内の家康の勢力圏は、佐久・諏訪・伊那の三郡だけとなってしまった。

秀吉が軍事と外交に掛かりきりになっている間、宗易は禁中茶会の根回しに奔走していた。

閏八月二十七日には、菊亭晴季、勧修寺晴豊、前田玄以と共に小御所に伺候し、下見を行った。

そんな最中の九月八日、宗易は朝廷から「利休」という居士号を勅賜される。居士とは出家をせずに修行を積む仏教徒の意味だが、宗易を天皇や高位の公卿の側近くで茶事に奉仕させるため、秀吉が周旋したのだ。

この利休という居士号には、「利を（追求することを）休む」、すなわち商人としての宗易と決別し、茶人としての道を歩んでいくという覚悟が込められていた。というのもこの号は、宗易自身が考案し、朝廷が追認という形で下されたものだからだ。

以後、千宗易は千利休となる。


十月七日、禁裏内にある小御所菊見の間において禁中茶会（正式には献茶式）が催された。関白の礼装である黒の束帯をまとった秀吉は、まず常御所《つねのごしょ》に参内して正親町天皇、誠仁《さねひと》親王、和仁親王と一献の儀を執り行い、いったん下がって紫《し》宸殿《しんでん》において公卿たちと同じ儀を行った。その間、利休は宗及と共に小御所で茶事の支度を整えた。

秀吉が菊見の間に入ると、やがて天皇と二人の親王がやってきて茶事が開始された。

この日のために、秀吉は道具をすべて新調し、茶入や釜には菊の御紋まで入れさせていた。

利休と宗及は次の間に控え、何か不都合が生じた時に参上するよう命じられていた。

襖を隔てているので、二人には茶室の中の動きは分からない。だが不都合など起こるわけがないほど、利休と宗及の指導の下、秀吉は点前に精進してきた。

やがて沈黙の中で茶事がつつがなく終わり、「これにて」という声と、天皇と親王が去っていく衣擦れの音が聞こえた。

襖を隔てて、秀吉の小さなため息が聞こえる。

「大儀なことでしたな」

利休が声を掛けると、秀吉が答えた。

「ああ、気が張っていたので疲れた」

「よろしいですか」

「うむ」という返事が聞こえたので、利休は襖を開けた。

秀吉は胡坐《あぐら》座りになって扇子を開き、襟の内に風を入れていた。

「宗及、そろそろ公卿どものところに行ってやれ。利休は給仕を手伝え」

宗及は「それでは」と言って、公卿たちの待つ広間に向かった。

この日、秀吉は天皇と親王に、利休と宗及は公卿たちに茶を振る舞うことになっていた。公卿は人数が多いので、広間で台子の点前を披露するのだ。

利休が一礼して菊見の間に入ると、秀吉は天皇たちの使った茶碗を見回している。

「伊勢天目か」と秀吉が呟く。

「お気に召しませんでしたか」

伊勢天目とは、美濃産の天目茶碗の一種で今焼きである。雑物ではないものの上物とも言えず、この茶碗を使った理由が、秀吉には理解できないようだ。

「どうして、これを使った」

秀吉が疑念をあらわにする。

「帝に献茶する際には、誰も口を付けたことのない今焼きが必要ですから、いくつか焼いたものの中から、形がいいものを選んできました」

「そうか。そうだったな」

秀吉が残念そうにしている。

「気に入りませんか」

「ああ、これでは、わしも気が入らん。おかげで気の抜けたような茶の湯になってしまった」

「献茶の座で、名物自慢をするわけにもいきません」

「それは分かっている。だがな、わしは茶の湯によって帝を驚かせたかったのだ」

秀吉は何事にも人を驚かせ、賞賛の言葉を浴びたいという欲求がある。

「いかに名物でも、誰かの使った茶碗で、帝に茶を献ずるわけにはいきません」

朝廷では、臣下が天皇や皇族を饗応する場合、必ず新たな器を使うという仕来りがある。

「それは知っておるが――」

秀吉が寂しげに茶碗を眺めている。

確かに天皇や親王は、時の権力者の秀吉に抗えず茶の湯に付き合った感がある。この世の頂点を成す天皇が、下々の間で流行っている茶の湯なる新奇なものを自ら体験すること自体、屈辱に思っていたかもしれない。

「今頃、帝は失望しておられるかもしれん」

いかに趣向を凝らしたとて、たった一回だけの茶事で、それに執心する者はいない。

利休は黙って茶道具を拭った。

「もしかすると、親王らと『茶の湯とはあんなものか』と語り合うておられるかもな」

利休が手を止める。

「では、どうなさればよろしかったと――」

「今更、どうしようもない」

秀吉は口惜《くや》しげに伊勢天目を置いた。

――そうか。

利休の脳裏にある考えが浮かんだ。

「それでは新たな趣向で、もう一度、禁中茶会を催したらいかがでしょう」

「もう一度だと」

秀吉が鼻で笑う。

「そんなことが許されるはずあるまい」

「果たしてそうでしょうか。茶の湯とは一回限りのものではありません。新たな趣向を凝らせば、幾度となく行えるものです」

「それはそうだが――」

秀吉は少し考えた末に言った。

「もう一度やるなら、わしは帝を驚かせるような趣向を用意したい。何か面白き趣向はないか」

かつての秀吉は、何事も自分一人で考えてきた。その頭からは溢れる泉のように新たな発想が生まれ、自ら率先してその発想の具現化に取り組んでいた。

――だが今はどうだ。

近頃の秀吉は、面倒なことはすべて誰かに任せようとする。

「此度は私が趣向を考えましたが、本来なら茶を献じる方が趣向を考えるべきです」

「何だと」

秀吉が目を剝く。

「それが茶の湯というものです」

「それは分かっているが――」

「殿下も、そろそろ己の侘を見つけるべき時かと」

「己の侘だと」

秀吉が憎々しげに利休を見る。

「はい。いずれ茶人は己の侘を見つけねばなりません」

「わしは茶人ではない」

「いかにもその通りです。しかし茶人と同じ覚悟がなければ、帝に茶を献じることはできません」

秀吉にも利休の言うことが分かるのか、顎に手をやって何事か考えている。

――ここは押すべき時だ。

秀吉を己の領域に踏み込ませないためにも、秀吉の侘がいかに通り一遍のものかを思い知らせる必要を、利休は感じていた。

「侘とは『冷凍寂枯』を作意によって形にしたものです。茶人は己の侘を見つけ、それを目に見えるものとして提示していかねばなりません」

これまで茶の湯の作法は習得してきた秀吉だが、侘とは何かなど考えたこともないはずだ。そんな秀吉が突然、自らの侘を見つけることなどできようはずがない。

「つまりそなたは、わしの侘を見つけ出し、帝に披露しろというのだな」

「はい。それでこそ帝は驚き、真に茶の湯を好むことになりましょう」

「だが、帝を大坂城内の茶室に呼ぶわけにもいくまい」

「尤《もっと》もです」

帝を京からほかの地に行幸させるとなると、たいへんなことになる。

「だからといって、御所では趣向にも限りがある」

「そうした中で、何とかやり遂げるしかないのです」

利休が声音を強める。

「しかも名物は使えない」

秀吉は最近入手した曜変天目が使いたくて仕方がない。だが過去に誰かが使ったのは明白で、天皇に対して使うことはできない。

曜変天目とは唐物天目茶碗の最高峰のもので、見込み（内側）に星紋や光彩が浮かんだ美しい逸品のことだ。

「茶碗は新たなものを焼くしかありません」

「では、どうする」

「それは、殿下がお考えになることです」

「おい」と言って秀吉が凄む。

「そなたは、わが茶頭だぞ」

「分かっております。しかし、私が茶を供するわけではありません。殿下の侘によって、帝に茶の湯の真の魅力をお伝えすべきでしょう」

秀吉は憤懣《ふんまん》やる方ないといった顔をしたが、利休の言うことに理があると覚ったのか押し黙った。

しばしの沈黙の後、秀吉が小さな声で言った。

「やってみよう」

「それがよろしいかと」

「そなたは菊亭や勧修寺を動かし、再度の禁中茶会を認めさせるのだぞ」

「はっ、承知いたしました」

その時、使いの者がやってきた。

「ご無礼仕ります。公卿の皆様が、この機会に利休様の点前を拝見したいと仰せになっています」

「ははは」と秀吉が笑う。

「宗及め、公卿どもの相手をするのに疲れ、そなたの点前がいかに素晴らしいか語ったに違いない」

「おそらく、そうでしょうな」

「行ってやれ」

「はっ」と言って利休が立ち上がると、秀吉の声が追ってきた。

「利休よ、わしもやるとなったら命懸けだ。そなたも同じだぞ」

振り向くと、秀吉の顔に狡猾《こうかつ》そうな笑みが浮かんでいた。

――わしの心を見透かしていたのか。

利休は顔色一つ変えずに一礼すると、その場を後にした。

九

秀吉の次なる攻略目標は九州の島津氏だった。

秀吉は十月二日付で、九州全土を制圧しつつある島津義久あてに書状をしたため、豊後《ぶんご》の大友宗麟《そうりん》と肥前の龍造寺政家《りゅうぞうじまさいえ》と和睦することを命じた。九州停戦令である。

この時、秀吉は細川幽斎と利休の連名で、島津家家老の伊集院忠棟《いじゅういんただむね》あてに同様の趣旨の連署状を出すことを命じた。秀吉としては、歌道と茶の湯という畿内文化を代表する二人から穏やかに諭すという体裁を取ったのだ。

この返書は十二月になってから、島津義久から利休あてに届き、生糸十斤の贈り物と共に「とりなし」を頼んできた。

島津義久が「とりなし」を頼んできたことを秀吉に伝えると、秀吉も外交的に解決することに同意した。だが秀吉の提示した国分け案は、島津氏にとって承諾し難いものであり、翌天正十四年（一五八六）早々、今度は細川幽斎あてに、その旨が伝えられた。

島津氏としては少し難色を示すことで、さらなる譲歩を勝ち取ろうとしたに違いない。ところが秀吉は憤慨し、九州侵攻作戦の計画を練るよう奉行に命じた。

それと並行し、利休は前田玄以を通して朝廷へ第二回の禁中茶会を申し入れていた。当初は「難しい」と言っていた菊亭晴季と勧修寺晴豊だったが、多額の圭幣によって目の色を変えて朝廷工作に奔走した。

冬の茶は清新な冷気と共にある。手足も凍えるほどの寒い朝ほど、喉から胃の腑へと落ちていく最初の一服が、生きていることを実感させてくれるのだ。

そんな十二月半ばの早朝、利休の大坂屋敷に珍しい客がやってきた。

「再びそなたに相見《あいまみ》えることができるとはな」

一汁三菜の食事を終え、中立《なかだち》から戻った山上宗二は、床に置かれた「鶴の一声《ひとこえ》」という名の細口の花入を見つめていた。

「ご無礼仕る」と言いつつ宗二が座に着く。

「膳はいかがであった」

「はい。飯も汁も菜も、懐かしき尊師の味でした。口の中に残るその味を、蹲踞で洗い流すのが惜しいくらいです」

「そなたらしい褒め言葉よの」

弟子の中でも宗二の才は際立っていた。だが何事も直截に表現するので、それが誤解を生むことがある。そうした宗二の正直さは、政治と一体化しつつある茶の湯にとって危険なものだった。

――だが、それも茶人のあり方の一つなのだ。

利休の脳裏に、旅をすることで己の茶の湯を見つけようとする紹安や、すべてを捨て去ることで、侘の境地に達しようとするノ貫の顔が浮かんだ。

――宗二は宗二なりの茶の湯を貫こうとしておるのだ。

そんなことを思いながら、利休は炭を確かめ、茶釜を置いた。

「宗二よ、そなたは今、また小一郎様（秀長）の許に厄介になっておるというではないか」

「仰せの通り。この十月から大和郡山に閑居しております」

「殿下の勘気に触れて追放の身となったにもかかわらず、そなたを受け容れてくれた前田殿（利家）の許を、なぜ辞したのだ」

宗二は弟子なので、つい利休も詰問口調になってしまう。

「私を受け容れていただいた前田様への恩義は、山よりも高く海よりも深いと心得ております。しかし前田様は殿下を憚《はばか》り、私に茶の湯を捨てさせようとしたのです」

利家は宗二を召し抱え、寺社関係の奏者の職を与えた。利家は宗二をあえて茶頭という立場で過させず、吏僚として新たな人生を歩ませようとした。

むろん宗二が茶人のままだと、秀吉が気まぐれで茶を点てさせようとするかもしれない。その時、何かの拍子で再び秀吉の勘気をこうむれば、宗二の命はなくなるからだ。

「しかし私は、吏僚として生涯を送るつもりはありませんでした」

「何という恩知らずだ」

「いかにも恩知らずかもしれません。しかし私から茶の湯を奪ったら、何が残るというのです」

――その通りかもしれん。

宗二から茶の湯を取り上げることは、両腕をもぐに等しい。それは己も同じだ。

「それだけではあるまい」

だが利休は、宗二の真意を見抜いていた。

宗二が黙り込む。茶釜の中で沸き立つ湯の音が、ことさら大きく聞こえる。

しばらく何かを考えた後、宗二が「仰せの通り」とだけ言った。

「やはりそうか。そなたは危うい橋を渡るつもりなのだな」

宗二がうなずく。

天正十三年（一五八五）九月、秀長が百万石に加増され、大和郡山に移封されたという話を聞いた宗二は、かねての縁もあり、秀長に書状を書いた。その頃、百万石の格式に見合った茶頭を探していた秀長は、秀吉の承諾を得て、再び宗二を迎え入れた。

「私は小一郎様の傀儡子となり、この世を静謐に導きます」

元来、素直で穏やかな性格の秀長は、茶頭にしていた宗二と接していくうちに、次第に宗二に感化されていった。それまで秀吉に頭の上がらなかった秀長だが、次第に秀吉に諫言《かんげん》するようになっていく。しかし宗二が秀吉の勘気をこうむり、秀長の許を去らざるを得なかったため、秀長は元の穏やかな弟に戻っていた。

――小一郎様が再び諫言を始めれば、またしても宗二が小一郎様を感化し始めていることに、殿下は気づくはずだ。そうなれば宗二は、よくて追放、悪くて死罪に処される。

「宗二よ、そなたに傀儡子はできぬ」

「なぜですか。前回、私が小一郎様の茶頭を務めた時はうまくいきました」

「だが、そなたは殿下に盾突き、小一郎様の許を去らねばならなかった」

宗二が横を向く。

「よいか宗二、己の感情に負ける者は傀儡子になれん。傀儡子は己を消し去り、気づかぬ間に取り付く相手と一体化していなくてはならん」

「それでは尊師は、殿下の傀儡子を全うできるのですか」

――それは分からない。

秀吉と利休の双方が互いの領分を侵さなければ、それも可能だ。だが秀吉には、己にないものを無性にほしがる性癖がある。

「わしは、行けるところまで行くつもりだ」

「では、尊師が関白の、私が小一郎様の傀儡子となり、二人でこの世を静謐に導きましょう」

宗二の顔が輝く。

「いや、死ぬのはわしだけで十分だ。そなたは几帳面で物を書きとめるのが得意だ。これまでの茶の湯の系譜や、わしが教えたことを書き残せ」

「私に、さような雑事をやれと仰せか」

「そうだ。このままでは茶の湯とは何だったのか、正しく後世に伝わらぬ。それを伝えていけるのは、わが一番弟子のそなたしかおらぬ」

すでに残り少なくなった茶釜の湯は煮え立ち、悲鳴を上げている。そこから沸き立つ湯気の中で、二人の男はにらみ合っていた。

「尊師のお言葉を書き残すことは、いつの日か必ずやり遂げます。しかし当面、それがしにも傀儡子をやらせて下さい」

「そなたは死ぬぞ」

「覚悟の上です。このままぬるい茶を点てるだけの生涯を送るくらいなら、死んだ方がましです」

ぬるい茶とは、何の目的もなく何かを追い求めるでもなく、ただ楽しみで茶事にいそしむ茶人の点てた茶のことだ。堺にもそうした者は多くいるが、かねてから宗二は、そうした茶人を蔑んでいた。

「後悔はしないな」

「はい」と宗二が言いきる。

「分かった。だが万が一、わしのやっていることの邪魔になるようなら、わしはそなたを殺すやもしれんぞ」

「殺す、と仰せか」

宗二の顔色が変わる。

「ああ、そなたが下手に出しゃばり、殿下を怒らせれば、わしが進めていることにも影が差す。その時は──」

「それがしを殺すと──」

宗二が、肺腑を抉るような声で問い返してきた。

「それは物の喩《たと》えだが、わしが殺さずとも、殿下がそなたを殺す」

宗二が鋭い眼光を向けてきた。

「その時は尊師の手で──」

「殺せと言うのだな」

「はい」

二人の男が強い視線を絡ませる。

「分かった」と答えた利休は、声音を変えて問うた。

「茶でも飲むか」

「はい。よろしければ――」

茶釜に水を足すと、利休が鮮やかな手つきで帛紗をさばく。

それを宗二が見つめる。

――どうやら、そなたもわしも畳の上では死ねないようだな。

この不器用だが正直な弟子を、利休はこれほど愛しいと思ったことはなかった。

十

二回目の禁中茶会を明日に控えた天正十四年（一五八六）一月十五日、秀吉は政権内で茶の湯にかかわる者を呼びつけた。

今井宗久は体調がすぐれないと言って欠席し、津田宗及は明日の禁中茶会の準備で御所に行っているため不参加だったが、利休を筆頭に、蒲生氏郷《うじさと》、細川忠興《ただおき》、古田織部、高山右近、そして山上宗二といった面々が一堂に会することになった。

「そなたらに見せたい物がある」

そう言うと秀吉は立ち上がり、いずこかに向かって歩き出した。

「見せたい物、と仰せになられますと」

秀吉から一歩下がって歩く利休が問う。

「そなたは、わしに言った言葉を忘れたのか」

何のことかと利休が考えていると、秀吉が続けた。

「『帝に茶の湯の真の魅力をお伝えすべき』とわしに言い、突き放したのはどこの誰だ。わしは、その言葉を忘れてはおらぬ」

利休が歩を止める。そのため背後を歩いていた弟子たちも何事かと戸惑い、立ち止まった。

「思い出したか」

秀吉が肩越しに鋭い眼光を向けてくる。

「は、はい」

「わしは誰の知恵も借りずに命懸けで考えた。小御所という限られた空間で、わしの侘によって帝に茶の湯の真髄を味わっていただく。これほどの難題は総見院様でも命じられなかったわ」

秀吉が高らかに笑う。

一行は大坂城の長廊を歩き、いったん庭に出た後、月見櫓の脇を抜けて山里曲輪に向かった。ところが向かったのは、山里曲輪ではなく芦田曲輪だった。

雨上がりの夕暮れ時で、西日が建物や樹木の陰影をはっきりとさせている。

やがて秀吉は宝物蔵の前で立ち止まった。

「しばし待て」

利休とその弟子たちは、宝物蔵から五間（約九メートル）ほど離れたところで足を止めた。

――何を見せるというのだ。

宝物蔵の観音扉には、西日が強く当たっている。それを意に介さず秀吉が命じる。

「よし、開けろ」

供侍が宝物蔵の鍵を開け、観音扉を左右に開く。

次の瞬間、まばゆいばかりの光が見る者の目を射た。

利休は目を細めて、そこにある物に焦点を合わせた。

「利休よ、これがわしの侘だ」

そこには、黄金《こがね》色に包まれた座敷があった。

――これが殿下の侘だと。

その黄金の座敷は夕日に照らされ、燦然《さんぜん》と輝いている。それは武野紹鷗や利休の唱えてきた侘の極北にあるものだった。

「これは侘ではない!」

宗二の声が空気を震わせる。それに驚いたのか、隣接する山里曲輪の樹林が騒ぐと、何羽かの烏《からす》が苦情のような声を上げながら飛び去っていった。

「ははは、そなたはそう言うと思った。それゆえそなたには、どうしてもこれを見せたくてな。わざわざ郡山から呼んだのだ」

秀吉の下卑た笑い声が神経を逆撫でする。

「殿下、これは尊師の教える侘ではありません」

宗二が利休に同意を求めるように喚《わめ》く。だが利休には分かっていた。

――寂びた茶室で古びた茶道具を使って茶事を行うことだけが、侘ではない。

武野紹鷗が唱えた侘は形あるものではなかった。だが次第にそれは形式化していき、茶室の建材には杉丸太や竹を用い、壁はすべて土壁で表面にはわざと藁《わら》を散らし、天井は一部を傾斜させるといった趣向が侘びだとされるようになった。

つまり、形式に堕しつつある侘の本質を、秀吉は思い出させてくれたのだ。

「利休、そなたは『胸内にわき立つ作意を現のものにすることこそ侘だ』と言ったはずだ」

「は、はい」

「これがわしの侘だ。そなたはどう思う」

「これは違う！　尊師、何か言って下さい！」

宗二の声が静寂の漂う芦田曲輪に空しく響く。

侘とは己の胸内の作意を具現化するものだと、かつて利休は秀吉に教えた。それを受けた秀吉は、寂びた茶室や古びた茶道具という形式に堕した侘を否定してきた。

――何と、恐ろしいお方か。

利休やその弟子たちはもとより、世の茶人たちの大半が形式に堕しつつあるのに、秀吉だけは侘の本質を見抜いていたのだ。

「これは――」と言って利休は一拍置くと言った。

「まごうかたなき侘でございます」

「そうであろう。当たり前だ」

秀吉が鼻で笑う。だが宗二は収まらない。

「それは違う。尊師が教えてきた侘は――」

「宗二、黙れ！　そなたらは知らぬ間に形式に堕していたのだ」

その言葉に、そこにいた弟子たちも唖然として顔を見交わした。

「こんな醜いものが侘のはずありません！」

「宗二、そなたは下がっておれ！」

利休の叱声が飛ぶ。

「いや、これぱかりは譲れません」

「そなたは師の命が聞けぬか！」

それでも何か言おうとする宗二に、秀吉の冷淡な声がかぶさった。

「これ以上、何か言えば首を落とす。下がっておれ」

秀吉の供侍が宗二の腕を取る。宗二は口惜しげに唇を嚙み、供侍と共に下がっていった。

「そなたらも、何か言いたいことはあるか」

秀吉の言葉に、四人の弟子が俯《うつむ》く。

「利休よ、わしは明日、この黄金の座敷を御所に運び、帝のために茶を点てる」

その座敷は組み立て式らしく、秀吉は分解して小御所に運び込むつもりのようだ。

利休は茫然として、その場に立ち尽くしていた。

帝に衝撃を与えるほどの侘を表現するという困難な命題を、秀吉は成し遂げたのだ。

「近くによって詳しく見るがよい」

五人の茶人が、黄金色に輝く茶室におずおずと近づく。

「座敷の天井、壁、柱、鴨居、障子の腰まですべて金にしてみた。茶道具もすべて黄金だ。尤も茶杓と茶筅だけは、茶の味が変わるといけないので竹製のままだが、茶碗は新たに焼かせて金で覆った」

黄金の眩《まぶ》しさに目が慣れてくると、細部がはっきりと見えてきた。

座敷は平三畳で、畳表には猩々緋《しょうじょうひ》が敷き詰められ、さらに明かり障子の骨と腰板には、真紅の紋紗《もんしゃ》が張られている。金具を付けた梨地の台子に風炉、円釜、飯桶形の水指、柑子口《こうじぐち》の柄杓立《ひしゃくたて》などの茶道具も、すべて黄金でできていた。

その黄金と真紅の奔流に、利休は眩暈《めまい》さえ覚えた。

「どうだ、利休」

何も言わない利休に痺《しび》れを切らしたのか、秀吉の方から問うてきた。

「殿下は――」と言って一拍置いた利休が、ため息とともに言う。

「己の侘を見つけられた」

「そなたは、わしを俗物と侮っておったな」

「滅相もない」

「いや、そうだ。わしは尾張の百姓の小倅《こせがれ》として生まれ、日がな一日、野良仕事に駆り出され、駄馬のように働かされた。村を飛び出してからも、日々の糧を得るために懸命に働く毎日だった。だがな、そうした日々であっても、わしの目は美しいものを美しいと感じることができた」

「美しいもの、と仰せか」

「そうだ。わしのような下賤《げせん》の者でも、美しいものを美しいと感じることができるのだ。雨上がりの街道筋を照らす一筋の陽光、草花に落ちた水の雫《しずく》の輝き、寒くて凍えそうな朝、晴天から降ってくる風花《かざばな》。多くの者は生きるのに精いっぱいで、こうしたものを何とも思わなかった。だがわしだけは、その美しさに酔いしれた」

「恐れ入りました」

利休には、ほかの言葉が見つからない。

「わしは、わしだけがそうした奇妙な感覚の持ち主だと思っていた。ところが、どうだ」

秀吉が五人を見回す。

「堺の商人どもも、武士であるそなたらも、皆、美しいものを愛《め》でる心を持っていた」

五人に言葉はない。

「美しいものを美しいと思える心があれば、侘など容易に見つけられる」

「仰せの——、仰せの通りにございます」

利休は秀吉の才を見てしまった。

——殿下はその気にさえなれば、いつでもわしの領分に踏み入ることができるというわけか。

利休は衝撃を受け、身動きが取れなくなっていた。

——総見院様も、そうであったな。

かつて信長は不要になったものは、人でも物でも惜しげもなく捨てた。秀吉もそうした考え方を多分に引き継いでおり、己に利休の代わりが務まると知れば、利休が不要な者として捨てられるのは間違いない。

――つまり、これは終わりの始まりなのか。

それを覚った時、利休は愕然としたが、弟子たちの前で嘘偽りを言うわけにはいかない。

「この利休、今日に至るまでの六十五年の生涯を通じ、かようなまでの侘を見たことはありません」

「そうか、そうか。潔く負けを認めたか」

「はい」

「現世の戦も、心の内の戦も、わしが負けることなどないのだ」

秀吉の勝利の高笑いが、末枯《うらが》れの芦田曲輪に響きわたる。それを聞きながら利休は、次第に終幕が近づいてくるのを意識していた。

翌十六日、二回目の禁中茶会が催された。黄金の座敷を見た時、帝と二人の親王は目を見開き、その美しさに見とれた。茶事は終始にこやかな雰囲気で行われ、帝と親王は極めて満足げな様子で、黄金の座敷を後にした。

続いて秀吉は公卿たちを招き、利休と宗及に点前をさせた。公卿たちも黄金の座敷には一様に驚き、言葉を尽くして褒めたたえた。

二回目の禁中茶会は大成功だった。

その目も眩《くら》むほどの黄金の奔流の中で、公卿たちに茶を献じながら、利休は新たな戦いの始まりを予感していた。

第三章

相克

一

堺の春は京よりも一足早い。町家の隅に咲く菜の花はその黄色を濃くし、瀬戸内海から吹いてくる生暖かい海風が、潮の香りを運んでくる。

「もう春ですね」

庭に咲く蔓日々草《つるにちにちそう》を示しながら、りきが言う。

縁に座して茶杓を削る利休は、手を休めて空を見た。

空は抜けるように青く、帯紐のような筋雲が無数に広がっている。

——来年の春も、こうして迎えられるだろうか。

利休の胸の内を察したかのように、りきが言う。

「あなた様と、こうした春が、あといくつ迎えられますか」

「分からん」としか利休には答えられない。

「でも今は、こうして一緒にいられます。それだけでもありがたいと思わねばなりません」

それには何も答えず、利休は茶杓に目を落とした。

——この蟻腰はいい。

「此度の茶杓は、お気に召したようですね」

「ああ、櫂先は幅広で七三に傾いているのがよい」

「力強い折撓ですね。櫂先はこうでなければなりません」

「そなたも分かってきたな」

りきが恥ずかしそうに微笑む。

茶杓を空にかざして眺めていると、りきが問うてきた。

「黄金の座敷は、いかがでございましたか」

「ああ、そのことか」

利休が小刀と茶杓を置く。

「お話しされたくなければ構いません」

「いや」と言って、利休は考えた。

これまで様々な人から同じ問いを発せられ、利休は相手に合わせて答えを変えてきた。

さほど茶を嗜まない武将には賛辞を惜しまず、津田宗及のような一流の茶人には、細部を語ることで己の主観を交えなかった。

――だが、りきには何と語るか。

しばしの沈黙の後、利休が言った。

「黄金の座敷は、それを見る者の心のあり方次第で美しくもあり、醜くもある」

「心のあり方次第でございますか」

「ああ、しょせん侘とは、見る者の心のあり方がすべてなのだ」

あの時の宗二の顔が脳裏によみがえる。

——侘とは寂びた茶室に古びた茶道具という思い込みに、宗二は囚われていた。それがかの者の才の限界なのだろう。だが殿下は違った。

「つまり、侘に決まり事などないと仰せなのですね」

「そうだ。ただ侘は心のあり方、つまり作意を形にしなければならない。その形になったものを、どう受け取るかは見る者次第だ」

りきが帛紗の上に置かれた茶杓を手に取る。

「では、あなた様は黄金の座敷を、どうご覧になられたのですか」

「殿下は己の侘を見つけられた」

りきは少し驚いたようだ。

「それが、あなた様の見立てなのですね」

「そうだ。侘とは作意を経て形を成した後は、受け取り手次第なのだ」

「私は、侘とは『藁屋に名馬つなぎたるがよし』だと思ってきました」

村田珠光が言ったとされるこの言葉は、草生した草庵で、一点だけ持つ名物で茶を喫することが侘という意味だ。

「わしもあれを見るまでは、そうだと思っていた」

秀吉の痛烈な一撃は、今でも利休の胸の底に瘡蓋《かさぶた》のようにこびり付いている。

「あれは、何人たりともまねのできないものだ」

「つまり、殿下だけの侘と——」

「ああ、殿下は殿下の侘を形にした。それは孤高にいる者だけの侘であり、誰にもまねのできないものだ」

　利休が己に言い聞かせるように言う。

「侘とは空しきものですね」

「空しきもの、か」

「はい。形として人に見せたとて、それだけのこと」

　――それだけのことか。

　利休は己の存在に想いを馳せた。

「もはや、あなた様のするべきことは終わったのでは」

「それが言いたかったのか」

　りきがうなずく。

　秀吉は黄金の甲冑《かっちゅう》に身を包み、利休の領国に押し入ってきた。それを利休は押しとどめる術もなく、白旗を掲げざるを得なかった。

「最初の一手はしてやられた」

「では、まだ戦うと――」

「ああ、現世の王に心の内まで支配されては、これほど息苦しいことはない」

「あなた様は――」

　りきがため息をつきつつ言う。

「最後まで戦い抜くつもりなのですね」

その言葉に利休がうなずく。

秀吉との戦いが行き着くところまで行ってしまえば、待っているのは死だけだ。

——だが、死ぬことで得るものもある。

己の死は秀吉と刺し違えるに等しいものだと、利休は知っていた。

「負けと決まれば、共に千尋の谷に落ちるまでよ」

「それができるのですか」

「できる。いや、そうなるようにしていかねばならぬ」

「そこまでして、世を静謐に導きたいのですね」

「そうだ。民が生き生きと働き、商人たちが自由に行き来できる世を作ることこそ、堺に生まれた者の使命だ」

利休は商人であり茶人だからこそ、秀吉と渡り合える。同じ武士だったらそうはいかない。だが利休は己の後継者に武将茶人の古田織部を指名した。織部が武士であることをいかに克服するかは、織部に任せるしかない。

——それでも織部殿なら、その相克を克服できる。

その時、少庵の声が聞こえた。

「ご無礼仕ります」

「どうした」

「高山右近様がお見えです」

「右近殿が――」

「お会いになられますか」

「もちろんだ。茶室に通し、炭を入れておいてくれ。わしは飯を作る」

利休は立ち上がると、若い頃と何ら変わらぬ力強い足取りで台所に向かった。

二

「まことにもって、よき午餐《ごさん》でした」

高山右近が、その怜悧な顔をほころばせる。

天文二十一年（一五五二）生まれの右近は三十五歳になる。摂津国人の家に生まれ、十三歳で洗礼を受けるほど敬虔なキリスト教徒の右近は、長らく荒木村重の寄騎として間接的に信長に仕えていたが、村重没落後は秀吉に誼を通じた。以後、幾度かの合戦で功を挙げたことで秀吉の覚えもめでたく、前年の天正十三年（一五八五）には、播磨国の明石郡に六万石を与えられて大名の座に列した。

右近は清廉潔白にして人徳があり、キリスト教を信じることでは人後に落ちない情熱の人だった。

「粗餐でしたが、お気に召して何よりです」

何の前触れもない来訪だったので、一汁三菜しか用意できなかったが、右近は満足したようだ。

「では」と言って、利休が中立を促す。

外に出た右近が蹲踞で手水を使う音がする中、利休は床の軸を外し、竹製の花入に菜の花一輪を挿した。その間に半東《はんとう》が膳を片付ける。

半東とは亭主を手助けする者のことだ。

やがて右近が座に戻り、後入の茶事が始まった。

濃茶を一服した後、右近が興奮気味に切り出した。

「これから数年、殿下は己の天下を確かなものにすべく、各地に征討の兵を派すつもりです」

利休もそのことは聞き知っていた。

「九州、四国、東海、そして関東から奥州へと戦乱は広がっていきます」

利休は間を置くべく、薄茶を点てた。

「ありがとうございます」

薄茶を一服することで、右近は落ち着きを取り戻したようだ。

「今、最も殿下と親密に話ができるのは、弟君（秀長）と尊師しかおりません」

「そうかもしれませんが、私は 政《まつりごと》 の話をしません」

「たとえそうだとしても、尊師の言なら殿下は耳を傾けます」

「私に何をしてほしいと――」

右近の双眸《そうぼう》が光る。

「デウス様の教えがいかに尊いか、お伝えいただきたいのです」

「お待ち下さい。私はキリシタンではありません」

右近が穏やかな口調で言う。

「それは承知しております」

「ではデウス様について、私にできることはありません」

利休は堺に生まれたので、幼い頃から南蛮文化には触れてきた。だが硬直的で排他的なキリスト教には、ついぞ共感できなかった。

「それでは、洗礼を受けませんか」

これまで幾度となく言ってきたことを、右近はまた言った。

「信じてもいない神に形だけ帰依するなど、それこそ右近殿たちが言う『冒瀆《ぼうとく》』ではありませんか」

「分かっています。それでもこの世を静謐に導くために、耶蘇教と茶の湯は手を組むべきだと思います」

――わしに茶の湯と耶蘇教の鎹《かすがい》になれというのか。だが呉越同舟《ごえつどうしゅう》が長続きした例《ためし》はない。

「尊師、この場は大局に立ち、衆生のためを思って下さい」

あえて右近は、「衆生」という仏教用語を使った。

「私は静謐な世の到来を常に願っています」

「それは知っています。しかし茶の湯だけで、それができるのでしょうか。茶の湯と耶蘇教が手を組めば、殿下を戦嫌いにすることもできるやもしれません」

「かの御仁を戦嫌いにすると――」

「そうです。われらが手を組めば、できない話ではありません」

「しかし日本国中がキリシタンとなった時、茶の湯は用済みとなるのではありませんか」

「何を仰せか。耶蘇教と茶の湯は、その大本《おおもと》が違います」

茶の湯と宗教が同じ次元で語り合えるものではないことは、利休も心得ている。

――だが、人の心の内を分け合うことになる。

「キリシタンの国で、茶の湯を栄えさせられると仰せですか」

「はい。それがしを見て下さい」

確かに右近はキリシタンにして茶人、そして大名という三役を見事にこなしている。

「分かりました。洗礼までは決心できませんが、この世を静謐に導くという一点において、手を組むことにいたしましょう」

「尊師、今はそれで十分です。互いに危機に陥った時、助け合うことで、家中に地歩を築いていきましょう」

右近が力強く言う。

利休は素早く利害を計算し、この話に乗ることにした。

「尊師、われらが手を組めば、殿下の専断（独裁）を抑えられます」

――それはどうかな。

秀吉がそんな単純な相手ではないことを、利休は十分に心得ていた。

三

二月下旬、聚楽第《じゅらくだい》の普請作事が始まった。

聚楽第とは京における秀吉の政庁兼屋敷のことで、場所は内野《うちの》と呼ばれる大内裏跡になる。

この普請作事では六万人余の夫丸が動員されたので、京の町に人が溢れ、半ば戦乱のような混乱が生じていた。

この頃、大坂でも大坂城の第二期の普請作事が始められていた。大坂城の第一期普請作事は、天正十一年（一五八三）九月一日から開始され、翌年八月に秀吉が本丸御殿に入ることで終了した。

第二期普請作事は、本丸地区を取り囲む二之丸の構築が目的で、聚楽第と同等の六万人もの夫丸が動員されたため、働き手を失った畿内や周辺の農村では、気候がよく豊作の環境が整っているにもかかわらず、農事に従事する者が不足し、餓死者が出る始末だった。

こうした事態に、利休は心を痛めていた。

――かの御仁を担いだのは間違いだったのか。

本能寺で信長が横死した後、利休は宗久や宗及と共に秀吉を天下人に押し上げるべく、財政的支援を行った。だが秀吉は次第に増長し、戦がなければないで、自分の威光を示す巨大な建造物を造りたがった。そのために駆り出された民は呻吟《しんぎん》し、商人も天下普請の名目で多額の献金をさせられた。

もはや秀吉は、秀吉以外の者にとって害毒でしかない存在となりつつあった。

三月十六日、イエズス会の日本副管区長のガスパール・コエリョが、供の者たちを従えて大坂城にやってきた。コエリョはすでに五十七歳という高齢で、布教責任者となっていた。

コエリョらの歓待役には秀長が指名され、秀吉と共に大坂城をくまなく案内した。とくに秀吉は山里曲輪を自慢し、一行を御広間に案内して休息を取らせた。

その後、二畳茶室で利休が秀吉とコエリョに、御広間に隣接する四畳半茶室で津田宗及が供の者たちに、それぞれ茶を点てることになった。

二畳茶室で炭の具合を確かめていると、外から石田三成の利休を呼ぶ声が聞こえた。

「はて、何でしょう」

「支度はできておりますな」

「はい。もう客人が参られますか」

「それを告げに来たのです」

利休は外に出ると待合に立った。ところが三成は立ち去らず、警固の兵と共に傍らにいる。

「石田殿、これから茶事が始まります。かような者どもがいては、心落ち着いた茶事になりません」

三成が目を剝く。

「それがしは、イエズス会士たちの警固役を仰せつかっております」

「ここは城内ではありませんか」

「城内でも万全を期すのが、それがしの仕事です」

——此奴は、仕事に忠実な己の姿を殿下に見せたいだけなのだ。

それに気づいた利休も意地になる。

「では、座敷の中で何かあればどうなさいますか」

「何か——、だと」

三成が利休に疑いの目を向ける。

「戯れ言です。お忘れ下さい」

「いや、聞き捨てならぬ一言。茶事を取りやめます」

「ご随意に」

利休と三成が言い争っている場に秀吉がやってきた。コエリョのために身振り手振りを交え、何かを伝えようとしており、その顔には笑みが浮かんでいる。

その時、秀吉の前に拝跪した三成が、「ここでの茶事をお取りやめ下さい」と言っているのが聞こえた。秀吉がその理由を問うと、三成は利休の方に顔を向けながら、先ほどの会話を繰り返している。

それを聞いている秀吉の顔が、次第に険しいものに変わっていく。

——賢いようでいて、愚かな御仁だ。

利休は、自分が賢いと思っている三成のような輩の不思議を思った。

——賢い者は賢いゆえに、相手の気持ちに対する洞察を欠く。

次の瞬間、秀吉の叱声が飛んだ。

「そなたは、利休がわしを殺そうとしているというのか！」

「いや、そこまでは思っておりませんが、万全を期すべく――」

「取って付けたような忠義面は見たくない。あっちへ行っておれ」

三成は一礼すると、口惜しげに利休を一瞥し、兵を率いて去っていった。

「どうぞこちらへ」と、秀吉がコエリョを促す。

利休が笑みを浮かべてコエリョを迎える。

「よくぞ、お越しいただきました」

「お招きいただき、とてもうれしいです」

コエリョは元亀三年（一五七二）に来日し、その後の大半を日本で過ごしてきたが、さほど日本語に堪能ではない。

「こちらからお入り下さい」

利休が躙口を示すと、コエリョは驚いたような顔をしたが、素直に従った。

それに秀吉も続くかと思ったが、秀吉は立ち止まると利休の耳元で言った。

「石田をからかうな。あれはあれで役に立つ男だ」

「だとは思いますが、私はよく思われておらぬようです」

「だろうな。彼奴ら奉行どもは法の支配により、わが天下を固めようとしておる。それゆえ始終、『茶の湯は要らぬものです』などとぬかしておる」

秀吉は茶色く汚れた歯を見せて笑うと、躙口に身を滑り込ませていった。

――法による支配か。

これまで秀吉は、人格的主従関係によって大名たちを率いてきた。しかし世が安定するにしたがい、平等性が求められる。つまり、いつかは利休のような政権の制度外にいる存在を取り除き、すべてを「法による支配」に切り替えねばならなくなる。秀吉に何かを嘆願できる場である茶の湯も、法の支配にとっては邪魔なのだ。

——だが、法では人の心を支配できない。

それを秀吉も分かっているからこそ、先ほど三成を叱責したのだ。

座敷の中で、秀吉が何かを説明する声が聞こえる。茶道具の蘊蓄《うんちく》を語っているらしい。

利休は茶立口に向かった。

秀吉の許しを得て胡坐をかいたコエリョが言う。

「とてもおいしい茶でした」

秀吉が満面に笑みを浮かべる。

「それはよかった。伴天連《バテレン》の方々の舌には合わないと思っておったが——」

「私は九州の大名たちの座敷で、何度か茶を喫しておりますので、少しは味が分かります」

「ああ、そうだったな」

コエリョは主に九州で布教活動に従事し、大友宗麟や有馬晴信といったキリシタン大名を生み出していた。

コエリョが改まった口調になる。

「殿下、いよいよ日本の平定が見えてきました。それが成った後、どうしますか」

「成った後か」

秀吉が苦笑する。利休は黙って薄茶を点てた。

「そなたらは、この国をキリシタンの国にしたいのであろう」

「はい。その通りです」

「そなたらが殊勝な態度を取り続けるなら、布教を許そう。だが一向宗のように、わしに歯向かったら容赦はせぬ」

「分かっています」

「では、もっと大きなものをやると言ったらどうする」

——どういうことだ。

一瞬、利休の手が止まる。

秀吉を一瞥すると、狡猾そうな目つきで利休を見ていた。

「大きなものとは何ですか」

コエリョがその青い目を輝かせる。

「大明国よ」

この時の大陸国家は明《みん》だが、日本では唐という古王朝の名で総称されていた。

利休が薄茶の入った茶碗をコエリョの前に置く。

いつもはきれいに弧を描いている茶の表面が、ひどく乱れている。それを、いかにもうれしそうに秀吉が見つめている。そんな二人の駆け引きに寸分も気づかず、コエリョが問う。

「ということは、明に攻め入るのですか」

「そうだ。わしは唐土の王になる。それを手伝えば唐土での布教を許す」

「それは本当ですか」

コエリョの顔色が変わる。

「ああ、本当だ。すでに着々と支度を進めておる」

――何ということだ。

秀吉の天下平定を助けることで、国内から戦乱の芽を摘み取ることに利休は力を尽くしてきた。だが秀吉の欲は際限がなくなり、日本を平定した後、明に攻め入るというのだ。

――この御仁は、わしの手に負えぬ。

だからといって、ここで匙《さじ》を投げるわけにもいかない。

「利休よ」

秀吉の冷めた声が聞こえる。

「そなたにも、キリシタンの弟子がいたな」

「高山右近殿のことですね」

「茶の湯とキリシタンの教えは矛盾しないようだな」

「はい。茶の湯などというものは慰みにすぎず、宗教と張り合うことはできません」

「だが、どちらも心に平穏をもたらし、世を静謐に導くものだな」

コエリョが「わが意を得たり」と言わんばかりに口添えする。

「その通りです。神の御心は人々に平穏をもたらし、この世から戦をなくします。つまり殿下の天下を安定させるために、これ以上のものはありません」

「聞いたか、利休。どうやら商売敵が現れたようだぞ」

歯茎をせり出すようにして笑うと、秀吉が真顔になって言った。

「わしは唐土を平定する。その時、唐土の民の心を平定するのは、耶蘇教と茶の湯だ。だが国内に耶蘇教は要らん」

「どうしてですか」

コエリョが不満をあらわにする。

「この国には仏教がある。何の役にも立たぬ坊主どもだが、巧みに民を懐柔できる。それゆえ、そなたらは大明国に向かえ」

コエリョがうなずく。秀吉の意思に逆らっても仕方がないと知っているのだ。

――ここからの舵取りは難しい。

秀吉はキリスト教という手札をちらつかせることで、人の心を平定する道具が茶の湯だけではないことを、利休に伝えようとしているのだ。

――さすがだな。

秀吉は秀吉で利休を侮っていなかった。むろん利休たちの狙いについても、薄々は気づいているのだろう。それでも利休らが分を守り、自分に利をもたらす限り、秀吉は利休と茶の湯を抹殺することはないはずだ。

しかし自らが茶の湯の権威となった時、秀吉は茶の湯を乗っ取り、利休を排除するに違いない。

――難しい戦いだが、やり抜かねばならん。

利休は顔色一つ変えず、次の点前に移った。

四

「まさか、そなたが戻ってくるとはな」

「どこかで野垂れ死にでもしているとお思いでしたか」

紹安の笑い声が茶室の壁を震わせる。

利休はため息をつくと、紹安の前に濃茶を置いた。

「では、いただきます」と言いつつ紹安が茶碗を取る。

「まさしく、これぞ故郷の味」

「鄙の茶とは何が違う」

「鮮度です。鄙の地の大名どもは金に飽かせて高い茶葉を買い求めますが、宇治に近い堺のようにはいきません。それだけでなく領主ごとに諸所に関を設け、そこを通る度に関銭を取るので、奥羽での宇治茶の値はここの十倍以上です。むろん海路でも津料が掛かるので、さして変わりません」

利休が紹安に問う。

「ということは、そなたは白河の関を越えたのだな」

「はい。此度は伊達殿の厄介になってきました」

紹安によると、北陸道を進み、前田利家、上杉景勝、伊達政宗、佐竹義重・義宣《よしのぶ》父子、北条氏政・氏直父子といった大名の許に厄介になりつつ、帰途に徳川家康の世話になったという。

「どれも名だたる大名衆だ。そうした方々に歓待されたということは、皆、茶の湯に執心し始めているということだな」

「はい。殿下と父上の思惑通りに」

紹安が皮肉な笑みを浮かべる。

「茶の湯が、それだけ人を惹きつけるからだ」

「果たしてそうでしょうか」

紹安が意味ありげな視線を向ける。

「どこで何を聞いてきた」

「三河で」

雨が降り出したのか、松籟が激しくなる。

「三河殿か。それで何と仰せになっていた」

「使者を仰せつかりました」

それだけ聞けば、紹安の使命は明らかだった。

「なぜ、そなたに——」

「私が三河に参ったのはたまたまでしたが、三河殿は三河殿で、いかなる方法で関白殿下と誼を通じられるかを苦慮していたとのことです」

秀吉への手筋（外交窓口）はあっても、武士である限り奉行衆を通さねばならない。そうなると秀吉との間に幾重もの壁ができる。その点、紹安なら利休を通じて秀吉に直結できる。

「織田中将を通せばよいではないか」

すでに信雄は秀吉に降伏し、今は家康に臣従を勧めていた。

「戯れ言はおやめ下さい」

今後、秀吉と家康の間では厳しいやり取りが続くはずで、その仲介役を信雄が担えるとは思えない。

「三河殿は、『今は利休殿を通すのが最もよい』と仰せでした」

紹安の前に薄茶を置くと、紹安はそれも一気に飲み干した。

「やはり父上の茶はうまい」

「どうでもよいことだ」

相手を小馬鹿にするような紹安の態度に、いつも利休は苛立ちを覚える。

「双方を橋渡しすることで、大きな衝突はなくなります。それが父上のお望みでは」

「そうだ。だが三河殿が歩み寄りを示さない限り、殿下は妥協せん」

「それは三河殿も承知しています」

「では、歩み寄るのか」

紹安が首を左右に振る。

「事は慎重を要します。しかも三河殿は石橋を叩いても渡らぬお方。しばしの間、私に殿下の意向を探ってほしいとのことなのですが――」

「まさか、そなたは三河殿の間者か」

「ははは。そうだとしたら、父上は私を殿下に突き出しますか」

「戯れ言もほどほどにせい！」

「父上」と紹安が真顔になって言う。

「この世を静謐に導くという宛所がある限り、父上は私を突き出せません」

――その通りだ。

利休が苦笑する。

「それを三河殿も見抜いているのか」

「かの御仁を侮ってはいけません」

「分かった。そなたを少庵と共に連れ回せと言いたいのだな」

「はい。まあ、少庵などはどうでもよいことですが」

確かに仕事を遂行していく上で、少庵が邪魔になることも考えられる。

「致し方ない。だが紹安――」

利休の眼光が鋭くなる。

「わしが死を賜ることになったら、そなたも危うい立場になるぞ」

「それは重々承知。それとも父上は、子供可愛さから私を遠ざけますか」

「では、覚悟はできておるのだな」

「申すまでもなきこと。ただ少庵だけは――」

「分かっている。千家とりきのために、政に近いことからは遠ざけることにする」

「それがよろしいかと」

紹安がほっとしたようにうなずく。

――此奴は少庵を案じていたのか。

紹安が少庵を遠ざけようとしていたのは、少庵が邪魔だからではなく、利休と自分が浴びるかもしれない火の粉から守るためだったのだ。

――よき男に育った。

利休はうれしかった。

五

「それでは、御意を賜れると思ってよろしいのですね！」

四月五日、大坂城内山里曲輪の御広間で、僧形で赤ら顔の巨漢が秀吉に平伏した。

「宗麟殿、面を上げられよ。わしは、そなたのために島津を征伐するわけではない。帝から政を預けられた関白であるわしを、島津がないがしろにするからだ。これは帝に対する反逆にも等しい」

「ありがたきお言葉」

はるばる豊後の国からやってきた大友宗麟が、深く平伏する。

秀吉は島津義久に何通かの書状を送り、宗麟の領国への侵攻をやめるよう勧告していた。その外交を担っていたのが細川幽斎と利休だった。それでも島津義久は、大友領への侵攻をやめなかった。そのため宗麟は利休の勧めに従って大坂まで来て、秀吉に助けを求めた。

「どうだ。皆の者」

秀吉が列座する者たちを見回す。

この場には、羽柴秀長、宇喜多秀家、細川幽斎、前田利家、石田三成、安国寺恵瓊《あんこくじえけい》といった面々に交じり、末座に利休と紹安が控えていた。

「まことにもって不届き千万」

利家が胴間声を発する。

「関白殿下の命に応じぬということは、帝に逆心を抱いているも同然」

利家に負けじと宇喜多秀家が言う。

「前田殿の仰せの通り、われらは幾度となく書状を島津に送り、矢留（停戦）を促してきました。ところが島津は、われらには平身低頭しておきながら、豊後で兵馬の儀に及んでおります。これは許し難いことです」

続いて僧形で茶人頭巾をかぶった老人が発言する。細川幽斎である。

「それがしが手筋となりながら、かようなことになり、慙愧《ざんき》に堪えません。この上は、わが倅の与一郎（忠興）を先手にご指名いただきたく――」

その言葉に安国寺恵瓊が反論する。

「九州への取次は、わが毛利家に任されております。こうした騒乱が九州で起こった際には、何を措《お》いてもわれらが、先手を務めるのが筋というもの」

毛利家の外交僧として頭角を現した恵瓊は、毛利氏を秀吉に従わせた功によって秀吉傘下の大名としても遇され、秀吉から伊予国内に二万三千石の知行を賜っていた。

「まあ、待たれよ」

秀長が穏やかな口調で言う。

「皆が申すことは尤もながら、いまだ戦うとは決まっておらぬ。まずは詰問使を送り、島津の兵を国境まで引かせるのが手順というものであろう」

「はははは」と秀吉が高笑いする。

「皆の意気が騰《あ》がっているのはよきことだ。しかし小一郎の申す通り、島津によく申し聞かせてからでも遅くはない。いまだわれらは、東海の徳川や関東の北条といった輩を威服させていない。戦わずして島津が頭を下げてくるならそれでよし。それでも不平を申したら――」

秀吉の眼光が鋭くなる。

「撫で斬りにすべし」

撫で斬りとは、敵対する大名や家臣だけでなく領民までも皆殺しにすることだ。

「お礼の申し上げようもありません」

宗麟が畳に額を擦り付けて感涙に咽ぶ。その嗚咽にうんざりしたかのように幽斎が言う。

「では早速、その旨をしたためた書状を島津に送ります」

「幽斎、それより誰かを遣わした方がよいだろう」

秀吉の言に宗麟が喜ぶ。

「そうしていただければ、島津も兵を引くに違いありません」

「だが幽斎は高齢の上、朝廷とのやり取りも任せているので京から離れられない。そうだ利休、そなたが行け」

島津との戦いが防げるなら、それに越したことはない。利休が引き受けようとした時だった。

「その大役、私に申し付けていただけませんか」

突然、末座にいた紹安が申し出た。

「私は諸国を旅しており、島津家にも出入りしていたことがあります。それゆえ顔見知りもおり、使者にはうってつけかと」

傍らの三成が秀吉に何かを耳打ちする。

「ふむ、ふむ」と聞いていた秀吉は、即座に断を下した。

「よし、そなたに大役を任せよう。すぐに宗麟と九州に下向しろ」

「はっ、ははあ」

紹安が大げさに平伏する。

――そうか。この件で功を挙げ、殿下の覚えをめでたくする肚だな。

利休は紹安の胸の内を察した。

「利休、それでよいな」

「はい。わが息子でよろしければ」

「よし、これで決まった」

秀吉が膝を叩く。

「では振舞の前に、この城を宗麟殿に案内して進ぜよう」

「えっ、まさか殿下にご案内いただけるのですか」

「そうだ」

宗麟が再び深く平伏する。

「これほどの栄誉はありません」

「せっかく遠いところを来たのだ。せめてものねぎらいだ」

そう言うと秀吉は立ち上がり、矢継ぎ早に指示を出した。

「利休、宗麟殿を黄金の茶室にお招きしろ」

「小一郎、夕餉《ゆうげ》は、そなたの屋敷がいいだろう」

「佐吉（三成）、島津攻めの策配や陣立てを残る者らと詰めておけ」

「では、行こう」と言って秀吉が宗麟を従えて歩き出す。その背後を一歩下がって利休が続いた。

この後、秀吉は宗麟を黄金の茶室に招いた。まず利休が、その後に秀吉が茶を点てたので、宗麟は大いに恐縮し、その点前の見事なことを称賛した。

続いて秀吉は宗麟を天守に導き、秘蔵の茶壺が飾ってある五つの部屋を順に見せて回った。第一の部屋には「四十石」、第二の部屋には「松花」、第三の部屋には「佐保姫」、第四の部屋には「撫子《なでしこ》」、第五の部屋には「百島」といった名物が飾られている。

この時、「四十石」と「撫子」は利休が、「松花」は津田宗及が、「佐保姫」は今井宗薫《そうくん》（宗久の息子）が、「百島」は紹安が、その由来や持ち主の変遷などを説明した。

利休以外はその部屋で一行を待ち、説明を終えると同行せず、その場にとどまった。つまり利休だけが宗及をも凌ぐ別格の扱いとなったのだ。

その後、秀吉との会談を終えた宗麟は、秀長の屋敷で夕餉の饗応を受けた。

秀長が「内々の儀は利休に、公事の儀はそれがしに」と宗麟に言ったのは、この時のことだ。つまり表向きの件は秀長に、個人的なこと、すなわち秀吉に何かをお願いしたい時は利休を通すようにという謂である。

これにいたく感動した宗麟は、「当末（今と将来）とも、秀長公、宗易（利休）へは深重隔心なく、御入魂《ごじっこん》、専一《せんいつ》に候」と書き残している。

つまり宗麟は、「これからも、秀長と利休との行き来（通好）を絶やさず、とにかく親しくすることだけを考えていきたい」というのだ。

翌日、宗麟は紹安を伴って西に去っていった。

宗麟の出発が慌ただしかったこともあり、利休は紹安と語り合う機会を持てなかった。だが紹安が「静謐を導く者」として己の後に続こうとしていると分かり、利休はうれしかった。

六

四月十五日、秀吉に呼び出された利休は、本丸御殿の対面の間に伺候した。

「そなたは、よき息子を持った」

秀吉の言葉には、多少の羨望が含まれている。

「至らぬ息子ですが、ようやく物事をわきまえられるようになりました」

「そのようだな。父の才を引き継いでおるわ」

「過分なお言葉、痛み入ります」

「東も西も紹安に任せておけ、ということか」

秀吉が高笑いする。

――西は分かるが、東とはどういうことか。

利休は腑に落ちない。

「やはり知らなかったようだな。己の父にも言わぬほど、紹安は口が堅いということだ」

「いかなることで」

「紹安は家康からの書状を託されておった」

やはり紹安は、家康から仲介を頼まれていたのだ。

小牧・長久手の合戦以降も、秀吉は家康との決戦を覚悟していた。だがある事情から、当面は和睦した上、臣従を促すという方針に切り替えざるを得なくなった。

その事情とは、前年の十一月に畿内に大地震が発生し、その復旧に時間が掛かることが判明したからだ。世に言う天正大地震である。

しばらくの間、家康との軍事衝突を避けねばならなくなった秀吉は、すでに秀吉に臣従している織田信雄を介し、家康に和睦を打診した。

ところが家康は、おいそれと和睦できない立場にあった。というのも同盟している北条氏とは「秀吉と敵対する」という外交方針で一致しており、北条氏を裏切るわけにはいかないからだ。

家康と北条氏政の直接会談は、三月八日と十一日の二回にわたって行われ、家康は秀吉との和睦を北条氏に認めてもらう代わりに、「北条氏との同盟も継続する」という約束をした。つまり秀吉が北条氏を討つことになった時には、家康が仲立ちするというのだ。

これにより家康側も和談の態勢が整った。

「それでも家康はしたたかだ。和睦したいなら証人（人質）を送ってこいと言ってきたわ。そんなことを、わしは受け容れるつもりはない」

「仰せになることはご尤もですが――」

利休が言葉を濁す。

「そなたは、わしが小牧・長久手で戦に負けたと申したいのであろう」

「そんなことは申しません」

「いや、『負けたのだから、少しくらいは譲歩しろ』と顔に書いてあるわ」

秀吉は相変わらず、相手の心中を読むのに長けている。

「だが考えてもみよ。昨年一年間で勝敗は逆になったわ」

秀吉は調略戦での一方的勝利を主張したいのだ。

確かに徳川家中に重きを成していた石川数正をはじめ、傘下国人の水野忠重、木曽義昌、小笠原貞慶らが秀吉の許に参じたことで、秀吉と家康の力関係は一変した。

――相手が強ければ調略に切り替えて相手を追い詰める。それが秀吉のしたたかさなのだ。

その点では、秀吉は信長のはるか上を行っていた。

「それゆえ、家康も苦しい立場よ」

「しかし殿下、こちらから何らかの譲歩をしないと、三河殿は詫び言など言ってはきますまい」

秀吉が不機嫌そうに横を向く。それだけ地震は、秀吉の領国に深刻な被害をもたらしていた。

「それで、そなたの知恵を借りたいのよ」

「ははあ、そういうことでしたか」

すでに利休の頭は、めまぐるしく回転していた。

――家康は証人を送らなければ和談に応じないだろう。一方の秀吉は証人を出せば面目がつぶれる。では、どうする。

そこまで考えたところで、利休に妙案が浮かんだ。

「確か三河殿には、正室がいなかったはず」

「ああ、そうだが」

かつて武田方に通じた疑いで正室の築山殿《つきやまどの》を殺して以来、家康の正室の座は空いていた。

「では証人ではなく婚姻ということにして、肉親のどなたかを嫁に差し出してはいかがでしょう」

「それは、よき考えだが——」

秀吉がため息交じりに言う。

「わしに手駒がないのは知っておるだろう」

秀吉には、こうした場合に手駒として使える娘がいない。

「そうでした。では、どこぞの娘か若後家を養女にしてはいかがでしょう」

「にわか養子など、家康が受け容れるはずがあるまい」

秀吉と血のつながりのない者を養女として家康に嫁がせたところで、証人の役割は果たせない。

利休と秀吉が同時にため息をつく。

——だが肉親なら、納得するかもしれない。

秀吉の子でなくても血のつながりがあれば、家康は受け容れる可能性がある。たとえその者に秀吉の愛情がなくても、見捨てるようなことをすれば信望を失うからだ。

「殿下の妹君は、すでに嫁いでおりましたな」

「旭のことか。もちろん嫁いでおる」

秀吉の妹の旭は、すでに嫁いでいる上、四十四歳という高齢だった。

「確か夫君は、佐治《さじ》日向守殿でしたね」

「いや、先年、日向が死んだので、副田《そえだ》甚兵衛に再嫁《さいか》させた」

「ははあ。頑固者の副田殿だと少し厄介かもしれませんな」

「そなたは何を考えている」

秀吉の金壺眼が落ち着きなく動く。

「この場は、背に腹は替えられません」

「いかにわしでも、そこまでは無理だ」

秀吉が激しく頭《かぶり》を振る。

――わしとて、かように酷いことをやりたくない。だが、ここで双方に歩み寄りさせるには、その手しかないのだ。

和睦や同盟は、その機運が盛り上がった時に一気に進めないと、双方に疑心暗鬼が生じ始め、逆に関係が悪化することが多い。

「では利休、そなたは旭を嫁に出せば、三河殿を連れてこられると申すのだな」

「大坂に三河殿を連れてこいと仰せか」

「そうだ。ここに連れてきて臣従を誓わせるのだ。さすれば、まだ頭を下げてきていない諸大名も、こぞって駆けつけてくるわ」

「それはご尤もながら、まずは和睦からではありませんか」

和睦や対等の同盟を飛び越し、臣従させようという秀吉の発想の飛躍に、利休は戸惑った。

「そんな悠長なことをしてはおられぬ。一刻も早く臣従させ、わしは九州に行きたいのだ」

――それが本音だったか。

秀吉の本音は家康を臣従させて後顧の憂いをなくし、九州に下向して島津を征伐したいのだ。

「しかし、いくらなんでも臣従までは――」

「やはり、そなたでも無理か」

落胆したふりをする秀吉を見た利休に、闘争心がわいてきた。

「では、大坂に連れてきて臣従させればよろしいので」

秀吉の顔色が変わる。

「そうだ。それができるか」

「今は何とも申せませんが、この頭を絞れば、知恵がわいてくるやもしれません」

「そうか、そうか。さすが利休だ」

秀吉が膝を叩かんばかりに喜ぶ。

「ただし、三河殿が何らかの条件を付けてくるやもしれませんぞ」

「おそらく、そうだろう」

「その時、それをのむものまぬも、私に任せていただけますか」

「つまりそなたが、わしの名代を務めるというのか」

名代は単なる使者とは違い、こうした際には交渉権と決定権を持つ。

「はい」と言って平伏する利休の耳に、秀吉の高笑いが聞こえてきた。

「ははは、商人が関白秀吉の名代か。そいつは面白い。分かった。そなたに任せよう」

「承知仕りました」

「だが、その前に旭の件だな」

「仰せの通り」

「そなたは甚兵衛と顔見知りだったな」

嫌な予感が背筋を走る。

「いかにも、何度か茶を点てたことはありますが、わが弟子というわけでもなく、さほど親しく行き来しているわけではありません」

「ははは、早々に陣構えを整えたな」

利休の張った防衛線を、秀吉は難なく乗り越えてきた。

「そなたが言い出したことだ。そなたから甚兵衛夫婦に申し聞かせよ」

「何を仰せか。甚兵衛殿のご内室である旭様は、殿下の妹君であらせられます。殿下からお話しいただくのが筋というもの」

「旭は父が違う上、年が六つも離れている。十代で佐治日向に嫁いだので、口を利いたこともほとんどない」

天正四年（一五七六）、秀吉が長浜城主だった頃、旭の夫の佐治日向守が亡くなったので、秀吉は独り身だった甚兵衛に旭を嫁がせた。甚兵衛はさほど有能ではなかったが、妹婿なので、今は但馬《たじま》国に二万石を与えている。

「だが考えてみれば、惜しいことをした」

秀吉には身寄りが少なく、旭も大切な手駒の一つだった。しかし当時、旭はすでに三十四歳であり、いつまでも手駒として取っておくわけにもいかなかった。

──ここは天下を静謐に導けるかどうかの切所だ。旭様、お許し下さい。

利休は会ったこともない旭に心中で詫びるや、思い切るようにして言った。

「承知しました。古びたる茶壺に、銭一万貫の値を付けてきます」

銭一万貫とは二万石に相当し、現代価値に直すと約十億円になる。

「ははは、さすが利休だ。面白いことを言う。そなたは、そうやって私腹を肥やしてきたのだな」

しばしの間、蔑むような笑いを浮かべていた秀吉が真顔になる。

「よし、古びたる茶壺に十万貫の値を付けてこい」

「では、甚兵衛殿に十万貫を払うと言いますか」

「いや、金銭の授受は彼奴の矜持《きょうじ》を傷つける。そうさな──」

しばし考えた末、秀吉が言った。

「但馬国内に五万石加増すると甚兵衛に伝えよ」

「それは過分な──」

「二人の夫婦仲は悪くないと聞く。それくらいしてやらんと甚兵衛に気の毒だ」

誰かに物をやる時、秀吉は惜しまない。その気前のよさで、のし上がってきたと言ってもよい。

──心を鬼にせねばならぬな。

利休は覚悟を決めた。

翌日、副田甚兵衛の屋敷に出向いた利休は、このことを甚兵衛に告げた。

甚兵衛も戦国の世を生き抜いてきた武士だけあり、さすがに肚だけは据わっていた。話を聞くや、その場で承諾すると旭を呼んだ。

突然のことに旭は動揺したが、すぐに冷めた顔をしてうなずいた。

――覚悟ができていたのだ。

旭は己の身が己のものではないということを、よく心得ていた。

だが甚兵衛は、五万石の加増を固辞した。

「妻を差し出す代わりに五万石を得たとあれば、もうそれがしは、男として生きていけません」

それが理由だった。しかもすでに持っていた二万石をも返上し、どこかに隠居したいという。

その覚悟のほどを聞いた利休は感服し、隠居料二千石を給することで話をまとめた。

四月二十三日、使者が三河国に下向し、このことを家康に告げると、家康にも否はなく、その場で結納が取り交わされた。

そして五月十四日、旭が三河国の岡崎に輿入れし、「御婚の儀」が執り行われることになる。

利休の手際のよさに、秀吉はもちろん周囲は瞠目するしかなかった。

七

五月、旭姫が家康の許に輿入れすることになった。その華やかな行列の中に利休もいた。

利休は茶の湯を家康の領国にも浸透させ、三河武士たちの荒ぶる心を鎮めたいと思っていた。

十四日、滞りなく婚礼の儀式が行われた。利休の権勢を知る家康は最上座に利休の座を設え、下にも置かないほどのもてなしぶりだった。信長健在の頃から利休と家康は顔見知りだったが、親しく会話をするのは、この時が初めてとなる。

翌日、家康の書院に案内された利休は、家康やその家臣たちを相手に大寄せを行った。

すでに紹安や都下りの茶人たちが三河国を訪れており、利休の流行らせた大寄せも、同じ碗で飲み回す吸茶も、彼らは知っていた。そのため和やかな雰囲気で茶事は進んだ。

家康の家臣たちは噂に聞くほど無粋でも無骨でもなく、それなりの礼法を知る人々だった。

家康も、よくいる田舎大名のような傲岸不遜なところは一切なく、謙虚で控えめな人物に思えた。

大寄せが終わった後、家康から「一客の茶を所望したい」という申し出があった。

むろん利休は、それが重大な意味を持つものだと心得ている。


侘茶、すなわち「侘数寄」は、畿内を出ればさほど広まっておらず、地方の大名家の大半は、いまだ書院の違い棚に古びた茶道具を飾り、台子を出して唐物天目で濃茶を喫していた。ところが家康は、岡崎城内に草庵を造っていた。

――これは新築か。紹安の宰領（指導）だな。

岡崎城内の庭園の一角にひっそりと佇《たたず》むその茶室は、古材などを使って古びた風情を醸し出していたが、新築なのは一目瞭然だった。

――もしや紹安は、わしがここに来ることを想定し、この座敷を造ったのか。

そう思えるほど、それは利休形《なり》（好み）だった。

――だが紹安も、まだまだだな。

何事にも完全を期す利休には、どうしても粗が見えてしまう。

その茶室は柿葺き切妻造りで、躙口の上と左手に下地窓が付いていた。今様（当世風）を取り入れてはいるが、外の樹木を植えた位置が悪いのか、採光がよくない。

――樹木の種類や植える位置まで、紹安は指示しなかったのだ。

「いかがですかな」

利休が黙っていると、家康が不安げな顔で問うてきた。

「よき設えかと」

「天下の宗匠に、さよう仰せになってもらい安堵しました。かような鄙の地です。どのような座敷が今様か頭を悩ませておりました」

「その時、紹安がやってきたのですな」

「はい。お察しの通り、この地に立ち寄っていただけたので、縄を書いてもらいました」

「至らぬ息子ゆえ、無礼はありませんでしたか」

「いえいえ、とんでもないことです。あれだけ立派なご子息をお持ちの利休居士が羨ましい」

その言葉がお世辞ばかりでないことは、家康の誠意溢れる態度から明らかだった。

「そう仰せになっていただけると、肩の荷を一つ下ろした気になります」

家康の笑い声がする中、利休が躙口に身を滑り込ませる。

──いかにも今様だな。

茶室の内部は三畳台目で、客座の上の方だけ蒲天井《がまてんじょう》にしてあるのも利休好みだ。天井には竹を組ませ、土壁には藁が散っているので、田舎家の風情が見事に醸し出されている。

──土壁が暗すぎる。

壁に泥を塗る時、土がうまく下地になじむように藁を混ぜるのだが、それを農家のように粗壁のままにしておく「すさ」という仕上げ法を、利休は今様として流行らせた。それが紹安ら旅の茶人たちによって各地に伝えられていた。

ただし畿内と三河国では土質に微妙な違いがあるためか、やや暗すぎるように感じられる。

──材の使い方は申し分ない。

床も土壁造りで、床柱は赤みを帯びた杉丸太にし、框《かまち》や落掛《おとしかけ》といった横材には、荒々しい節を見せた桐を配している。

──わが息子ながら上出来だ。

定型に則りながらも、杉丸太の縦線と桐の横線が、互いに譲らない緊張感を醸し出している。

そこに利休は紹安の作意を見た。

やがて一客の茶事が始まった。

まず家康が亭主として正客の利休を出迎え、点前を披露する。

家康には名物収集の趣味はないと聞いていたが、床に虚堂の軸を掛け、さりげなく茶入に「朱衣《あけのころも》肩衝」を使うあたりは、なかなかの作意を感じさせる。

続いて主客が入れ替わり、利休が点前を披露した。

濃茶から薄茶に移り、二人の会話にも打ち解けた雰囲気が漂ってきた。

「殿下のご機嫌は、いかがですかな」

「此度の婚礼が成ったことで、とてもお喜びです」

「そうでしたか。些細な行き違いから一時はどうなることかと思いましたが、事なきを得て安堵しております」

それが、どこまで本音なのかは分からない。

「ときに宗匠は、殿下から全権を委任されておるのですな」

いよいよ家康が本題に入った。

「はい。名代の受命書（辞令）はここに――」

利休は懐から文書を取り出し、家康に一読させる。

「この花押は間違いなく殿下のもの。これで宗匠のお立場が分かりました。それにしても――」

「商人が名代で驚きましたか」

「いえ、そういう謂ではありませんが――」

「殿下は適任と思えば、釜焚きの爺であろうと水仕所《みずしどころ》の雑仕女《ぞうしめ》であろうと使者にいたします」

「ははあ、さすが殿下、たいしたものですな」

家康が歩み寄ろうとしてきたので、利休は思い切って手札を投げてみた。

「織田中将も殿下に臣下の礼を取りました。これで徳川殿にも臣従いただければ、天下の静謐は成ったも同じです」

そう言いつつ薄茶を家康の前に置いたが、家康は茶碗を手に取ろうとしない。

それが「臣従するつもりはない」という家康の意思表示であることを、利休は心得ていた。

かつて家康は、信長を介して秀吉とも知己だった。だが織田家の一武将にすぎない秀吉と、曲がりなりにも一国一城の主の家康とでは、信長の扱いにも格段の差があった。それを忘れて秀吉に臣従するのは、いかに家康でも、受け容れ難いはずだ。

しばしの沈黙の後、家康が皺枯れた声音で問うた。

「今、臣従と仰せになりましたな」

「いかにも。それが何か」

「それがしは、殿下に臣従するとは申しておりません。あくまで対等の立場で和議を結ぼうとしております」

——やはり、そういうことか。

家康の思惑が見えてきた。

——西国は任せるが、東国は渡さないということだな。

当面、家康は東西対等の関係を維持しようというのだ。

——この駆け引きは厳しいものになる。

利休が次の手札を投げつける。

「では、朝敵となりますぞ」

「朝敵と仰せか」

家康は少し微笑んだようだ。そこには「今更、建前で物を言うのか」という意味が込められている。

「殿下は帝のお墨付きを得て、関白の地位に就いております。関白は朝廷と同義。その関白の命に服せぬというのなら、朝敵ということになります」

「畏れ多いことです」

家康が殊勝そうに頭《こうべ》を垂れる。だが、その本心がどこにあるかは分からない。

「徳川殿も朝廷から官位官職を拝領し、殿下ともども朝廷に尽くしてはいかがでしょう」

「宗匠――」と家康の声音が改まる。

「いつまで肚の探り合いをしていても埒《らち》が明きません。ずばり本音で話し合いましょう」

「異存ありません」

家康がいよいよ本題に入った。

「それがしは、羽柴家中になるつもりはありませんが、殿下の政権を認め、殿下が天下の仕置を行うことに異存はありません」

「つまり、ほかのご家中大名と同じように、兵役や普請役を課されることは、迷惑と仰せになられるのですか」

「いえいえ、御所の造営や伊勢神宮の式年遷宮には、人も出しますし寄進もさせていただきます」

つまり家康は臣従してもいいが、それは朝廷を代表する関白に対してであり、羽柴家ではないと言いたいのだ。

「分かりました。では朝廷に対して臣従するのなら差し支えありませんね」

「言うまでもありません」

――それなら話は早い。

家康の条件が、「秀吉でなく朝廷に臣従する」「羽柴家の私戦には兵を出さない」「羽柴家の城を造るための普請作事には人を出さない」という三点だと分かった。

利休は確認を取ることで、家康を追い込もうとした。

「朝廷から官位官職を拝領し、その後は関白の下で、何がしかの役職に就いていただくのはよろしいですね」

「構いません」

「それでは、徳川殿の扱いは、ほかの大名とは異なるものとさせていただきます」

ここでの扱いとは、先ほどの「羽柴家の私的賦役《ふえき》には従事しない」という点が含まれている。

「それで結構です」

「では上洛の上、朝廷に対して臣下の礼を取っていただけますな」

「いや」と言って、家康が顔の前で手を振った。

「上洛はできぬと仰せですか」

双方の間に緊張が漂う。

――ここは少し間合いを外すか。

利休が話題を転じる。

「徳川家中には、荒武者が多いと聞きます」

「はい。かの者らのおかげで、それがしはここまで生き延びてきました」

「徳川家中が、荒ぶる武士の魂を大切にしているのは承知しています。しかし、いつまでもさような世が続くとは思えません」

「ははあ、なるほど。茶の湯を勧めに来たのですな」

「五カ国の太守となられた徳川殿にとっても、配下の心を鎮めるものが必要です。とくに一向宗に悩まされた徳川殿なら、それがよくお分かりかと」

この時、家康は三河、遠江《とおとうみ》、駿河、甲斐、信濃五カ国の主となっていた。尤も信濃国は南部だけを押さえている形なので、厳密には四カ国半である。

「はい。一向宗の恐ろしさは骨身に染みております」

家康が二十二歳の永禄六年（一五六三）、三河一向一揆が勃発する。それは野火のように三河全土に広がり、本多正信や松平家次といった家臣や多くの国衆が一揆方に加わった。最後は岡崎城近くの小豆坂《あずきさか》まで攻め込まれた家康だったが、硬軟取り混ぜた対応で鎮定に成功する。だがこの事件は、家康の心に宗教の恐ろしさを刻み付けた。

家康が油断のない目つきで問う。

「畿内西国では、キリシタンの教えが一向宗の代わりにならんとしていると聞きました」

「はい。キリシタンは戦を好まず、日々の平穏を祈る崇高な宗教です。しかしながら、殿下や徳川殿のようなお立場の方にとっては諸刃《もろは》の剣《つるぎ》かと」

「総見院様とて一向宗には手こずりましたからな。キリシタンの教えとなると、その背後に控える勢力も大きく、一筋縄ではいきますまい」

「つまり家臣たちの荒ぶる心を鎮めるためには、宗教よりも茶の湯がふさわしいかと――」

「いかにも。しかし鄙の武者たちに茶の湯が分かりますか」

「畿内との通交が活発になれば、茶の湯もすぐに敷衍いたします」

家康が薄茶の入った茶碗を手に取ると、それを飲み干した。

「味はいかがですか」

「薄茶にしては苦いかと。でも飲み干せないこともありません」

利休と家康が皮肉な笑みを交わす。むろん家康の言葉には、苦い茶でも飲み干す覚悟がある、つまり秀吉に条件付きで臣従することに異存はないという意図が込められていた。

ひとしきり笑った後、家康が真顔になって言った。

「それがしが上洛するにあたって、一つだけお願いがあります」

「何なりと」

「それがしは殿下を信じておりますが、わが配下の者どもがそろって殿下を信じず、『証人なくして大坂に行くなどまかりならん』と言うのです。それがしの威令が行き届いていない証左であり、恥ずかしい限りですが、これまで粉骨砕身してきた彼奴らの顔も立てねばならず、苦慮しております」

家康が縷々《るる》言い訳を述べる。

「よく言うわ。そなたは、世が静謐になって人の行き来が盛んになれば、堺が潤うとでも思うておるのだろう。しょせんそなたが望む静謐など、そんなものだ」

「仰せの通りです。私は堺をもっと富ませるために、かように殿下に仕えております」

秀吉が皺深くなった顔を歪ませつつ言う。

「正直でよい。この世が静謐で堺衆が潤うのであらば、わしの代わりに家康が天下人となろうと、そなたは構わぬのであろう」

秀吉の金壺眼に憎々しげな光が宿る。

――だが、ここで引いては負けだ。

利休は勝負に出た。

「構いません」

「此奴、申したな！」

「われら商人は、天下人が誰であろうと構いません。ただ一途に、この世が静謐であることを願っております」

「よう申した。その素っ首、叩き落としてくれるわ！」

秀吉は立ち上がると、背後に控える小姓から太刀をひったくった。

「わが皺首でよろしければ、いくらでも献上いたします。しかし最後に一つだけ問わせて下さい」

「何だ！」

「もしも殿下が私の立場なら、いかがなされますか」

「むろん商人にとっては、静謐が一番だ。戦乱など迷惑この上ない。尤も戦乱のおかげで、そなたらはもうけているのだがな」

堺衆は、鉄砲、銅弾、玉薬といった唐渡りの武器を武士たちに売ることで、巨万の富を築いている。

「百姓の立場では、いかがでしょう」

「一も二もなく戦乱などない方がよいに決まっておる」

「仰せの通りです。殿下としては東の守りを固め、西をひれ伏させる。三河殿としては殿下の配下となり、その地位を安泰なものとしたい。そして商人も農民も静謐を望んでいる。これこそ八方よしではありませんか」

「八方よしか。その代償が、わが母なのだな」

「はい。この八方よしを三河殿が破ればどうなるか。三河殿は、そのことを心得ておるはずです」

「何だと――」

秀吉の心が揺れ動いていることを、利休は察した。

「ご母堂様を証人に出してまで静謐を望んだ殿下の徳の高さを、人々は賞賛するでしょう。つまり三河殿が大政所様を証人に望んだことが、逆に幸いしたのです」

だが秀吉は、狡猾そうな笑みを浮かべて言った。

「ははあ、そう来たか。そなたは賢いの」

秀吉は太刀を後方に投げ出すと、再び座に着いた。

「だが、わしの面目はどうする。家康ごときに母上を差し出したとあっては、天下人の面目は丸つぶれではないか」

　――これが最後の砦だな。

　秀吉が最後に引っ掛かっている点こそ、そこなのだ。

「世の中は建前でできております。例えば世間に対しては、大政所様が旭様に会いたいと言って聞かないと喧伝し、殿下は『致し方なし』という体裁を取るのです」

　白いものが混じり始めた顎鬚《あごひげ》をしごきながら考えに沈む秀吉に、利休が畳み掛ける。

「武士も民も親であり子です。誰しも親に会いたい、子に会いたいと思うのが当たり前です。此度のことを大政所様のたっての願いとして世に喧伝すれば、殿下の威信はいささかも揺るがず、逆に殿下の孝行心に民は感じ入ります」

　利休は効果をより高めるために、一拍置くと言った。

「そして殿下の名声は、天を衝くばかりになりましょう」

　秀吉が感心したように言う。

「そなたほど、冷静に損得勘定のできる者はおらぬ」

「商人ですから」

「はははは、そうであったな」

　秀吉が高笑いする。

「では、大政所様を三河にお連れしてもよろしいですね」

　秀吉は、まだ何か言いたそうにしている。

その瞳は充血しているが、何かを求めるかのごとく爛々《らんらん》と輝いている。

――貪欲で狡猾な獣の目だ。

秀吉が大きく息を吸うと言った。

「よかろう」

「ありがたきお言葉」

利休は青畳に額を擦り付けつつ、安堵のため息を漏らした。


かくして大政所の三河下向は、娘の旭を訪れるという体裁を取ることで実現した。

十月、秀吉から家康の饗応役を仰せつかった利休は、大政所に随行して三河に下向し、それと入れ替わる形で大坂に向かう家康に同行した。

二十六日、大坂に着いた家康は、秀長が一時的に明け渡した屋敷に入って旅装を解いた。

この日、秀長の茶室を借りて茶の湯で饗応した利休は、家康とも十分に打ち解け、戯れ言を言い合うほどになっていた。

そこに、秀吉がお忍びで来たという一報が届く。

驚く家康に、使者は「殿下は、三河様と茶室にて親密なお話がしたいと仰せです」と告げた。

秀吉の突然の来訪は、利休にとっても寝耳に水だったが、少庵に命じて急いで炭火を熾し、水も新たなものに替えさせた。

家康と二人で畏まっていると、「御成」が告げられ、躙口から秀吉が入ってきた。これで三畳の茶室にいるのは三人となった。

「いやいや、これは久しぶりだの」

茶室に入った客は床の掛物を眺めてから座に着くのが作法だが、秀吉はそれを省略し、家康が空けた正客の座に腰を下ろした。

さすがの家康も緊張している。

「久方ぶりでございます」

「三河殿の兵馬は、相変わらず盛んなようだな」

「いえ、殿下には、はるかに及びません」

二人は、互いの肚を探るかのような会話を交わしている。

「いずれにせよ大坂までご足労いただき感謝しておる。これで天下の静謐は成ったも同じだ」

秀吉が呵々大笑する。

「此度は二度にわたって宗匠に三河までご足労いただき、こちらこそ感謝の言葉もありません」

家康がさりげなく利休を立てた。

「そうだったな。それを思えば、この静謐も利休あってのものだ」

秀吉が皮肉な笑みを浮かべる。

「ありがたきお言葉。では――」と言って、利休は炭を整え始めた。

「ときに三河殿、今宵は頼みがあって参った」

「何でございましょう」

家康が警戒心をあらわにする。

「たいしたことではない。明日、城内の大広間で謁見の儀があるだろう」

翌二十七日、諸将が居並ぶ中、秀吉は家康を引見し、家臣として認めるという儀式を行う予定になっている。

「それは伺っておりますが――」

「そこでわしは、威厳ある態度で三河殿に接することになる」

「尤もなことです」

「その時、わしは険しい顔で『大儀』とだけ言う。それを聞き、畏まってもらいたいのだ」

「えっ、それだけでよろしいのですか」

「もう一つある」

秀吉が皺深い手を上げ、指を一本立てた。

「明日は武門だけの儀式なので、わしは具足羽織を着て現れる。その羽織を所望してほしいのだ」

「所望せよと――」

「そうだ。そして『関白殿下には、もう具足羽織は要りません。この家康が、殿下に代わってこの羽織を着て戦場に赴きます』と言ってほしいのだ」

秀吉の意図が見えてきた。秀吉の家臣になるということは、こうした田舎田楽にも大まじめで付き合わねばならない。

「それだけでよろしいなら、喜んでやらせていただきます」

「そうか、そうか。さすが三河殿だ」

秀吉が顔をくしゃくしゃにして笑う。

「これで話は終わった。だが、せっかくだから利休の茶を飲んでいくか」

そう言うと秀吉は点前を始めるよう、利休に顎で促した。

利休は一礼すると、帛紗をさばいて点前を始めた。

「三河殿、この利休というのは便利な男でな」

「えっ、便利と――」

「ああ、わしの使い走りをやらせておるが、年ふりておるだけあって知恵が回る。それで重用しているが、ときに差し出がましいことも言う」

利休が平然と点前を進める。

「だが此奴だけでなく、宗久も宗及も狙いは一つよ」

「狙いとは」

「世を静謐に導き、此奴らの商いをもっと盛んにすることだ」

「ああ、それはよきことではありませんか」

「その方がわしも都合よい。此度も此奴に申し聞かされて三河殿と結ぶことになった。のう、利休」

「はい」と答えつつ、利休が秀吉の前に茶碗を置く。

「三河殿が先だ」

そう言うと秀吉は、家康の前に茶碗の位置をずらした。作法上、茶は先に正客に出すものだが、秀吉にとって作法など、あってなきようなものなのだ。

「では」と言って、家康が茶を喫する。

「ああ、まことにもってふくよかな味。ようやく大坂に来た気がします」

「そうであろう。利休の点てた茶だからな。口あたりよく喉越しも心地よい。だが腹に収めてからがたいへんだ」

自分の戯れ言が気に入ったのか、秀吉が大口を開けて笑う。

「と、仰せになられますと」

家康が追従笑いを浮かべつつ問う。

「腹中に巣くい、すべてを食い尽くされる」

「これは、面白き喩えですな」

家康が苦い顔で作り笑いを浮かべる。ようやく家康にも、秀吉と利休の関係がただならぬものだと分かってきたのだ。

「いかにも、利休の茶はうまい」

秀吉が皺深い喉を鳴らして飲む。

「三河殿、そなたの周りは苦言を呈する家臣ばかりだと聞く」

「はい。そうした者たちあってのそれがしです」

「よくぞ申した！」

秀吉が扇子で己の膝を叩く。

「苦い茶を嫌がらずに喫してこそ、五カ国の太守というもの。わしもそなたを見習おうと、利休のような者を重用しておる」

秀吉が馴れ馴れしく家康の肩に手を置いたので、家康が戸惑った顔をする。

「だが苦すぎても困る。茶は――、ほどよく苦いものがよい」

秀吉が利休の方を見ながら言う。

気まずい雰囲気を嫌うかのように、家康は一礼すると言った。

「では明日のこともありますので、そろそろお暇しようかと思うております」

「そうだな。ここで一献と思うたのだが、明日も振舞はある。今日はここまでとしよう」

そう言うと秀吉は、「では、先に行く」と言って軽快に躙口から出ていった。

秀吉の足音が消えてから、家康が声を掛けてきた。

「利休殿、殿下はよきお方ですな」

「はい、実に――」

向後、己も利休と同じ立場になると思ったのか、家康は大きなため息を漏らした。

この翌日、大坂城で謁見の儀があった。その場の成り行きは秀吉の思惑通りに進んだ。

諸将は「あの三河殿でさえ、殿下の威にひれ伏した」と思い込み、これまで以上に秀吉に畏服するようになった。さらに具足羽織の一件によって、これからは家康が、秀吉に代わって羽柴家の軍事を取り仕切ることも明らかになった。

それから数日間、家康は様々な饗応を受け、十一月一日、京に赴き、朝廷関係者に挨拶した後、八日になって帰途に就いた。

家康が岡崎に着くや、入れ替わるようにして大政所が岡崎を出た。

かくして綱渡りのような計策は成功し、秀吉政権の盤石さは、これまで以上のものとなった。

家康との一連の儀が終わった同月二十日、秀吉は長らく延期となっていた島津征伐の開始を告げた。

これにより同月末、毛利・長宗我部・仙石勢などが九州への侵攻を開始する。

博多にいる紹安から利休に書状も届いた。そこには「九州に行ってみたところ、島津方は九州制圧に動き出しており、もはや和睦の仲立ちをする段階ではない」と書かれていた。

予想もしない事態に、利休は困惑していた。

九

天正十四年（一五八六）十二月十九日、秀吉は太政大臣に任官し、朝廷から豊臣姓を賜った。すでに秀吉は五摂家筆頭の近衛前久《さきひさ》の猶子となり、藤原姓を称していたが、さらに朝廷内への浸透を図るため、源平藤橘に次ぐ第五の姓として豊臣姓を創出し、朝廷に奏請していた。

だが、祝賀気分一色の大坂城に凶報が飛び込んでくる。

同月十二日、豊後国に侵攻した長宗我部・仙石連合軍が、戸《へ》次川《つぎがわ》において島津勢と衝突し、惨敗を喫したというのだ。この結果、長宗我部信親は討ち死にし、その父の元親と仙石秀久は九州から撤退したという。これを聞いた秀吉は激怒し、仙石秀久は所領没収の憂き目に遭う。九州にいる紹安からも書状が届き、そこには「この戦いで島津勢を敗退させられれば和睦が成ったものを、逆に敗れたため、島津勢の意気は天を衝くばかりになっています」と書かれていた。

——もはや手遅れか。

戸次川の戦いで島津勢が勝ってしまったがゆえに、島津勢と九州の民は大きな代償を支払わせられることになる。

かくして天正十五年（一五八七）が明けた。

正月早々、九州からやってきたのは神谷宗湛《そうたん》だった。

宗湛は島井宗室と並ぶ博多の豪商で、津田宗及の紹介で天正十年（一五八二）に宗室と共に安土城で信長に拝謁した。その後、二人は信長に同道して京に入り、本能寺の変に遭遇する。この時、宗室は空海真筆の「一切経千字文」を、宗湛は牧谿の筆になる「遠浦帰帆図《えんぽきはんず》」を持って逃げたことで、この二つの宝物が難を逃れた。

宗湛は天文二十年（一五五一）の生まれで、働き盛りの三十七歳。此度の九州の動乱では、言うまでもなく大友宗麟を支援している。

その宗湛の饗応役に指名されたのは、宗湛の旧友の宗及だった。

しかし正月三日の夜明け前、山里曲輪の二畳茶室で宗湛を迎えたのは利休だった。というのも宗及は、この日の大寄せの支度で御殿に詰めていたからだ。

床の軸を眺める宗湛に、型通りの挨拶をした後、利休が問う。

「博多からは遠路ですから、さぞお疲れでしょう」

「いえいえ、今が鎮西存亡の秋《とき》。これくらいのことは何でもありません」

鎮西とは九州のことだ。

「わが茶をご所望いただき恐悦至極」

利休が頭を下げる。

「宗及殿は本日の大寄せの支度で忙しく、『今日の朝会の前に、利休殿の茶をお一人でご賞味下さい』とお勧めいただきました」

――さすが宗及殿。

朝会の前に、宗及は宗湛を利休に会わせたかったようだ。

「ということは、朝餉は大寄せの時でよろしいですな」

「もちろんです」

「では、ここでは茶だけを――」

宗湛に座を勧めた利休は早速、炭の具合を確かめる。

「床は朝山扇面《ちょうざんせんめん》の唐絵ですな」

「はい。殿下所持の逸品で、南宋のものと聞いております」

「この数寄屋に合っておりますな」

利休は何も答えず一礼で応じた。そこには「当たり前だ」という意が込められている。

だが宗湛は、空気を読めないのか褒めることをやめない。

「床は四尺五寸（約百三十五センチメートル）、壁には古い暦を張り付け、点前畳の左隅に炉を切ったのですね。この隅炉がとくにいい。これで座敷内が落ち着きます」

「恐縮です」と礼を言い、利休が点前を始める。それを見逃すまいと、宗湛が目を皿のようにする。

「さすが『天下一』と宗及殿が仰せのお点前だ」

「宗及殿の点前も見事です」

「いや、上手の所作と天賦の才を持つお方の所作は違います。おっと、これはご内密に」

宗湛がおどけたように笑う。むろん宗及本人がそれを認め、いつも他人に吹聴《ふいちょう》しているので、内密も何もないのだが。

「ときに宗湛殿、宗及殿から何か聞きましたか」

「はい。その目指すところは、われら博多衆も同じかと――」

利休が宗湛の前に黒楽を置く。

「これは今様ですな」

「はい。新たに焼かせたもので、銘はまだありません」

「何とも落ち着く姿形と色。これが当世流行の『利休形』と――」

後に「禿」と呼ばれる今様の黒楽を舐め回すように見つめながら、宗湛が問う。

「もはや唐物の時代ではないのですね」

「はい。京大坂界隈では、唐物は廃れ、高麗、瀬戸、今様といった茶碗が流行っております。いつどこで焼かれようと、姿形さえよければ名物となります」

「なるほど、そういう考え方は、宗匠が編み出して広めたと聞きましたが」

「どうでもよいことです」

「そうした功名を求めぬことこそ、真の茶人ですな」

感心しながら、宗湛が茶を喫する。

「ああ、喩えようもなくよき茶でした」

そう言いながら、宗湛は口を拭くと、威儀を正した。

「博多でご子息と会いました」

「ほう」

宗湛が本題に入ったと、利休は察した。

「島津方に乗り込むと意気盛んでしたが、諸所で街道は封鎖され、島津兄弟の誰にも会えぬとこぼしておられました」

紹安が言うところの島津兄弟とは、義久、義弘、歳久、家久の四人のことだ。この四人がいずれも文武に秀でていたことで、島津家は今の隆盛を築いた。

「ということは、紹安は博多におるのですね」

「はい。私が博多を出た時はいらっしゃいました」

「私も人の親なので、それを聞いて安堵しました」

「それはよかった。宗匠の命を受け、東奔西走しているとは、よき息子さんをお持ちですな」

「ははは、それは紹安が勝手にやっていること。私は何も命じておりません」

薄茶の入った赤楽を宗湛の前に置くと、宗湛は赤楽を見つめた後、「では」と言って飲み干した。

「実に馥郁たる香り。これは上質の葉を使っておいでですね」

「いえいえ、そこらで売っている宇治の茶葉を使っているだけです。次の新茶が出回るのは四月の末頃ですから、それまでは昨年取れた茶葉で凌いでおります」

茶葉には好みもあるが、新茶の方がより香りが高く、清々しい感覚を味わうことができる。

「こちらの赤楽も今様ですな」

「さよう。濃茶には黒、薄茶には赤が合います」

「ははあ、よきことを聞きました。で、こちらの銘は」

「『早船《はやふね》』と申します」

利休がその由来を語る。

「かつてある茶事で、この茶碗の話をしたところ、その座にいた客人たちが『ぜひ拝見したい』と仰せになるのです。そこで客人たちの望みを叶えるべく、堺の自宅から京までこの茶碗を早船で運ばせました。それで『早船』という銘がついたのです。しかしこれが着いた時、それまで渇望するがごとく見たがっていた客人たちは別の話題に移っており、さしたる関心を払いませんでした」

「なるほど。つまり何事も時を置かず行わないと、時機を逸するということですね」

「ご明察――」

「今の九州も、それは同じ」

宗湛が真顔になる。

「宗湛殿は、殿下に九州へのご出馬をお願いすべくいらしたのですね」

「はい。ぜひご出馬賜りたいと――」

利休は宗湛がやってきた狙いが、そこにあるとにらんでいた。

「殿下が出向かないと、九州は収まりませんか」

「はい。それを宗匠から殿下に、お伝えいただきたいのです」

宗湛が心痛をあらわに続ける。

「九州全土が島津のものとなれば、いかに殿下であろうと、手を焼くのではないかと――」

「つまり出兵を早めることが、戦乱を広げないことにつながると仰せなのですね」

「そうです。宗匠から殿下に、その旨をお伝え下さい」

「承知しました」

「ありがとうございます。何とお礼を申し上げていいか――」

宗湛が両手をつく。

「それはそれとして、宗湛殿には別の狙いもあるのでは」

「別の狙い――」

宗湛が驚いたように顔を上げる。

「はい。殿下に何か吹き込みませんでしたか」

「どういうことですか」

宗湛の顔に笑みが張り付く。

「この機に博多を検分しておくべきとか」

「何のために――」

「殿下は朝鮮国を足掛かりにして大明国に進出し、その王になりたいという噂を小耳に挟んだことがあります。しかし殿下は、給糧（補給）が不安で断念し掛かっておったとか」

宗湛の顔色が変わったが、利休は構わず続けた。

「それを、どなたかが殿下の背を押すように『お任せあれ』と言ったため、殿下はすっかりその気になられたと聞きます」

宗湛の額に汗が浮かぶ。

「はて、大明国に進出しようなどという話は聞いたことがありません」

「何事も風の噂です。己の利のためだけに、渡海して明を討つなどという過大な妄想を吹き込む者などおらぬはず」

「そ、そうでしょうな」

秀吉は昨年の夏頃から唐入りの構想を側近たちに語り始め、利休もそれを聞いていた。むろん単なる夢物語を語っているわけではなく、それを実現するための調査と態勢作りが徐々に始まっていた。その根幹にあるのが、唐入りにあたっての兵員の移動手段と武器や食糧の補給方法だった。

利休の許に入ってきた雑説によると、宗湛や島井宗室といった博多商人たちは、それを一手に引き受けることにより暴利を貪ろうとしているという。

十分に脅しが効いたと思った利休は、顔つきを柔和なものに変えた。

「われらは、世を静謐に導くことで一致した商人どうし。堺も博多もありません。これからも末永く共に栄えていきたいものですな」

「は、はい。仰せの通りで――」

来た時とは全く違い、宗湛は意気消沈したように小さくなっていた。

その時、外から声が掛かった。

「殿下がお二人をお呼びです」

「もうそんな時間か」と言いつつ利休が障子窓の方を見ると、すでに夜は明け、雀のかまびすしい鳴き声も聞こえてきている。

「では宗湛殿、これへ」

「ああ、はい。では、ご無礼仕ります」

利休が躙口を示すと、宗湛が逃げるようにそこから出ていった。

――これでよい。

利休は秀吉の九州出馬を口添えする代わりに、宗湛に釘を刺したつもりでいた。

だが、いったん火のついてしまった秀吉の野望は、そう簡単には鎮火しなかった。

十

天正十五年（一五八七）二月、秀吉の陣触れが発せられ、諸大名が大坂城に集まってきた。利休は挨拶にやってくる諸大名の接待に追われ、座の温まる暇もないほどだった。

その中の一人に、秀吉の弟の秀長がいた。

秀長は大和郡山城から大坂に着くや、利休に使いを寄越し、「ゆるりと話がしたい」と申し入れてきた。もちろん利休に否はない。

山里曲輪の二畳茶室での昼会に、利休は秀長を誘った。

この日は、手前側の折敷《おしき》に飯椀と豆腐の汁物、遠い側の折敷に独活《うど》の和え物と鮭の焼き物、そして引物には膾という一汁三菜を用意した。さらに湯漬けを食べ終わると、栗、昆布、麩の焼きといった三種菓子を出した。

昼会での酒は互いに二献というのが慣習なので、二人は形式的に盃《さかずき》を上げて食事を終わらせた。

「いつもと変わらず、美味でござった」

「粗餐でご無礼仕りました」

「何を仰せか。宗匠の手料理は何物にも替え難い馳走です」

「ありがとうございます。長らく戦陣にあった小一郎様へのせめてもの心尽くしと思い、丹精込めて作りました」

「お心遣い、かたじけない。いかにも此度は難儀な戦いとなりましょうな」

秀長がため息を漏らす。

その言葉が島津に対してなのか、秀吉に対してなのかは分からない。むろんそれを問うような無粋な利休ではないが、たとえ問うたとしても、秀長は笑って答えないに違いない。

――小一郎様は、そういうお方だ。

秀長の性格は秀吉とは正反対で、控えめで慎み深い上に口数も少なく、自分の考えを積極的に述べるようなことをしない。

――だが近頃、よく殿下に諫言していると聞く。

それが誰の影響かを、利休はよく知っていた。

中立となった。

外から戻った秀長は床の花と花入、点前座の水指、釜などを丁寧に見ると座に着いた。

ひとしきり道具について談義した後、利休はさりげなく問うた。

「ときに宗二は、いかがですか」

「いかが、というと――」

「相変わらずだと、風の噂で聞きました」

「いかにも相変わらずの茶だ」

秀長が疲れたような笑みを浮かべる。

「かような者の茶を喫していただき、師としてお礼の言葉もありません。ときに、言葉が少し過ぎてはおりませんか」

「そのことか――」

秀長の顔が曇る。

「聞くところによると、小一郎様に様々なことを言上しておるとか」

「ああ、言っておる。だが宗二の言うことには、尤もなことも多い」

秀長が宗二に感化されているという噂は、半ば正しかった。

「宗二の言うことを尤もと仰せですか」

「ああ、宗二はわしを動かし、兄上に戦をやめさせようとしている。わしとて戦は好まぬ。ただこれまでは、兄上のやることとなすことが危うくて見ていられず、その仕事を手伝ってきた。だが宗二の言う通り、われら兄弟は殺生をしすぎた」

何かを畏れるように秀長が眉をひそめる。

「武士である限り、殺生は避けられません」

「それは道理だが、わしは兄上に『もはや戦うことに意味はなく、威権と権勢によって敵対する者を従わせればよろしい』と言い続けておる。しかし兄上は、あろうことか『それは宗二に吹き込まれたのか』などと仰せになる」

秀吉の猜疑心は宗二にまで及んでいた。むろん秀長の周囲には秀吉の手の者が紛れ込んでおり、秀長本人というよりも、その取り巻きの言動を秀吉に告げているのは間違いない。

利休が濃茶の入った黒楽を置くと、秀長は悠然とそれを喫した。

「そなたの茶はうまい。宗二の茶は苦くてかなわん。だがそれを言っても、宗二は苦い茶を出す」

秀長が笑う。

「かの者は『極無《ごくむ》』を好みますからな」

「極無」とは唐渡りの最高級銘茶で、天正十四年（一五八六）九月、山上宗二が取り寄せ、秀長の茶会で使ったのが最初の記録になる。「極無」は苦みが強すぎることもあり、宗二しか使わない茶葉となっていた。

「そうか。『極無』という銘なのだな」

宗二は、そうしたことさえ秀長に伝えていない。

――つまり政の話ばかりしていたということか。

「宗二によると、そなたらは天下の兵乱を茶の湯によって収めようという考えだとか」

――それが会いたい理由だったのだな。

秀長が核心に入った。

――ここで小一郎様を取り込めるかどうかが勝負だな。

「宗二がそう申しておりましたか」

「うむ。堺衆の総意は世の静謐にあり、そのために茶の湯を敷衍させようとしておると言っていた」

利休は大きく息を吸うと言った。

「仰せの通りです」

「やはり、そうか。兄上はそれを知っておるのか」

「はい。われらの狙いなど、とうに気づいておられます。しかし茶の湯と私に利用する値打ちがある限り、使い続けるおつもりでしょう」

「ははは、さすが兄上だ。己に役立つものなら何でも使い、その値打ちがなくなったら放り出す。こ

郵 便 は が き

料金受取人払郵便

代々木局承認

6948

差出有効期間
2020年11月9日
まで

1 5 1 8 7 9 0

203

東京都渋谷区千駄ヶ谷 4 - 9 -

（株）幻 冬 舎

書籍編集部宛

1518790203

ご住所 〒 都・道 府・県	
	フリガナ お名前
メール	

インターネットでも回答を受け付けております
http://www.gentosha.co.jp/e/

裏面のご感想を広告等、書籍の PR に使わせていただく場合がございます。

幻冬舎より、著者に関する新しいお知らせ・小社および関連会社、広告主からのご案内を送付することがあります。不要の場合は右の欄にレ印をご記入ください。 不要 □

書をお買い上げいただき、誠にありがとうございました。
問にお答えいただけたら幸いです。

ご購入いただいた本のタイトルをご記入ください。

』

著者へのメッセージ、または本書のご感想をお書きください。

本書をお求めになった動機は？
著者が好きだから　②タイトルにひかれて　③テーマにひかれて
カバーにひかれて　⑤帯のコピーにひかれて　⑥新聞で見て
インターネットで知って　⑧売れてるから／話題だから
役に立ちそうだから

生年月日　西暦　年　月　日（　歳）男・女				
ご職業	①学生	②教員・研究職	③公務員	④農林漁業
	⑤専門・技術職	⑥自由業	⑦自営業	⑧会社役員
	⑨会社員	⑩専業主夫・主婦	⑪パート・アルバイト	
	⑫無職	⑬その他（　）		

のハガキは差出有効期間を過ぎても料金受取人払でお送りいただけます。
記入いただきました個人情報については、許可なく他の目的で使用す
ことはありません。ご協力ありがとうございました。

れぞ総見院様仕込みだ」

思わず利休も笑み崩れる。

信長は合理的な人間だった。役に立つ者は重用し、役に立たない者、ないしは役に立たなくなった者はあっさりと切った。

ひとしきり笑った後、薄茶の支度を始めながら、利休が何げなく問うた。

「小一郎様が戦を好まぬは承知しておりますが、殿下は、まだまだ戦い足らぬようですな」

「うむ。兄上には、『このあたりでよい』というものがない。あの小さな体から、次から次へと欲がわき出てくるのだ。つまり天下を平定できたとしても、それだけでは飽き足らぬ」

「と、仰せになられますと――」

「大明国に進出するつもりだ」

それは利休も聞き知っている。

「限りなき欲ですな」

「そうだ。欲と言っても、それを手にしてどうしたいというわけではない。ただ兄上は『どうだ。見たか。わしは凄いだろう』と周囲に示し、賞賛の言葉を得たいだけなのだ」

秀長の見立ては、利休にとって新鮮だった。

「つまり周囲から称賛されれば、殿下の気も収まると――」

「そうだ。黄金の茶室がよき例だ。あれにより兄上は有頂天になった」

――そうか。殿下の関心を茶の湯から離さぬようにすればよいのだな。

利休の頭が目まぐるしく動く。

「では、殿下を得意にさせる何かを行えばよいのですな」

「そういうことになる。兄上は知っての通り、三月一日に九州へと出陣する。そなたは――」

「宇治の新茶が大坂に運ばれてくる四月初旬になってから、下向するよう申し付けられております」

「わしも九州に行く。戦わずに島津をひれ伏させられればよいのだが、そうもいかぬだろう」

秀長の見立て通り、一戦交えて島津を叩き伏せない限り、島津が降伏することはないと思われた。

「では、行く。楽しかったぞ」

躙口から出ていこうとする秀長を、利休は呼び止めた。

「小一郎様、われらの心は一つと思うてもよろしいですな」

躙口に手を掛けた秀長の動きが止まる。

「そなたらの思いは分かった」

「では、これからもお力添えいただけますか」

しばし考えた末、座に戻った秀長が言った。

「分かった。兄上に諫言しても遠ざけられないのは、わしだけだ。できるだけ力添えをする」

「つまり島津とは、和睦で事をお収めいただけますね」

「島津から詫び言を言ってくれれば、兄上に取り次ぐ。わしにできることはそれだけだ」

「では、島津が意地を張ったらいかがなされるおつもりか」

「討つしかあるまい」

「一当たりするのは仕方ありません。それで島津に痛打を浴びせたところで、小一郎様の方から和睦を勧められませんか」

　秀長が困惑をあらわにする。

「わしの方からか」

「そうです。島津は手強い相手です。こちらから歩み寄らない限り、山中に引き籠もって山戦《やまいくさ》を続けるでしょう。さすれば討伐するのは至難の業。やがて豊臣家の武威も失墜します」

「だが兄上は、島津を滅ぼすつもりだ」

「そこを何とか――」

　利休が頭を下げる。

「分かった。やってみよう。だが兄上は、わしの言でも聞かないかもしれんぞ」

「それには考えがあります」

「いかなる考えだ」

　秀長が目を見開く。

「弟子たちを使います。軍議の場で、小一郎様に追随するよう申し聞かせてみます」

「そうか。それならうまくいくやもしれんな。では、行く」

　躙口から外に出ようとした秀長が、振り向くと言った。

「そなたは知恵者よの」

「それもこれも天下万民のためです」

「そうだな。わしもそう思う。だが此度はそれで何とかなるとしても、これからずっと兄上に茶の湯の値打ちを思い出させ、兄上を惹きつけておかねばならんぞ」

「つまり殿下を茶室から出さぬようにせよと仰せか」

「そうだ。茶室から出したら——」

その後の言葉をのみ込み、秀長は「では、またな」と言って躙口から出ていった。

だが利休は、秀長がのみ込んだ言葉が何であるか分かっていた。

——そなたは終わりだ、と言いたかったのでありましょう。

秀吉が茶の湯に飽いた時、利休の存在意義は失われる。

一人になった茶室で、利休は己のために茶を点てた。いつもより濃くしたので口中に苦みが走る。

——宗二の茶か。

今の利休には、己のことより宗二のことが心配でならなかった。

十一

三月一日、きらびやかな甲冑を身にまとった秀吉が大坂城を出陣した。途中、厳島神社に参詣した後、二十九日には赤間関から渡海して小倉に到着した。

これを聞いた島津勢は豊後方面に兵を進めてくる。その間隙を縫うように、日向方面に向かった黒田孝高と小早川隆景率いる別動隊は、日向国の島津方の城を次々と攻略していった。

四月、秀吉本隊は主力勢七万によって、島津方となっていた筑前の秋月種実《たねざね》の秋月城を包囲した。これに驚いた種実は降伏を申し出たが、秀吉は降伏の条件として、種実の所有する「楢柴《ならしば》肩衝」を所望する。天下の大名物とはいえ、城兵の命には代え難く、種実は泣く泣く「楢柴肩衝」を献上した。すでに秀吉は、「天下三肩衝」のうちの「新田肩衝」と「初花肩衝」を持っており、「楢柴肩衝」を得ることにより、「天下三肩衝」のすべてが秀吉の所有となった。

四月、宇治の新茶を携えた利休は博多に向かった。

博多で紹安や宗湛と会った利休は、島津方が矛を収めないと聞いて落胆した。こうなれば一戦して痛撃を与えない限り、島津が引かないのは明らかだった。

一方、秀吉は肥後国の隈本（熊本）から、宇土そして八代《やつしろ》へと進んだが、十七日、日向方面に向かった豊臣秀長率いる別動隊が、根白坂《ねじろざか》の戦いで大勝利を収めることで、戦の趨勢《すうせい》は決した。

二十一日、島津家当主の義久は家老を派遣し、和を請うてきた。だが秀吉はこれを許さず、五月三日、薩摩国川内《せんだい》の泰平寺《たいへいじ》まで進んだ。

そこで秀吉は、秀長から「もはや島津に戦う意欲はありません。ここはご寛恕《かんじょ》をもって赦免するのが筋というもの」と諫言される。

だが秀吉は「ここまで詰めておきながら兵を引くことなどできぬ」と言い張った。それでも軍議において秀長が赦免を勧め、それに蒲生氏郷と細川忠興が同調すると、黒田孝高らも賛意を示したので、秀吉も矛を収めざるを得なくなった。

実は出征前、利休は氏郷と忠興に会い、秀長に同調するよう根回しを済ませていたのだ。

八日、島津義久は剃髪《ていはつ》して竜伯《りゅうはく》と号し、秀吉と面談した。これに納得した秀吉は、本領の薩摩国を安堵した。

結果として、利休の思惑通りに小戦だけで戦闘は終わり、九州全土が戦場になることは避けられた。

六月七日、秀吉が博多に凱旋《がいせん》した。それまでに茶室を設えておくよう命じられていた利休は、二つの茶室を箱崎の筥崎宮《はこざきぐう》の近くに造り、秀吉の帰還を待っていた。

二つとも恵光院《えこういん》という寺の燈籠堂《とうろうどう》の近くに設えたもので、三畳敷と二畳半敷だった。

帰陣後の論功行賞や祝宴も一段落した八日の夜、秀吉が利休に茶事を命じてきた。利休は三畳敷の茶室で秀吉を迎えることにした。

この茶室は深三畳の小座敷で、屋根を苫《とま》で葺《ふ》き上げ、外壁は青松葉で編んでいる。茶室内の床柱には高麗筒の花入を掛け、床には益母草《やくもそう》の花を活けた。畳の上には風炉を据えて姥口《うばぐち》の新釜を自在鉤《じざいかぎ》からつるし、茶道具は大坂から運ばせた今様で統一した。

「宇治の新茶でございます」

秀吉は宴席で食事を済ませてきているので、振る舞うのは茶だけだ。

「いただこう」

秀吉が悠然と茶を喫する。その所作には、九州を平らげた自信が溢れている。

「昨年の天候がよかったためか、今年の新葉は、例年よりも香りが一段とよいようです」

「そうだな」と言いつつ、秀吉が赤楽茶碗の銘「無一物」を置く。

「茶葉も女も新しきものほどよい」

秀吉の戯れ言に利休も笑みを浮かべた。

「此度の大勝利おめでとうございます」

「だがどうにも物足りん」

「ほほう。何が足りぬのですか」

「あそこまで詰めておいて、和談に応じることもなかった」

秀吉が苦々しい顔をする。

「しかし殿下は薩摩まで赴き、島津は全領土を差し出すも同然の降伏をしたのですから、十分ではありませんか」

「そなたは――」

秀吉がぎろりと利休をにらむ。

「小一郎と同じことを言うな。まさか口裏を合わせておったのではあるまい」

「滅相もない。かようなことは誰でも思います」

「そうか。だが小一郎は変わった。若い頃は、わしの命じることなら文句の一つも言わずに従ったものだ。だが今はどうだ。小知恵が付き、何事も『殿下の恩徳でご容赦を』などとほざきよる。誰かが入れ知恵しているとしか思えぬ」

「小一郎様も、その地位に見合った徳を身に付けたのでしょう」

「徳だと――」

秀吉が、ずるがしこそうな笑みを浮かべる。

「そんなことはない。おそらく宗二の入れ知恵であろう」

「いや、宗二は一介の茶人。たとえ政に関することを申し上げたとしても、小一郎様がお取り上げになるはずがありません」

「よう言うわ。そなたらは――」

秀吉の赤みの多い三白眼が光る。

「結託して世を静謐に導こうとしておるのだろう」

「いや、宗二の思惑など、私は与り知りません」

だが秀吉は聞く耳を持たない。

「わしならともかく、小一郎のように素直な心の者に繰り返し何かを説けば、次第に『そのようなものか』と思うようになる」

「いかにも――」としか利休は答えられない。

「わしとて静謐は嫌いではない」

秀吉の意外な一言に、薄茶の支度をしていた利休の手が止まる。

「わしは何も好き好んで戦っておるわけではない。世の静謐を守るために戦っておる。もしも島津を放置していたらどうなる。彼奴らは九州を制圧し、朝廷の威令に服さんだろう。関白としてのわしの使命は、日本国の津々浦々にまで朝廷の威令を行き届かせることだ」

「ご尤もです」

「だが世には朝廷をないがしろにし、己の所領を拡大しようという輩がおる。わしは、そうした輩に鉄槌《てっつい》を下さねばならぬ」

　――このお方は、いつまで建前で物を言うのか。

　ここのところ秀吉は、「朝廷の代理人」であることを喧伝し、自らの正統性を主張するようになっていた。それが建前であると分かっていても、繰り返し耳にしているうちに、いつしか配下の者たちも、それを本音と思い込むようになっていた。

「三法師様が成長すれば、天下をお返しなさるだろう」という希望を抱いていた織田家旧臣たちも、次第に秀吉の正統性を認めるようになり、信忠嫡男の三法師による織田政権再興という夢をあきらめ始めていた。

「殿下は畿内に戻られたら、いかがなされますか」

「決まっておる」

　秀吉の金壺眼が光る。

「三河の狸《たぬき》を狩る」

　――やはり、それ以外に道はないのだな。

　半ば分かってはいたものの、日本を二分する大戦が起こるのは確実だった。

「だが、わしも馬鹿ではない。三河の狸と尾張の虚けを使って関東を制してからだ」

　三河の狸とは徳川家康、尾張の虚けとは織田信雄を指す。

「なるほど。彼奴らの背後に隠れる関東の北条を、まずは滅ぼすのですな」

「そうだ。まず北条、続いて尾張の虚け、そして最後に孤立した三河の狸を討つ」

秀吉の思惑通りに事が運べば、秀吉は四百万石余を手にすることになる。

「いかにも理に適っておりますな」

「当たり前だ。そのためにも、そなたにはまだまだ働いてもらう」

「分かっております」

「そなたら堺衆が静謐を求めているのは分かる。だが小知恵を働かせ、ちょろちょろ動かぬことだ。すべてはお見通しだぞ」

秀吉が蔑むような笑みを浮かべる。

――茶の湯の権威として、まだわしを切ることはできないということか。だが代わりに権威となる者、ないしは茶の湯に代わるものを見つけた時、わしは切られるということか。

利休にも秀吉の肚は読めていた。

――殿下、利休と茶の湯は切られても、静謐だけは守りますぞ。

そのために利休は、全身全霊を傾けていくつもりでいた。

十二

六月、秀吉は博多で論功行賞を行うと同時に、新たに豊臣政権のものとなった九州諸国の「国分け」を行った。球磨《くま》・天草両郡を除く肥後国は、かつて越中国を領し、柴田勝家らに与していた佐々成政に与えられた。

賤ケ岳の戦いの後、秀吉に降伏して越中二郡だけを安堵された成政は、その後、御伽衆《おとぎしゅう》として秀吉の側近くに仕え、その殊勝な態度と越中一国をまとめ上げていた統治能力を買われ、肥後国の太守に抜擢《ばってき》された。だが肥後国は、国人勢力が強く、有力な戦国大名が育たなかった国なので、秀吉は成政に、「国人の知行をそのままにすること」「三年間は検地を行わないこと」といった「五箇条の定書《さだめがき》」を渡し、くれぐれも配慮を怠らないよう注意した。

さらに新たに秀吉のものとなった筑前・筑後・肥前・豊前の四国は郡単位に分割され、小早川隆景や黒田孝高らに与えられることになった。

国分けが終わると、秀吉は博多の港湾都市化に力を入れた。言うまでもなく唐入りの拠点として使うためだ。そして対馬を治める宗義調《よししげ》・義智《よしとし》父子に李氏朝鮮国王・宣祖《せんそ》あての国書を託し、朝鮮国を服属させるよう命じた。そして秀吉は突然、驚くべき発表を行う。


「どうしてもお聞き届けいただけませんか」

「まことに美味でござった」

利休の問いに答えず、高山右近が涼やかな笑みを浮かべる。だがその面は憔悴《しょうすい》しきっており、明石六万石を領する三十六歳の大名のものとは、とても思えない。

右近が秀吉から賜った明石の地は陸路と海路の交通の要衝で、その地を拝領したということは、右近の能力と忠誠心が見込まれていることの証左でもあった。

――殿下は有能な者を好む。それゆえ右近殿を、このまま大名としておきたいのだ。

秀吉の意を受けた利休は右近を筥崎宮の草庵に招き、茶を喫しながら話をすることにした。

食事を済ませてきているという右近に利休が用意したのは、椎茸《しいたけ》と串鮑《くしあわび》を甘く煮しめたものだった。

筥崎宮の近くに設えた二畳半茶室は、屋根は苫葺《とまぶ》きで壁は青松葉で編んでいるだけの質素なものなので、海風が茶室内を吹き抜け、波の音が間近に聞こえる。

「右近殿は殿下のお気に入り。殿下は本気で信仰を捨てろと仰せになっているわけではありません。殿下の狙いは宣教師どもの追放にあります。右近殿が形ばかりにかの者たちとの交わりを断ち、信仰を捨てると言うだけで、明石六万石はそのままとなります。むろん右近殿が宣教師どもに対して内密に信仰を捨てるつもりはないと告げても、殿下は見て見ぬふりをすると仰せです」

「ふふふ」と笑いつつ、右近が首を左右に振る。

「まさか尊師が、かような使いをされるとは思いませんでした」

右近の言葉に、さすがの利休も鼻白む。

「殿下に命じられたとはいえ、私も右近殿の行く末を案じております」

「それはご無礼仕りました。しかし、しょせん無駄なことです」

右近は頑なだった。

六月十九日、秀吉は突然、伴天連追放令を出した。これまで秀吉と宣教師たちは親密な関係にあったが、九州平定が成った今、秀吉にとって伴天連は不要なものとなったからだ。

「此度の追放令は、右近殿が領国内の寺社を焼き払ったことに起因しております」

利休の非難がましい一言に、右近が顔を上げる。

「神仏などという邪教を除くことは正しい行いです」

かつて高槻四万石を所領としていた右近は領国内の寺社を焼き払い、僧侶と神官を追い出した。さらに一昨年、秀吉から明石六万石を拝領した時も、領国に入ってすぐに行ったのは寺社の焼き打ちだった。この時に焼け出された僧侶や神官は、豊臣政権の寺社管理を取り仕切っていた施薬院全宗《やくいんぜんそう》に泣きついた。全宗は僧侶や神官の訴えを秀吉に取り次いだが、秀吉は取り合わず、逆に「明石は右近に与えた地なので、右近が思うままにすればよい」と答えた。

高潔な人格で文武に秀でた右近を、秀吉は高く評価していた。むろんそれだけではないのを利休は知っている。

――伴天連の手筋として、殿下には右近殿が必要だった。そして宣教師たちは、殿下と縁の薄い九州のキリシタン大名や、九州各地に増え続けているキリシタンを手なずける道具として利用された。

九州の平定が成り、伴天連たちの利用価値がなくなった今、秀吉は「待ってました」とばかりに追放令を出したのだ。

「右近殿は、世故に長けている方だと思っていました」

風炉に掛けた新釜から柄杓で湯をすくった利休が、それを黒楽に注ぐ。常ならば茶室内は馥郁たる香りに包まれるのだが、風通しがよく磯臭《いそくさ》いこの茶室で、それを望むことはできない。

「それがしはデウス様一途の者です。世故になど長けてはおりません」

「世の中というのは、相手を慮ることで成り立っています。僧侶も神官も人であり、それなりに筋を通した生き方をしています。それを――」

「デウス様以外の神を信じていることが間違いなのです。それを悔い改めるなら、それがしはいくらでもかの者らを庇護しましょう」

――変わったな。

ここ数年、宣教師たちとの交流が頻繁になり、右近は広い心を失っていた。

「フロイスやオルガンティーノは、権勢を持つ者たちとうまく折り合いを付けながら教線を伸ばしていきたかったのではありませんか」

「それは違います。われらは一味同心し、この国をデウス様の国とするために働いております」

「それは分かります。しかし方法が間違っているのです。何事も短絡的に進めようとすると、必ずしっぺ返しを食います」

――わしは総見院様や殿下の懐にそっと忍び入り、政道と茶の湯を結び付けた。それがいかに困難で繊細な作業か、盲目的な信仰を持つ右近殿には分からないのだ。

話せば話すほど右近とは擦れ違っていく。それにもどかしさを感じながらも、利休は右近をうまく懐柔せねばならないと思った。

秀吉の言葉が脳裏によみがえる。

「わしは伴天連どもが気に食わないだけで、右近はわが手元に残しておきたい。『転び（棄教）』も形ばかりでいい。とりあえず今は、わしの威令に右近でもひれ伏すことを周囲に知らしめたいのだ」

利休が黙って茶碗を差し出すと、右近はうまそうに喫した。

「宇治の新葉ですね」

「ご明察」

右近は黒楽を置くと、口惜しさをにじませながら言った。

「尊師は与り知られぬことですが、此度の追放令には伏線があったのです」

右近が無念の面持ちで語る。

天正十四年（一五八六）一月、イエズス会副管区長に就任したガスパール・コエリョとその一行は、大坂城落成の祝辞を秀吉に述べるべく長崎から大坂にやってきた。その目的は秀吉に島津征伐を促すことと、非キリシタン大名の領国にいるキリシタンたちの保護だった。

三月、コエリョらを大坂城で謁見した秀吉は、上機嫌で自ら城内を案内し、コエリョの望む二点を了承した。さらに「日本人の大部分をキリシタンにしても構わぬ。それだけではない。これから朝鮮と明を征討するので、唐土のいたるところに教会を建ててもよい」とさえ言った。

この言葉にコエリョらは有頂天となる。さらに秀吉は施薬院全宗を呼び、秀吉が用意した教会への贈り物を披露させた上、祝辞を述べさせた。

宣教師たちにとって、仏門を保護し、あの手この手でキリシタンの布教を妨げてきた全宗は憎むべき敵だった。その全宗に祝辞を述べさせたことで、秀吉が本気で布教を許したことが明らかとなった。

こうした大歓待に、コエリョ、フロイス、オルガンティーノ、ロレンソ了斎といった面々は手放しで喜び、酒にも少々酔った。

その時、得意になったコエリョは大失敗を犯す。

秀吉に対して「九州の全キリシタン大名を味方させます」と言ったのだ。これを聞いたオルガンティーノはすかさず意訳しようとしたが、この日の正式な通訳であるフロイスが直訳してしまった。

この時、秀吉の顔色が変わるのを末席にいた右近は見たという。

――大名たちの指揮権は豊臣政権にある。それをコエリョは勘違いしてしまったのだ。

それでも、この日の振舞は和やかなうちに終わった。

そのため右近は、秀吉がコエリョの失言を聞き流したものと思っていた。だが事実は違っていた。

「そんなことがあったのですね」

「もはや終わったことです」

「仰せの通り。しかし殿下が右近殿を買っていることに変わりはありません」

「それが今更、何になるというのです」

「右近殿の存在はキリシタンの光です。この場は大局に立ち、隠忍自重すべきではありませんか」

「つまり静謐な世を築くという大義のために、棄教したことにしろと仰せなのですね」

「しかり」

利休が薄茶を右近の前に置く。だが右近はそれに手を付けず、茶碗から上がる湯気を眺めている。

風が青松葉で編んだ壁を激しく揺らし、外で吹く松籟が不穏な音を奏でる。

「尊師、たとえどのようなことがあろうと、それがしはデウス様を裏切ることなどできません」

「そうでしょうか。確かに『転びキリシタン』という誤解を、信者たちから一時的に受ける辛さは分かります。しかし、それもまた受難の一つではないでしょうか」

「受難と仰せか」

右近の眉間に深い皺が寄る。

——これまでの生涯で、右近殿は「転び者」を蔑んできたに違いない。たとえそれが偽装でも、まさか己が棄教者になるなどと考えたこともなかったのだ。

「右近殿、たとえ『転び者』と後ろ指を差されようとも、デウス様は真実を知っておいでです。それだけで十分ではありませんか」

一つため息をつくと、右近が薄茶をすすった。

「まことによき風味。茶葉は宇治でなければなりません」

「キリシタンたちの旗頭も、右近殿でなければなりません」

「ふふふ」と微笑むと、右近が冷めた声音で言った。

「尊師がキリシタンであったなら、デウス様の教えは、瞬く間にこの国の隅々にまで広まることでしょう」

——それはありえない。

利休はキリシタンになりたいと思ったことはない。

——崇め奉っているだけでよい神仏の存在を人に信じさせ、死んでも極楽浄土やハライソなるものに行けると説き、民を死地に追い込む宗教など、わしは信じない。

利休は、信仰を持つ者の死を嫌というほど見てきた。その中には無駄死にに等しいものもあったが、彼らは極楽に行けると信じていた。

——たかが茶の湯かもしれない。されど茶の湯は人をだまさない。

「私は一介の茶人にすぎません」

「ご謙遜なさいますな。茶人とは仮の姿。尊師は神になろうとしておられるのではありませんか」

右近の言葉は利休の意表を突いたが、利休は平然と言い返した。

「それは違います。茶の湯は宗教ではありません。人の心を慰めるものの一つです。そのうち廃れれば、誰も見向きもしないでしょう」

「それを本音で仰せか」

右近が鋭い視線で問う。

「いかにも。しかし私が神にならずとも、茶の湯は生命を永らえるはず」

「なぜ、そうとまで言い切れるのですか」

「この世には、茶の湯を必要とする天下人がいるからです」

「なるほど、尊師は己の死後も、権勢を持つ者たちを抑えていこうというのですね」

「そうです。さもなくば戦乱の世はずっと続きます。われらは権勢を持つ者たちの横暴を抑え、世に静謐をもたらし、誰もが生きることに喜びを見出せる世を作っていかねばなりません。そのためには茶の湯だけでは足りません。右近殿や宣教師の皆様たちのお力が必要なのです。何卒、ご翻意いただけませんか」

利休も一神教の恐ろしさは心得ている。だがその毒も、茶によって中和すれば共存は可能だと思い始めていた。

だが右近は首を左右に振った。

「尊師のように生きることはできません。己一個の信仰を貫くだけで精いっぱいなのです」

「そんなことはありません。右近殿の器量なら、世を静謐に導くことができます」

「買いかぶらないで下さい。それがしは求道者《ぐどうしゃ》として生涯を終えるつもりです」

「どうしても、お聞き届けいただけないのですね」

「はい。それがしは知行を捨てても、信仰は捨てません」

壁を吹き抜けてくる磯風に晒されながら、右近が爽《さわ》やかな笑みを浮かべた。


この後、大名の座を自ら降りた右近は、小西行長の庇護下に入り、その後、前田利家の家臣となった。だが、日本全土をキリシタンにするという右近の夢は遂に実現できず、天下人が家康に替わった後に出された禁教令によって国外追放とされ、マニラで客死することになる。

筥崎宮に一カ月余も滞陣した秀吉が博多を後にしたのは、七月二日のことだった。十二日には安宅《あたけ》船《ぶね》の船中で慰労の大茶事を行い、十四日、万余の人々に迎えられ、秀吉は大坂城に凱旋した。

秀吉の時代は最盛期を迎えていた。

第四章

聖俗

一

利休が堺の屋敷に戻ると、山上宗二が高野山行きを命じられたという話が待っていた。

数日後、大坂に向かった利休は、秀長に面談を求めて経緯を聞いた。

それによると、秀長が九州から戻ると宗二が大和郡山城から追い出されていたという。秀長あての宗二の書き置きが残されており、そこには突如として現れた石田三成の使者から、「高野山に登るように」と告げられたと書かれていた。

これを知った秀長は、秀吉に「わが茶頭を勝手に追放されては困る」と訴えたが、秀吉は「茶頭は家臣ではない」とにべもなかったという。

高野山行きを命じられたということは、いつ何時、死罪を申し渡されるか分からない。

秀吉の真意を探るべく、利休は秀吉と二人になる機会を探ったが、秀吉は多忙を極めており、なかなか会ってはくれなかった。

九月初め、秀長と利休は高野山に行く機会を得た。秀吉が檀越《だんおち》として寄進した高野山金剛峯寺金堂の落慶法要が行われることになり、秀長が秀吉の名代として赴くことになったのだ。その供の一人として、利休も随伴することになった。

九十九折谷《つづらおりだに》にある総門をくぐって壇上伽藍に詣でた一行は、豪壮な構えの中門を経て、高野山の本堂となる金堂に至った。

金堂の前では、千人にも及ぶ僧侶が列を成して秀長を迎えた。

落慶法要は盛大に行われ、秀長と利休は高僧や老僧たちと精進料理を共にした。

翌日も儀式は続いた。それが佳境を迎えた三日目の夜のことだった。利休の宿坊に秀長の使者が現れ、秀長が泊まっている僧坊に宗二が来ていると伝えてきた。


秀長の居室に案内されると、すでに秀長と宗二は向き合って話をしていた。

秀長への挨拶を済ませると、利休は勧められるままに二人の間に座した。

宗二が頭を垂れつつ言う。

「此度は突然のことで、私にも理由が分かりません。ただ、かようなことになったからには覚悟を決めております」

古来、高野山に登らされた者の多くは、時の権力者から死を賜ってきた。高野山送りとは、死出の旅路の支度をしておけということの暗喩でもあった。

秀長が怒ったように問う。

「何の覚悟を決めるのだ」

「死を賜る覚悟です」

「なぜに、そなたが死なねばならぬ」

それについて宗二は何とも答えない。

秀長が無念そうに言う。

「九州陣で、わしは兄上に島津の赦免を説いた。その時、兄上は言った。『そなたは宗二の傀儡か』とな」

「小一郎様」と利休が秀長に言う。

「己を責めてはいけません。小一郎様は正しきことをなさったのです」

「それは分かっている。だが兄上は、わしが諫言するようになったのは、宗二のせいだと思い込んでおる。つまり宗二が死を賜ることにでもなれば、わしが責を負わねばならん」

「そんなことはありません」

宗二が言下に否定する。

「私が死を賜るのは自業自得。ただ一つ無念なのは、世の静謐を見てから死ねぬことです」

「そう言ってくれるか」

秀長が目頭を押さえる。

「そなたらは商人にもかかわらず、己の命を顧みず、この辛いばかりの世を生きるに値するものにしようとしておる。それに引き換え武士たちは、兄上の勢威に恐れをなし、這いつくばって言いなりになっておるだけだ。何とも情けないものよ」

「ありがたきお言葉」

宗二が頭を垂れる。

――このお方がいれば、殿下は抑えられる。

利休は確信を持った。

「それでは小一郎様から、宗二の助命をお口添えいただけますか」

「尊師、それでは、なおさら殿下と小一郎様の間に溝ができてしまいます」

「そなたは黙っていろ！」

宗二が口をつぐむ。

「やってみるのは構わぬが――」

「やはり難しいと――」

「うむ。わしから言い出せば藪蛇《やぶへび》になるやもしれん。だからといって何もしなければ、時ならずして兄上の命を奉じた使者が参るであろう」

「では、どうしたらよいのでしょう」

「かくなる上は、宗二に出奔させるしかあるまい」

宗二が顔色を変える。

「そんなことはできません」

憤然として横を向く宗二を利休が諭す。

「宗二、しばしのことだ。殿下は気まぐれ。ほとぼりが冷めれば気分も変わる。それを見計らい、わしから赦免の話を出してみる」

「しかし、どこに隠れるというのです。どこに逃れようと、見つかれば突き出されるのが落ちです」

秀長と利休が腕を組んでうなる。

「いかにも、その通りだ。しかし――」

利休ははたと気づくと言った。

「相州小田原ではどうでしょう」

宗二が気乗りしないように言う。

「小田原とは北条ですな。しかし北条は殿下の天下を認めず、三河殿に味方しております」

秀長が話を替わる。

「そうだ。だが、その前に江雪斎らと話し合い、北条を臣従させる段取りを付ける。さすれば自然な流れで、宗二も赦免される」

江雪斎とは北条家重臣の板部岡江雪斎のことだ。江雪斎は使者として畿内に来ることが多く、そうした際に利休とも親しくなり、その弟子となった。

だが宗二は口を真一文字に結び、不満をあらわにしている。

「宗二、小一郎様は、これほどそなたのことを気に掛けておいでだ。そなたはそれに応えねばならん」

唇を震わせつつ、しばし考えていた宗二がうなずく。

「分かりました。お言葉の通りにいたします」

秀長がほっとしたように言う。

「よかった。だが、わしから小田原に書状を出すわけにはまいらん。宗匠から江雪斎に出してくれ」

「承りました」

「宗二」と秀長が言う。

「北条家の者たちとは仲よくするのだぞ」

「分かっております」

「それならよい」と言って、秀長がため息を漏らした。

「お疲れですか」

「いや、わしも年老いた。ここのところ、どうにも疲れが取れん」

今年、秀長は四十八歳になる。

宗二のことばかり考えていたので、利休は迂闊《うかつ》だった。

「これは気づかずご無礼仕りました。今宵はここまでとしましょう」

「うむ。そうするか」

宗二が威儀を正す。

「小一郎様、これでしばしのお別れです」

「そうだな。またいつの日か、そなたの茶が飲める日を楽しみにしておるぞ」

「いつかぜひ――」

感極まったのか、平伏する宗二の声が上ずる。

――さような日が来ればよいのだが。

利休には、二人が再び相見えることがない気がした。

別れ際、利休は宗二に一言だけ諭した。

「宗二よ、小田原ではおとなしくしておるのだぞ。大望を抱く者は何事にも耐えねばならん」

「分かりました。いつの日か、再び小一郎様に茶を献じるまで、隠忍自重いたします」

――小一郎様といい、宗二といい、皆が望んでいるのは世の静謐だ。同じ思いを持つ者の輪を広げていけば、いつの日か大輪の花が咲くかもしれん。

神韻たる高野山の夜気の中、利休は決意を新たにした。

二

九月七日、ようやく利休は秀吉に目通りを許された。この時、利休は秀吉にある提案をした。

「大茶湯だと」

秀吉の金壺眼が大きく見開かれる。

「九州平定が成り、また聚楽第が落成したことを祝し、大きな祝賀の催しを行うべきかと――」

天正十四年（一五八六）の二月に着工された聚楽第は、秀吉が帰陣した後の九月に完成した。

「大茶湯か。面白そうだな」

秀吉が膝を打つ。

「公家や武士たちだけでなく、民にも茶の湯を広げていく手段が大茶湯なのです」

「そうか。禁中茶会で帝や朝廷を、大茶湯で下々を手なずけるというわけか」

「そうです。これにより民を茶の湯に執心させることができれば、下剋上など考える者はいなくなります」

秀吉が身を乗り出す。

「で、どうやる」

「貴賤や貧富の垣根を取り払い、若党（下級武士）、町人、百姓に分け隔てなく参加を呼び掛けるのです。釜しか持っていない者は釜だけ持ち寄ればよし。茶葉の買えぬ者は『麦こがし』で茶を点てればよし。後は一人に畳二畳の場所を与え、薄縁《うすべり》や筵《むしろ》を持ってこさせるだけです」

麦こがしとは裸麦を炒って粉末にしたもので、茶葉が手に入らない際の代用品として使われていた。

「なるほど、それならかなりの人数が集まりそうだな。で、どこでやる」

秀吉の目が輝く。秀吉はこうした催事が大好きで、しかも大規模であればあるほど乗り気になる。

「北野天満宮の松原がよろしいかと――」

「そうか。あそこなら十分に広いな」

「はい。すでに宮司に渡りをつけてあります」

「さすが利休だ。手回しが早いな。だが人は集まるだろうか」

「殿下主催の大茶事を行うと喧伝すれば、数寄者が諸国から詰めかけてくるでしょう。それでもご心配なら、殿下の茶道具を披露する場を設け、さらに殿下や私が茶を供すことにしたらどうでしょう」

「このわしが、そこらの百姓に茶を出すのか」

「そうです。気が進みませんか」

「いや、面白い趣向だ。そうなれば多くの者が、われ先にと集まるだろうな」

「それでは津田宗及殿や今井宗久殿も茶を点てることとし、誰に当たるかはくじ引きで決めるという趣向では」

「それはよい。くじに当たった百姓が、わしらの点てた茶を飲むというのだな。まさに天下万民が『一視同仁』するというわけか」

秀吉が高笑いする。

「一視同仁」とは「一期一会」と並ぶ茶の湯の根本思想で、誰でも平等に遇し、一切の差別をしないという意味だ。

「これにより茶の湯を下々にまで敷衍させられます。さすれば今様の茶道具も飛ぶように売れます」

「そなたの狙いはそこにあるのだな。いつもながら知恵者よの」

秀吉が下卑た笑みを浮かべる。

「よろしければ諸方面への根回しと、もろもろの支度に掛かります」

「そうだな。早くやれ」

「では、来春の二月頃の開催ということで、よろしいですね」

「いや、待て。わしはすぐにやりたい」

「すぐにと仰せになられても、冬になると人も集まらず、寂しいものになります」

京を取り巻いている地には山が多く、雪が降れば人の行き来が途絶してしまうこともある。そうなれば、来たくても来られない者が出てくる。

「わしは冬にやれとは申しておらん」

「ということは――」

「来月ではどうだ」

利休は秀吉の気の早さに戸惑った。

「それは、ちと難しいかと」

「何を申すか。九州平定と聚楽第落成という祝い事があったにもかかわらず、半年も延ばせば、皆も興醒めしてしまう」

秀吉は一度言い出したら後に引かない。

「承知しました。では、十月下旬の開催ということで、よろしいですね」

「上旬だ。どうせなら早い方がいい」

「いや、それはどうかと――」

「場所が確保できているなら、人は集まる。どうせなら十月朔日《さくじつ》ではどうだ。そうだ。そうしよう」

――かくなる上は、できる範囲のことをやるしかないな。

やれやれと思いながらも、利休は秀吉の希望を聞き入れざるを得なかった。

まず利休は、高札を京、奈良、堺の三カ所に立て、数寄者たちに以下の内容を知らせた。

・十月一日から十日の間、北野松原で茶の湯興行が催される
・貴賤貧富を問わず、希望する者は参加できる
・美麗を禁じ、倹約を好み、質素で構わない
・関白殿下が数十年にわたって集めた名物道具を飾る

つまり誰もが自由奔放に自分の侘数寄を表現し、さらに秀吉秘蔵の名物も見られるという趣向だ。『太閤記』によると、この高札を見た侘数寄の面々は、「なんともありがたい御代に出会ったものだ。名物茶道具を見ることもできるし、われら侘数寄の名誉を示す機会も与えられた」と言って喜んだという。かくして、前代未聞の規模と趣向による大茶会、「北野大茶湯」が挙行されることになる。

三

天正十五年（一五八七）十月一日、北野天満宮の境内は、「天下の盛儀」に参加しようという数寄者たちと、それを一目見ようという人々で膨れ上がっていた。

――何とか間に合ったな。

準備期間は一月もなかったが、利休は身を粉にして働き、無事に初日を迎えられた。

北野天満宮の拝殿に入ると、まず中央に鎮座した黄金の座敷が目に入る。それを挟んで平三畳の座敷が左右に置かれ、それぞれに「秀吉数十年求め置きし諸道具」、いわゆる「大坂御物」と呼ばれる秀吉自慢の茶壺、掛物、茶器、花入、台子の四つ飾りなどが並べられている。

その中には、「新田肩衝」「初花肩衝」「似茄子《にたりなす》」といった大名物もあり、参加者には、それらの縦覧が許された。

さらに拝殿の四隅には、秀吉、利休、津田宗及、今井宗久の四人の茶席が設けられ、希望者は事前のくじ引きで、誰の座敷で茶を喫するかが決まる仕組みになっていた。

拝殿の外の北野松原には、老若男女千五百から千六百人に及ぶ数寄者たちが薄縁や筵を敷き、思い思いの趣向を凝らした茶亭を設け、それぞれの侘を競い合っていた。

公家の設えた屋根付きの立派なものから、美濃から来た一化《いっか》の松葉囲いの茶亭や丿貫の朱塗りの大傘の座など、その多彩さは侘というものの懐の深さを物語っていた。

利休が拝殿内に設えた己の座に着くと、すぐに最初の客たちがやってきた。一度に三人から五人が一つの座敷に通され、同時に拝服する。

黙って茶を点てるのも無粋なので、初対面の相手には名と仕事を聞き、顔見知りには家族の動向などを問うことで、利休は座を持たせた。

四人の茶席は盛況を極め、四人のうちの誰かから茶を振る舞われた者は、この日の午前だけで八百三人に及んだ。

午後になり、さすがに利休も疲れてきた。給仕役の少庵がやってきて、ほかの三人は休みを取りながら茶を点てていると告げてきた。茶を点てるという行為自体はさして体力を要さないが、入れ代わり立ち代わり現れる人々と会話を楽しみながら茶を点てるのは神経を使う。さすがに腹も減ってきたので休みを取ろうかと思っているところに、秀吉がやってきた。

秀吉は上機嫌だった。

「利休、松原の賑わいが、ここまで聞こえてくる。一緒に散策しないか」

「はっ、喜んで」と言って利休が腰を上げる。

北野松原は立錐の余地もないほどの賑わいを見せていた。それでも秀吉の姿を認めると、誰もが左右に道を開けて頭を下げる。茶亭で歓談していた者たちも、立ち上がって畏まる。

そうした中、秀吉は笑みを浮かべ、「よいよい、続けろ」などと言って歩いていく。

「利休、思っていた以上の盛儀だな」

秀吉が肩越しに言う。

「はっ、ここまでとは思いませんでした」

「それにしても、かような盛儀を思いつくとは、そなたは希代の知恵者よの」

「いえ、私などは――」

「私など何だ」

秀吉が意地の悪そうな笑みを浮かべる。

「一介の茶人にすぎません」

「よき心掛けだ。それを忘れぬ限り、そなたの一身は安泰だ。だが――」

秀吉が足を止めて顔を寄せてくる。独特の口臭が鼻をつく。

「それを忘れた時はしまいだぞ」

――わしを威嚇しているのか。

威嚇をする者は何かに怯《おび》えているからだと、かつて高僧から聞いたことがある。

――殿下はこの盛儀を見て、茶の湯の素晴らしさも恐ろしさも感じたに違いない。

歩を進める秀吉の背には、畏怖の二文字が張り付いていた。

北野松原には、様々な趣向を凝らした座が設えられていた。それぞれに与えられた空間は二畳敷だが、厳密な決まりではないので、少し広めのものもある。たいていは板壁や衝立《ついたて》を使って二面か三面を囲っているが、単に筵の上に薄縁を敷いただけの座もある。板壁や衝立には、茶人個々の所有する自慢の絵画や墨蹟が掛けられている。茶を喫し終わった後は、お決まりの道具談義になるのだろう。そこかしこから茶に関する蘊蓄が聞こえてくる。

――これが十日にわたって行われるのだ。この盛儀が終わった時、茶の湯は永劫の生命を得る。

雨後の溢れ水のように、茶の湯が民の末端にまで広がっていく様子を、利休は想像した。

――草深い鄙の地でも茶会が開かれ、道具について語られていく。それによって世に静謐がもたらされるのだ。

利休が満足げにうなずいたその時、秀吉の前に何者かが転がり出た。

「無礼者！」

近習が瞬く間に取り押さえる。

「何用か！」

秀吉が問うと、両肩を押さえられ、その場に這いつくばわされた者が顔を上げた。

その片目は白底翳で白く濁り、その歯は欠け落ちてほとんどない。毛髪は後方にわずかに残っているだけで、顔には無精髭が生えている。

――ノ貫、か。

「そなたは何者か！」

近習に誰何《すいか》され、ノ貫は名乗ったが、秀吉はノ貫など知る由もない。

「比奴は何者だ」

おぞましい生き物でも見つけたかのように、秀吉が顔をしかめる。

ノ貫の代わりに利休が答えた。

「ノ貫という名の隠遁者《いんとんじゃ》です」

秀吉の赤みの多い目が、利休に向けられる。

「そなたの顔見知りか」

「はい。古い友です」

利休がノ貫を助け起こす。

「それなら、この無礼を大目に見てやろう。よいか――」

秀吉がノ貫をのぞき込む。

「わしの前に飛び出してきた者は、童子だろうと犬だろうと斬られる。それがこの国の決まりだ」

「お願いの儀があり、御前に飛び出しました」

ノ貫が利休の耳元に囁《ささや》く。

「この者が、ぜひ茶を振る舞いたいとのことですが――」

「何だと。戯れ言も休み休み言え。そなたのような下賤の者の座などに――」

秀吉が周囲を見回す。すでに人だかりができ、秀吉の次の言葉を待っている。

からだ。

「面白い！　そなたの茶を所望しよう」

秀吉としては断るわけにはいかない。そんなことをすれば、茶の湯の「一視同仁」の思想に反する
「利休、そなたも来い」

――まずいことになった。

ノ貫に狙いがあるのは明らかだ。むろんノ貫は褒美や名利がほしいのではなく、秀吉に何かを諫言したいに違いない。

「殿下、下賤の者におかしなものを飲まされて、腹を痛められてはたいへんです」

「それなら、そなたが先に毒見をせい」

秀吉も馬鹿ではない。鴆毒《ちんどく》によって暗殺を図ろうとしている者がいるかもしれないので、毒見役を常に同行させている。

――その役をわしにやれというのか。

「分かりました。私が毒見をします」

利休が正客の座に着くと、秀吉がその横に座した。その座には朱塗りの大傘が立て掛けられ、粥のこびりついた手取釜、古びた茶入、色の褪《あ》せた茶杓、割れの入った井戸茶碗一個が並べられていた。

風炉の炭火を熾した後、ノ貫が手前を始めた。

秀吉は警戒心をあらわにしながら、その点前を見ている。

ノ貫が古びた茶入から麦こがしのようなものを取り出し、色の褪せた茶杓ですくい、井戸茶碗に入

れた。

「どうぞ、試されよ」と言いつつ、ノ貫が利休の前に茶碗を置く。

「ノ貫よ――」

「何だ。毒など入っておらぬぞ」

「分かっておる。おぬしは――」

「まずは飲め」

致し方なく利休が茶を喫した。

――うまい。

ただの麦こがしかと思っていたが、ノ貫は何かを混ぜたらしい。

その簡素な設えの茶亭や茶道具といい、それに反するような美味な茶といい、ノ貫が何らかの境地に達したのは明らかだった。

――おぬしは、わしの与り知らないところで精進していたのだな。

利休は、己が置いていかれたような寂しさを覚えた。

――ノ貫が精進している間、わしは精進していただろうか。茶の湯の権威者として崇められ、さらなる上を目指していなかったのではないか。

「利休、どうだ」と秀吉が問う。

「はっ、毒など入っておりません」

利休の使った茶碗を拭った後、ノ貫が茶を点てて秀吉の前に置いた。

「では、いただく」と言って秀吉が喉を鳴らす。

「うまい。これは何だ」

秀吉の目が大きく見開かれる。

「麦こがしに、新茶と山で取れる薬草を少々混ぜたものです」

「それがこんなにうまいのか」

「はい。十年かけて取り合わせました」

「こいつはまいった！」

秀吉が後頭部に手を当てて笑う。

「その取り合わせとやらを、後で利休に伝えておけ。褒美を取らす」

「そんなものは要りません」

「要らぬのはそなたの勝手だが、取り合わせは聞くぞ」

秀吉が強い口調で釘を刺す。

「それは構いませんが、いかに取り合わせを伝えたとて、同じものは味わえません」

ノ貫は自信に満ちていた。

「ほほう。それほど難しいのか」

「はい。茶の湯とは、何人なりとも同じものを生み出せないところに値打ちがあります。水から湯の加減など、茶人個々が苦労して会得したものだけが、味になって醸し出されるのです」

「それらをすべて利休に伝えても、同じものを味わえぬと申すか」

ノ貫が見えない目で利休を見回す。

「この者では無理でしょうな」

「ほほう、面白い！　そなたは名人を超えているわけか」

「茶の湯に名人も下手もありません。茶の湯は個々の侘をいかに表していくかだけです」

「それはそうだが――」

「それを威権で飾り、政に利用しようなどという輩は名人どころか、茶を喫したことのない下人同然でしょう」

「ノ貫、たいがいにしろ！」

利休がたしなめたが、秀吉は平然としている。

「いや、面白い。続けろ」

「茶の湯とは道です。その道は長く険しいものです。その道を、茶人たちは歯を食いしばって歩んでいかねばなりません。それで、ようやく己の侘を見出すのです。それゆえ今日を境に、どうか茶の湯を解き放ってはいただけませんか。政と一体化した茶の湯など、私には――」

感極まったのか、ノ貫の声が上ずる。

「耐えられないほどおぞましいものです」

「それは違う」

利休が口を挟む。

「侘とは、修験のように激しい修行の果てに見つけるものではない。朝起きて雀の声を聞いただけで、己の侘を見出せる者もいる。修行など要らず誰にでもすぐに見出せる。それが茶の湯の真髄だ」

「おぬしは己の生き方を否定されたくないから、そう申しておるだけだ。おぬしの存在は、茶の湯にとって百害あって一利なしだ」

ノ貫の舌鋒《ぜっぽう》が鋭くなる。

「茶の湯を政に密着させ、汚したのはどこの誰だ。次の天下になれば、茶の湯は皆に忌み嫌われ、誰もが見向きもしなくなる」

「次の天下か」と秀吉が呟く。それを聞いた利休は慌てた。

「この者の申す次の天下とは、殿下のお世継ぎの時代を指しております」

「そんなことはどうでもよい。それよりも、この者は何が申したい」

秀吉が利休に問う。

「茶の湯をほかの嗜みと同然の地位に戻し、求道者だけのものにせよと申しております」

「ははあ、つまり、このノ貫とやらは、茶の湯をそれほど尊いものだと言いたいのだな」

「仰せの通り」とノ貫が言う。

「このノ貫、己の侘を見つけるために半生を懸けてきました」

それを聞いた秀吉の目つきが変わる。

「それはそなたの勝手だ。だが茶の湯は求道者だけのものではない」

「しかり」とうなずく利休に反発するように、ノ貫が秀吉に問う。

「では、これからも政と茶の湯は共に走っていくと仰せなのですね」

「そうだ。茶の湯によって武士たちの荒ぶる心を鎮め、世を静謐に導く。それこそが、天がわしと利休に下した使命なのだ」

秀吉が胸を張らんばかりに言う。

「殿下、そろそろ次へ参りましょう」

利休が秀吉を促す。

「そうだな。丿貫とやら、そなたの話は面白かった。後で褒美を取らせる」

秀吉が立ち上がると、丿貫が呼び止めた。

「殿下、お待ちを」

「まだ何かあるのか」

「その者にご注意召されよ」

「その者とは利休のことか」

丿貫がうなずく。

「ははは、面白いことを言う」

「かような者は殿下の天下にとって害毒となるだけ。さっさと放逐するのがよろしいでしょう」

「利休、どうだ。そなたは友にまで嫌われておるようだぞ」

秀吉が黄色い歯を見せて笑う。

「丿貫、そなたの言葉を忘れないようにしておく」

さも面白いと言わんばかりの顔で、利休と丿貫を交互に見ていた秀吉は、高笑いしながらその場を後にした。

「丿貫――」

「何だ」と言って丿貫が、すでに立ち上がった利休を見上げる。

「心遣い、痛み入る」

それに対して、丿貫は何も言わずに道具を拭っている。

――丿貫は、殿下から茶の湯とわしを遠ざける機会をうかがっていたのだ。だが、もう手遅れだ。そなたは己の道を究めてくれ。わしは殿下を抱いて死の淵をのぞく。

利休が心の中で言う。その気持ちは丿貫にも十分に分かっているはずだ。

丿貫の心遣いに深く感謝し、利休はその場を後にした。

四

利休を従えた秀吉は、様々な茶亭や座敷を歩き回った。だが半刻《はんとき》（約一時間）もすると、それにも飽きたのか拝殿に戻ると言い出した。

その帰途、秀吉が問うてきた。

「利休、この催しを十日まで続けるのか」

「はい。高札にはそう記しました」

「もう皆、飽きているのではないか」

「そんなことはありません。茶人たちの顔には笑みが溢れております」

「それはよいが、わしも十日間ここにおらねばならぬのか」

「それは、すでにご承知いただいていることでは」

秀吉が飽きっぽいのは知っていたが、自ら主催した大茶湯で飽きてきたと言われても困る。

「ふわーあ」と秀吉が大欠伸《おおあくび》を漏らす。

「殿下、明日は明日で、また新たな数寄者が趣向を凝らした座敷を用意しておりますぞ」

利休が秀吉の気を引くように言ったが、秀吉は明らかに気乗りしていない。

「拝殿に戻って、並んでいる者たちにまた茶を点てるのか」

「はい。殿下の茶を待っている者が大勢おりますので」

「もう疲れた」

「では、奥でお休み下さい。殿下のくじを当てた者たちも、われら三人でさばきます」

もはやそれ以外に手はなかった。

その時、遠方からざわめきが近づいてきた。近習たちが秀吉の前を固める。しかし血相を変えて走ってきたのは石田三成だった。

「殿下、たいへんです！」

「どうした」

常は冷静な三成が大声を上げたので、周囲の緊張が高まる。

「肥後で一揆が起こり、佐々殿が劣勢に陥っております」

「何だと、そんな馬鹿なことはあるまい」

秀吉は九州各地で豊臣軍の威勢を見せつけてきた。それゆえ豊臣大名に盾突く者など出るはずがないと思っていたのだ。

「いや、これは真説（事実）です」

三成が経緯を説明する。

肥後国の四分の三ほどを拝領した佐々成政は、秀吉から「肥後の国は統治が難しいので、三年は検地せず、一揆を起こさせないように」と申し付けられていた。だが成政は事を急いで検地を行ったため、国人たちの猛反発を食らったというのだ。

「いかがいたしますか」

「九州諸大名に陣触れを出し、討伐軍を派遣しろ。万が一の場合に備え、毛利ら中国衆にも後詰の支度をさせておけ」

「分かりました。至急、手配します」

「よし、わしも大坂城に戻る」

三成が走り去ると、秀吉は「帰るぞ」と周囲に命じた。

突然、秀吉の周囲が慌ただしくなる。

「殿下、お待ちを」

利休が追いすがる。

「大茶湯はどうなさいますか」

「見ての通り、そんなことをやっている暇はない。大茶湯は今日限りで取りやめとする！」

「しかし――」

「後のことは任せたぞ」

それだけ言うと、秀吉は行ってしまった。

利休は唖然として、その場に立ち尽くすしかなかった。


大茶湯が中止となったので、北野天満宮は混乱状態になった。数寄者たちは落胆して酒を飲み始め、そこに遊女がやってきて盛り上がっている。

そうした混乱の中、利休は陣頭指揮を執り、秀吉所有の名物を片付ける作業に没頭した。名物を紛失するわけにはいかないので、利休自ら個々の名物を確かめ、手ずから箱に入れ、大坂に送り届ける手配をした。

それが終わった頃には、すでに日は西に傾き、大半の数寄者たちの座敷も片付けを終わっていた。酒盛りをする者もいなくなり、北野天満宮の境内は閑散としていた。

利休が私物の片付けを始めていると、宗及がやってきた。

「利休、聞いたぞ。此度は災難だったな」

宗及は利休より一つ年上の六十七歳だが、豪放磊落《らいらく》な性格は若い頃から変わらない。

「肥後で大乱が起こったようなので、致し方なきことです」

利休が落胆を隠さずに答える。

「それにしてもこれだけの盛儀が、たった一日で終わるとはな――」

「いかにも。この盛事を十日続ければ、下々にまで茶の湯の魅力を浸透させられたのですが」

宗及は眉間に皺を寄せながら、首を左右に振った。

「もはや殿下の心は読めぬ」

「ということは、やはり肥後のことは方便にすぎぬと――」

「たかが一揆の鎮圧だ。これだけの盛儀を一日で終わらせることもないだろう」

「殿下の移り気には困りましたな」

「いや、それだけではないようだ。今、小耳にはさんだのだが――」

宗及が声を潜める。

「どうやら殿下は、茶の湯の力を侮っていたと側近に漏らしたらしいのだ」

「お待ち下さい。では大茶湯を終わりにしたのは、肥後の一揆でも殿下の移り気でもなく、茶の湯に対する畏怖と仰せか」

「まあ、それらが複雑に絡み合っているのだろう。宗久殿もそう言っていた」

「宗久殿は――」

「体調が優れぬとのことで先に帰った」

「そうでしたか。此度の支度で無理をなされていたと聞きましたので、宗久殿にとっては、大茶湯が一日で終わったことは幸いでしたな」

利休が「では、日も暮れますので」と言って、その場から離れようとすると、「まあ、待て」と背後から呼び止められた。

「まだ何か――」

「ああ、これは宗久殿とも話したのだが、われらは降りることにした」

宗及が何とも煮え切らない顔をする。

「降りるとはいかなる謂ですか。何事も率直に仰せになって下さい」

「分かった。よく考えたのだが、ここから先の道は危うすぎると思うのだ」

「何が危ういと――」

「殿下との道行きよ」

啞然とする利休に、宗及が言い訳がましく畳み掛ける。

「ここまではわしと宗久殿も、そなたと力を合わせてきた。だが、ここから先の道は危うすぎる。これ以上、下手に動き回れば、殿下の勘気をこうむり、われらは死罪、堺は火の海にされる。それゆえ、われら二人はもう――」

「手を引きたいと仰せか」

「ああ。われらは、そなたのように命をなげうってまで世のために働くことなどできぬ。孫の顔を見ながら、余生を過ごしたいのだ」

自分よりもはるかに度胸があると思ってきた宗及が、そんなことを言い出すとは思わなかった。

「すでに気づいていると思うが、ここ何年かの宗久殿の不例（体調悪化）も、政と距離を取るための方便だった。わしはそれを聞かされていたが、そなたを見捨てるわけにもいかず、ここまで共に歩んできた。だが、もう限界だ」

宗及が悲しげな顔で言う。

「それで、堺とも縁を切ってほしいのだ」

――つまり向後は、わし一人で戦いを続けねばならないのか。

利休は故郷の堺から決別を告げられたのだ。

――だが、それならそれで構わん。

利休の闘志は、これくらいのことでは衰えない。

「宗及殿、これまでありがとうございました」

「ということは、そなたはこの勝負をまだ続けるのか」

――勝負、か。

宗及の目から見ても、天下人と一介の茶人は勝負をしてきたのだ。

「私は降りるつもりはありません。もちろんお二人を責めるつもりもありません。お二人は堺衆の長老です。万が一、私が殿下の勘気をこうむった時、その怒りが私一個で収まるよう、つまり堺に害が及ばぬよう、うまく根回しいただければ幸いです」

「そう言ってくれるか」

宗及が感極まったように俯く。

「それぞれの道は、それぞれが決めればよいのです。他人がとやかく言うことではありません」

「そなたは――、そなたはわしらを許してくれるのか」

「当然のことです。われら三人は、幼き頃から堺の町を走り回ってきた仲ではありませんか。しかも共に老境に達し、死を待つばかりの身。これまで堺のために身を粉にして働いてきたのですから、最後ぐらいは孫の手を引いて過ごしても、誰も文句を言えますまい」

宗及が唇を震わせる。

「むろんわれらだけでなく、堺全体が手を引くということを分かってくれたのだな」

宗及が言わんとしているのは、残る堺衆も利休と距離を取り、いざという時、利休を救うために力を尽くさないという意味だ。

――いつの間にか、わしを蚊帳《かや》の外に置き、そんな話が進んでいたのだな。さすがの堺商人だ。

利休は内心、苦笑いした。

「もちろんです。ここから先は一人で行きます。ご心配には及びません」

「すまぬな」

宗及は深く頭を下げると、利休に背を向けて去っていった。

――随分と小さくなった。

かつて堂々と胸を張り、堺の町を闊歩していた宗及が、今は小さく見える。

人もまばらとなった北野天満宮の境内で、利休は孤独な戦いに挑む覚悟をした。

五

九州では当初、肥後国人一揆が佐々成政勢を圧倒していたが、十月になり、秀吉の動員令を受けた九州・四国の諸大名が押し寄せると、十二月にはその息の根を止められた。

この戦いに参加した一揆は五十二家に及び、うち四十八家の当主が討ち死にまたは降伏後に処刑されている。これにより秀吉は、国人たちの国と呼ばれた肥後国の平定を完了した。

だが、この話を風の噂で聞いた利休は心を痛めた。

――また多くの者たちが死んだか。

大坂にやってきた神谷宗湛によると、肥後国は灰燼に帰し、耕作地を失った人々は流民と化して国内をさまよっているという。


清冽な寒気の中、利休は珍しく家族四人で朝餉を取っていた。

汁物から上がる湯気が室内を漂う中、紹安が言った。

「父上、われらのやろうとしていることを、義母上と少庵に告げてはおらぬようですね」

りきと少庵が啞然として紹安を見る。静かな室内に不穏な空気が漂う。

「紹安、後にしろ」

利休が厳しい声音で言う。

「下手をすると二人とも連座させられます。その覚悟をさせておかないと――」

「黙れ」と、利休が紹安を制する。

「あなた様――」と、りきが遠慮がちに言う。

「私は無学な女です。政のことも、あなた様がやろうとしていることも分かりません。でも——」

一瞬、躊躇した後、りきが強い声音で言った。

「少庵を一蓮托生とすることだけは——」

「そなたは黙っておれ！」

「義父上」と今度は少庵が言う。

「千家に入ったからには、覚悟ができております。どうか包み隠さずお話し下さい」

利休が黙っていると、紹安が口を挟んできた。

「父上、私の口から二人に伝えますか」

「いや——」と言って紹安を制した利休は、これまでの経緯と今後の見込みを話した。

「という次第だ。殿下の勘気をこうむれば、わしの命は吹き飛ぶ。その時は——」

利休は一拍置くと言った。

「そなたらまで連座させられるやもしれぬ」

「あなた様は、それほどのことをやろうとしていたのですね」

りきの声が震える。

「義父上のやろうとしていることは意義のあることです。この少庵、微力ながら——」

「そなたにできることではない！」

紹安が決めつける。

「義兄上、何を仰せか！」

　二人は同い年だが、紹安が数カ月早く生まれているため、兄弟の序を付けていた。

「よいか少庵、人にはそれぞれ向き不向きがある。そなたには、そなたに向いた仕事がある」

「私に、いつまでも義父上の給仕でいろと仰せか」

　少庵が珍しく感情をあらわにする。

「では聞くが、そなたには明日、いや、今日にも死ねる覚悟があるか」

「あります。私も大義のために生き、大義のために死にたいのです！」

「ふざけるな！」

　膳を蹴倒して少庵の前に進んだ紹安が、少庵の胸倉を摑む。右手は今にも殴ろうと高く掲げられた。

「ああ、ご容赦を」

　りきが紹安の袖にすがる。

「そなたには、父上のお気持ちが分からんのか。そなたを危うい場から遠ざけ、千家を残そうという
――」

「もうよい」と利休が制した。

　それを聞いておとなしく座に戻ると、紹安が利休に問うた。

「父上、宗及殿と宗久殿が、『降りた』と聞きましたぞ」

「なぜ、そなたがそれを知る」

　紹安は昔から早耳だった。

「私にも堺衆に知己はおります」

「そうだったな」

「ここからはあまりに危うい道です。供は私だけで十分。義母上と少庵をどこかにお隠し下さい。場合によっては離縁を――」

「そんなことをしても無駄だ」

紹安が口惜しげに黙る。豊臣政権の探索力をもってすれば、日本中どこに隠れようが見つけ出される。その上、便宜的な離縁をすれば、なおさら秀吉の怒りを買うだけだ。

いつもは気弱そうにしている少庵が、勇を鼓したかのように言う。

「義父上と義兄上にわが身を案じていただくのはありがたいのですが、私とて千家の者です。天下静謐のために、この一身をなげうつ覚悟はできております」

続けて、遠慮がちにりきも言う。

「私とて利休の妻。主が大義を掲げて戦うのなら、この一身がどうなろうと構いません」

「もうよい」

そう言うと、箸を置いた利休が立ち上がる。

「紹安、茶でも飲むか」

「望むところです」

利休の後に紹安が付き従った。

千家の堺屋敷の茶室は四畳半南向きで、一尺四寸の炉が切ってあるだけの紹鷗風の質素な小座敷だ。

弱々しい冬の日差しが南に向いた躙口と左手上の下地窓から漏れる中、父子は対峙した。

「父上、茶を点てないのですか」

端座する利休を見て紹安が問う。

「話があって呼んだ。茶は要らぬことだ」

「はははは」と紹安が高らかに笑う。

「いかにも、その通り」

「そなたは、わしのやっていることから少庵を遠ざけよと言いたいのだな」

「仰せの通り。少庵では茶坊主ほどのこともできますまい」

紹安が小馬鹿にしたように言う。

「分かっておる。それゆえ、わが後事は古田織部殿に託した」

「後事とは、われらが滅んだ後のことですな」

「われらとは――」

「父上と私。そして宗二殿」

「宗二もか」

「はい。もはや、われらは助かりますまい」

「死ぬのはわしだけで十分だ」

利休がため息をつく。

「そうは仰せになっても、父上は宗二殿を小田原に逃がしましたな」

紹安は耳も早いが、その意味を察することにかけても無類の才を発揮した。

——過ぎたる息子か。

その才気溢れる息子も、利休は巻き込んでしまったのだ。

「わしの狙いが分かっていたのか」

「はい。宗二殿を小田原に逃がしたのは、後日の和睦交渉のためですね」

秀長の前で露骨に言うわけにはいかなかったが、そうした含みもあった。

「いざという時、北条方から小一郎様に詫び言を入れさせる。その仲介を宗二にやらせるという腹積もりですね」

今更ながら、紹安の洞察力には感心させられる。

「そうだ。殿下は必ず北条を攻める。北条とて抵抗するだろう。さすれば多くの者が死に、関東の沃野も荒れ果てる」

秀吉の自己肥大化は、もはや利休一人の手に負えなくなっていた。しかし頼みのキリシタン勢力は駆逐され、利休を支えていた堺衆の後援も得られない。

——それでも、かろうじて小一郎様の言うことだけは聞く。

利休は、それを寄る辺にするしかなかった。

「総見院様は土地が足らなくなるのを見越し、茶事を認可制にし、名物の価値を途方もなく高めました。殿下もその考えに同調し、父上の助言によって様々な工夫を凝らし、茶の湯を敷衍させようとしたまではよかったのですが——」

「殿下が土地に回帰しつつあるというのだな」

「そうです。このままでは、殿下は土地を獲得することに血道を上げます」

――つまり戦乱は続くということか。

それが秀吉の罪とは言い切れない。土地は富を継続的に生み出すが、茶道具ではいかに価値を高めようが、所持しているだけでは富を生み出せず、売ってしまえば一時金を手にするだけだ。

「では、どうしたらよいのか」

「最小限の損害で、未来永劫、富を生み出すものを見つけることでしょうな」

「それは何だ」

紹安がにやりとした。

六

天正十六年（一五八八）正月、大坂で行われた正月行事は前代未聞の盛儀となった。

豊臣の天下が定まったことで、秀吉の家臣、諸大名、国人、公家、僧侶、神官、商人らが列を成すようにして祝賀を述べにやってくる。その接待で利休も大わらわだった。

一方、肥後国の国人一揆は沈静したが、その弁明のために大坂にやってこようとした佐々成政は、秀吉の命により尼崎で足止めを食らい、その地で切腹を命じられる。

正月の諸行事も一段落した六日、秀吉は上洛を果たし、十三日には足利義昭と共に参内して後陽成天皇に拝謁した。

形式的とはいえ、これにより前政権の主権継承者が豊臣政権を認めたことになり、以後、朝廷は「武家の総意としての豊臣政権」という扱いをしていくことになる。

一方の足利義昭は室町幕府再興をあきらめた形になり、その見返りとして秀吉から一万石を賜った。

またこの時、秀吉は後陽成天皇に聚楽第行幸を申し出ている。これにより「後陽成天皇の聚楽第行幸」という天下の盛儀が四月に挙行されることになった。

諸大名にも大坂に来るよう命令が伝えられ、忠義面をしたがる者は、二月下旬頃から大坂に集まり始めることになる。

その数日後、ようやく利休は、大坂に戻った秀吉と二人になれる機会を持った。


大坂城内山里曲輪の御広間で待っていると、秀吉が「利休の茶を喫するのは久方ぶりよの」と言いながら入ってきた。

平伏する利休の背後にあるものを見て、秀吉の足が止まる。

「これは何だ。今日の趣向は変わっているの」

利休の背後に立つ屛風《びょうぶ》に近づいた秀吉は、それをじっくりと眺めた。

「この八曲一隻の屛風をご覧になったことはありませんか」

「待てよ」と言いつつ、秀吉がわずかに伸びた顎鬚をしごく。

「ああ、思い出した。これは総見院様お気に入りの屛風ではないか」

「仰せの通り。本日の趣向にと思い、織田中納言様から借りてまいりました」

織田中納言とは信長の次男の信雄のことで、信長の遺産の一部を受け継いでいた。

利休はこの屏風を秀吉に見せるべく、二畳敷を使わず御広間に秀吉を招いていた。

「それにしても変わった趣向よの」と言いつつ、秀吉が座に着く。

ちょうど利休の背後に、屏風が見渡せる形になる。

「仰せの通り、茶事とは縁遠い絵柄です」

その屏風は、「四都図」と呼ばれ、イスタンブール、ローマ、セビリア、リスボンの欧州の四つの都市が描かれていた。

「そうか。わしにこの屏風を見せるため、御広間で茶事を行うと申したのだな。今更そなたが、台子の茶事を行うのはおかしいと首をかしげておったのだ」

十六世紀、スペインやポルトガルの世界進出が本格化し、世界の最東端の日本にも到達した。大航海時代である。彼らが大海に漕ぎ出したのは、交易による利潤を求めてのものだったが、交易と一緒になったイエズス会の教線も、日本にまで伸びてくることになる。

宣教師たちはキリスト教を布教すると同時に、欧州文化（南蛮文化）や科学の先進性を伝えることで、日本をキリスト教国化しようとした。そうした多方面からの「圧力」が、布教には効果的だと知っていたからだ。こうしたことから、欧州の文物が日本に流れ込んできた。とくに欧州の様子が描かれた絵画は日本人に衝撃を与え、異世界への憧れをかき立てた。

中でも南蛮屏風は好まれた。日本には額縁に絵画を入れて飾るという習慣がなかったので、気に入った絵画を鑑賞したり、招待した客に見栄を張ったりするには、掛軸と並んで屏風が最適だった。

とくに「四都図」は、その壮大さから信長の心を捉えた。

当時のヨーロッパは、イスパニア（スペイン）のフェリペ二世が王統の絶えたポルトガルを合法的に併呑《へいどん》することで、セビリアとリスボンという二大港湾都市を支配下に置き、欧州の交易の約半分を独占していた。その結果、フェリペ二世は欧州で並ぶ者のない富と権勢を手にし、「欧州半国の王」と呼ばれた。

「この屏風を見つめながら総見院様は仰せになられました。『富を生み出すのは港なのだ』と」

「覚えておるぞ。足利義昭公を奉じて上洛を果たした総見院様が、真っ先に押さえたのは琵琶湖南端の大津と、瀬戸内海東端の堺だった。その時、わしは不思議だったが、後に総見院様の真意を知り、その深慮遠謀に舌を巻いたわ」

「上洛した時から、総見院様は港を押さえようとしておられました。フェリペ二世の話は、それを後押ししただけです」

信長の父にあたる信秀は、伊勢湾交易網を掌握して莫大な財を築き、それを元手に守護代家の一奉行から尾張半国の領主になった一代の傑物である。それを見て育った信長には、富を生み出すのは土地ではなく港だという認識が染み付いていた。それゆえ永禄十一年（一五六八）、足利義昭を奉じて上洛するや、琵琶湖舟運の要の大津と、同じく瀬戸内交易網の中核を担う堺を真っ先に押さえたのだ。

「しかしわれら武士は、一所懸命という観念から脱せられず土地をほしがった」

「その通りです。それゆえ総見院様は、領土を広げる戦を行わざるを得ませんでした」

「ああ、そうだったな」

信長のことを思い出したのか、秀吉が懐かしそうな顔をする。

「そして殿下は、総見院様に倣って大坂に本拠を移し、瀬戸内海を押さえました」

信長は本願寺から大坂を奪うために十年余という貴重な歳月を使い、結局、それが足枷《あしかせ》となって、天下人となる前に死を迎えねばならなかった。

「その運上金や関税だけで、わしの懐には莫大な富が流れ込んできた」

煮立った茶釜から湯を注ぎ、利休が赤楽を秀吉の前に置く。

「あれは死の直前のことでした。総見院様は今井宗久殿、津田宗及殿、そして私を安土城に招き、『わしは大明国を制する』と仰せになりました」

「別の機会に、わしら武士にも、その通達があった」

「総見院様は、われらにこうも仰せになりました。『わしなら大明国を倒せるだろう。だがそれを成したとて、長く維持できるものではない。しかし港なら話は別だ』と」

「それはわしも聞いた。総見院様は寧波《ニンポー》・厦門《アモイ》・広州（香港《ホンコン》）・澳門《マカオ》といった明国有数の港を押さえ、そこに城を築き、西洋諸国との交易から上がる利益を独占するつもりでいた」

「まことにもって恐るべきお方でした」

「総見院様は不世出の傑物だった」

利休が感慨深そうに言う。

「あれほどのお方は、二度と現れません」

秀吉が何も答えないのは、自分を称賛せずに信長を褒めたたえたことに不満を感じているからだろう。むろん利休は、そんな秀吉の心中など見抜いている。

「総見院様は周到でした。その時のために、鉄甲船と呼ばれる巨船を九鬼嘉隆殿に命じて六隻も造らせたのですから」

「あれは凄かった。毛利水軍との戦いでも、存分に力を発揮した」

天正六年（一五七八）、信長は第二次木津川口の海戦で、鉄甲船を駆使して毛利水軍を完膚なきまでに打ち破った。そのため毛利水軍は同盟している本願寺に兵糧が搬入できなくなった。その結果、窮地に立たされた本願寺は天正八年に大坂からの退去を決定し、信長は遂に大坂を手に入れた。

「それだけではありません。総見院様は長浜城や坂本城の普請を通じて、港を抱え込むような惣構のある城の築城術も考案しました」

その技術が、後の文禄・慶長の役の際、朝鮮半島南端に築かれた倭城《わじょう》へとつながっていく。

「総見院様は、明軍が攻めてきても、陸側は高い城壁で砲撃を防ぎ、海側は鉄甲船によって明水軍を撃破すればよいと仰せだったな」

秀吉が感心したように言う。

「そうでした。総見院様が生きておられたら、殿下も異国の港に派遣されていたやもしれません」

「そうなっていたら、わしは海賊大将だ。今より面白かったかもしれんぞ」

秀吉が胸を弾ませるように言う。

「さすが殿下、こんな小さな国に未練はないのですな。それに引き換え明智様は――」

秀吉の金壺眼が動く。

「何が言いたい」

「今更ながら、明智様が総見院様を襲った理由に思い至りました」

秀吉の瞳が大きく見開かれる。

「それは本当か。明智を討った後、皆で話し合っても、その理由はついぞ分からなかった」

「仰せの通り、誰一人として分かる者はおりませんでした」

「それが、そなたには分かったというのか」

軽く頭を下げた利休が語り始める。

「寧波・厦門・広州・澳門といった異国の港を守備するのは、武勇だけでなく統治にも優れた総見院様股肱の家臣たちになります。まず筆頭に挙げられるのは、明智殿や滝川一益殿、そしてかつての羽柴秀吉殿かと――」

「それが、どうして本能寺襲撃に結び付くのだ」

「考えて下さい。当時、明智殿は五十五歳。しかも数寄や風雅を好むことにかけては、人後に落ちませんでした。公家、僧侶、茶人、連歌師といったなじみの人々も多くおりました。しかも総見院様のことです。異国の港を守備する将に選んだからには、国内の領国をすべて取り上げ、異国へと駆り立てたことでしょう」

「つまりそなたは、光秀めは、それが嫌で総見院様を襲ったと言うのか」

利休がうなずく。

「明智殿は小心者。かような者は追い込まれれば何を仕出かすか分かりません。これから外征が打ち続き、働きに働いているうちに死が訪れることに、明智殿は耐えられなかったのではありますまいか」

秀吉が感心したようにため息を漏らす。

「それが、本能寺の変のきっかけだと申すか」

「いえいえ、あくまで私の当て推量です」

利休が一歩引く。

「それで、そなたは何が言いたい」

「今の殿下の兵力、財力、威権は、往時の総見院様をも上回っております。今こそ、総見院様の計略を現のものとすべき時ではありませんか」

「そなたは、わしに総見院様の夢を実現せいと申すのだな」

「はい。殿下が大明国を制そうとしているのは承知しております。しかし大明国には耕地は少なく、荒れ野が広がっているだけと聞きます。しかも北半分は農耕に適していない寒冷地とか。土地から上がる収穫など知れたもの。それよりも港だけを押さえた方が、どれほどましか——」

「そうか」と言って秀吉が笑う。

「そなたは、わしが大明国を制さんとする戦いを、港を制するだけの小さなものにしようとしているのだな」

——ここが切所だ。

利休はあえて否定しない道を選んだ。

「はい。私は豊臣家千年の繁栄を見越して物を申しております」

「豊臣家千年か。大きく出たな」

秀吉は鼻で笑ったが、まんざらでもないのは、その顔つきから分かる。

「そうです。千年の栄華を保っていくためには、兵を損じずに富を蓄えていくべきかと」

秀吉が呆れたように笑う。

「だが利休、わしはまだ国内さえ統一しておらぬのだ。北条や伊達といったわしに従わぬ者たちをどうする」

外征は国内の統一あってのものだ。

――このあたりにしておくか。

秀吉に信長の構想を思い出させ、外征を小規模なものにさせようとした利休だったが、しつこいと底意を見破られるので、国内に話題を移すことにした。

「北条が従えば、伊達は何もせずとも頭を垂れてきます。まずは北条を従わせるべきかと」

「そんなことは分かっている。その時のために、そなたは宗二を小田原に逃がしたのだろう」

秀吉は、そのことを知っていた。

「あれは、あやつが勝手に逃げたのです」

「そんなことはあるまい。小一郎とそなたが逃がしたのであろう」

秀吉が茶碗を押した。もう一服飲みたいという意思表示だ。

「どうお考えになられようと構いませんが、いざという時は宗二に仲介役をさせます」

「いや」と言って、秀吉が首を左右に振る。

「北条から関東を取り上げる。さもないと配下に与えるものがなくなり、わが家の基盤が揺らぐ。だいいち、わしが家康を孤立させようとしているのは、そなたも知っておるではないか」

「しかし北条は手強い相手。こちらも相応の痛手をこうむります」

「覚悟の上だ」

――やはり北条は救えぬか。だが、それでもまだ手はある。

利休ら商人にとって、関東は無限の可能性のある商圏だった。だが豊臣政権と北条氏が敵対している限り、陸路も海路も自由に行き来できず、商売は思うように広がらない。

利休が薄茶を置くと、秀吉はしばしその泡立ちを眺めてから言った。

「北条を討ち、家康を討つ。そのためには布石が必要だ」

秀吉の顔が厳しい武士のものになる。

「それはいかなるもので――」

「家康は三河・遠江・駿河の三国を領有している。統治も行き届き、末端の百姓に至るまで家康を信奉していると聞く」

「あっ」と言って、利休が膝を打つ。

「つまり三河殿を関東に追いやると――」

「そうだ。それでも討伐が難しければ、伊達を討って家康を奥羽に移す。さすれば、さすがの家康も音を上げるだろう」

　秀吉は秀吉なりに、家康を確実に討つ方法を考えていた。

「総見院様の夢を現のものとするのは、それからだ」

　やはり秀吉は甘くなかった。

「しかし北条が臣従してくれれば、いかがいたしますか」

「その時は、まず武蔵・相模・伊豆三国のみの領有を許し、周囲から締め付けていく。それで折を見て、どこぞに移封する」

「それを断ってきたら」

「討つまでよ。豊臣政権は朝廷が認めたものだ。わしの命に従えぬ者は朝敵として討伐される。むろん――」

　秀吉が前歯をせり出し、下卑た笑みを浮かべる。

「己の力だけを頼みとして関東の大半を制してきた北条が、たとえ朝命だろうと唯々諾々と従うとは思えん」

　――そこを従わせねばならない。

　利休は宗二と連携を取りつつ、北条をひれ伏させるつもりでいた。

七

四月十四日、後陽成天皇の聚楽第行幸が行われた。この行事こそ、秀吉が天下人となったことを満天下に示すもので、その華やかさは前代未聞とまで言われた。

秀吉の上洛命令に応じた諸大名も京に参集し、連日様々な趣向の祝宴が繰り広げられた。

しかし関東の北条氏だけは、秀吉の呼び掛けに応じることなく沈黙を通していた。

天皇の行幸中はこれに触れなかった秀吉だが、それが終わるや、北条氏を口汚く罵り、明日にも討伐の大号令を発するのではないかと、諸大名を震え上がらせた。

事情は定かではないが、後陽成天皇の聚楽第行幸を北条氏が無視した理由を、利休は理解できないでいた。このままでは、朝敵とするに十分な大義名分を秀吉に与えてしまうことになる。

畿内に流れてくる噂によると、北条氏は臣従の道を探りながらも、万が一の豊臣勢の関東侵攻に備え、「和戦両様」の構えを取っているという。

とくに「相府大普請」と呼ばれる小田原城の拡張は前代未聞の規模となり、商人町や農耕地ごと城内に取り込み、半永久的に籠城戦を行うことを目指した外周二里以上（約九キロメートル）の惣構までもが構築されていた。

――このままでは、たいへんなことになる。

豊臣勢の関東侵攻が始まれば、関東の沃野は焼かれて収穫もできず、民は飢えに苦しむことになる。

そうさせないためには、様々な手を打っておかねばならない。

その最初の一手として、利休は家康の京屋敷を訪ねることにした。


夏が近づいたこともあり、家康の茶室前の庭は緑に包まれていた。その庭園は一木一草の種類や形まで吟味し、木漏れ日によってどう見えるかまで工夫しているように思われた。

――織部の作だったな。

その庭園と茶室が古田織部の手になるものだということを、利休は思い出した。

「宗匠がおいでになる前は、雨が降っていました」

土間庇《どまびさし》の下に敷かれた飛石を渡りつつ、家康が言う。

「そうでしたね。それもあって緑が鮮やかです」

「それがしは無粋者ゆえ草の葉の色つやなど分かりませんが、言われてみれば、そんな気もします」

「草木にも喜びや悲しみがあります」

「それが分かるとは、さすが宗匠」

「茶人は四季の移り変わりを肌で感じ、草木の気持ちさえ読み取る力を持たねばなりません」

――そうしたことができなければ、しょせん己の侘など見つけられないのだ。

利休は、点前だけ上手な茶人を何人も知っていた。そうした者の点てる茶はまずく、茶室の会話も弾まない。

「さすがですな。それがしは戦しか能がありませんので、草木の顔色までは分かりかねます」

家康が声を上げて笑う。

雨に濡れた土壁を見つめつつ、二人は蹲踞で手を清めた。

家康を制するように利休が言う。

「今日は茶をやめにして、ここで話をしませんか」

利休が外腰掛けを指差す。

「なるほど。それはよき趣向。茶は誰かに点てさせ、ここまで運ばせましょう」

――さすが三河殿、わが心中を読んだか。

茶室で一客の茶事となると、どうしても向き合うことになる。向き合うというのは、心理的に対峙することになり、打ち解けた雰囲気を醸し出せない。そのため利休は、隣り合って座す外腰掛けで話したかった。

すかさず近習が蚊遣りを持ってくる。蚊遣りはヨモギなどの草を粉末状にして焚いたもので、蚊や虫を追い払う効果がある。

「この匂いは、夏がやってきたことを思い出させてくれます」

「それが、四季の移ろいを感じるということです」

「なるほど。それがしにも風雅の心はあるのですな」

家康が皮肉な笑みを浮かべた。そこには、「そんなものが飯の種になるか」といった気持ちが込められている。

「ときに大納言様――」

「これまで通り、三河殿で構いません」

天正十五年（一五八七）八月、家康は秀吉の推挙によって大納言に任官していた。それゆえ秀吉をはじめとした諸将は「駿河大納言」と呼んでいた。

「では三河殿、ずばりお尋ねいたしますが、殿下の小田原攻めはあるとお思いですか」

「そのお話でしたか」

ちょうどその時、茶が運ばれてきた。

二人の前に卓子が置かれ、その上に台付きの天目が載せられた。

家康が濃茶を喫する。利休もそれに続く。

「で、いかにお考えですか」

家康が泰然自若として答える。

「それは殿下にしか分からぬこと。それがしは命じられるままに動くだけです」

「そうお答えになると思っておりました」

すでに利休は、秀吉から小田原攻めの話を聞いている。だからこそ家康に探りを入れたのだ。

「三河殿には、仲裁の労を取るつもりはありませんか」

「それは難しいかと」

濃茶を飲み干した家康が天目を置く。

「しかし戦となれば、関東は荒れ果てますぞ」

利休は思い切って手札を投げてみた。

「ははは、宗匠はご存じでしたか。それなら話は早い」

家康の目が武人のものに変わる。

「仰せの通り、殿下の意向により、それがしは関東に移封させられます。すなわち、北条には滅亡以外の道はありません」

「北条が滅亡しようが、私の知ったことではありません。それよりも豊臣勢によって関東の地を蹂躙《じゅうりん》されては、その後に関東を治める者は、さぞ難渋するのではないかと案じておるのです」

「その通りです。農民は逃げ散り、耕地は荒れ果て、むこう三年ほどは収穫も期待できません」

家康が他人事のように言う。

「北条には、此度の行幸に人を出すよう再三にわたって申し渡しました。しかし家中の考えが一致しておらぬのか、殿下の命令を無視する形になりました。これでは殿下の勘気をこうむるのは当然で、もはやそれがしにできることはありません」

家康は娘の督姫を当主の氏直に嫁がせており、また背後を固めるという意味でも、北条氏を存命させたいのだろう。

「そこを曲げて、何とかなりませんか」

家康が「やれやれ」といった調子で笑う。

「宗匠は少し火遊びが過ぎておるようですな。このままでは先に口を開けているのは――」

「死ですか」

「それが分かっていながら、この遊びを続けますか」

「はい。この世を静謐に導くことこそ、わが使命と心得ております」

家康がぎょろりと目を剝く。

「この世が静謐になれば、天下人が誰であろうと、宗匠は構わぬと仰せか」

家康が切り札を投げてきた。

利休は濃茶に手を伸ばすと、口にした。蒸れるような草いきれと蚊遣りの匂いが混淆《こんこう》し、茶の味がしない。

――わが心は決まっている。

利休が思い切るように言う。

「天下とは、一人のためでなく万民のためにあります。民の末端まで生きることを楽しめるようになれば、金も回り、われら商人も潤います。そうした世を実現していただける方こそ、天下人にふさわしいかと――」

家康の鬢から一筋の汗が流れ落ちる。

――三河殿も勝負を懸けたのだな。

もしも利休が秀吉の意を受け、家康の本音を探っていたとしたら、家康は明日にでも万余の兵で囲まれるだろう。秀吉は家康を討ちたいが、その大義がない。しかし天下の宗匠である利休が、家康から謀反の話を持ち掛けられたと言えば、その瞬間、秀吉は大義を得ることになる。

「宗匠、人の命とは儚《はかな》いものですな」

「突然、何を――」

「どうせ明日にも失う命なら、宗匠のように大義のために生きたいものです」

「大義、ですか」

「そうです。宗匠は商人でありながら、そこらの武士よりも、はるかに肝が据わっている。武士であったら――」

家康は思わせぶりに一拍置くと、ちらりと利休を見た。

「一国一城の主どころか、天下を取っていたことでしょう」

「それは過分なお言葉」

天目茶碗を台に置くと、利休は頭を下げた。

「それがしも宗匠の大義を手助けしたい。だが、それがしにも立場があります」

「分かっています。三河殿一個のお考えで動けぬことは――」

「仰せの通り。五万の家臣とその妻子眷属を浪々の身にさせるわけにはいきません。しかし、それがしが戦を好まないのも事実。できるだけの手は尽くしてみます」

「ああ、何とお礼を申し上げていいか」

利休は家康を拝みたい心境だった。

「ただ、一つだけ気になることがあります」

家康の顔が曇る。

「何でしょう」

「近頃、殿下と信州国人の真田の間で、頻繁に使者のやり取りがあるようです」

「真田といえば、あの——」

第一次上田合戦で徳川勢を完膚なきまでに打ち破った真田昌幸は、家康にとって不倶戴天の敵だ。

「かの信州の山猿が、何やら策謀をめぐらしておるようです」

「どういうことです」

「詳しいことは、それがしにも分かりません。ただ——」

家康が思わせぶりな口調で言った。

「大和大納言（秀長）なら何かご存じかもしれません」

そう言うと、家康が重そうに腰を上げた。

「年を取ると、体の節々が痛みます。もう若い頃のようにはいきません」

「いかにも」と答えて、利休も立ち上がる。

「もはや馬にも自在に乗れません。できることなら、このまま安楽に年老いていきたいものです」

家康が慈愛に溢れた顔を向ける。だがその言葉が、どこまで本音なのかは分からない。

「では」と言って家康が先に歩き出した。利休を中木戸まで送ろうというのだ。

その広い背を見ながら、利休は家康も若くはないことを、今更ながら思い出した。

八

天正十七年（一五八九）五月二十七日、秀吉に男子が誕生した。後の鶴松である。秀吉は狂喜し、大坂城は前代未聞の祝賀気分に包まれた。公家や諸大名は競うように贈り物を持ち寄り、秀吉はその答礼で金や銀をまくように与えた。

この頃、利休の周辺にも吉報がもたらされた。

前年九月、秀吉の勘気をこうむり、博多に配流されていた大徳寺住持の古渓宗陳《こけいそうちん》が、鶴松の誕生による恩赦で帰洛を許されたのだ。

かつて宗陳は、秀吉の命により信長の菩提《ぼだい》を弔うべく天正寺の建立事業を進めていた。しかし突然、中止を通達され、秀吉に抗議したことで配流となった。

その背景には、天下が定まったことで、秀吉は莫大な経費を使い、信長の菩提を弔う寺を建立する必要がなくなったという事情がある。

利休は十歳年下の宗陳を禅の師として仰いできた。この年の初めには、大徳寺聚光院に多額の永代供養料を寄進し、亡父母の供養と、利休と妻りきの墓所を定めるほど帰依していた。

そのため帰洛にあたり、宗陳のために盛大な茶事を開いた。その席で利休は祝儀の意味を込め、大徳寺山門の造営費を寄贈することを約束した。宗陳は大いに感謝し、早速、「金毛閣」という名を付けて造営に着手した。この豪壮華麗な山門は年末に落成する。

利休が大坂にある秀長の屋敷を訪れたのは、八月のことだった。

「ご加減がよくないと聞きましたが」

「たいしたことはない。風病（風邪）を患っただけだ」

「それならよいのですが──」

秀長の顔は青白く生気がない。

「だが兄上は、病がうつることを嫌う。そのためここ一月、お会いすることが叶わなかった。だが、もう心配は要らん」

秀長が無理に笑みを浮かべる。

「それならよいのですが、小一郎様が臥《ふ》せっておられる間、殿下は真田の使者と頻繁に会っていたようです。何かご存じのことはありませんか」

「ああ、そのことか」

秀長の顔が曇る。

「わしも気になっていたのだが、兄上は後陽成天皇の聚楽第行幸にあたって、北条氏が使者の一人も寄越さなかったことに腹をたて、北条氏を討伐する方針を固めたらしい」

二百三十万石余の所領を有する北条氏を討伐するとなると、大合戦を覚悟せねばならない。たとえ勝ったとしても、関東の農民たちの苦痛は想像を絶する。

「関東征伐の大義を得るために、真田を動かそうとしているのではないだろうか」

秀長によると、この五月、秀吉は小田原に詰問使を送り、当主の氏直か隠居の氏政が大坂に来ることを命じたが、何の返答もないため、東国取次役の家康に説得を託した。

家康は北条氏に起請文《きしょうもん》を送り、「行かないのなら嫁にやった娘（督姫）を返してくれ」とまで言って促した。

さすがの北条氏も臣従を決意し、まず豊臣政権との取次役を担っていた一族の氏規《うじのり》を、その後、隠居の氏政を向かわせると通達した。だがこの時、北条氏は交換条件のように、長らく懸案となっていた沼田領に関しての裁定を下してほしいと要請した。

天正十年（一五八二）の天正壬午《じんご》の乱終結後の国分け交渉で、甲信の占領地を家康に譲った北条氏は、代わりに上州全土を領有することを認めさせた。だが上州には、真田氏が実力で奪い取った沼田領がある。

この時、家康方となっていた真田昌幸は、家康から「信州で同等の替え地を与えるので、上州の所領を北条氏に引き渡すように」という指示を受けたが、これを拒否した上、徳川傘下から離脱し、越後の上杉景勝と同盟を結んだ。

これに怒った家康は、真田氏の信州上田城まで攻め寄せるが、惨敗を喫してしまう。

以後、沼田領は真田氏が占拠したままとなっていた。それゆえ北条氏としては、豊臣政権の命により、沼田領を委譲させようとしたのだ。

この話を聞いた秀吉は、「沼田領三万石を三分割し、二万石を北条氏の、残る一万石を真田氏の領有とする。真田氏が失った二万石の替え地は、家康が弁済する」という沙汰を下す。これにより話はまとまり、十二月上旬に氏政が大坂に向かうことになった。

七月には、真田方が占拠していた沼田城が北条方に明け渡され、秀吉の裁定が実現する。

真田方には、沼田領から分割された名胡桃《なぐるみ》領一万石が残された。

一方、沼田領は北条氏の上野戦線を担当してきた氏邦の支配下に入り、沼田城には城代として重臣の猪俣邦憲《いのまたくにのり》が入城した。

「これで兄上も矛を収めるつもりになった。むろん、そのうち北条を移封するつもりだが——」

「そこに真田が出てきたのですね」

「そうだ。真田は頻繁に使者を送ってきて、兄上に北条征伐を促しておるようだ」

利休は深いため息をついた。

「わしにも、どういう形で真田が絡んでおるのかまでは分からぬ。だが真田というのは希代の策士だと聞く。兄上に様々な入れ知恵をしておるやもしれぬ」

秀長が憎しみの籠もった眼差しで言う。

「真田は何を考えておるのですか」

「おそらく豊臣家の力で北条を滅ぼし、上野一国あたりを拝領しようという魂胆だろう」

——己の欲のために、多くの民を呻吟させるのか。

利休には、そうした野望を持つ者が理解できない。

豊臣政権は、武士たちの野望や欲望の堆積の上に成り立っていた。武士たちの大半は民の苦悩など考えようともせず、寸土を得ようとする。その典型が真田なのだ。

秀長が咳き込む。

「小一郎様、ご加減がお悪いようですが」

「今年の風病は長引いて困る。だがもう大丈夫だ。早急に兄上にお会いし、真田ごときの話に耳を傾けぬよう諫言せねばならん」

「それは分かりますが、無理だけはなさらないで下さい。今、小一郎様に倒れられては、関東は焦土と化します」

「そうだな」

秀長が穏やかな笑みを浮かべる。

——このお方を失うわけにはいかん。

利休の胸中に、言い知れぬ不安がわき上がってきた。

九

九月末頃、久々に堺の屋敷に戻った利休は、近くに住むようになった紹安を呼び出した。

東陽徳輝の墨蹟を飾り、前席の懐石を終えた利休は、後席では「鶴の一声」と呼ばれる細口の花入に何も活けずに紹安を迎えた。

「いまだ花は活けませんか」

「ああ、客の心眼で花を見ればよいからな」

花入を飾りながら、花を活けずに水だけを入れるのは、利休がしばしば使う趣向である。茶室の中で色鮮やかな花が際立ってしまうことで、茶室の様々な趣が死んでしまうことを避けたいからだ。

「花は客の心の内で咲けばよいと——」

「そうだ。何事も心の内にとどめておく。それが何をするにも最もよき方法だ」

「ははは、私にはできそうにありません」

「そなたに、そうしろとは言っておらん」

利休の顔にも笑みが浮かぶ。

「それは尻膨《しりぶくら》――」

利休が「尻膨」と呼ばれる茶入を珠光緞子《どんす》の仕覆《しふく》から出す。

「そうだ。ここのところ使っていなかったものだ」

「確かそれは、宗二殿が好んでいましたね」

「うむ。宗二は、このどっしりした丸みを好いていた」

利休が茶葉と湯を小井戸茶碗に入れると、清々しい香りが茶室内に満ちた。

利休が茶碗を置くと、礼法に則り、紹安が喫した。

「うまい。さすが父上、私のような者が相手でも、手を抜かないのですね」

「それが茶人の矜持だ」

「しかし息子に、これだけ丁重な茶事を行うということは、何かありますな」

「ああ、宗二のことだ」

「ということは、私に小田原に行けと仰せか」

「察しが早いな。こちらにいては北条方の動静が一切摑めん。豊臣勢によって小田原が囲まれる前に、誰かが中にいる宗二、そして板部岡江雪斎殿と通じ、われらと連携していかねばならん」

紹安がにやりとする。

「その役目を私に担えと――」

「ああ、そなたなら周囲の者たちは、旅が当たり前だと思っている」

「ははは」と紹安が膝を打って笑う。

「父上にとっては、息子の命など鴻毛《こうもう》よりも軽いのですな」

利休の先妻は病に倒れた時、「息子のことをよろしくお頼み申し上げます」と繰り返し言ってから死んでいった。

――その遺言さえ、わしは踏みにじろうとしているのだ。

「もちろん否はありません。この命、世を静謐に導くためなら、いくらでも差し出します」

「そう言ってくれるか」

利休の胸底から熱いものが込み上げてくる。

「父上の息子に生まれたからには、当然のことではありませんか。勝手気ままに生き、勝手気ままに死ぬ。これぞ茶人の究極の境地です」

「できることなら、わしもそうしたかった」

なぜか本音が出た。

「そうか――、父上は籠の鳥だったのですね」

「ああ。だからこそ、山野を自由に飛べる鳥に託さねばならないことがある」

「でも一度飛び立った鳥は、二度と戻らないかもしれませんぞ」

「ああ、分かっている」

「それを聞いて安堵しました」

二人が笑みを浮かべる。

――わしはよき息子を持った。否、友か。

紹安との関係が知らぬ間に変化してきていることを、利休は覚った。

「しかし父上」と紹安が不安げに問う。

「私が宗二殿と連携でき、北条家が唯々諾々と臣下の礼を取ったとしても、殿下が討伐の方針を固めていれば、関東は火の海になります」

「その時は次善の策がある」

「次善の策と――」

「そうだ。北条家は籠城を選択するだろう。その時はいち早く降伏開城させる。そなたは宗二を通して江雪斎殿を説き、何とか北条家中を説き伏せるのだ」

「それはまた、たいそうな役割ですな」

紹安は笑ったが、その瞳は真剣だった。

「北条方に捕まって殺されるか、豊臣方に斬られるか、まあ、どちらにしても運任せですな」

「これは、そなたにしかできぬ仕事だ」

「分かっております。この紹安――」

紹安は威儀を正すと、深く頭を下げた。

「父上の息子に生まれたこと、茶人として、いや人として、これほどの果報はありません。謹んで御礼申し上げます」

そう言うと紹安は、大柄な体を折るようにして躙口から出ていった。

――やはり、わしはよき息子を持った。

内奥から何かが込み上げてきた。

――人は穏やかな生涯を送るよりも、大義のために生き、大義のために死ぬことの方がよほど幸せだ。それをわが息子は心得ておる。だからこそ、わしは静謐な世を作り出さねばならぬ。

気づくと利休は拳を握り締めていた。

十

紹安が東国に向かって間もない十月十日、古田織部が利休の大坂屋敷にやってきた。織部は利休の高弟の一人というだけでなく、利休のやろうとしていることのよき理解者でもある。

急用ということだったので、利休は茶の用意もせず、織部を茶室に通して話を聞くことにした。

「いかがなされた」

織部が険しい顔をしているので、利休は嫌な予感がした。

「殿下から諸大名に対し、陣触れが発せられました」

「やはり関東ですか」

「はい。行き先は関東とのこと」

秀吉はこの日、大坂にいる諸大名ないしはその家老たちを招集し、「来年関東陣御軍役之事」という話をした。言うまでもなく小田原北条氏討伐の陣触れだ。

「北条は殿下に対し、臣下の礼を取ると聞いていましたが」

この十二月、北条氏では隠居の氏政を大坂入りさせ、秀吉に臣下の礼を取ることになっていたが、そうした表の動きとは別に、真田昌幸を中心とした裏の動きが着々と進んでいたのだ。

「すでに殿下は兵糧奉行に長束《ながつか》正家殿を任命し、二十万石もの兵糧の調達を命じています」

「そこまで話が進んでいるということは、殿下は北条を赦免するつもりはありませんな」

「そう思っていただいてよいでしょう」

「徳川殿はそれをご存じか」

「もちろんご存じのはず」

それなら利休から使者を出す必要もない。

「では、知らぬは北条だけというわけですか」

「おそらく」

――どうすべきか。

ここで秀吉に諫言したところで、聞く耳を持たないのは明らかだ。

「織部殿、小一郎様は何と仰せですか」

「それが――」

「まさか小一郎様は、いまだ快癒なされておらぬのですか」

「はい。此度の陣触れには使者を送ってこられましたが、大納言ご本人は臥せったままです」

織部がため息をつく。

「それで、殿下の御出陣はいつになるのでしょう」

「九州征伐に出発した日と同じ三月一日だと聞いております」

秀吉は縁起を担ぐことが多く、大勝利に終わった九州陣に倣い、来年の三月一日を自分の出陣日に決めていた。

「それまでに小一郎様は快癒されるでしょうか」

「分かりません。しかし殿下は疫病を極度に恐れています。とくに棄様《すて》（後の鶴松）が生まれてからは、咳をした側近まで遠ざける始末。たとえ大納言であっても、快癒してから相当経たないと謁見は無理ではないかと思います」

「そうですか。となると、関東は火の海になるやもしれませんな。真田の策配にしてやられたのは実に無念」

「よくご存じで。真田は頻繁に使者を寄越し、関東で戦役を起こす理を、殿下に説いていたようです。ただ――」

織部は顔を曇らせると続けた。

「それだけであれば、殿下もおいそれとはうなずかないはずですが、真田の話を殿下に取り次ぎ、その策を勧めた者がおります」

「それは、まさか――」

「お察しの通り、石田殿です」

「なにゆえ、さようなことを――」

「此度の話を仲介したのが石田殿なのです。つまり石田殿は豊臣家の支配を東国にまで及ぼすべく、北条や伊達を滅ぼそうとしておるのです」

「それで徳川殿は、いかにお考えですか」

「北条や伊達の存続を望んでいるのは間違いありません。北条が滅べば、徳川殿は関東に移封されると噂されておりますので」

それは利休も知っている。

「もはや小田原攻めは避け難いのでしょうか」

「はい。恩賞として分け与える土地が底をついた豊臣家にとって、関東は垂涎の地です」

利休が覚悟を決めるように言う。

「事ここに至らば、関東の戦乱をいかに小さく抑えるかですな」

「仰せの通りです。それがしも関東に行くことになりますが、それぞれの城に籠もる北条方には、降伏開城を呼び掛けていくしかありません」

「では、私も連れていってもらえるよう、殿下にお願いしてみます」

「何と。尊師はもう――」

「六十八になります。すでに、いつ捨てても惜しくない命です」

「さすがです」

織部が感心する。

「織部殿と私で関東の戦を防ぎましょう。その間に奥羽を誰かに託さねば――」

「しかし北条同様、伊達家中にも伝手《つて》のある者はほとんどおらず、伊達を降伏させるのは難しいかと」

「いや、か細い伝手が一つだけあります」

「それは、どのような伝手ですか」

「わが息子の紹安です」

「あっ」と言って織部が膝を打った。

「して、紹安殿は今どこに」

「小田原にいる宗二と板部岡殿の手筋になるよう命じましたが、昨日書状が届き、北条領の入口にあたる山中の関が思いのほか厳重なので、三島に足止めされているとのこと」

織部がうなずきつつ問う。

「ご子息の紹安殿を奥州に送るのですか」

「はい。小田原に入らず、奥州の伊達殿の許へ向かうよう書状をしたためます」

利休は紹安に伊達政宗の懐柔を託し、自らは関東に赴くことにした。


織部の訪問から約半月後の二十三日、北条方の沼田城将・猪俣邦憲が突如として名胡桃城を奪った。これが事実なら、秀吉が諸大名に対して布告した戦争停止命令「関東・奥両国惣無事令」(奥両国とは陸奥《むつ》・出羽《でわ》のこと)に違背する行為だ。つまり北条氏は、秀吉に討伐の口実を与えてしまったことになる。

しかしこの事件には、とんでもない裏があった。上州の国分けの結果、沼田領二万石は北条氏のものとされ、名胡桃領一万石が真田氏に残された。つまり不倶戴天の敵同士が国境を接することになった。

十月初め頃、「越後の上杉景勝が攻めてきたので、至急後詰を頼む」という一報が沼田城の猪俣邦憲の許に入る。これを聞いた猪俣は「すわ一大事」とばかりに兵を率いて名胡桃城に赴くが、もぬけの殻だった。猪俣がそのまま名胡桃城にとどまっていると、真田は「北条方に城を奪われた」と秀吉に注進したのだ。

これに驚いた北条家では、「上州名胡桃のことは、われらの下知にあらず、辺土の郎従ども不案内の慮外なり（上州名胡桃のことは小田原の指示ではない。事情をよく知らない猪俣らが考えもしないことをやってしまったのです）」と弁明書を書き、重臣を秀吉の許に送った。しかし秀吉はこれを許さず、逆に宣戦布告状を送りつけてきた。

これにより関東を舞台にした大戦は避け難いものとなった。

十二月十日、聚楽第において家康を交えた大軍議が行われ、いよいよ小田原征伐は具体的になった。また関東の情勢とは全く別に、肥後半国を与えられた加藤清正が大坂に来た折、秀吉は朝鮮出兵の支度を始めるよう命じた。

これにより関東と奥羽を制した後、秀吉が唐入りすることは確実になった。

――このままでは、天下は再び乱れる。

利休は世の静謐を守るため、全身全霊を傾けるつもりでいた。

十一

十一月、利休は、ようやく病床の秀長を見舞うことができた。というのも秀長には流行病の疑いがあったため、人と会うのを避けていたのだ。しかしその疑いもなくなり、見舞いを受けられるほどには快復した。だが顔色は蒼白で頬肉は落ち、かつての大人然とした面は見る影もなかった。

——随分とおやつれになられた。これは長くないかもしれぬ。

三月ぶりに会う秀長に対する印象は、よいものではなかった。

「利休か。よくぞ参った」

床に横になったまま、秀長が笑みを浮かべる。

「御不例と聞き、気を揉んでおりましたが、快復に向かっておるようで何よりです」

「気休めを言うな。この顔がすべてを語っておる」

たとえ鏡を見ずとも、自らのこけた頬や浮き上がった胸骨に触れれば、病状がいかなるものか分かるのだろう。

「いったい、どこが悪いのですか」

「医家によると膈《かく》の病だという」

膈の病とは胃潰瘍や胃癌《いがん》のことだ。

「膈と仰せか」

利休は衝撃を受けた。もしもそれが事実なら、死病と言ってもいい。

「この一年、熱が出て気分もすぐれず、胃の腑が痛むことが度々あった。夏の終わり頃には食欲もなくなった」

「膈とは思いませんでした」

利休は、秀長と豊臣家の不運を嘆きたい心境だった。

「そなたはいくつになる」

「来年で六十九になります」

「相変わらず壮健よの」

秀長が羨ましそうに言う。

「おかげさまで。私より年上の宗久殿もいまだお達者で、今年は古希を祝いました」

「堺衆というのは、いつまでも盛んよの」

堺衆には長寿の者が多い。親が金持ちなので幼少の頃からよいものを食べることができ、また武将たちのように、死への恐怖や没落の不安を抱くこともないからだろう。

「利休、わしは武士などになりたくなかった。田畑を耕して生きていければ、それでよかったのだ。だが兄上を抑える役割を誰かがせねば、兄上はどこまで突っ走るか分からん。それゆえ兄上と行を共にしてきた。そんなことを繰り返しているうちに、兄上は天下人となっていた」

「小一郎様がご苦労なされてきたのは、皆も知っています。その甲斐あり、こうして豊臣家は武家の頂点に立ちました」

「そんなことはどうでもよい。それよりもわしの死後、兄上がこの国の民に迷惑な存在にならぬか不安なのだ」

――迷惑するのは、この国の民どころではない。

秀吉は唐土への出兵計画を着々と進めていた。

秀長がため息交じりに言う。

「臣下の礼を取ると言っている北条を討伐することに意義はない。わしが兄上の傍らにいれば、そんなことはさせなかった」

「どうやら奉行衆が動いているようです」

「やはり、そうか。彼奴らの狙いは何だ」

「豊臣家の力をさらに強め、この国の津々浦々まで支配したいのでしょう」

「無理にそれを進めれば、そのうち諸方面から反発を食らい、豊臣家は次代には滅ぶことになる」

秀長は常に融和を唱えてきた。力で押さえ付けることは様々な無理を生む。その無理が、次第に支配者の力を弱めると知っているのだ。

「小一郎様、殿下の関東出陣を押しとどめられる手立てはありませんか」

利休が藁にもすがるように問う。

「北条が何もかも投げ出して兄上の情けにすがるなら、どこぞに家だけは残してもらえるだろう」

「厄介なのは、それで北条が納得するかどうかです」

「その通りだ。到底、納得すまい」

「それを納得させねばなりません」

「こちらの手札は何だ」

「小田原城内の宗二くらいなものです」

「彼奴が手札とはな」

秀長が口端を引きつらせるように笑う。

「利休、墨と筆を持て」

「はっ」と答えて、利休が口述筆記の用意をする。

「北条殿に告ぐ。小田原を開けて箱根の関まで出て殿下を迎えよ。それが間に合わなければ、城の前で殿下にひれ伏せ。さすれば、身の立つよう取り計らってくれるかもしれん」

利休が秀長の語った趣旨を書きつけ、それを祐筆に渡した。書状用の文書に直すためだ。

すぐに文書はでき上がり、それを秀長は一瞥した。

「その手文庫の中に、わしの朱印がある。それを捺《お》せ」

利休は朱印を捺すと、書状を秀長に見せた。

「北条がここに書かれてある通りにしても、北条を赦免するかどうかは兄上次第だ」

「もちろんです。古田織部殿が先駆けとなって東国に出陣しますので、この書状を託します」

「そうか」と答えると、秀長は瞑目した。その顔には疲労の色が濃い。

「それでは、これにてご無礼仕ります」

「待て」という言葉に、利休が動きを止める。

「わしがいなくなった後の豊臣家は、いったいどうなると思う」

「それは――」と言って利休が言葉に詰まる。

「わしはもう長くない。子もおらぬし、この世に未練はない。だがわしがいなくなれば、兄上のやりたい放題になる。そうなれば多くの民が戦乱や飢えに苦しむことになる。それを防げるのは、もはや茶の湯とそなたしかおらん」

「いや、それは――」

「利休、ちこう」と言って、秀長が蒲団《ふとん》から腕を出した。それを利休が両手で握る。

秀長の腕は白い上に細く、茶碗一つ持てないように見えた。

「もはや兄上や豊臣家の行く末は考えなくてよい。ただひたすら、この世の静謐を守るための手立てを考えよ」

「小一郎様――」

利休にも込み上げるものがあった。

「そなたの茶を、また喫したいものよ」

「小一郎様、いつか必ず、そういう日が来ます。それまで、お気を強くお持ち下さい」

利休は嗚咽を堪えて、秀長の前を辞した。

十二

天正十八年（一五九〇）が明けた。秀吉は大坂城で諸大名の参賀を受けたが、その時、秀吉の膝の上には二歳になる棄がいた。諸将は戸惑いながらも、「可愛いですな」「殿下に似て賢そうですな」といった世辞の一つを言いながら参賀を終えた。

四日になり、ようやく利休にも参賀の機会が訪れた。秀吉に拝謁できる機会は少なくなっているので、利休はこの場で勝負を懸けるつもりでいた。

「ねんねんよ。おころりよ。坊やはよい子だ。ねんねんよ」

秀吉が故郷尾張の方言丸出しで子守歌を歌う中、利休は携えてきた祝いの品を披露した。

「それは何だ」

「ご所望の茄子型手取釜です」

「手取釜とな。はて、そんなものをわしが望んだか」

「はい。以前に村田珠光翁の高弟の粟田口善法《あわたぐちぜんぽう》が茄子型の手取釜を所有していたという話をしたところ、殿下はいたく興味を示し、私に作らせたのです」

「そうであったか。あー、よしよし」

秀吉は上の空である。

「お気に召さぬのなら、別の物でも――」

「まあ、よい。後でじっくり見る。置いていけ」

「分かりました」と言いつつ、利休が威儀を正す。

「新年の御吉慶、目出度く申し納め候」

「堅苦しい挨拶はよい。それよりも、そなたの顔を見ていたら茶を喫したくなった。午後に参るので、山里曲輪の茶室で支度をして待っておれ」

「承知しました。では、お願いの儀はその時に」

「待て。お願いの儀とは何だ」

「それは後ほど」

秀吉の顔色が変わる。

「いや、気になるので、ここで申せ」

利休が思い切るように言う。

「此度の関東御陣、この利休も同道させていただけないでしょうか」

「物見遊山ではないのだ。なぜ、そなたが来る」

「物見遊山でなければ、物見遊山にしてしまえばよろしいかと」

「何だと。そなたは戦というものが分かっておらん。物見遊山で戦は勝てん」

秀吉の金壺眼が光る。

「此度は負けることも考えられますか」

「負けるはずがあるまい」

「では、負けぬ戦であれば天下の聞こえの方が大切では」

次の瞬間、「あっ」と言って秀吉が体を起こした。その拍子に棄が秀吉の膝からずり落ちそうになる。それを乱暴に引き上げたので、けたたましい泣き声が響いた。

背後に合図した秀吉は、乳母《うば》を呼び寄せると棄を渡した。

「利休、考えを申せ」

「はい。天下に並ぶ者なき殿下です。しかも帝の詔勅まで得ておられます。北条ごときと本気で戦う姿勢など見せては、威権が傷つくだけではありませんか」

「ははあ、それもそうだ」

「私のような茶人だけでなく、御伽衆はもとより、能役者や連歌師などを伴って小田原に赴くという趣向はいかがでしょう。どのみち北条には籠城策しかありません。どこかの山の上に屋敷でも造って、そこで歌舞音曲の日々を送るのがよろしいかと。いわば――」

利休は一呼吸置くと言った。

「都をそのままお持ちになるのです」

「都を東国に持っていくと――」

「そうです。それだけの余裕を見せつければ、北条方も『これは敵わない』と思い、戦わずして頭を下げてくることでしょう」

「なるほど。これは面白い趣向だ」

秀吉が膝を打つ。

「茶室も造らせましょう」

「当たり前だ。淀《よど》も連れていくぞ」

淀とは、棄を産んだ秀吉の側室のことだ。

利休は「いや、そこまでは――」という言葉をのみ込んだ。

「しかし利休、これは戦だ。わしがそのような態度では、負けずとも苦戦するのではないか。北条ごときに苦戦などすれば、わしの顔は丸つぶれだ」

「仰せの通り。総大将がかようなことでは、勝てる戦も勝てません」

「分かっておるではないか」

「いえいえ、そこには策がございます」

「策だと」

「そうです。北条領に入る前に、どこぞの城で軍議を催すのです。その座で、三河殿と織田中納言を叱責すればよろしいかと」

北条征伐の先手に指名されているのは、徳川家康と織田信雄の二人だ。

「二人の外様を叱責することで、陣内を引き締めるというのだな」

「そうです。三河殿には事前に根回ししておけばよろしいでしょう。織田殿には――」

「知らせぬ方が面白いの」

秀吉が乱杭歯をせり出すようにして笑う。

「そうですな。あのお方は、その方が自然な反応を示します」

「これはいい。さすが利休だ」

秀吉が肩越しに笑いを求めたので、背後に控える近習や小姓が仕方なさそうに笑う。

「しかし利休――」

秀吉が真顔になる。

「そなたは、なぜ東国に行きたがる」

「それは茶人ですから、東国の趣を見ておきたいと思うのは当然です」

「それだけではあるまい」

「と、仰せになられますと」

「ははあ、分かったぞ。そなたから申せ」

利休は大げさにため息をつくと、本音を漏らした。

「小田原城内に宗二がいるのは、ご存じの通り」

「当たり前だ」

「いざ講和という時、宗二は手筋に使えます」

秀吉が鼻で笑う。

「講和などするつもりはない」

「それは殿下のご随意に。私は万が一の場合を申し上げたまでです」

「そうか。それも考えておいた方がよいの」

秀吉が再び己の考えに沈む。

――このお方は賢い。こちらの思惑も手の内も、すべて読んでいる。

「物見遊山か。よし、それで行こう。北条め、度肝を抜いてやるぞ！」

秀吉が大声を上げたので、背後に控える者たちに緊張が走った。

「では、差配は私にお任せいただけますな」

「おう、そうせい。都をそのまま東国に持っていく。そうだ、能舞台や茶室では手ぬるい。城の一つも築いてみせよう」

「城と仰せか」

「ああ、本格的な石垣城を築くのだ」

秀吉の哄笑《こうしょう》が対面の間に響いた。

十三

三月一日、京を発した豊臣勢は二十七日に沼津三枚橋城に入った。徳川家康や織田信雄をはじめとした諸将は、城の前に居並んで秀吉を迎えた。

その時、駕籠《かご》を降りた秀吉は常にない剣幕で家康と信雄を呼びつけると、「そなたらに謀反の意思ありや」と怒鳴り、太刀に手を掛けて二人を泥土の中にひれ伏させた。

「謀反など考えも及ばず」という家康の言葉に矛を収めた秀吉だが、諸将が居並ぶ中、百万石以上の大身の家康と信雄を平伏させたという事実は、大きな衝撃と効果を生んだ。

家康と信雄が、北条氏に呼応して謀反を起こすという惑説（偽情報）は、大坂や伏見では、さも当然のごとく流布されていた。これに困った家康は疑念を晴らすべく、人質として三男の長丸（後の秀忠）を秀吉の許に送った。秀吉はこれに喜び、すでに人質に取っていた信雄の娘と婚儀を執り行い、二人を親元に返した。

これで一件落着と思われていた矢先の事件だった。

それでも事前に根回しをされていた家康は、「開戦前に総大将が刀に手を掛けるとは、この上ない吉事なり！」と叫んだので、全軍の士気は天を衝くばかりになる。

二十九日、これが功を奏したのか、豊臣秀次を山中《やまなか》城攻めの総大将にいただいた豊臣勢七万余は、箱根口の要衝・山中城に猛攻を掛けて半日で落とした。

これに北条方は混乱し、屏風山《びょうぶやま》・鷹巣《たかのす》・宮城野《みやぎの》・塔ノ峰《とおのみね》などの箱根山城塞群を放棄する。さらに小田原の北西方面を守る深沢《ふかざわ》・足柄《あしがら》・浜居場《はまいば》・新《しん》の諸城も、相次いで自落した。

豊臣水軍も伊豆半島西岸に押し寄せ、水軍城をしらみつぶしに攻略していった。伊豆で残っているのは、北伊豆の韮山《にらやま》と南伊豆の下田の二城だけとなった。

一方、これより少し前、佐竹・宇都宮・結城ら北関東国衆は国境を突破し、下野・下総《しもうさ》南部に侵攻を始めており、北条方国衆を圧倒し始めていた。

相次ぐ敗報に北条方は慌てふためき、近隣の農民・漁民・商人・僧侶らを小田原城内に収容し、籠城戦の準備を急いでいた。

早くも四月三日には、先手を受け持つ徳川勢先遣隊が小田原近郊に姿を現し、続いて家康率いる徳川勢主力をはじめとして、豊臣秀次・宇喜多・堀・池田・長谷川・丹羽の諸隊が陸続として集結し、小田原周辺に陣を布いた。

六日、早雲寺に着陣した秀吉は、小田原城を一望の下に見下ろせる笠懸山《かさがけやま》（後の石垣山）に総石垣造りで瓦葺きの城郭の構築を命じる。

四月七日、後続部隊と共に三島に差し掛かった利休は、織田信雄が韮山城包囲陣にいると聞き、寄り道していくことにした。むろんそこには、ある思惑があった。

――これはどうしたことか。

利休が包囲陣に着くと、その混乱状態が伝わってきた。ここには福島正則、蒲生氏郷、細川忠興といった豊臣家中の重鎮たちが配されているが、どの陣内にも負傷者が溢れ、その呻き声は耳を覆いたくなるほどだった。

――まさか負けたのか。

韮山城を遠望すると北条の旗が翻っており、いまだ攻略できていないようだ。

まず蒲生陣に赴き状況を問うと、何度か城に惣懸《そうがか》りを掛けたものの、奇策に翻弄されて撤退を余儀なくされたとのことだった。

さすがの氏郷も渋い顔で、「このままでは攻略は難しいでしょう」と言う。

状況を把握した利休は、氏郷の家臣の案内で信雄のいる本陣に向かった。

――兵は将の器量の写し鏡というが。

信雄の陣は、ほかの陣に輪を掛けて混乱状態を呈していた。負傷者が続出した場合を想定していなかったのか、重傷者と遺骸が丸太のように転がされ、手当てする小者の数も少ない。動ける者たちも、そこかしこにたむろしているだけで何の警戒もしておらず、敵に反撃の余力があれば、瞬く間に蹴散らされることだろう。

案内を請うと、しばらく待たされた末、信雄の許へと連れていかれた。

本陣の陣幕をくぐると、意気消沈する信雄がいた。

「中納言様、いかがなされましたか」

「ああ、利休殿か」

信雄の目は虚ろで、利休を見ているようで何も見ていなかった。

「城攻めに利がなかったと聞きました。しかし城攻めとは本来、そういうものではありませんか」

「ふふふ」と笑うと、信雄が言った。

「その言葉を殿下に言えるか」

「何を仰せですか。さようなことを言わずとも、城攻めの困難さは殿下もご承知のはず」

「では山中城はどうだ。あの虚けの孫七郎（羽柴秀次）でさえ半日で落としたのだ。あやつは長久手の戦いで家康に追われ、泣きながら逃げてきたというが、わしはさような者にも後れを取ったのだ」

信雄が肩を落とす。

秀吉は豊臣家の跡継ぎに指名した孫七郎秀次を山中城攻めの総指揮官に任命し、力攻めを強行させた。北条方の抵抗は激しく、豊臣勢は苦戦を強いられるが、半日で城を落とした。

これを聞いた韮山城包囲陣は色めき立った。

四月一日、慎重論を唱える信雄の意見を一蹴し、福島正則らが一斉に攻撃を開始した。ところが北条方は様々な罠を仕掛けて待ち伏せており、反撃を食らった福島らは撤退を余儀なくされた。

その後も攻め口を変えるなどして何度か攻撃してみたものの、成果は挙がらず、死傷者を増やすだけに終わった。

信雄がぽつりと言う。

「わしの立場は分かっているだろう」

「もちろんです。徳川内府と並ぶ豊臣家中の重鎮かと」

信雄が冷めた笑みを浮かべる。

「何もせずともその地位が安泰なら、何も申すまい。だが父上以来、血筋や門閥などといったものに値打ちはなくなり、知恵と力だけが頼りの世が来たのだ」

――皮肉なことだ。

信長は、秀吉のような最下層の者でも実力だけで出頭させてきた。ところが信長は志半ばにして斃《たお》れ、実力を重視する風潮だけが残った。

信長の後継者の座を実力で摑んだ秀吉は、信長のやり方を踏襲した。その結果、実力のない者は淘汰され、皮肉なことに信長の息子の信雄さえ、実績を挙げねばならなくなっていた。

――このお方は、もうだめかもしれない。

肩を落とす信雄に掛ける言葉はない。だが利休には使命がある。

――そのためには、このお方も利用せねばなるまい。

「三島で聞いた雑説ですが、どうやら中納言様は、小田原に向かうことになるようですね」

「ああ、そうだ。昨日ここに来た刑部《ぎょうぶ》（大谷吉継）と弾正《だんじょう》（浅野長吉）から、それを申し渡された」

秀吉が信雄を見切ったのは間違いない。すでに豊臣政権内に信雄の居場所はなく、利休の耳にも「この合戦が終わったら、よくて減封、悪くて改易」という噂が聞こえてくる。

おそらく秀吉としては、せめてもの信長への恩返しとして、信雄に功を挙げる機会を与えたのだろう。だが福島、蒲生、細川といった百戦錬磨の諸将が、どうして信雄の下知に従うというのか。

その結果、無残な敗戦の責任を負わされた信雄は、小田原に召喚されることになった。

「小田原に行けば、わしは包囲陣の一将にすぎなくなる。惣懸りとなっても、功を挙げるのは難しい」

確かに、よほどの運がない限り、織田勢が功を挙げることはないだろう。

「いかにも、このままでは中納言様のお立場はありません」

「そなたも、そう思うか」

「しかし一つだけ手があります」

「手だと」

信雄の双眸が落ち着きなく光る。

「はい。小田原包囲陣にあって大功を挙げればよいのです」

「だから、それができぬから困っている！」

　信雄の顔が失望の色に包まれる。

「戦って功を挙げるのではなく、和睦を取り持つのです。これほどの大戦の和睦を取り持てば、豊臣家中における中納言様の地位は盤石となります」

　信雄があきらめ顔で言う。

「北条に何の伝手もないこのわしが、いかにして、そんなことができようか。だいいち城内には、徳川殿の娘御がおるのだぞ。これまでの縁の深さからしても、北条が頼るのは徳川殿ではないか」

「いかにも仰せの通り。しかし城内には山上宗二もおります。それだけでなく北条家重臣の板部岡江雪斎殿もわが弟子です」

「そうか。そうであったな」

　信雄の顔に光が差す。

「だいいち北条にとって、同盟を足蹴にして豊臣方となった徳川殿には不信感があります」

「しかし包囲陣には、わしよりも殿下に近い者がおるではないか。北条が頼りとするのは、そういう者たちであろう」

「いえいえ、さような者どもは皆、殿下の幕下です。こうした場合、仲介者の立場を尊重してもらうべく、外様の立場にある方を頼るのが通例です」

　確かに秀吉の家臣を頼ったところで、交渉にはならない。秀吉に条件をのませるには、それなりに大身で、秀吉も気兼ねする立場にある者が最適なのだ。

――その点、百万石の大身で、旧主の息子の織田殿は最適だ。

「双方の間を取り持てるのは、わししかおらぬと言うのだな」

「中納言様を除いて、何人たりとも和睦を取り持つことはできません」

信雄の顔に差した光が、次第に明るいものになってきた。

「わしに、それほど大きな仕事ができるだろうか」

「私の指図に従っていただければできます」

「では、どうせいと申すのだ」

「すべて、私の指図通りに動けますか。さすれば大功を挙げられます」

信雄が考え込む。

――何を考えておる。そなたは、もう失うものなど何もないのだぞ。

この合戦の後、おそらく信雄は身ぐるみはがされる。秀吉や三成が、いかなる理由を考えつくかは分からないが、それだけは間違いない。

――もしもここで和睦の労を取れば、五万石ぐらいは残してもらえるかもしれん。

この役立たずの貴公子のために、秀吉が涙の雫ほどの情けを掛けることを、利休は祈った。

十四

四月十一日、「利休来着」を聞いた秀吉は、自ら笠懸山に築いている新たな城に案内すると言い出した。

二人は百を超える警固の兵に守られ、駕籠に乗って普請半ばの城に赴いた。

駕籠に揺られながら左右を見ると、多くの夫丸が懸命に土や石を運んでいる。石は山麓の石切場から切り出されているため、険しい山道を、修羅を使って運び上げねばならない。

夫丸たちは褌《ふんどし》一丁で、背中を汗で光らせながら石を押している。

――わしが、かようなことをさせてしまったのか。

利休は山麓に風雅な屋敷でも建てることを勧めたつもりでいたが、秀吉は利休の案を瞬く間に飛躍させ、山頂に石垣造りの広壮な城を築くことにしたのだ。

――そのために、また多くの民が駆り出された。農村に残った足弱（老人と女子供）たちは、飢えに苦しんでいるかもしれない。

城普請は始まったばかりで、よほど急いでいるのか、下役が叱咤する声が間断なく聞こえてくる。

山頂で駕籠を降りると、秀吉の案内で東側の眺望が開けている場所に連れていかれた。

秀吉が芝居じみた仕草で扇子を広げる。

「よきものを見せてやろう」

そこには、能舞台のようなものが築かれていた。それは崖からせり出し、屋根まで造られている。

その端まで行くと、秀吉が扇子で眼下を指し示した。

「どうだ。城内が一望の下に見渡せるだろう」

そこからは、小田原城内と城下の大半を視野に収めることができた。

「木をすべて刈り取らせたので、実によく見える」

秀吉が高笑いする。

小田原城は関東に覇を唱えた北条氏の本拠だけあり、巨大な堀と土塁が縦横無尽にめぐらされている巨大な城だった。ここから見た限りでは、この城を力攻めするなど考えられない。しかも城内には多くの旗幟《きし》が翻り、士気は横溢《おういつ》しているように見える。

「北条の城を眼下に収めながら、ここで能を舞わせる。実によき趣向であろう」

「もちろんです。ということは、城に攻め寄せるおつもりはないのですね」

「いや、いつかは攻める」

「いつかとは――」

「そのうち攻める。だがしばらくは、ここで北条の出方を待つ」

秀吉は余裕綽々《しゃくしゃく》だった。

「利休よ、力攻めなど愚将のすることだ。いずれ攻めるにしても、様々に相手を揺さぶり、最小の損害で攻め落とせるようにする。それがわしの城攻めだ」

「では当面、調略などによって内応を誘うと仰せですか」

「ああ、様々な手筋を使って城内に働き掛けておる」

「それでは和睦交渉も――」

秀吉が驚いたように目を見開く。

「和睦などするつもりはない。北条などと対等な立場で交渉はせん。あやつらは分をわきまえない田舎者だ。だがあの城は堅固だ。力攻めでもしようものなら、飛んで火に入る夏の虫になる。下手をすると死者は一万では済まされん」

「いかにも。私にも、そう見受けられます」

「茶人でも城が分かるか」

秀吉が鼻で笑う。

「差し出がましいことを申しました」

「分かればよい。分をわきまえることが何よりも大切だ」

利休が恐縮したように頭を下げる。

「皆が皆、分をわきまえておれば天下は泰平だ」

そう言う秀吉こそ、分をわきまえずに天下人まで出頭したのだ。

「仰せの通り。北条殿は分をわきまえない者どもです」

秀吉の機嫌を取るように言ってみたが、秀吉は乱杭歯をせり出すようにして笑った。

「分をわきまえぬは北条だけではない。北条の走狗となって城から出てきた輩も同じだ」

「それはどういう謂で――」

「知りたいか」

「は、はい」

「教えてやる」

秀吉は側近くに控える三成に命じた。

「奴を連れてこい」

「はっ」と答えるや、三成が風のように去っていく。

――いったい誰を連れてくるのだ。

胸の鼓動が速まる。

「利休よ、そなたの弟子は昔から気短だのう。あれを見よ」

秀吉が扇子で指し示した先を見ると、後ろ手に縄掛けされた坊主が、左右から押さえられるようにして連れてこられている。

その岩塊のように盛り上がった肩を見れば、それが誰であるかは明らかだった。

――宗二、なんと早まったことを。

宗二が北条方に頼まれ、和睦交渉の使者として豊臣陣にやってきたのは分かる。だが何の段取りもなしに、正面からやってきても聞く耳を持つような秀吉ではない。

「連れてきました」

三成がその場に宗二を座らせる。

縄掛けされた宗二の顔は青黒く腫れている上、唇の端には裂傷があり、使者として遇されていないことは明らかだった。

宗二と向き合うように舞台の端に腰掛けた秀吉は、しみじみとした口調で言った。

「宗二、そなたの師匠が遠路はるばるやってきたぞ」

宗二が顔を上げる。片目は腫れて開けられないので、利休を探すように見回している。

「宗二――」

舞台の段を下りた利休が、宗二に寄り添うように片膝をつく。

「ああ、尊師、お恥ずかしい」

「そなたは使者として来たのだな」

「はい。北条殿から頼まれて使者となりました」

「なぜ、そなたが――」

「北条方は上方に手筋がありません」

「板部岡殿がおるではないか」

「はい。板部岡殿も『わしが行く』と仰せになりました。しかし重臣たちが板部岡殿を行かせるわけにはいかないと口々に言い、まずは私を使者に立てたのです」

名胡桃城事件の後、弁明使として秀吉の許に向かった重臣の一人・石巻康敬《いしまきやすまさ》は、そのまま捕虜とされてしまった。それだけ秀吉は、北条氏を対等の相手と見ていないのだ。

「しかしそなたは――」

秀吉が高笑いする。

「わしに気に入られていたわけではない上、わしを嫌っていたのにな。それを北条に言ったのか。まさか使者に立った時の礼金ほしさに黙っていたわけではあるまい」

宗二が口惜しげに言う。

「仰せの通り、事実を申しました。しかしそれでも『行ってほしい』と言われ、これまでの恩義に報いるべく参りました」

豊臣方との人的交流が皆無に近い北条家中では、宗二を使者に立てるしかなかったのだ。

利休がため息交じりに言う。

「だが、どうしてここにまっすぐ来たのだ」

使者が直接、総大将の許に来るのは希《まれ》で、まず知己に仲立ちしてもらうというのが慣例だ。

「私は北条殿から殿下への口利きを頼まれました。それゆえ殿下の許に参っただけです」

宗二は悲しいほど正直だった。

「ふふふ」と秀吉が笑う。

「それで話を聞いてもらえると思うたのか」

「はい。これも天下泰平のためです。必ずやお聞き届けいただけると信じておりました」

「何が天下泰平だ。惣無事令を無視し、真田の城を奪っておきながら、天下泰平もあるまい」

秀吉の言葉に宗二が色めき立つ。

「それは違います。北条殿の申すところによると、あれは真田の策術に辺土の郎従（僻地《へきち》の家臣）がだまされたとのこと。罰せられるべきは真田でありましょう」

「宗二、よせ」

利休が宗二を抑えようとしたが、秀吉に容赦はない。

「よくぞ申した。ではわしが来ていると知りながら、何ゆえ山中の城で抵抗した。弁明の筋があれば、当主自ら城の前でわしを迎えるべきであろう」

「お待ちあれ。北条殿が弁明の使者を送ったにもかかわらず、殿下は話も聞かず、『宣戦布告状』を出したのですぞ。それで平身低頭して迎えろと仰せになられても、無理な話ではありませんか」

「馬鹿め。こうした場では、殊勝な態度を示すことが大切なのだ。そのくらいは、そこらの国衆でもわきまえておるわ！」

双方の言い分はよく分かる。だが北条方が何をしようと、秀吉が謝罪に応じるはずはない。

「今からでは、ご慈悲にすがるのは手遅れと仰せか」

「さて、どうするかの」

秀吉が利休をちらりと見る。

「殿下」と言って、秀吉の前に利休が正座した。

「北条の者どもを何卒、ご赦免下さい。むろん当主や隠居に腹を切らせ、改易に処すのは当然のこと。しかし城内にいる罪のない数万の民をお救い下され。城攻めとなれば、その者たちとて無事ではいられません」

「また、それか」

秀吉がうんざりした顔をする。

「東国の民に殿下の徳と威光を示すことこそ、心の底から豊臣家に帰服することにつながります」

「まあ、話を聞いてやらんでもないがな」

秀吉が思わせぶりに言う。

「それは真ですか」

宗二が身を乗り出したので、背後の小者に押さえられた。

「だが話を聞いてやるからには、見返りが要る」

「見返りと——」

「そうだ。官兵衛！」

「はっ」と言って、いつの間にかやってきていた黒田官兵衛孝高が進み出る。

「何かほしいと言っておったな」

「はい」

「構わんから言ってやれ」

孝高が利休に向かって言う。

「ときに北条家には、鎌倉の頃から伝わる『吾妻鏡』があると聞いております」

北条家に伝わる『吾妻鏡』は鶴岡八幡宮再興の返礼として、二代氏綱が八幡宮司から贈られた正本（原本）だった。鎌倉幕府の認めた正本は世に一つしかなく、孝高はそれを手に入れたいのだ。

「まずは、それを持って詫びを入れに来い」

「さすれば、和睦は成ったと思ってよろしいのですな」

「いや、詫び言を聞いてやるだけだ」

「それでは無理です」

宗二の言葉に秀吉の顔色が変わる。

「無理とは何だ。北条方は詫びを入れる方だ。まさか、わしと対等と思っておるのではあるまいな」

介入の時期を探っていた利休が、「殿下」と声を掛ける。

「私を城内に遣わしてはいただけませんか」

「そなたを城内にだと」

「はい。北条方の言い分を聞き、『吾妻鏡』を持ってまいります」

秀吉が利休の瞳を見つめる。

「北条には戦数寄（主戦派）もおるという。下手をすると殺されるぞ」

「もとより覚悟の上でございます」

「そうか。それほど城を開けさせたいのだな」

「はい。私にお任せいただけないでしょうか」

「殿下、卒爾《そつじ》ながら――」

それまで控えていた三成が突然、進み出た。

「われらは北条家を誅滅すべく、遠路はるばるやってきました。兵の中には、これが功名を挙げる最後の機会と心得ている者もおります。降伏を認めれば、そうした者たちの落胆は大きく、向後の戦いにも響きます」

秀吉が膝を叩く。

「佐吉の言う通りだ。わしの天下取りを支えてきたのは野心だ。皆わしの背を見て、働けば報われると信じ、戦場に命を張ってきた。それがなくなった時、わが天下も終わる」

「それは違います」

宗二である。

「殿下の天下が定まった今、さような野心こそ摘み取るべきではありませんか。そのための茶の湯であり、われらは殿下の命じるままに茶の湯を敷衍させてきたのです」

宗二に対抗するように三成が言う。

「お待ちあれ。これから大明国を制さんとする豊臣家が、武士たちの野心の牙を抜いてしまってよいのでしょうか。今の豊臣家にとって大切なのは、茶の湯ではなく沸々とたぎる野心です」

宗二の顔色が変わる。

「今、大明国と申したか。石田殿、どういうことだ」

「構わぬ。教えてやれ」

秀吉に促された三成は、明国への侵攻計画について簡単に説明した。

「朝鮮国を経て大明国に攻め入ると仰せか。何と大それたことを」

宗二が天を仰ぐと言った。

「私はこれまで、殿下ほど賢きお方は、この世におらぬと思ってきました。その知恵は豊家《ほうけ》千年のために使うべきであり、途方もない野望のために使うものではありません」

「宗二、黙れ！」

利休は制そうとしたが、宗二は聞かない。

「いいえ、黙りません。天下の静謐こそ天下人の目指すべきもの。それをないがしろにし、明国にまで攻め入るなどとは、老人の迷妄でしかありません！」

「無礼者！」と言って三成が刀に手を掛ける。

「待て！」

秀吉が三成を制した。

「宗二、よくぞ申した。そなたは、わしの政道が間違っていると言いたいのだな」

「これまでは天下を静謐に導くために、力で制していくのは致し方ない面もありました。しかし今は違います。まず北条を赦免し、明国への出兵も取りやめる。さすれば、この国の民は殿下を神とも仏とも崇め、豊家千年の礎が築かれましょう」

「宗二、もうよい」

宗二を制した利休が秀吉に向き直る。

「かような青臭いことを宗二が言うのも、わが教えが足りなかったがためです」

利休が秀吉と視線を絡ませる。

「この者の罪はわが罪。何卒この者をお許しいただき、わが身を罰して下され」

しかし秀吉は別のことを考えていた。

「宗二、そなたは先ほど、わしの目指すものを『老人の迷妄』と申したな」

「申しました。あの広大な領土を有する明国と戦うなど、迷妄以外の何物でもありません」

「黙れ！」と言って秀吉が立ち上がる。

「そなたは、わしが老耄《ろうもう》してきたとでも言いたいのか」

「医家でない私に、それは分かりません。しかしながら、かような――」

宗二が三成を顎で示す。

「佞臣《ねいしん》の言うことを聞き、罪もない朝鮮や明国の民に塗炭《とたん》の苦しみを味わわせようなどとは、殿下が衰えてきている証左です」

「宗二、やめろ」

利休が宗二を押さえ付けようとするが、宗二は黙らない。

「殿下、この関東とて同じ。民は徳のある方を慕います。武威でひれ伏させたところで、民は面従腹背を決め込むだけ。真の天下人であるなら、ここは慈悲の心を持って和睦にご合意下され」

秀吉の顔が真っ赤になっている。最近の秀吉には、「衰え」に関することだけは言ってはならない。

しかし宗二は軽々とそれを無視した。

――もうだめだ。

利休は、遂に宗二という荒馬を乗りこなせなかった。

「よう申した。そなたのような輩は、耳と鼻を削《そ》ぎ落として磔《はりつけ》にしてくれる」

「それで小田原をお救いになるなら、この宗二、本望にございます」

「いいや、だめだ。そなたは磔にされたまま燃える小田原城を見るのだ」

秀吉は立ち上がると、宗二を足蹴にした。その場に転がった宗二は、それでも屈しようとしない。

「もはや申し上げることはありません。今はただ豊家の滅亡を念じるだけ」

「な、なんだと――」

秀吉の顔が悪鬼のように歪む。

「殿下が死した後、業火の中で悶《もだ》え死ぬのは殿下の係累でございましょう」

秀吉の顔が憎悪にたぎる。

「宗二、よくも言うたな。大坂城が焼け落ち、その中で鶴松が果てると申すか」

「はい。そのお姿が瞼《まぶた》に浮かびます」

宗二が夢想するように笑みを浮かべる。

「佐吉、この者を連れていけ。顔も見たくないわ」

「はっ」と答えるや、三成が宗二を連れていく。

――宗二、何と愚かな。

利休が口を挟む余地はなく、宗二は自ら掘った墓穴に落ちていった。己の感情に勝てない宗二は使者の役割を忘れ、自らの命だけでなく、小田原城をも危機に追い込むことしかできなかったのだ。

「利休！」という秀吉の鋭い声が耳朶《じだ》を震わせる。

「城内に行って『吾妻鏡』を持って来られるか」

「それほど『吾妻鏡』を――」

「当たり前だ。『吾妻鏡』の正本は、この世に一つしかない貴重なものだ」

「何とかやってみます。それを持ち帰るまで、宗二のことはお待ちいただけますか」

「あれだけのことを申した者を、わしが許すと思うのか」

それで一縷《いちる》の望みは絶たれた。

己の顔が落胆とあきらめの色に包まれているのは、秀吉にも分かるはずだ。

「利休、まさか宗二の命を救わぬなら、『吾妻鏡』を取りに行かないとは申すまいな」

「もちろんです。宗二のことは――」

利休が口惜しげに唇を噛むと言った。

「あきらめております」

「それでよい。豊臣家の滅亡を祈る者など生かしておくわけにはまいらん」

「分かっております。では城を攻めないとお約束下さい」

「それは分からん」

秀吉が残忍そうな笑みを浮かべる。

「利休よ。そなたには何の手札もない。だが『吾妻鏡』を持ち帰れば、考えてやってもよいぞ」

秀吉の甲高い笑い声が、利休の神経を逆撫でする。

――いかにも、今のわしに手札はない。だが手札は作り出せばよいのだ。

暗闇の先に一点だけ光明が見える。利休はそれに賭けてみようと思った。

「分かりました。では行ってまいります」

秀吉は向き直ると、「官兵衛！」と孝高を呼んだ。

「利休を大手まで送ってやれ」

「分かりました。で、いつですか」

「今すぐだ。利休の気が変わらないうちにな」

秀吉が狡猾そうな笑みを浮かべた。

十五

相模国西端部の小田原は関東の政治・経済・文化の中心であり、小田原城は北条氏が精魂を込めて造り上げた大城郭である。

——この城に攻め掛かれば、双方の兵がどれだけ死ぬか考えもつかない。

利休とて、功名と恩賞を求めて死地に飛び込んでいく兵たちを押しとどめようとは思わない。だがその結果として、多くの足弱たちが飢えや疫病で死ぬことだけは許し難い。

——戦乱によって多くの民が死に、戦場となった地は荒れ果てる。そこに民家が建ち、商いが従前のごとく行われるまでには、五年から十年の歳月が掛かる。

とくに小田原は東国の中心なのだ。そこが焼け野原となれば、困窮する人々が続出する。それゆえ利休は知恵の限りを尽くし、小田原を戦乱から救わねばならないのだ。

利休の許に、孝高が戻ってきた。

「利休殿、話がつきました。北条方は利休殿お一人なら入城を許すと申しています」

利休が孝高に深々と頭を下げる。

「かたじけない」

「義父上！」

その時、少庵が進み出てきた。

「昔から従者は一人と数えぬのが仕来り。私をお連れ下さい」

「いや、貴人とは違い、茶人は常に一人だ」

「でも義父上――」

「よいか」と利休が少庵を見据える。

「父子そろって死ねば、千家の商いと茶の湯はどうなる」

千家の商いは番頭たちに任せてはいるものの、それを取り仕切っているのは少庵だった。

少庵が唇を嚙んで黙る。

「黒田殿、よろしいか」

「どうぞ」と言って孝高が目礼する。

隣家を訪問するように利休が一歩を踏み出すと、眼前の早川口の門が音を立てて開いた。双方に緊張が走る。蔀《しとみ》の間から垣間見える城内には銃列が敷かれ、火薬の煙が立ち込めている。

――悪くしても失うのは、この老いさらばえた肉体だけだ。

そう思えば、怖いものは何もない。

「尊師、お懐かしい」

その時、門前に僧形の男が走り出てきた。

「江雪斎殿、お久しぶりですな」

主家の危機に江雪斎も追い込まれているのか、その顔には焦燥の色があらわだった。

「宗二殿は、ご一緒ではないのですか」

「はい。宗二は陣中にとどめ置かれております」

江雪斎の顔色が変わる。

「つまり囚われたのですか」

「そういうことになります」

江雪斎が眉間に皺を寄せる。

「だから、あれほど押しとどめたのに」

「宗二は、自ら使者になると言って聞かなかったのですね」

「そうなのです。それが己を拾ってくれた北条家に報いる唯一の道だと――」

半ば予想はしていたものの、やはり宗二は自ら使者を買って出たのだ。

――宗二とは、そういう男だ。

あまり親しくない者たちからは、狷介固陋《けんかいころう》で自分勝手に思われる宗二だが、一度受けた恩は忘れず、意志堅固で何物をも恐れない一面がある。

新たな城が造られつつある笠懸山を眺めつつ、利休は言った。

「おそらく奇跡でも起こらぬ限り、宗二は処刑されます」

「では、まだ生きているのですか」

「はい。支度ができるまでは――」

「いったい何の支度ですか」

「磔刑《たっけい》の支度です」

「なんと――。宗二殿が何をしたというのです」

「殿下の勘気に触れたのです」

江雪斎の歩みが止まる。だが利休の顔を見てすべてを察したのか、それ以上は問うてこなかった。

「江雪斎殿、宗二のことは忘れ、今はこの城を救うことに力を尽くしましょう」

「仰せの通りです。どうぞ、こちらへ」

気を取り直した江雪斎の先導で、利休は城内深くに導かれていった。

城内には将兵が満ち、利休を注視している。彼らにもこの戦の勝算が薄いと分かるのだろう。どの顔にも不安と焦燥があらわだった。それでも使者がやってきたことで一縷の望みを感じたのか、中には安堵の色を浮かべる者もいる。

――誰もが戦など嫌なのだ。かの男を除けばな。

秀吉の下卑た笑い声が、耳奥で聞こえた気がする。

――だが、わしは負けない。

やがて二人は、複雑な経路を通って城の中核部に近づいていった。

「わが主の北条左京大夫《さきょうだゆう》は、『せっかく宗匠が足をお運びになられるのなら、草庵で会いたい』と仰せです」

いくつかの曲輪を通った二人は、自然そのままの雑木林が生い茂る一帯に達した。

小田原城ほどの広い城になれば、城内にこうした場所があっても不思議ではない。しかしそれは自然に見えて、実は入念に計算されていることに利休は気づいていた。

――庭のどこからでも、箱根山が眺められるようにしてあるのだな。

草庵に至る導線は曲がりくねっており、どこにいても箱根山の一部を眺められるようにしてある。

やがて二人は中木戸に至った。

中木戸から内露地に入ると、外と内の空気が一変したように感じられた。かつて利休は宗二をはじめとした弟子たちに、「作庭において大切なことは区切りだ。徐々に変わるのではなく、突然変わる。それにより客は、現世から茶の湯という風雅へと臨む心構えができる」と語ったことを思い出した。

「この庭は、宗二の手になるものですね」

「はい。宗二殿は『作庭も茶人の嗜み』と申しておりました」

宗二は利休の教えを忘れず、そのすべてを小田原の地に刻もうとしていた。

――それが彼奴の恩返しの一つだったのだ。

「宗二は『働きのある茶人』でした」

「働きのある、とは」

「宗二は、わが教えを習得するのに懸命でした。そしてすべてを吸収し、庭も茶室も忠実に再現していきました。しかし、そこから逸脱はできませんでした」

利休は茶人を二つの種類に分けていた。

一つは利休の教えに忠実であらんとする蒲生氏郷、細川忠興、そして宗二と息子の少庵だ。

一方、利休の教えを消化した上で独自の境地に達し、茶の湯の可能性を押し広げていける者たちがいる。

――すなわち古田織部や紹安。そして、かのお方か。

かのお方とは秀吉のことだ。秀吉は現世の王であることに飽き足らず、精神世界にまで、その貪欲な触手を伸ばし始めていた。

秀吉のあさましいほどの欲心の影には、利休をも上回る風流や風雅の心、すなわち侘が隠されていた。それは織部や紹安のものを軽々と凌駕《りょうが》している。

――すなわち、わしと殿下は現世と心の内の両面で、あてどない戦いを続けているのだ。

その戦いがいつまで続くのか、続けられるのかは、利休にも秀吉にも分からない。

だが利休は気づいていた。

――人として誰よりも醜い心を持つからこそ、殿下は真の侘を摑み得たに違いない。

秀吉は幼い頃から食うや食わずで過ごした。そして、いつの日か、この世のあらゆるものを手に入れたいと思うようになったのだろう。

餓鬼草紙に出てくる餓鬼のような目で、秀吉は他人を羨んだに違いない。そうした身悶えするような欲心と羨望に彩られた日々を送ってきたからこそ、秀吉は己の侘を手にできたのだ。

――その点、われら商人は、餓鬼道から這い上がってきた者には敵わぬ。

「今、逸脱と仰せになられましたか」

江雪斎が問う。

「はい。逸脱にこそ茶人の真価があるのです」

「宗二殿は逸脱できなかったと――」

「宗二は働きのある茶人です。己のやれることを精いっぱいやりました」

利休には、そう答えるしかない。

やがて庭木が途切れると、視界が開けてきた。

その先の待合では、二人の小姓を従えた一人の若者が立ったまま待っていた。

――あれが関八州の太守か。

邪悪と奸謀の権化である秀吉の相手は、あまりに線が細い青年だった。

「あれにおわすのが北条左京大夫です」

庭に付けられた飛石が終わり、氏直とおぼしき人物と三間（約五・五メートル）ほどの距離になった時、利休は深々と頭を下げた。

「千利休でございます」

「北条左京大夫に候」

型通りの挨拶を終えると、利休は言った。

「この庭と草庵は宗二の作ですね」

「そうです。宗二殿に頼み込み、この鄙の地に都の風雅を持ち込んでもらいました」

氏直が涼やかな笑みを浮かべる。

宗二は庭園の一木一草の種類や形まで吟味したのだろう。木漏れ日によって、草庵に掛かる影まで工夫したに違いない。

南向きに建てられた草庵の屋根は柿葺き切妻造りで、軒先を長く延ばして土間庇を作っている。躙口は東端に付け、茶会に来た客が西から東に向かうようにしてある。西日の強い夕方には、影が長く伸びて風情のある陰影が庭や草庵の粗壁に刻まれたことだろう。

蹲踞は山中の古寺で見つけたらしい四方仏《よほうぶつ》だった。側面は薄く苔《こけ》を付けたままだが、水溜まりと上面は、清潔感を出すため磨かせてあるのが心憎い。

礼式に則り、利休が蹲踞の前に立って手と口を清めると、氏直が言った。

「今日は、利休居士に主人役をお願いできますか」

「不調法でよろしければ」

「お先に」と言って、氏直が躙口に身を滑り込ませる。

江雪斎の方を見ると、「私は、ここでお待ちしております」と答えた。

「分かりました。では、一客の茶事ということで――」

江雪斎がうなずくのを見た利休は、茶立口に向かった。

その途次、壁に立て掛けられた露地傘が目に入った。すでに朽ちかけているが、倒れないように傘の端近くに掛緒が付けられ、壁に打ち付けられた小さな釘と結ばれている。そうした細かい配慮も宗二らしい。

――そうか。宗二は「野の道を行く」意志を、この傘に託したのだな。

その傘こそ、この草庵が、流浪の茶人・山上宗二の作だということを強く主張していた。

十六

茶立口から中に入ると室内が仄暗《ほのぐら》い。外光を入れるのが嫌だったのか、宗二は草庵内に二つの下地窓しか空けていなかった。それでも北側に床を、西側に炉と点前畳を設けることで、曇天の日でも点前がよく見えるよう、採光に配慮している。

床には、宗二が所持していた「霊昭女図」が掛けられていた。この絵は、かつて武野紹鷗が所有していたと伝わるもので、入手した時、宗二はたいそう喜んでいた。だが紹鷗の弟子の利休は、「霊昭女図」を紹鷗の茶室で見たことはなかった。

それでも利休は気を遣い、そのことを告げずにおくと、宗二は「これは紹鷗様のものではありませんね」と言う。その理由を問うと、「茶会の折、尊師は一瞥もくれませんでしたから」と答えた。

さすがの利休も、その時の宗二の観察眼には感嘆した。

だがそうしたことも、すでに宗二の思い出になりつつある。

利休は一礼すると、棕櫚《しゅろ》の円座に座って点前を始めた。

「宗匠は殿下の命を受けて城内に参られたのですか。それとも――」

氏直が疑り深そうな視線で利休を見る。

「望んで参りました」

「やはり、そうでしたか」

氏直はうなずくと、続けて問うた。

「わが詫び言を聞いてくれる余地が、殿下にあるなら、宗二殿が使者を連れて戻ってくると思っておりました。ということは、宗二殿は――」

「宗二は、もうここには戻りません」

それだけで氏直はすべてを察したようだ。宗二のことは、それから一切問わなかった。

「では、宗匠はいかなる用向きで、この城に参られたのですか」

庭の筧《かけい》が石を叩く。蟬《せみ》の鳴く季節にはまだ早く、その音だけが静寂を破っている。

「城を開けることを勧めに参りました」

「城を開ければ、当家の存続は叶うのでしょうか」

期待を持たせるような言葉を並べ、開城に持ち込むようなことを、利休はするつもりはなかった。

「城を開けても、殿下は北条家を赦免するとは仰せになっておりません」

「やはり、そうですか」

宗二好みの荒肌の尻張釜から湯気が上がり始めた。湯気を隔てていないと、憔悴のあらわな氏直の顔を見ていられない。

「当家が滅亡し、それがしが腹を切るのは致し方ないとしても、わが父や宿老どもには何の罪もありません。それを認めていただかないと城を開けるわけにはいきません」

「では、二十万を超す殿下の兵と戦うと仰せですか」

氏直の片頰が引きつる。そんな大軍勢を、秀吉が引きつれてくるとは思わなかったのだ。

利休が自らの立場をはっきりさせる。

「城内にいる人々の命も含め、私に保証できることは何もありません」

「では、宗匠は何のためにお越しになられたのか」

氏直が少し鼻白む。

「民百姓を救うためです」

「そのためには、どうすればよいのですか」

「殊勝な態度で、殿下に慈悲を請うしかありません。それが叶えば、この城にいる民百姓の命だけは救ってくれるはずです」

氏直が肩を落とす。その顔には、「それさえも保証できないのか」という落胆があらわだった。

「しかしやり方次第で、城攻めはやめさせられるかもしれません」

「やり方次第と仰せか」

「はい。殿下は東国に豊臣家の武威を浸透させるため、どうしても小田原城を力攻めで落としたいのです。しかし北条家が保有する貴重な品々を焼尽されるのも困るのです」

「それは分かりますが――」

「まずは一服」

利休が、宗二の置いていった黒楽に練った茶を勧める。

「ああ、なんと――」

氏直の顔が瞬時に陶然とする。

「これが都の茶なのですな」

「茶の味は心の持ちようです。都も鄙もありません」

「仰せの通り。心の持ちよう次第でうまくもなり、まずくもなる。それが茶の湯なのですね」

「お分かりいただけましたか」

「はい。とくと――」

利休が威儀を正す。

「では、向後の段取りをお話しします。ただし、わが言を一つたりとも違えてはなりません」

「分かりました。それでわが領国の民が救われるなら、仰せのままにいたしましょう」

氏直の顔をしばし見つめた利休は、淡々とした口調で段取りを語り始めた。


その帰途のことだった。江雪斎に策を語りながら大手門を出た時、迎えに来た黒田孝高の陣中にいた少庵が、転ぶようにして飛び出てきた。

「義父上！」

「少庵、いかがいたした」

「あれを」

少庵が指差す先を見た利休は、初めそこに何があるのか分からなかった。だが西日を背にし、何かが立てられているのは見える。

「利休殿」と孝高が進み出る。

「あれに見えるは宗二殿です」

「何と――、宗二があれに架けられていると仰せか」

「はい。宗二殿はあそこで磔刑に処されました。それがしは止めたのですが、殿下は利休殿が城を出るのに合わせて見せるようにと、石田殿に命じ――」

孝高が無念をあらわに言う。

「私へのあてつけで宗二をあそこに――。それで宗二は、まだ生きているのですか」

「はい。生きていることは生きております」

孝高の顔が苦渋の色に満たされる。

「まさか、何かされたのですか」

「鼻と耳を削ぎ落とされています」

「何と酷いことを――」

その場にいた江雪斎は数珠《じゅず》を取り出し、手を合わせている。少庵もそれに倣う。

「つまり宗二は、殺されずに鼻と耳を削がれ、あそこに捨て置かれたと仰せか」

「はい。三成めは何人たりとも近づけてはならぬと申し、柵で囲って番士まで付けております」

三成嫌いの孝高は、遂に三成を呼び捨てにした。

「ああ、宗二――」

利休に言葉はなかった。つまり宗二はとどめを刺されず、磔台に縛られたまま出血多量で死ぬのを待つことになる。

「利休殿、もはや宗二殿は救えません。しかしこの城は救えます。心を強く持ち、殿下に無礼なきよう心掛け下さい」

孝高が強い口調で利休を諫める。

「もちろん、心得ております」

「では、何も申しますまい。ただ――」

孝高が疑念の籠もった視線を向ける。

「小田原城内の連中と何かを企んでおるのではありますまいな」

「私は一介の茶人。何を企むというのですか」

「そうでしたな。利休殿ほど分をわきまえておる方はおりませんからな」

孝高の言は皮肉に聞こえる。

――警鐘を鳴らしているのだな。

孝高ほどの才人なら、相手の顔色から本心を見抜くことは容易だろう。利休は平静を装っていたが、大手門前にいる江雪斎の顔色などから、孝高は何かを感じ取ったのかもしれない。

「では、殿下の許に参りましょう」

大手門前に佇む江雪斎に一礼した利休は、孝高の先導で笠懸山の仮本陣へと向かった。

十七

「ははは、まさか本当に宗二の鼻と耳を削ぎ落とすとは思わなかっただろう」

秀吉が狂気じみた笑い声を上げる。

胸の内に渦巻く嵐を抑え、利休は沈黙を守っていた。

「それで『吾妻鏡』はどうした」

「江雪斎殿によると、しかるべき支度を整えてから、こちらに運び込むとのことです」

「そうか。それはよかった。ほかの宝物《ほうもつ》はどうだ」

「『吾妻鏡』と共に運んでくるそうです」

「そうか。これで一安心だな」

本来、秀吉は『吾妻鏡』のような文化財に興味はない。だが周囲から「たいへんな値打ちがある」

「この世に二つとない」などと言われると、どうしても手に入れたくなる。それらのものの大半は収奪された後、大坂城の蔵にしまわれて終わる。

「江雪斎殿は城も開くと申しております」

利休は嘘を言った。

「それは話半分に聞いておく。そう容易には、隠居と当主の間で話がまとまるとは思えぬからな」

北条家中も一枚岩ではない。隠居の氏政は徹底抗戦を唱え、一刻も早く話をまとめ、城を開きたいと主張する当主の氏直と反目していた。そうした情報を、すでに秀吉は摑んでいるのだ。

「北条をご赦免下さい」

「まずは『吾妻鏡』を手に入れてからだ」

秀吉は頑なだった。天下の名城として名を馳せた小田原城でも落とせることを、参陣諸将や関東の領民に知らしめたいという欲望が頭をもたげてきているに違いない。そうなると、もう誰にも秀吉を止められない。

「ところで利休、宗二を見に行かんか」

「それは――」

「弟子の最期を看取りたくはないのか。そうだ。彼奴にはずっと水を与えていない。そなたが手ずから水を飲ませるなら、特別に許そう」

「なにゆえ、かように酷い仕打ちを――」

内心から立ち上る怒りの焰を、利休は懸命に抑えた。

「そなたは分かっておらんようだな」

問わぬでもよいことを問うてしまったことを、利休は即座に覚った。

「朝廷の信任厚い豊臣家の滅亡を願うということは、天子様への反逆を意味する。さような謀反人に与える水などない。だが此度は、そなたが勇を鼓して城内に入って話をつけてきたことを賞し、水のいっぱいくらいは許してやる」

秀吉の小さな背を見ながら歩いていると、やがて懸崖舞台の横に立つ十字が見えてきた。

背中で手を組んだ秀吉は、庭でも散歩するかのように歩いていく。磔台が近づくにつれ、異臭が漂ってきた。それが血の臭いであることに、利休は気づいた。

「利休、こっちだ」

秀吉の手招きに応じ、利休が磔台の正面に立った。

——ああ、なんという。

宗二は鼻と耳からおびただしい血を流し、首を垂らして悶絶していた。磔柱《はりつけばしら》を伝って下に落ちた血が、地面に大きな血だまりを作っている。

「宗二、気分はどうだ」

秀吉が病気の友を見舞うように言う。

宗二は首を上げると、ゆっくりと目を開けた。

「なんだ、藤吉か——」

その声は聞き取りにくい。おびただしい血で鼻が詰まっているからだろう。

「ははは、藤吉はよかったな。久しぶりにその名を呼ばれて昔を思い出したわい。それにしても、そなたも粘り強いの。まだ死なぬか」

「ああ、もう少しこの痛みと屈辱を味わっていたいのでな」

「なぜだ」

「そなたへの恨みを、もっと強くしてから冥府に旅立ちたいのだ。ぐふふふ」

宗二は笑おうとしたが、かつて鼻のあった場所から、血を噴き出しただけだった。

「そうか。あの世で存分に恨むがよい。わしは、すでに多くの者から恨まれておる。茶人一人が増えたくらいで、びくともせぬわ」

「さすが藤吉、そうこなくてはな」

「当たり前だ。そなたの恨みなど芥子粒《けしつぶ》にもならん」

「芥子粒か。そいつはよかった。そなたも芥子粒のような男だからな」

二人が笑い合うという奇妙な光景を、利休は茫然と見ていた。

「ときに宗二、そなたの師匠も、そなたの無様な姿を見に来ておるぞ」

「えっ」と言って宗二が顔を上げる。それで初めて利休がいることに気づいたようだ。

「ああ、尊師――」

宗二の顔に初めて動揺の色が走る。

「宗二、何という――」

それ以上、言葉は続かない。

「尊師、私は、こういう死に方ができて本望です」

宗二が胸を張る。

「天下の武将や公家たちが藤吉ごときにひれ伏す中、私だけが意地を貫きました」

――もはや宗二には、それだけが寄る辺なのだ。

だが秀吉の前で、それを是認することはできない。

利休は話を転じた。

「殿下の思《おぼ》し召しで、そなたに水を飲ませることを許された」

「水と仰せか」

宗二がぎょろりと目を剝く。さすがに水は飲みたいらしい。

「そうだ。宗二、さぞかし水が飲みたいだろう」

秀吉は下卑た笑みを浮かべると、周囲に拝跪する従者に命じた。

「宗二を下ろしてやれ」

「待て、藤吉、要らぬ世話だ」

秀吉の情けを宗二は一蹴した。

「なんと、水を飲みたくないのか。いくらでも飲ませてやるぞ」

秀吉は小姓から竹筒を受け取ると、喉を鳴らして飲んでみせた。

「箱根の水というのは冷たくてうまい。のう、利休」

「は、はい」

それでも宗二は決然として言った。

「要らぬことだ」

「なぜだ」

「そなたは死ねば、あの世で餓鬼になる。餓鬼は人の便を食らうというが、そなたが寄ってきた時、水分のない固い便をしてやれば、そなたは食えぬからな」

「ははははっは」

秀吉が手を叩いて笑う。

「よう言うわ。さすが宗二だ」

だがその声には、凄まじい怒りが籠もっていた。

「要らぬのなら、水は与えぬ」

そう言うと秀吉は、竹筒に入った水を地面に垂らした。

「飲みたいのう、宗二」

「そなたの水など、誰が飲むか」

「では、そこで苦しんでいろ」

「苦しむのはそなたの方だ」

「何だと。なぜ、わしが苦しむ」

宗二が笑い声を上げながら言う。

「そなたの渇きや飢えは死ぬまで続く。この世のあらゆるものを手に入れても、そなたの欲は収まらん。苦しんでいるのは、わしではなくそなたなのだ」

「何だと――」

秀吉の顔が怒りで紅潮する。

――その通りだ。殿下は欲の囚われ人となっている。おそらく死ぬまで囚われたままだろう。そこから脱することはできない。

利休は秀吉こそ哀れなのだと覚った。

「行くぞ」

秀吉がその場を後にする。その背に宗二の声が掛かった。

「藤吉、六道の辻で待っているぞ。早く来い。ははははは」

銅鐘のように底冷えした宗二の笑い声が、箱根の山にこだましていった。


その二日後、宗二は息絶えた。その顔には幾重にも血がこびりつき、流れ出る血が口の中にまで入り込んでいた。喉の渇きは想像を絶するほどひどかったはずだ。それでも宗二は水を拒否した。おそらく秀吉は宗二に水を与え、少しでも苦痛を長引かせようと思っていたに違いない。だが宗二は秀吉の底意を見抜き、自ら死期を早めたのだ。

宗二の遺骸は利休に下げ渡された。だが供養は禁じられ、寺の墓に入れることも許されなかった。それゆえ利休は少庵と二人で宗二の顔と体を拭い、近くの山に埋めて卒塔婆《そとうば》を一本立ててやった。

――宗二よ、恨みを忘れて安らかに眠るのだぞ。わしも、すぐそちらに行く。

卒塔婆に手を合わせながら、利休は宗二に別れを告げた。

十八

小田原城を囲んだまま、月日は瞬く間に過ぎていった。その間、豊臣方の諸隊は関東各地に広がる北条氏の諸城を攻略して回り、いくつかの城を残して関東を制圧した。この情報は小田原城内にも入っているはずで、次第に氏政ら主戦派の発言力が衰えていくのは明らかだった。

六月、小田原にいる利休の許に紹安から書状が届いた。それを見た利休は驚愕した。

そこには「伊達政宗殿が、殿下に臣従すべく小田原に参ります」と書かれていたからだ。

秀吉は奥羽の諸大名に対して自らの許に伺候し、従属を誓うよう命じていた。その結果、多くの大名や国人が小田原にいる秀吉の許に出仕し、臣従を誓っていた。

臣従を決意するまでには、様々な紆余曲折があったはずだ。むろん紹安だけの力でないだろう。だが紹安は茶事を通じて上方の情勢を伝え、秀吉に膝を屈する理を説いたに違いない。

そして六月五日、伊達政宗が小田原に参陣した。明らかな遅参だったので当初、秀吉は政宗に会おうとしなかった。それでも双方の間を手筋の者たちが走り回り、何とかとりなそうとしたが、秀吉は頑なにそれを拒否した。

政宗は秀吉の出した「関東・奥両国惣無事令」を無視し、蘆名《あしな》氏を滅ぼし、その領国を自らのものとしたという事実があり、秀吉はそれが許せなかったのだ。だが秀吉は「会わない」とは言わず、政宗に底倉温泉で謹慎するよう命じた。


利休の陣所は、富士山のよく見える畑の平という場所にある。この地は笠懸山へと続く尾根上にある平坦地で、城の完成が近づいたので、早川右岸にあった陣所から移ってきたのだ。

その陣所で、父子は久方ぶりに再会した。

土間で竹を切る利休の背後で、紹安が問う。

「父上は何をおやりで」

「見ての通りだ。竹花入を作っている。茶人が最後にたどり着くのは――」

「茶杓と花入ですね」

「うむ。それ以外の茶事に使う道具は、すでにあるものか、誰かに頼んで作ってもらうものだ。茶人が手ずから作れるものは、その二つだけだ」

「それは分かりますが、既存のものではだめですか」

「ああ、自らの考えを具現化することで侘は生まれる」

利休は立ち上がると、すでにできた竹花入を手に取って紹安に渡した。

「これは胴に節を二つ取り、上部に一つだけ窓を開けてみた。下部には雪割れが二筋入り、少し重なっているだろう。ここに妙味がある」

「なるほど」

「この花入は銘を『園城寺《おんじょうじ》』とした」

「つまり『破れ鐘』にかけたのですね」

伝説の類《たぐい》にすぎないが、園城寺には弁慶によって奪われ、比叡山に引きずっていく途中で、谷底に投げ入れられて割れたという「破れ鐘」という名物の鐘がある。

「そうだ。これをそなたにやろう」

「私は旅の茶人なので、道具は要りません」

「そうだったな。では少庵にでもやるか」

「それがよろしいかと」

再び作業に戻ろうとする利休に、紹安が語る。

「殿下が嬉々として伊達殿を迎えるとは思いませんでしたが、このままではよくて改易、悪くすると切腹に処されます。そんなことになれば、豊臣政権への臣従を勧めた私も命を絶たねばなりません」

利休が厳しい声音で言う。

「そなたは武士ではなく茶人だ。命を絶つなどと軽々しく言うものではない」

「しかし、われらにも矜持があります」

「では、いかにして死ぬ」

「はて、鴆毒でもあおりますか」

「やはり、腹は切れぬか」

「はい。そんなことをすれば、殿下は当てつけのように思います」

「どうしてだ」

「武士は、その死に際の美しさで後世の評判が定まります。とくに切腹は武士の美学の到達点でしょう。つまり切腹という自裁の方法だけは独占していたいはずです。それを武士以外の者が行えば、武家の棟梁を自任する殿下は不快になるに違いありません」

竹花入をもてあそびながら、利休は押し黙った。

――切腹は当てつけか。

焦慮をあらわに紹安が続ける。

「何らかの手立てを講じないと、伊達殿は殺され、奥羽は戦乱に見舞われます」

そうなれば餓狼《がろう》と化した豊臣勢が、われ先にと白河の関を越えていくのは火を見るより明らかだ。

利休が竹花入を示しながら言った。

「いいことを思いついた」

「何でしょう」

「殿下は端正なものを嫌う。その逆に『破れ鐘』のような奇抜を好む。それは人も物も同じだ」

「どういうことですか」

「まあ、見ていろ」と言うや、利休は『園城寺』を得意げに示した。


その男は片目だった。子供の頃に疱瘡《ほうそう》か何かを患ったのか、あばた面で、お世辞にも美男子とは言い難い。だがその片目の眼光は鋭く、相対する人の内面まで見透かすかのようだ。

底倉温泉は、早川とその支流の蛇骨川《じゃこつがわ》の合流地点を見下ろす場所にある湯治場だ。古来、箱根修験の「隠し湯」として知られ、箱根山を越えていく旅人の休息所の役割を果たしてきた。

その湯だまりの一つに、片目の男はつかっていた。

「お初にお目にかかります。千利休です」

手巾で急所を隠しつつ、利休が名乗った。

殺されると思ったのか、片目の男は反射的に身構えたが、利休が手巾以外持っていないと知ると、体の力を抜いた。

「伊達左京大夫に候」

温泉につかりながら男が名乗る。

「遠いところ、よくぞお越しになりました」

「奥羽など、さほど遠くはありません」

政宗は秀吉の扱いに鬱屈があるのか、利休への対応も横柄だ。

利休は湯だまりに入り、ちょうど対面できる位置に座った。

「伊達殿のお国にも湯は出ますか」

「もちろん出るところはありますが、さほど多くはありません」

「そうですか。この底倉の湯は体にいいと聞きます」

こうした探り合いのような話が嫌いなのか、政宗がうんざりしたように言う。

「それがしは湯につかりに来たわけではありません。殿下からここにいるよう命じられたので、致し方なく湯につかっております」

「ははは、尤もなことです」

「ときに――」

政宗が射るような視線を向けてきた。片目なので、眼差しはいっそう鋭く感じられる。

「殿下は、それがしをお斬りなさるか」

「随分と単刀直入ですな」

「そうした性分なものですから」

「生かすも殺すも、殿下の胸三寸ですな」

「宗匠は殿下の意を受け、ここにいらしたのではありませんか」

「いいえ。己の意思で参りました」

「では、それがしは死を賜るわけではないのですね」

「今のところ、そうなります」

「今のところか――」

政宗が苛立つように湯を払う。

「短慮は禁物です。殿下は伊達殿を試しておられるのですぞ」

「試しておられると――」

政宗が首をかしげる。その動作には青臭さが残り、政宗がまだ二十四歳であることを利休に思い出させた。

「よろしいか。伊達殿に奥州の統治を任せられるかどうか、殿下は試しておられるのです」

「では短慮を起こさず、おとなしくしていれば、わが領国を安堵いただけると――」

「それは難しいかもしれません。少なくとも『関東・奥両国惣無事令』が出てから奪った所領は返上することになるでしょう」

「それはおかしい。それがしが奪い取った南奥州三十余郡は蘆名の領国であり、殿下のものではありません。しかも蘆名が殿下の傘下に入っていたわけでもないので、殿下にとやかく言われる筋合いはないはず」

政宗の言は理屈に合っている。

――だが、それを言ったらおしまいだ。

「伊達殿は、それを殿下の前で言えますか」

政宗が頬を膨らませて横を向く。

「そんなことを言えば、その場で首が飛ぶことになります」

「ふん」と言って鼻で笑うと、政宗が鼻息荒く続けた。

「われらは、多大な犠牲を払って蘆名領をわがものとしたのです。そこから立ち退《の》くとなると、家中が黙っていません」

政宗が昂然《こうぜん》と胸を張る。

「すでに恩賞として、所領を分け与えたと仰せか」

「その通り。それを取り上げるなど言語道断」

「では、伊達殿は囚われの身となり、伊達家は改易となります」

政宗の顔が強張《こわば》る。

「そんなことにでもなれば、わが家臣たちが一揆を扇動し、徹底的に戦う手はずになっております」

案に相違せず、政宗は万が一に備えていた。

――だが殿下は、そんなことを気にしない。となれば奥羽両国は大混乱に陥り、多くの者が死ぬ。

利休がため息をつきつつ言う。

「私はそうならないよう、ここにこうして来ております」

「本当に殿下の意を受けておられないのですね」

「もちろんです。私が伊達殿を欺《あざむ》くことに、どのような利があるでしょう」

政宗もそう思ったのか、しばし考えた末に言った。

「分かりました。どうせ捨てた命だ。宗匠を信じましょう。で、どのような手立てをお考えか」

「それは、茶でも喫しながら話しましょう。伊達殿もご存じのわが息子・紹安が、底倉の農家の離れを借りて、にわかごしらえの茶室を造っております。そちらの支度が、そろそろできる頃です」

「そうでしたか。草庵で宗匠の茶が喫せるのですね。小田原まで来た甲斐がありました」

政宗が立ち上がる。その体は筋骨隆々としており、政宗が武辺者であることを主張していた。


六月九日、利休のとりなしで政宗は秀吉に面会した。その時、政宗は鎧《よろい》の上に純白の陣羽織を着て、髪の毛を禿刈り（ざんぎり頭）にして現れた。

その奇抜な姿を見た秀吉は、一目で政宗を気に入った。

秀吉は拝跪する政宗の首筋を馬鞭《ばべん》で三度叩き、「もう少し遅かったら、この首が落ちていたぞ」と言って笑った。

政宗は利休に教えられた通り、「それがしが奪った蘆名領すべてを、殿下に献上いたします」と言って平伏した。

この一言で秀吉は上機嫌となり、その場で伊達家の本領を安堵した。

十九

小田原城はいまだ落ちていなかった。秀吉としては関東各地に広がる北条方諸城を攻略し、小田原を「裸城」としてから惣懸りを命じるつもりでいるらしい。さもないと諸将は背後から攻め掛かられるのを気にせねばならず、惣懸りの行き足が鈍る。

六月十四日、頑強な抵抗を続けていた武蔵国の鉢形城が降伏開城し、二十三日には八王子城が壮絶な落城を遂げた。いまだ籠城を続けている城はいくつかあるものの、豊臣方小田原包囲陣の背後から兵を繰り出せる城はすべて潰《つい》え、小田原城への惣懸りの条件が整った。

二十六日には笠懸山の新城も完成し、秀吉は盛大な落成の宴を開いた。すでに勝利は確実なものとなっているため、秀吉は大坂から側室の淀殿を招き、さらに公家、楽師、連歌師、能楽師などまで呼び出し、まさに「京の都を小田原に運んでくる」ことを実現した。

秀吉は「悉《しつ》」と大書された金扇を掲げ、狂ったように舞い踊った。

「悉」とは秀吉の最も好む言葉で、「ことごとく」という意味がある。

秀吉の人生はここに極まったのだ。

こうした動静は城内にも伝わる。北条家中はまだしも、城内にいる国人の間に動揺が広がり、中には集団で脱走する者まで現れた。

これでは戦にならない。遂には重臣筆頭の松田憲秀《のりひで》が、豊臣方に内応するという事態を招き、籠城戦は限界を迎えた。

七月に入り、氏政・氏照兄弟ら主戦派は意気消沈し、全権は当主の氏直に委ねられるようになった。

そして七月五日、遂に氏直は城を出る。


秀吉の怒号が笠懸山に轟く。

「何だと、北条氏直めが茶筅の陣所に入ったと申すか。なぜ、わしの陣所ではないのだ。いったいどういうことだ！」

茶筅とは織田信雄の幼名だ。

石田三成が汗を拭きつつ報告する。

「それだけならまだしも、ちと、ややこしいことになっております」

「何がややこしいのだ」

「それが――、織田中納言の陣所に入った氏直は、宝物を積んだ荷車を連ねているとのこと」

「その中には『吾妻鏡』もあるのか」

秀吉の目の色が変わる。

「はい。そのようです」

「ややこしくも何ともない。それらを茶筅に押収させ、後で茶筅から取り上げろ」

「それが、ちと違うのです」

三成が言いよどむ。

「何が違う。さっさと荷車の宝物と共に氏直をここへ連れてこい」

「それができないのです」

「できないだと。どういうことだ」

ようやく秀吉も、ただならぬ事態が出来《しゅったい》していることに気づいたらしい。

「氏直と共に織田殿の陣所に入った板部岡江雪斎が、織田中納言を呼び寄せ、『吾妻鏡』を見せたのです。中納言も数寄者なので、夢中になって見ていたところ、背後から――」

「背後から、どうしたというのだ」

秀吉が身を乗り出す。

「江雪斎が織田中納言を取り押さえ、その喉首に短刀を突き付けたのです」

「えっ」と言って、秀吉が絶句する。

「あまりのことに織田家中も取り囲むだけで、手をこまねいておるとか」

「なぜだ！　何のために、さようなことをする！」

「江雪斎は、城を開いて中にいる者どもを解放するので攻撃しないでほしいと申しておるとか――」

「何と馬鹿なことを――。撫で斬りだ」

石田三成が困惑したように言う。

「撫で斬りなどすれば、織田中納言の喉首がかき切られます」

秀吉が鼻で笑う。

「そんなことは知らん。茶筅も武士の端くれなら、己の油断から生じたこととして、甘んじて死を受け容れることだ」

「ところが――」

三成が言いにくそうに続ける。

「宝物にも火薬を仕掛けてあるとか」

「何だと。つまり北条方は茶筅と宝物を質にしたのか」

「そういうことです」

「殿下」と言って黒田孝高が発言を求める。

「北条家の宝物には『吾妻鏡』はもとより、玉澗の『遠浦帰帆図』をはじめとする貴重な品々があると聞きます。それらは何物にも代え難いものです」

「そんなことは分かっておる！」

秀吉が、歯茎をせり出すようにして歯ぎしりする。低いうなり声が聞こえるのは、怒り心頭に発している時の癖だ。

「何があっても、さようなことをした者どもを許すわけにはまいらん。構わぬから茶筅もろとも鉄砲を撃ち掛けろ」

「お待ち下さい」

今度は蒲生氏郷が膝をにじる。

「それは、よきお考えではありません。殿下にとって主筋の織田中納言です。ここで見殺しにするどころか鉄砲で撃ち殺したとあっては、殿下の評判が地に落ちます」

「何だと！」

細川忠興も口添えする。

「それがしも蒲生殿の意見に賛同します。北条家の態度は許し難いものですが、雑兵や民百姓どもを解放しても、豊臣家の威信に傷が付くとは思えません。そうした度量ある態度を示せば、逆に評判が上がるのではないでしょうか」

「悉」と書かれた扇子で首筋を叩きながら、秀吉が歩き回る。

「茶筅と宝物を救う手は、ほかにないのか」

独り言のように言ったかと思うと、突然、秀吉の視線が利休に向けられた。

「まさか、利休――」

続いて秀吉の怒号が轟く。

「そなたが北条に入れ知恵したのではないな！」

「何を仰せか」

半ば予期していたことだが、秀吉の鬼気迫る形相を見ると、さすがの利休も背筋がぞっとする。

「城内に入った者は、そなたしかおらん」

「私は知恵など授けません。北条とて頭はあります。ない知恵を絞ったのでしょう」

「そんなことはない。それほど彼奴らが賢いなら、城を包囲される前に何とかしていたわ！」

諸将もそう思ったのか、失笑が漏れる。

「殿下」と、徳川家康が発言を求める。

「口惜しいのは分かりますが、天下人として短慮はいけません。ここは隠忍自重し、北条の言うことを聞き、後で氏直や隠居らの首を落とせばよいだけのこと」

「徳川殿はそう思うか」

「はい。織田中納言の命と貴重な宝物を救えば、殿下の評判は東国中に広まります」

「そうか――」

怒髪天を衝くばかりだった秀吉は、冷静さを取り戻しつつあった。

「考えてみれば、敵ながら天晴れな手を打ちおったわ」

秀吉は乱杭歯をせり出すと、扇子を広げて高らかに笑った。

「北条ごときに見事にしてやられたわい。彼奴らの望み通り、城の大手門を開けて雑兵と民百姓を解放してやれ。手出しは一切無用だ。もしも追いはぎのような働きをした者がおったら、その主もろとも首を落とす。佐吉！」

「はっ」と言って三成が平伏する。

「今、わしが申したことを、すぐに全軍に布告せよ」

三成が不満げに言う。

「しかしそれでは、北条の言いなりではありませんか」

「それは分かっておる。では、ほかに何か手はあるのか」

「いいえ」と言って三成が頭を垂れる。

「だったら、早く使者を出せ！」

「はっ」と言うや、三成が雷《いかずち》にでも打たれたように飛び出していく。

「利休は大手に赴き、このことを北条方に伝え、雑兵と民百姓が解放されるのを見届けた後、茶筅の陣所に行き、茶筅を救い出せ。もしも手違いが生じたら、そなたの命もないと思え」

「承知仕りました」

利休が一礼し、その場を後にしようとした時、背後から秀吉の声が掛かった。

「利休、わしの輿に乗っていけ。輿は手形と同じだ。何の誰何も受けず、どこへでも入っていける」

「ご配慮、ありがとうございます」

「それから茶筅には、解き放たれても、北条の者どもには一指も触れてはならんと伝えよ。氏直はわしの輿に乗せて運んでこい。江雪斎も一緒だ」

「仰せのままに」

向き直った利休が腰を折ると、つかつかと進み出た秀吉が、扇子で利休の顎を起こした。

「此度はしてやられたが、わしを甘く見るなよ」

それに答えず頭を深々と下げると、利休は秀吉の輿に向かった。

――黒田殿、蒲生殿、細川殿、まことにあいすまぬ。

口裏を合わせていなくても、阿吽《あうん》の呼吸で調子を合わせてくれた三人に、利休は心中礼を言った。

――だが内府までもが、力を貸してくれるとは思わなかった。

秀吉の輿に乗った利休は苦笑いしつつ、笠懸山を下っていった。

この後、大手門前に着いた利休は、北条家の重臣を呼び出してこのことを伝え、雑兵と民が解放されるのを見届けた後、信雄の陣所に赴いた。

すでに日は沈み、篝火が赤々と焚かれる中で、江雪斎が背後から信雄を締め上げていた。信雄は半ば茫然として白目を剝き、意味不明の呟きを発している。利休が織田家中に秀吉の意向を伝え、江雪斎に「すべて終わりました」と告げると、江雪斎はようやく力を抜いた。

次の瞬間、信雄がその場にへたり込んだ。

利休が江雪斎の労をねぎらおうと近づいていくと、悪臭が漂ってきた。見ると信雄は大も小も垂れ流していたのか、その袴《はかま》は濡れ、一部は乾いて何かがこびりついていた。

信雄を助けようと慌てて近づいてきた織田家中も、あまりのことに手をこまねいている。

それでも箯輿《あおだ》（担架）が用意され、信雄はいずこかへと運び出された。

それを見送った利休は、織田家に囚われていた氏直を連れてこさせると、肩を抱くようにして秀吉の輿に乗せた。

利休は江雪斎と共に輿の脇に付き、笠懸山へと向かった。

かくして小田原合戦は終わった。北条家は改易とされ、主戦派と目された隠居の氏政とその弟の氏照、さらに宿老二人が切腹となったが、氏直は許されて高野山に送られることになる。

江雪斎も秀吉から「主家のために天晴れ」と称賛され、豊臣家の直臣に召し抱えられた。

一方、信雄は翌天正十九年（一五九一）三月、秀吉から大坂城に呼びつけられ、尾張・伊勢・伊賀三国百万石の改易を申し渡される。家康の関東移封に伴い、信雄には家康の元領国二百五十万石が与えられたが、織田家墳墓の地である尾張を離れたくないと言い、秀吉の勘気をこうむったのだ。

小田原征伐を終わらせた秀吉は、名実共に天下人となった。

だがそれは、利休にとって秀吉との新たな戦いの始まりだった。

第五章

静謐

一

北条氏の処分を終えた秀吉は、七月十七日、小田原を後にし、出羽・陸奥両国の仕置を行うべく奥州へと向かった。

秀吉は小田原に出仕してきた南部信直《なんぶのぶなお》や佐竹義重《さたけよししげ》らの所領を安堵する一方、大崎義隆《おおさきよしたか》、葛西晴信《かさいはるのぶ》、白河《しらかわ》（小峰《こみね》）義親《よしちか》ら出仕してこなかった大名や国人の所領を没収した。

また蒲生氏郷に旧蘆名領などを与え、奥州統治を託すことにした。氏郷は当初四十二万石、後に加増されて九十一万石もの大領を得ることになる。

氏郷は秀吉のお気に入りだが、その一方で、後に「利休七哲」の筆頭に挙げられるほど利休に心酔しており、この人事が、利休と氏郷を切り離す意図から出ているのは明らかだった。

八月十二日、会津黒川を後にした秀吉は二十二日、駿府《すんぷ》に到着し、迎えに来た小西行長に明への出兵準備を命じている。そして九月一日、京に凱旋し、半年にわたる東国遠征を終わらせた。

一方、秀吉に随行せずに上方へ戻ることを許された利休は、その帰途、同じく帰還を許された古田織部と共に熱海温泉に寄っていくことにした。

利休と織部が入った湯は伊豆山の走り湯と呼ばれ、洞窟からわき出た湯が、走るようにして海に流れ込んでいる自然の湯治場である。

晴れた空の下、二人は久方ぶりにゆっくりと語り合える機会を持てた。

「ここの湯は万病に効くと言われています」

「ほほう」

利休は長生きがしたいわけではないので、「万病に効く」と言われても、空返事をするしかない。

「尊師にとって、どうでもよいことでしたね」

「いや、まだこの老骨に鞭打たねばなりません。そのためにはこうした湯につかり、英気を養うことも大切です」

「そうでした。尊師には生きる大義がありますからな」

――大義か。

利休にとって、それは命と引き換えにしても惜しくないものだった。

「しかし人の命は永劫ではありません。おそらく次の仕事で、私も使命を全うするでしょう」

さらさらとした泉質の湯が肌に心地よい。

「次の仕事とは何ですか」

織部の問いに答えず、逆に利休は問うた。

「織部殿はいくつになられる」

「四十と八ですが」

「そうでしたか。お若いと思っていましたが、時の流れは早いものです」

「ははは、それがしもすでに老骨です」

織部がため息をつく。

「では、現世に未練はないと仰せか」

「ないと言っては嘘になります。しかし大義のためなら――」

「己の命を捨てる覚悟がおありなのですね」

「はい。この世を静謐に導くためであれば、わが命など要りません」

「見事なご覚悟。でもそのためには、私を飛び石のように踏み越えていかねばなりませんぞ」

織部の顔が曇る。

「それは容易ならざること。それがしにできるかどうか」

「できます」

「いかようにして」

「私は名物の時代を生きてきたこともあり、既存のものを値踏みすることはできても、新作を創案することは十分にできませんでした」

利休の生きた時代は、茶の湯が大きく変貌を遂げた時期でもあった。「東山御物」などの唐物名物偏重の時代から、侘の概念が発達するにつれ、作意が重んじられるようになる。それが今様創案の時代へとつながっていく。

「つまり尊師は、それがしに新たな何かを生み出せと仰せか」

「そうです。そのうち私の時代も終わります。その時、新たな作意によって権勢を持つ者を茶の湯につなぎ止めておかないと、彼奴らは再びこの世を混沌に陥れます」

利休は知っていた。自らの死後、自らに倣う者が多く出てくることで茶の湯が衰退し、結果として権力者の横暴や武士の「猛き心」を抑える力を失っていくことを。

――侘とは、己の胸内の作意を具現化することだ。風情ある茶室や古びた茶道具という形式に堕した侘に力はない。誰かが独創的な作意で新たな侘を生み出し、武士たちをつなぎ止めておかねばならないのだ。

「今、尊師は権勢を持つ者と仰せになられましたが、それは殿下ではないのですか」

織部の直截な問いに、利休は微笑みながら答えた。

「これまでの行きがかりから、殿下は私が抱いて谷底に身を投げねばならんでしょう」

「そ、それは、いかなる謂で」

織部が周囲を見回す。むろん近くに人はいない。

「殿下に天下を取らせたのは私です。その責は私が負わねばなりません。ただし私が何とかできるのは殿下までです。次代の天下人を操るには、別の傀儡子が必要になります」

「次代の天下人とは誰のことで」

「さて、誰になりますか――」

織部はうなずくと湯から出た。その逞《たくま》しい体に付けられた傷が太陽に照らされて生々しく輝く。

「織部殿に傀儡子をやらせるのは、まことに心苦しいことです。しかし、それ以外に手はありません。その代わり、わが息子の紹安も手を貸します」

自らの死後、利休は武家茶人という織部の立場ではできないことを、紹安にやらせようとしていた。

「尊師、どうやら、われらの行く道は厳しそうですな」

「今われらと仰せになりましたが、これから私がすることに、織部殿はかかわってはいけません。私と織部殿が共に死ぬことだけは、避けねばならないからです」

「つまりここからの道行は、お一人で行くと――」

「そうです。織部殿の死に場所は、そのうち見えてくるでしょう」

利休の言葉に、織部が強くうなずいた。

二

九月二十三日、聚楽第で天下平定を祝した大寄せが行われた。諸侯はもとより公家や僧侶まで、当代を代表する武将や文化人が勢ぞろいし、まさに秀吉の天下を祝う一大祭典となった。

利休は茶頭として秀吉に代わり、小田原合戦で功を挙げた者たちに茶を献じた。

この時、秀吉は北条氏から奪ったばかりの玉澗の「遠浦帰帆図」を床に掛け、その下に鴫《しぎ》肩衝と紹鷗天目を置いていた。

四畳半茶室に入った利休は舌打ちした。

秀吉が作意として、肩衝と天目の間に、野菊を一本挟んでいたからだ。

――どういうつもりだ。

その野菊が茶室内の調和をぶち壊している。むろん、それが分からぬ秀吉ではない。

――つまり、わしがどうするか試しておるのか。

ちらりと正客の座を見ると、秀吉がその三白眼を光らせている。

――名実共に天下人となった己の作意を、一茶人にすぎぬわしがどう扱うか見たいのだな。

秀吉は利休に対し、向後も己に従うのか、反発するのかの試金石を置いたのだ。

――よかろう。

さりげなく座に着いた利休は、野菊を取ると片手で手折り、袖の中に入れた。

野菊の茎が折れる音を聞いた瞬間、己の死が確定したという気がした。

秀吉が怒りを抑えたような声音で言う。

「わしの天下など、そなたの袖の内か」

「さような寓意《ぐうい》はありません。殿下が無粋を承知で置いた野菊を取り去ったまで」

「無粋をわしが承知しておったと申すのだな」

「はい」

「そうでなかったらどうする」

秀吉の薄い唇が震える。居並ぶ諸将は一様にうなだれ、咳一つしない。

「殿下、この利休の目は、節穴ではありませんぞ」

「ほほう。では何が見える」

「殿下のお気持ちが見えます」

諸将からため息が漏れる。

──そなたらにはできぬことだ。

居並ぶ者たちの中には、死をも恐れぬ武辺者もいる。だがそうした者ほど権力に弱く従順なのだ。武士たちと接する機会が多い利休は、武家社会という序の中でしか生きられない武士の弱さを知っていた。

──しかし、そこに茶の湯が入り込んだ時、そうした序は崩れ始める。茶の湯は武士の魂を鎮める薬であり、また武士の序を突き崩す毒でもあるのだ。それは、茶室では皆同格という意味の「一視同仁」の思想にも表れている。

「わしの気持ちが、そなたには見えるのか」

利休は無言で黒楽を秀吉の前に置いた。

「黒（黒楽）か」

「はい。まだ無銘の黒茶碗ですが、形《なり》が気に入ったので使うことにしました」

「今様だな」

「仰せの通り。楽長次郎に焼かせました」

この黒楽は、後に「釈迦《しやか》」と呼ばれる逸品になる。

「何やら近頃、そなたは今様にも高い値を付けて売っているそうだな」

「私が値を付けているわけではありません。売買は双方の折り合いが必要です。法外な値であれば、買い手は付きません」

秀吉が「ふん」と鼻を鳴らす。

「黒には濃茶の緑が映えぬ。ましてやこの茶室の暗さでは、茶碗の美しさも分からぬではないか」

「それでよいのです。茶道具は心眼で見ることも大切。茶碗の手触りを通して伝わってくる湯の温もりを確かめることで、その茶碗のよさが分かるのです」

「よう、言うわ」

秀吉の目に怒りの焔が灯る。

「減らず口を叩きおって。わしが黒を嫌っていることを知っておろう」

秀吉は常々、「黒で喫する茶は苦い気がする」と言って、同じ楽焼でも赤を好んでいた。

「はい。よく存じ上げております」

「では、なぜ黒を出してきた」

「天下人となった殿下には、最初の一服を黒で喫していただきたかったからです」

「何だと。わしは紹鷗天目で、天下人としての初めての茶を喫したかったのだ。あれこそ唐土の国王が天下を制した時に使うという天下人の茶碗だからな」

「天下人は――」

利休が泰然として言う。

「苦きものも飲み下さねばなりません」

秀吉の眉間に皺が寄り、目尻が震える。

「苦きものとは何か」

「殿下の心を乱す様々なことです」

「わしは天下人だぞ。心を乱すものなど何もない。そんなものがあれば踏みつぶすだけだ。これからは、わしの思うままにすべてを行えるのだからな」

秀吉が勝ち誇ったように笑う。

「いいえ、それは違います。天下人だからこそ、誰よりも苦い茶を飲まねばならないのです。それゆえ茶葉は『極無』としました」

「極無」とは唐渡りの最高級銘茶だが、日本人には苦みが強すぎ、この茶葉を好んで使った山上宗二の死後、滅多に使われない茶葉となっていた。

「『極無』は宗二の好んで使った茶葉ではないか！」

「仰せの通り」

「それをこの祝いの座で使ったのか」

利休がうなずく。

「どういうつもりだ。そなたは何が言いたい」

「『極無』は、宗二だけのものではありません」

「いいや。そなたは宗二の死を、わしに思い出させようとしておるのだ」

「それは違います。宗二は自ら墓穴を掘り、自らそこに入ったのです。誰が責めを負うべきことでもありません」

「よう申した。そなたは――」

興奮したのか、秀吉は肩で息をし、次の言葉がうまく出てこない。

その時、思い余ったのか家康が口を挟んだ。

「殿下、せっかくの祝いの茶事です。ここは宗匠の無礼をご寛恕下さい」

「分かっておる！」

荒々しく黒楽を手に取ると、秀吉は一気に飲み干した。

「苦いがうまい。これが天下の味だ！」

秀吉が高笑いしたので諸将の緊張も解け、それを機に吸茶に移り、茶碗が回されていった。

その後、茶事は滞りなく進み、一同は祝宴へと引き上げていった。


利休が少庵と共に給仕をしていると、少庵がぽつりと言った。

「義父上は死に急いでおりますな」

「なぜ、わしが死に急ぐ」

「義父上は、宗二様に申し訳なく思っておられるのでは」

利休に目を合わせないようにして、少庵は黒楽を拭いている。

「そなたの目には、そう映るか」

「はい。義父上は宗二様に先に死なれたことが残念で、自らも死のうとしております。しかし――」

少庵は手を休めると、利休の瞳を見つめた。

「この戦いで大切なのは、いかに己の命を有効に使うかです。その点、宗二様は短慮から命を無駄にしました。それでも義父上の機知により、何とか小田原を救うことができたのは僥倖《ぎょうこう》でした。しかし今、義父上は宗二様の二の舞を演じようとしておられます」

確かに宗二の短慮は、己の命を失うだけでなく、小田原への惣懸りという最悪の事態を招きかねなかった。

「もうよい。すべては終わったことだ」

「義父上、己の命を大切にして下さい」

少庵が冷静な声音で言う。利休はつまらぬ意地を張ったことを悔いた。

「もはや、この世を救えるのは茶の湯しかない。だからこそ、わしは己を大切にせねばならない」

「お聞き届けいただき、ありがとうございます」

給仕の終わった利休が立ち上がると、道具の入った包みを抱えた少庵が後に続いた。

三

広縁に一葉の落ち葉があった。それを拾った利休は寝室に入ると、りきに問うた。

「これは、そなたが置いたのか」

「いいえ。それはどこに」

「縁にあった」

「風に吹かれてきたのでしょう」

りきは穏やかな笑みを浮かべている。

「何かをほのめかしているのかと思うたぞ」

「私が、ですか」

「ああ、『北風に吹かれて落ちる紅葉のように、命は儚いもの』とでも言いたいのかと思うた」

りきが顔の前で手を振る。

「私は利休の妻です。さような浅い寓意を主人に示しますか」

「それもそうだ。わしは、そういうそなたが好きだ」

「まあ」

りきが頰を赤くする。

「そなたは変わらぬの」

「そんなことはありません。私はもう老婆です」

二人が忍び笑いを漏らす。

「思えば、長き道のりだったな」

「ええ、あなた様に拾っていただき、本当によかったと思っております」

「そう言ってくれるか」

「はい。ただ、あなた様との間に生まれた子を育てられなかったことだけが心残りです」

利休はりきとの間に二人の子をなしたが、二人とも夭折《ようせつ》した。利休は二人のために大徳寺から「宗林」と「宗幻」という名をもらい、手厚く供養した。

利休がりきを元気づけるように言う。

「だが、われらには少庵がいる」

「でも少庵は、あなた様の血を引いておりません」

「いや、少庵はわが息子だ」

「至らぬ息子ですが、そう思っていただけるのですね」

りきが涙ぐむ。

「なぜ泣く」

「少庵に茶人としての才がないのは、私にも分かります。それをあなた様は、茶人として育てようとしています。私には感謝の言葉もありません」

りきは威儀を正すと、深々と頭を下げた。

「才などというものは、生きていく上で邪魔なだけだ」

「しかし千家に生まれたからには――」

「商家としての千家を切り回しているのは少庵だ。それだけで十分ではないか」

「では、家督は――」

りきが遠慮がちに問う。

「少庵に取らせる。それは紹安の望みでもある」

「それで、紹安殿はよろしいのですね」

「彼奴は旅の茶人だ。わしが何かをやると言っても『要らん』と言う」

「そうでしたか。紹安殿には、あなた様譲りの才がありますからね」

「ああ、彼奴は一流の茶人たる資質を持っている」

利休の目から見ても、紹安には光る才があった。だが利休と同じく、才覚者（芸術家）特有の己に対する関心の薄さも併せ持っていた。

「ありがとうございます。少庵は不才の身。これで後顧の憂いがなくなりました」

「さような心配をしていたのか。家督のことは遺言書に書いておくので、心配せずともよい」

「いくつになっても子のことは心配です。もしも宗林と宗幻が育っていたら――」

「詮ない話はするな」

利休は仮定の話をするのを嫌う。

「では、あなた様は隠居なさるのですか」

「まだ隠居はできない」

「もう、よいお年ではありませんか。どこぞに引っ越し、草庵でも編み、私と四季を感じつつ余生を送りましょう」

利休は来年で七十歳になる。

「わしには大仕事が待っている」

「やはり――」と言ってりきが俯く。

「そなたは分かっていると思うが、そろそろ覚悟を決めておいてくれ」

「覚悟、ですか」

りきの顔色が変わる。

「ああ、永《なが》の別れになる」

「では、いよいよなのですね」

「ああ、どういう形になるかは分からぬが、そなたと少庵には、害が及ばぬようにする」

「紹安殿は――」

「彼奴には命を捨てる覚悟ができているが、それでは亡き先妻にあの世で怒られる。最後の正月を四人で祝った後、紹安を九州に送る」

そう言うと、利休は寝床に横になった。それを見たりきも添い寝した。

「りきよ、悲しむな」

「なぜに、さようなことを。悲しむに決まっています」

りきの手が胸の上に置かれる。

ここ五年ほど、りきとの間に男女の交わりはない。だが互いの気持ちは、男女の関係があった頃よりも濃密な気がする。

「りき、こんな主ですまなかったな」

「いいえ。誇りに思っています」

「そう言ってくれるか」

「はい。今井様や津田様のように、あなた様が殿下からお逃げになったら、嫌いになっていました」

「そうか。嫌いになっていたか」

二人が忍び笑いを漏らす。

「わしの葬儀は許されんだろう。遺骸は野辺に打ち捨てられ、犬に食われるやもしれぬ」

「それでこそ、あなた様です。これほどの誉れはありません」

りきがしがみついてきた。それを優しく抱き止めつつ、利休は瞼を閉じた。

四

天正十八年（一五九〇）十一月、朝鮮通信使が京に到着した。

同月七日、秀吉は通信使を聚楽第に招き、歓迎の大祝宴を開いた。この時、秀吉は朝鮮が服属したと思い込み、通信使に「征明嚮導《せいみんきょうどう》」、すなわち李氏朝鮮国に明国制覇の案内役となるよう依頼した。

唐入りは、いよいよ具体化しつつあった。

同月、利休は大和郡山城に出向き、病臥《びょうが》する秀長を見舞った。

秀長の顔は土気色に変色し、生気が全く感じられない。

そんなことをおくびにも出さず、利休が快活に言う。

「小一郎様、利休が参りましたぞ」

「おう、利休が来たのか」

秀長が首を回すが、はるか下座に控える利休が見えないようだ。

「何をやっておる。ちこう寄れ」

「はっ」と答えて利休が、三間（約五・五メートル）ほどの距離まで近づく。

「蒲団の際《きわ》まで来い」

膝に蒲団が触れるところまで来た時、ようやく秀長は笑みを浮かべた。

「よくぞ参った」

「ご加減はいかがですか」

「見ての通りよ」

利休は愚問を悔いた。

「病を得てから、よくなったり悪くなったりを繰り返してきたが、数日前から立てなくなった」

秀長が口惜しげに言う。

「小一郎様、病は気からと申します。お心を強く持てば病の方から退散いたします」

「そうであればよいのだがな。どうやら此奴は、わしの体に居座るつもりらしい」

秀長は自らの死期を覚っているようだ。

「人払いせよ」

秀長が近習に命じると、そこにいた人々が一斉に座を立った。

「すまぬが次の間の襖を開け放ってくれるか」

「はい」と答えて立ち上がった利休が、遠慮なく襖を開け放った。

「どうやら人はおらぬようだな」

秀長は過度に用心深くなっていた。

「はい。気配も全くいたしません」

「それなら安心だ。わざわざここに来たのは朝鮮のことだな」

「しかり」と言って利休がうなずく。

三月に漢城《ハンソル》を出発した朝鮮通信使一行は、少し前に聚楽第で秀吉に拝謁し、国書を手渡していた。

「殿下は通信使に『征明嚮導』、すなわち李氏朝鮮国に、明国制覇の案内役となるよう依頼しました」

「兄上は本気なのだな」

「間違いなく本気です。ところが――」

一行が服属使節ではなく、天下統一の祝賀通信使にすぎないと知った秀吉は激怒する。

「殿下は正式な場にもかかわらず、礼を失した態度に終始し、通信使一行を不快にさせました」

「何たることか。国として恥ずべきことだ。わしが側近くにおれば、たしなめることもできたのに」

秀長が慨嘆する。

秀吉が感情に任せて何かを命じる度に、秀長は諫めたり、たしなめたりしてきた。だが秀長が病臥してからは、誰もそうしたことをする者がおらず、秀吉は勝手気ままに振る舞い始めていた。

「小一郎様、殿下を止める何かよき手立てはありましょうか」

「手立てはない」

そう言ったきり秀長が口をつぐむ。

――殿下を止めるには、殺すしかないのか。

利休は、ついそこに思考が行ってしまう。

「そなたは何を考えておる」

「それは、もうご存じのはず」

「それ以外に手はないのか」

百舌《もず》の鳴き声が障子越しに聞こえる。もう季節は冬なのだ。

――思えば、わしも来年で七十か。

いつ捨てても惜しくない命とはいえ、無駄には捨てたくない。

「そなたは鴆毒を使うつもりだな」

利休が無言でうなずく。

「兄上は用心深い。そなたの茶を飲むまい」

「私が同じ茶を先に飲みます」

「兄上が茶を飲むのは、そなたの様子を十分に確かめてからだろう」

秀長があきらめたように言う。

「いかなる苦しみに襲われようと、殿下が茶を喫するまでは堪えてみせます」

それがどれだけの苦痛なのかは、想像もつかない。だが利休は、死の瞬間まで顔色一つ変えずにいるつもりでいた。

「そんなことができるのか」

「できるも何も、やってみるしかありません」

秀長の視線が利休に据えられる。

「わしが、このことを兄上に知らせると言ったらどうする」

「ご随意に」

——だが小一郎様に、それはできない。

それは利休と秀長が、「この世を静謐に導く」という一点で結び付いているからだ。

「わしにそれができないと、分かっておるのだな」

利休がうなずく。

「しかし利休、兄上がいなくなれば、再び乱世が来る」

——その通りだ。

そうなれば石田三成たちは豊臣家を守ろうとするはずだ。しかし、この機を捉えて天下取りを目指す者も出てくるだろう。

——三河殿か。

豊臣政権に反旗を翻すとすれば、最大勢力を持つ徳川家康しかいない。

「やはり兄上を殺すわけにはいかぬ」

「では、どうなさいますか」

「まずは時を稼ごう」

「それはどうかと——」

利休が首をひねる。

「兄上が朝鮮国に対し、『征明嚮導』を要求したとすれば、おそらく給糧のことを考え、朝鮮国とは戦わずに明だけ攻めたいのだろう」

「しかり」

「であるなら、朝鮮国とは交渉の余地がある。誰が交渉役になった」

「対馬の宗氏です」

「それはよかった。対馬を治める宗父子（義調・義智）は、朝鮮国との交易で潤っている。彼奴らは何としても出兵を避けたいはずだ」

「ご尤もです」

「今、宗父子は肥前名護屋で新城を造っている。誰かを遣わし、時を稼ぐ知恵を授けられないか」

秀吉を殺さないとなると、そうした時間稼ぎ以外に手はない。

――確かに時を稼いでいれば、何がしかの光明が見えてくるやもしれぬ。

博多と漢城の往復時間などを考えれば、交渉に時間を掛けることはできる。

「もはや、それしかない。誰か気の利いた者を差し向けられるか」

「はい。心当たりはあります」

「それならよい。だが利休、これだけは約束してくれ」

秀長がすがるような眼差しを向ける。

「何でしょう」

「くれぐれも、兄上を殺そうなどと考えるではないぞ」

利休がうなずくと、秀長がため息をついた。

「こうして瞼を閉じるとな、尾張の田舎が見えてくる。本来ならわしは、あそこで田畑を耕して終わるはずだった」

「その方が幸せだったかもしれませんな」

「ああ、人はいくつもの生を生きられん。わしはわしの選んだ道を悔いてはいない。だがこの道は辛いことばかりだった」

心優しい秀長にとって、戦国の世は苛酷だった。

「このまま死ねれば、もう誰かを殺すこともなくなる。それだけが救いというものよ」

秀長は近習を呼ぶと、すでに花押だけ書いてある紙に、宗父子への紹介状を書くよう言いつけた。

墨が乾いた後、それを受け取った利休は、秀長に一礼するとその場を後にした。

五

静寂の中、湯の沸き立つ音が雲龍釜から聞こえる。

「転がる『橋立』、ですね」

紹安が床を見ながら笑う。

前席の懐石が終わって中立となり、紹安が後入する前に、利休は紺色の網に入った「橋立」の大茶壺を転がしておいた。これは「捨壺」と呼ばれる趣向の一つで、その角度から見た壺の様が美しいと亭主が思ってするのだが、利休は無造作に転がしてみた。

「父上は、人の命など無造作に転がる茶壺のようなものだと仰せになりたいのですか」

「ははは、少し容易な寓意だったな」

利休が続ける。

「命は捨てるべき時は、惜しげもなく捨てる覚悟が必要だ。ただその時でないと思ったら、掌《たなごころ》で包むように大切にしておかねばならぬ」

「そのお言葉、肝に銘じます」

「よく見ておけ」と言って、利休が点前を見せる。

紹安が息を殺して見つめる。

点前を終えた利休は、最後に茶筅で渦を描き、赤楽「検校《けんぎょう》」を紹安の前に置いた。

「いただきます」と言って、紹安が茶を喫する。

「まさしく父上の味ですな」

「そうだ。おそらくこれが、そなたに飲ませる最後の茶となる」

その言葉に空気が張り詰める。二畳敷の茶室なので、紹安の息遣いまで聞こえてくる。

紹安は「なぜ」とは問わない。

「いよいよ、その時が迫っているのですね」

「いかにも。だがその前に、多少の細工をする」

利休が秀長の考えを話す。

「つまり私が博多に赴き、宗父子に会い、交渉を長引かせるように説くというのですね」

「そうだ。こちらの情勢を伝え、時を稼ぐことに徹するよう伝えるのだ」

「それが、父上が私に課す最後の仕事なのですね」

紹安の言葉に初めて感情が籠もった。

「多分そうなる」

利休の脳裏に様々な思い出が渦巻く。

――立派になったな。

利休の胸内に万感の思いが込み上げてくる。

「そなたには苦労を掛けた。親らしいこともしてやれなかった。そなたが『家を出ていく』と申した時のことを覚えているか」

「はっきりと」

後妻のりきと連れ子の少庵が屋敷に来た時、紹安は満面に笑みを浮かべ、「これで勝手気ままに生きられます」と言った。それが「自分の居場所がなくなった」という謂だと、利休には分かっていた。

だが利休は、「そなたの好きにせい」と言って紹安を送り出した。爾来、紹安は各地をめぐり、茶の湯によって人々の心を慰めてきた。

――すまなかったな。

紹安に対しては、その言葉しかない。

「わしがそなたにできることは少ない。せめてわしの秘蔵する名物の一つでも受け取ってくれんか」

紹安の顔に笑みが広がる。

「そんなものは要りません。旅の茶人に名物は不要です」

「そなたは、きっとそう申すと思った」

紹安の心構えは、己の若い頃を見ているかのようだった。

「私の方こそ、ご迷惑をお掛けしました」

「何を言う」

「親不孝者は何も要りません。家督や財産は少庵に与えて下さい」

「そなたは、それでよいのか」

「はい。ただ帰宅する場所がないのは不便です。堺に家の一つくらい残していただけますか」

利休は、堺、京、大坂に屋敷を持っている。

「堺の屋敷を譲ろう」

「同じ堺でも別宅で構いません」

「いや、そなたは、わしに代わって堺を守っていかねばならん。そのためには体面も大切だ」

「体面ですか。人の世とは生きにくいものですな」

「会合衆の一人として、恥ずかしくない構えの家を持つのだ」

「そこまで仰せになられるならいただきます」

紹安がため息をつく。

「少庵と相談して、わが家の商いをどうするかも考えよ」

「それは少庵に任せます」

「それでよいのだな」

「はい。ただし生きながらえることができるのなら、会合衆としての責務は果たします」

「そうしてくれるか」

利休には、千家の行く末が見えていた。

――おそらく商いは手仕舞いとなるだろう。

茶道具の売買を除けば、千家の商いは縮小してきている。つまり会合衆としての千家も、紹安の代で終わる。

「では、父上の気が変わらぬうちに行きます」

「何の支度もしないのか」

「はい。いつでも旅に出られるよう、笈《おい》には荷を詰めております。後は旅装束に着替えるだけ」

「さすがに旅慣れておるな」

紹安が深く頭を下げる。

「父上、長らくお世話になりました」

「達者でな」

「父上こそ」

紹安の瞳は濡れていた。

「行け」

「では」と言って荒々しく立ち上がると、紹安は出ていった。

一人になった利休は、唇を嚙んで嗚咽を堪えた。

その後、紹安は豊前の細川忠興、飛騨《ひだ》の金森長近、阿波の蜂須賀家政などの大名家の間を行き来し、茶の湯の伝播に力を尽くした。それにより、いかに多くの武士たちの荒ぶる心が鎮められていったかは分からない。

紹安は慶長十二年（一六〇七）に六十二歳で病没し、子がなかったため堺千家は絶家となる。

六

十二月初旬、利休は突然、石田三成から茶の湯に誘われた。

断る理由はないので、りきと少庵に大坂の石田屋敷に行くと告げると、いつものように少庵が供をすると申し出た。しかし利休は、「此度ばかりは一人で行く」と言って譲らなかった。

というのも殺される可能性があるからだ。その時、少庵がいれば巻き添えを食らう。

少庵は利休の身を案じ、「病と言ってお断り下さい」と食い下がったが、利休は「茶事に誘われたにもかかわらず、相手を恐れて病と偽るなど、茶人の矜持が許さん」と言って聞かなかった。

心配そうなりきと少庵に見送られ、利休は大坂城内の石田屋敷に向かった。

時候の挨拶を済ませると、二人は三成自慢の三畳敷の茶室に入った。

「雑説には聞いておりましたが、侘びておりますな」

だがその侘は利休らが作り上げてきたものの模倣に等しく、創意も作意も感じられない。

「客人を接待するために造らせたものです。侘びていようがいまいが構いません」

――そうこなくては、そなたではない。

利休はうれしくなった。

三成がうなずく。

「津田宗凡《そうぼん》殿の手になるものですな」

三成は津田宗及の息子の宗凡と親しく、茶の湯は主に宗凡の手ほどきを受けていた。

「宗匠の前でお恥ずかしいのですが、それがしが点前をいたします」

そう言うと三成は、小器用な手つきで点前を始めた。

――さすが、そつのない御仁だ。

それが三成という男であり、逆に言えば、そのそつのなさこそが弱みなのだ。

「石田殿は、『茶香服《かぶき》』を好まれるようですな」

「よく、ご存じで」

「茶香服」とは五種ほどの茶を飲み当てる遊びで、勝負がつかないと二種を混合して飲ませ、何と何を混ぜたかを当てさせるということまでやる。

利休はこうした茶を邪道だと思っているが、そんなことはおくびにも出さない。

「『茶香服』は面白いですか」

「はい。次第に白熱し、真剣勝負になっていきます。その様が実に面白いのです」

三成が自慢の名物「狂言袴」を利休の前に置く。

「では」と言って利休が茶を喫する。それを三成はじっと見ていた。

だが利休は、茶に毒が入っていないことを知っていた。ここで利休が死ねば、一朝事ある時、蒲生氏郷や細川忠興ら利休の弟子たちが、三成に味方することはないからだ。

利休には多くの弟子がいた。彼らは利休を中心に結束し、世の静謐を保つために利休を助けるようになっていた。いわば秀吉との間に築かれた御恩と奉公を基本とする武家社会の制度的主従関係に対し、利休との間に人格的主従関係を築いたのだ。そうした組織内組織は、制度と法による支配を強めようとしている秀吉と奉行衆にとって邪魔者以外の何物でもなかった。

——だが、こうしたものが役に立つのはこれからだ。

利休と武将弟子たちの擬似的主従関係は、自然にできたものだった。しかし利休は、それを放置した。というのも秀吉の死後、豊臣家と徳川家が対立した時、第三勢力として仲裁に入ることも考えておかねばならないからだ。

「美味でござった」

「それは重畳」

「で、私に茶を飲ませたくて呼んだわけではありますまい」

三成が口端に笑みを浮かべる。

「もちろんです」

「殺すためでもなさそうですな」

「ははは」と高笑いすると、三成が答えた。

「ここで宗匠を殺すことで、それがしに何の得がありましょう」

「では、ご用件はいかに」

三成が真顔になる。

「宗匠とは、これまでうまくいっておりませんでした。しかし豊臣政権を守っていくというわが目的と、この世を静謐に導きたいという宗匠の目的は、決して相容れないものではありません」

――まさか手を組みたいというのか。

さすがの利休も、そこまでは予想していなかった。

「とくに朝鮮への出兵については同じ意見かと」

「そのようですな」

三成は小西行長と組んで、陰に陽に出兵を遅らせようとしていた。

「しかし此度の用向きは、それだけではありません」

「と、仰せになられますと」

「豊家千年のために、最も大きな障害を取り除く布石を打ちたいのです」

「布石と仰せか」

「そうです。殿下にもしものことがあっても、豊臣政権の崩壊を虎視《こし》眈々《たんたん》と狙う者に、付け入る隙を与えないようにしておきたいのです」

三成は感情的な男だが、利害を優先することができる男でもある。自らの目的のためなら、不倶戴天の敵とも手を組めるのが三成なのだ。

「その御仁が誰かは、お分かりのはず」

「しかり」

双方共に口にはしないが、それが家康なのは歴然だった。

「その魔手から豊臣家を守るために、手を貸してほしいのです」

「私は一介の茶人にすぎません。何ほどのこともできません」

「いいえ、宗匠は弟子たちの心を束ねることができます」

――そういうことか。

ようやく三成の狙いが、輪郭を持って浮かび上がってきた。

「殿下の死後、江戸の御仁が野心の牙を剝いた時、殿下にご厚恩がある者でも、どちらに付くか迷うことでしょう。それが人というものです。その時、宗匠が迷っている弟子に、『豊家の御恩に報いるべく大坂城に入られよ』と仰せになれば、多くの者がそうしましょう」

「私にさような力はありません」

「謙遜なさらないで下さい。宗匠にはそれだけの力があります。とくに――」

三成の双眸が光る。

――この者も武士なのだな。

利休は初めて、武士だけが持つ殺気を三成から感じた。

「蒲生殿の帰趨を定かにしておきたいのです」

「つまり東国の押さえを盤石にしておきたいのですな」

「仰せの通り。江戸の御仁は蒲生殿を調略しない限り、西上の兵は挙げられません」

「しかし伊達殿に牽制されれば、蒲生殿とて動けません」

「そこです」

三成が膝をにじらせ、声を潜める。

「小田原の一件以来、どうやら伊達殿は宗匠にいたく心酔しておるようです。伊達殿がいらした折は、何卒、大坂のために馳走いただけるよう、申し聞かせていただけませんか」

「伊達殿が大坂に来られるのですか」

「さて、それは伊達殿次第」

三成が思わせぶりな笑みを浮かべる。

――いずれにしても、この男は殿下の死後を見据えておる。

さすが有能さ比類なしと称《たた》えられた三成である。秀吉には内緒で、いざという時に備えているのだ。

「たいへん珍しい茶をいただきました」

「で、ご返事は」

「本来なら、お力添えしたいと申し上げたいのですが、こうした根回しがうまくいった時、つまり石田殿の調略によって江戸の御仁が孤立した時、石田殿は東国討伐の兵を発しないと約束できますか」

三成が驚いたように利休を見た。

――そなたは、わしと弟子たちを味方に付けておきたいだけなのだ。

利休と近しい弟子たちの合計石高は、百五十万石にも及ぶ。三成はそれを味方に付けておき、江戸を攻める際の先兵としたいのだ。

「私は年なので、近頃は誰とも約束を交わさぬようにしております。あてにされてぽっくり逝ってしまっては、約束した相手に迷惑が掛かりますからな」

しばし考えた末、三成が答えた。

「なるほど、宗匠のご存念、しかと承りました」

その顔には、以前と変わらない憎悪の念が刻まれていた。

七

十二月、利休は上京にある長次郎の作事場を訪れた。

長次郎の作事場は以前と変わらず熱気に溢れ、多くの職人や下働きの小僧が行き交っていた。

「やっておるな」

背後から利休が声を掛けると、窯の中に半ば頭を入れていた長次郎が、黒ずんだ顔を向けた。

「これはこれは、千様ではありませんか」

「ここに来るのは久方ぶりだ」

「突然のご来訪、何かありましたか」

「いや、とくにない。久しぶりにそなたの顔が見たくなってな」

その言葉を聞いた長次郎は何か察したのか、顔を強張らせると、作事場の奥にある待合に利休を招いた。そこには棚が三面にあり、瓦から茶道具まで様々なものが並べられている。

「わざわざのお越し、ありがとうございます」

長次郎が黒い顔を手巾で拭きながら言う。

「京雀の間では、様々なことが囁かれておりますが」

「わしと殿下のことか」

あまりにあけすけな利休の言葉に、長次郎が左右を見回す。

「はい。疎隔が生じているとか――」

「京雀というのは耳がいいものだな。疎隔と言えば疎隔だが、元々、仲がよかったわけではない」

「そうなのですか」

「ああ、いわば互いに重宝しているから近づいただけだ」

長次郎が驚いた顔をする。

「さすが千様だ。仰せになることが豪気ですな」

二人が笑い合う。

「それで、何かお役に立てることが出てきましたか」

「いや、とくにない。これまでのことに礼を言いたかっただけだ」

「そうでしたか。私のような下賤の者に――。もったいない」

何か察したのか長次郎が俯く。

「あぁ、名物に値打ちを付けるより、己の思うままに今様を焼いてもらう方が、はるかに楽しい」

「楽しい、と仰せか」

「楽しかったな」

それは利休の本音だった。

「そう言っていただけると、今までの苦労が報われます」

利休が行けば、焼き上がったものを何げなく見せてくれた長次郎だが、見せられるだけのものにするまでには、想像もつかない試行錯誤があったに違いない。

「それでも、わしは名物の時代を生きた茶人だ。己の頭の中にある作意を、勝手気ままに具現化するまでには至らなかった」

「そんなことはありません。千様のお考えは十分にかぶいておりました」

「そうか。それならもっとかぶきたかった」

世間話をした後、これまでの礼を言って去ろうとした利休だったが、目の端が何かを捉えた。

「ん、これは何だ」

棚の片隅に並べられた奇妙な茶碗に、目が吸い寄せられる。

「ああ、これは古田織部様の注文によって焼いたものです」

「織部殿の――」

利休はそれを手に取ってみた。

それは何かを訴え掛けるかのように、醜く歪んでいた。しかも大胆なほど大ぶりで見込みも深く、茶溜まりも大きな沓形《くつがた》をしていた。

「これを織部殿が焼いてほしいと言ったのか」

「はい。突然、多くの型紙をお持ちになり、『ああでもない、こうでもない』と仰せになりながら、ここでも型紙を切り、細かい注文をお付けになりました」

その醜く歪んだ茶碗を手にした利休は、その手触りを確かめてみた。

――これはいい。

なぜか、それは手になじむ。

「鉄釉《てつゆう》は焼成後、急速に冷やせば黒味が強くなります。漆黒色というものです。いわば瀬戸黒に近い焼き方ですが、瀬戸黒は半筒型で口造り（口を付ける部分）に凹凸を少し付けるのが常ですが、これは大胆すぎます」

長次郎が首をひねって続ける。

「瀬戸焼で、胴にも多少の起伏を付けるようになったのは最近ですが、織部様は『こんなものでは足りない』と仰せになり、胴部分を大きく波打たせるようにすると同時に、口造りを大きく歪ませてくれと仰せなのです」

「織部殿がそう言ったのか」

利休は黒く歪んだ茶碗を驚きの目で見つめた。

「はい。その後、まだ固まらぬうちに、自ら奇妙な紋様や削り目を入れておられました」

その黒々とした茶碗を、利休は棚に戻した。

「私も、織部様が何を求めておられるのか皆目分からず、難渋しておったのですが、こうしたものができ上がってくると、なおさら織部様が何をしたいのか分からなくなりました」

利休は幾度もうなずきながら言った。

「それは問わずとも、そのうち分かる」

「何やら分かりませんが、この茶碗は優れたものなのですね」

「ああ、そうだ。わしの名もわしの茶も廃れてしまうやもしれぬほどな」

「何を仰せか。この世に二人といない茶聖の名が廃れることなどありましょうか」

――茶聖、か。

利休は、己がどれだけ俗にまみれているかを知っていた。

――茶の湯は「聖俗一如」なのだ。

利休には「異常なまでの美意識」という聖の部分と、「世の静謐を実現するためには権力者の懐にも飛び込む」という俗の部分があった。この水と油のような二種類の茶が混淆され、利休という人間が形成されていた。

――そしてその任を、わしは織部殿に託そうとしている。

この矛盾を織部が担えるかどうかは、利休にも分からない。

「いずれにせよ、そなたは新しい茶の湯、いや新しい美の造作を手伝うことになる」

長次郎が首を左右に振る。

「でも私は、千様と作った形のいい茶碗が好みです」

「そんなものはいつか廃れる。そして織部殿に取って代わられる」

「そういうものですか」

「ああ、そして織部殿の茶もいつか廃れ、誰かが新たなものを生み出していく。茶の湯とは、さように生々流転であらねばならん」

――茶の湯が生々流転でなくなった時、茶の湯は鼓動を止める。だからこそ織部殿は、わしを乗り越えていかねばならないのだ。

利休は、織部ならそれができると確信していた。

「では、達者でな」

「千様こそ、ご自愛下さい」

利休は「あめや」と書かれた暖簾《のれん》をくぐると、師走《しわす》の風が吹く上京の雑踏に踏み出した。

若い時のように足取りは軽やかだった。

――茶の湯は生きておる。

織部の創意を知り、利休は茶の湯の生々しい息遣いを感じた。

――わしの茶は廃れても、茶の湯は廃れぬ。

利休は喜びを噛み締めながら、土埃《つちぼこり》の舞い立つ大通りを歩んでいった。

八

十二月下旬の早朝、利休の聚楽屋敷に、細川忠興がやってきた。

鮭の焼き物、膾、和え物、そして豆腐の汁物の一汁三菜の朝食を忠興に供した後、茶となった。

「こうして尊師の茶をいただくことが、それがしにとって至福の喜びです」

――だが、これが最後となるやもしれぬ。

むろん忠興も、利休と秀吉の間に隙間風が吹いているのを知っているのだろう。それゆえ口には出さないまでも、これが最後になるかもしれないと思っているに違いない。

「与一郎殿が、こんなに朝早くお見えになられたのですから、何か大事なご用がおありですね」

何事にも気の利く忠興だが、早起きだけは苦手だった。

「もちろんです。と言っても、昨日は寝ておりませんが」

忠興が涼やかな笑みを浮かべる。その顔には疲労の色が一切なく、利休はその若さを羨んだ。

忠興は永禄六年（一五六三）の生まれなので二十八歳。利休とは四十一歳の年齢差がある。

「それは、またどうしてですか」

「昨夜まで大和大納言様と会っておりました」

忠興は、夜が明ける前に大和国から京まで馬を駆けさせてきたことになる。

「何かを告げに行かれたのですね」

「はい。しかし大納言様は──」

忠興が俯く。

「それほど重篤なのですか」

「ええ。それでも告げたのですが、大納言様は『それは利休に伝えよ。そして利休の指示を仰げ』と仰せでした」

「それで、こちらに来られたのですね」

「はい。一刻も早く伝えた方がよいと思いましたので」

忠興の眼差しが真剣な色を宿す。

「九州のことですね」

「いや、それが奥羽のことなのです」

「何と。それは考えてもおりませんでした」

利休にとって忠興の話は意外だった。

奥羽地方で秀吉が召し上げた地は、主に蒲生氏郷と木村吉清に下賜された。氏郷は十七郡で四十二万石。吉清は八郡で三十万石という割合になる。これらの領国の大半は、秀吉が伊達政宗から取り上げたものだった。

今年の九月、豊臣軍が奥州を後にすると、出羽仙北地方で一揆が起こった。この一揆は由利・庄内地方へと野火のごとく広がっていった。一揆は主に木村吉清の領国内で蜂起し、十月には葛西・大崎地方まで飛び火した。その挙句、一揆軍によって吉清の本拠の岩手沢城（後の岩出山城）が攻略され、吉清の逃れた佐沼城まで包囲されたという。

目付役の浅野長吉は一揆鎮圧に乗り出したが、はかばかしい成果が得られない。とくに出陣を命じた伊達勢の動きが緩慢で、積極的に戦おうとしない。

長吉が共に出陣した蒲生氏郷と首をかしげていたところ、氏郷の許に密告者が駆け込んできた。

その話によると、政宗が裏で一揆を扇動しているという。

これに怒った氏郷は、長吉を通じて「政宗別心」を京の秀吉に伝えた。

ところがその後、政宗が佐沼城を取り囲む一揆勢に苛烈な攻撃を仕掛け、木村吉清を救出したので、氏郷も「政宗に別心なし」という報告をしていた。

それで一件落着かと思いきや、秀吉は政宗に弁明のための大坂入りを求めた。これにより政宗が大坂に向かうか否かで、奥州情勢に大きな変化が出てくるという。

「つまり奥州の戦雲は、いまだ収まっていないと仰せなのですね」

忠興が苦々しそうな顔で言う。

「そうなのです。このまま伊達殿が来られないとなると、殿下は再び大軍を率い、奥州に出向くことになりましょう」

「なるほど。それは困りましたな」

利休の頭が目まぐるしく動き始める。

「それでは今、殿下のご機嫌は斜めなのですね」

「それはもう。伊達殿を自ら取り調べ、返答の次第によっては、その場で斬り捨てると息巻いております」

「まだまだ意気軒高ですな」

秀吉の鼻息荒い顔を思い出し、利休は苦笑した。

「それで、どうしたらよいか大和大納言様にご助言を賜りたいと、大和まで出向いたのですが――」

「それどころではなかったのですね」

「はい」と言って忠興が落胆をあらわにする。

――小一郎様は年を越せるのか。

たとえ年を越せたとしても、さほど時間が残されているとは思えない。となれば秀長亡き後の体制を考え、その前提で行動せねばならない。

「先日、面白き御仁から一客の茶事のご招待を受けました」

利休が話を転じる。

「面白き御仁とは、どなたのことで」

「治部少輔殿です」

「えっ、それはまたなぜ――」

利休が三成の狙いを語る。

「なるほど。すでに治部少輔殿は、大納言様の死後どころか殿下の死後を見据えておるのですね」

「その通り。それが宰相たるべき者の心構えでしょう」

三成は厳密には奉行の一人にすぎないが、豊臣政権内における今の権勢は、宰相と呼んでもおかしくない。

「で、尊師はいかにお答えになられたのですか」

「治部少輔殿の狙いは豊臣政権を守ることです。私の狙いは戦乱のない世を作ること。行き着く場所が違えば、一時的に利害が一致しても、いつかは破綻します。しかも殿下と手を組んだ時と違い、私は高齢です」

「つまり、一時的に利用されるだけだと」

「その通り。治部少輔殿は私に弟子たちを束ねさせ、たとえ一時的であっても、江戸の御仁に対する堤にしようというのでしょう」

三成は利害の一致を訴えたが、利休はすぐにその底意を見抜き、利用されることを嫌った。

「おそらく、伊達殿の件は治部少輔殿の入れ知恵でしょう」

「大坂城内は、その雑説でもちきりです」

「でしょうな。殿下が初めから伊達殿を改易に処すつもりなら、小田原合戦の時にしたはず。あの時にしなかったものを、なぜ今するのか。それを考えれば、誰が裏で策動しているかは明らかです」

豊臣家の吏僚には二つの派閥があった。石田三成、増田長盛、長束正家、そして大谷吉継らの主流派と、富田知信と津田信勝を中心とした反主流派だ。後者の背後には豊臣秀次、前田利家、浅野長吉がおり、双方は水面下で激しい主導権争いを繰り広げていた。

「出羽と陸奥は浅野殿の管掌。伊達殿と共に浅野殿、さらに虚偽の報告をしたという理由で、蒲生殿まで失脚させる狙いでしょう」

「ということは、何としても伊達殿を来させねばなりませんな」

「その通り」

「しかし伊達殿は、こちらに知己は少ないはず」

「そうなのです。いらしても、さぞや心細いことでしょう」

忠興が利休の意を察する。

「分かりました。私が出迎えましょう」

「そうしていただけますか。伊達殿は猛き方と聞いております。殿下の勘気をこうむれば、今度こそ腹を切らされます。そうなれば浅野殿も蒲生殿も何らかの責を負わされます。それを避けるには平身低頭させるしかありません」

——かの荒武者を平身低頭させられるか。

利休の脳裏に、伊達政宗の精悍《せいかん》な顔が浮かんだ。

——だが、やってできないことはない。

そのためには、秀吉の面前で政宗に罪を認めさせる必要がある。というのも石田三成ら奉行衆は、政宗が陰に回って一揆を扇動した証拠を摑んでいるはずで、そこでしらを切れば秀吉を怒らせてしまい、逆効果になるからだ。

——果たして、かの小僧に罪を認めさせることができるか。

利休は爛々と輝くあの片目を思い出した。

「やってみましょう」

「それを聞いて安堵しました」

そう言うと、細川忠興は大きなため息をついた。

――ここからは瞬時の油断もできぬ。

三成は、唯我独尊になりつつある秀吉を背後から操ろうとしていた。秀吉が政治に対しての関心を失うか自己肥大化が進めば、三成の思い通りになる。そうなれば三成は、政敵を次々と屠り始めるだろう。それを防ぐには、まずは政宗の赦免を勝ち取る必要があった。

九

天正十九年（一五九一）の正月が明けた。

紹安は九州に潜行させ、少庵は自らの代理として大坂に置いてきた。それゆえ利休はりきと二人、堺の屋敷で水入らずの正月を過ごすことができた。

「まことに、よき茶でございました」

りきが黒楽の「大黒」を置くと言った。

「私のような者に、これほど貴重な茶碗で茶を練って下さるとは――」

りきが言葉に詰まる。

「もはや、こうした穏やかな正月を迎えることもないやもしれぬ。それで、そなたのために『大黒』を使いたくなったのだ」

「こうした正月を迎えることは、もうありませんか」

それには答えず、利休は薄茶を点てる支度を始めた。

ちらりと目をやると、りきは悲しげに俯いている。

——りきよ、許せ。

利休は心中、りきに詫びた。

その時、りきが唐突に問うてきた。

「その茶壺は、殿下がご所望になっていたものでは」

「ああ、そうだ」

「橋立」の茶壺をりきの前に押しやると、りきはそれを手に取り、赤子を抱くように撫でた。

「よき手触りであろう。この茶壺は呂宋物《ルソンもの》といって、焼かれたのは南宋の地（中国南部）だが、後に呂宋（フィリピン）に渡り、それを見つけた日本の商人が持ち帰ったものだ。日本では足利将軍家の所蔵となり、『大名物』に列せられた」

「そんな由来があったのですね。この黒釉の掛かった上部と、地肌のままの下部の均衡がよく取れています」

「まさしく、そこに妙味がある」

りきから返された「橋立」を、利休は改めて眺めてみた。

——これほどのものを殿下にやってたまるか。

「橋立」の価値が、秀吉には分からないとまでは言わない。だが名物を多く持つ者は、一つひとつを大切にしない。

「殿下がご所望なら、差し上げてしまいなさい」

りきには珍しく、強い口調で言った。

「『橋立』を献上しろと言うのか」

「はい。かような茶壺に、どれほどの値打ちがあるというのです。いかにも美しいのは確かです。しかし、あなた様の命に代わるものではありません」

「わしの命、か――」

利休が自嘲する。

「りきよ、人の命などというものは、この茶壺ほどの値打ちもない」

「何を仰せですか。あなた様は死に急いでいるから、そう思うのです」

りきが口元を押さえて嗚咽を漏らす。

「何も死に急いでおるわけではない。このまま老いさらばえて病で死ぬより、この世の役に立つ死に方をしたいだけだ」

「それが、あなた様なのですね」

りきが、これまで幾度となく繰り返した言葉を言う。

「人は生に執着する。人が生き物である限り、致し方なきことだ。しかしわしはもう七十だ。うまい茶を喫し、好きなものを食べ、存分に生きた。後はこの世に恩返しするだけだ」

利休が笑みを浮かべると、りきが駄々をこねる童子のように言う。

「嫌です。そんなことは、りきが許しません」

——いくつになっても、女というのは可愛いものよ。

りきも頭では分かっているはずだ。しかし心が耐えられないのだ。

「りき、ちこう」

膝をにじって近づいてきたりきを、利休は抱き締めた。

「あなた様とお別れするなど、りきには考えられません」

利休の腕の中で、りきは激しく身悶えした。

「わしは、そなたという伴侶を得て幸いだった」

「ああ——」

利休の腕にりきがしがみつく。

「そなたなら分かってくれるはずだ」

しゃくり上げるようにしていたりきが顔を上げる。その顔は、風雪に耐えて咲く寒梅のように凛《りん》としていた。

「分かっております。分かっているからこそ辛いのです」

「生者と死者を分かつものは何もない」

「そんなことは——、もう仰せにならないで」

「りきよ、いつかまた会える」

「それは真でございますか」

「ああ、なぜかそんな気がするのだ」

りきの声に希望の灯がともる。

「あなた様がそうおっしゃるなら、真でございましょう」

「たとえこの身が朽ち果てようと、心は残る。わしは心だけになり、あの世でそなたを待っている」

りきが必死の面持ちで言う。

「約束でございますぞ。約束すると仰せになって下さい」

「ああ、約束する」

そう言うと、利休はりきの体を優しく離し、その手を取って茶室の外に出た。

外に出ると、心地よい寒気が押し寄せてきた。どこかで正月を祝っているのか、人々の笑い声やお囃子《はやし》も聞こえてくる。

「りき、冬の月だ」

「ああ、こんなに寒いのに平然と中空に懸かっているのですね」

「そうだ。どんなに暑かろうと寒かろうと、月は常に黙って空にある」

「まるで、あなた様のよう」

利休が笑みを浮かべて言う。

「わしのことを思い出したら、月を見るのだ。わしはあの月のように、いつもそなたの心に懸かっておる」

「そうです。あなた様はいつまでも私と一緒です」

りきが胸に顔を埋《うず》めてきた。

「ああ、ずっと一緒だ。だから、わしがいなくなっても泣かないでくれ」

「はい」

大きく息を吸うと、冬の寒気と共に、りきの髪の匂いが鼻腔《びこう》に満ちた。

——この瞬間こそ永劫なのだ。

利休は、この世への未練を断ち切れた気がした。

十

正月が終わり、松飾りもすっかり外された十六日、利休は古田織部の堀川屋敷を訪れていた。

蘇鉄の茂った外露地に敷かれた飛び石を歩んでいくと、中木戸に出る。そこで織部は待っていた。

「これが中潜《なかくぐり》ですな」

「そうです。尊師の躙口と同じで、外露地と内露地を隔てるために設けたものです」

織部の考案した中潜は庭の中に造られた一枚の高塀で、敷居の高さが一尺三寸（約三十九センチメートル）もある。

利休の身長なら楽々とまたげるが、背の低い者は難渋するはずだ。そんな些細なことを意に介さないのが織部なのだ。

内露地に立つのは「織部灯籠」である。この灯籠は、台石を地中に埋めてしまうことで、竿石が地中から生えているように見えるのが特徴だ。その形状は、火袋を支える中台の下部が丸く膨らみ、そこに何かの紋様が描かれ、さらに下に地蔵のような人型《ひとがた》が刻まれている。それは一種南蛮風だが、奇を衒《てら》っているだけではなく実用性もあった。

これまでの灯籠は、背が高いために庭全体を照らせても足元を照らせなかった。そのため利休は夜会でも灯籠に火を灯さなかったが、織部は実用性を重んじ、足元を照らす方法を考案した。

——何もかも、わしに反しようというのだな。

それは決して不快なことではない。

織部は新たに造った草庵数寄屋の露滴庵《ろてきあん》に利休を誘い、会席を共にした。露滴庵は茅葺き・入母屋《いりもや》造りで、東に床を、南に躙口を設けている。

「随分と明るいのですね」

利休の言葉に、織部が「得たり」とばかりに答える。

「はい。尊師の草庵よりも窓を多くしました」

「床の間の脇壁に下地窓を切ったのですか」

「はい。こうすれば掛物もかすむことなく眺められますので」

「点前座の背後や天井にも、窓を切ったのですね」

織部は床の間の脇壁のみならず、点前座の背後にも上下二つの中心線をずらした窓を切っていた。さらに掛込天井にも突上窓を切っているので、常の草庵では考えられないくらい室内は明るい。

そこには、すべての面で「刷新」の萌芽が感じられた。

やがて茶事が始まった。

「これは長次郎に焼かせたものです」

織部が差し出した茶碗は、醜く歪んでいた。すでに長次郎の工房で見ているので、利休に驚きはなかった。だがその茶碗は、持ちにくくもなく喫しにくくもない絶妙な造形だった。

一服した利休が、ため息交じりに言う。

「よくぞ、これだけの新奇な逸品を編み出しましたな」

「そう仰せになっていただけると、茶人冥利に尽きます」

褒められるかどうか不安だったのか、織部が安堵のため息をつく。

「よくぞ、ここまで精進なされた。もはや私の出る幕はありません」

「何を仰せで。尊師がいらっしゃらなければ、茶の湯は衰えます」

「そんなことはありません。織部殿のように己の侘を見つけられた方が、これからの時代の手綱を握るのです」

「しかし、それがしも今年で四十九。そろそろ身を引くことも考えねばなりません」

──そういえば、そうだったな。

利休は昨年八月、熱海の湯で織部と交わした会話を思い出した。

「わが息子の紹安も、織部殿とは三歳違いの四十六。いつまでも若いと思っていましたが、星霜の積もるのは早いものです」

「しかもそれがしは、戦場での往来が祟《たた》り、あちこちが痛みます。尊師のようにお年を召してからも織部が不安そうな顔で言う。

「何事も気の持ちようです。気力さえ充実していれば、年は重ねられます」

「とはいえ、そろそろ万が一のことを考えねばなりません。それゆえ最も才があるとおぼしき弟子を紹介しておきたいのですが」

　利休がうなずくと、織部は肩越しに背後に向かって声を掛けた。

「作助殿、これへ」

　襖を隔てて「はっ」という声が聞こえるや、一人の少年が入ってきた。

「此度の茶事で、半東を務めました小堀《こぼり》作助と申します」

　少年が額を座敷に擦り付ける。この少年が後の小堀遠州《えんしゅう》である。

「作助殿、よろしくお見知りおきを」

「こちらこそ、宗匠と言葉が交わせ、これ以上の喜びはありません」

　少年が弾むような笑みを浮かべる。

「作助殿は、おいくつになられる」

「十と三です」

「そうでしたか。実際よりも年ふりて見えますな。頼もしい限りです」

　織部が付け加える。

「作助殿は大和大納言様の家老の小堀正次殿の長男で、それがしが預かり、茶の湯だけでなく四書五経なども教えております」

「そうでしたか。小一郎様の病は、さぞや心配でしょう」

「それはもう――」

作助が心痛をあらわにする。

「われらには、大納言様の一日も早い快癒を願うことしかできません」

大和大納言秀長の病態は、年が明けてから悪化の一途をたどっていた。

「作助殿、奥へ下がってよいぞ」

「はっ」と答えて、作助が下がっていく。

これで半東もいなくなり、茶室には利休と織部だけになった。

「織部殿は、あの少年を見込んでおるのですな」

「はい。茶事にしても作庭にしても、そつなくこなします」

「そつなくこなす者が、大輪の花を咲かすとは限りません」

「仰せの通りですが、ほかに才のありそうな弟子は見当たりません」

織部の焦りも分かるが、そうした焦りが茶の湯を衰退させることにつながるのだ。

「では、そろそろお暇いたします」

立ち上がりかけた利休を、織部が制する。

「尊師、近頃、よからぬ雑説を耳にしました」

「どのようなものですかな」

「石田治部少輔が殿下に、尊師の失脚を説いているようです」

こうした豊臣家中の情報を、織部は独自の経路で入手していた。

「私の失脚とは面白い。私は一介の茶人にすぎません。内々の儀を託されたのは、私から望んだのではなく殿下と小一郎様の思し召しによるもの。それとて何となくそうなったもの。家中の仕置から私を除きたければ、そう言えばよいだけです。しかも私は一点の曇りもなく生きております。たとえ殿下であろうと、罪なき者を糾弾することはできません」

「しかし相手が相手です。どのような罪でも捏造《ねつぞう》します」

利休が笑みをたたえて言う。

「面白い。何を言われようと、殿下の面前で論破してみせましょう」

「尊師、そんなことをすれば殿下の怒りを買い、下手をすると遠ざけられます。そうなれば総見院様ご在世の頃のように、この世は地獄になりますぞ」

利休が沈黙で答えると、織部が続けた。

「殿下の専横を止められるのは一に大和大納言様、二に徳川殿（家康）、三に尊師です。しかし大和大納言様は病臥し、徳川殿は豊臣家が疲弊するのをいいことに、『われ関せず』を決め込むでしょう。さすれば世の静謐を保てるのは、尊師だけになります」

利休が「致し方ない」という顔で答える。

「ご安心下さい。私とて無為無策のまま身を引くつもりはありません」

「それを聞いて安堵しました」

織部がため息をつくと続ける。

「豊臣家にとって唐入りは大きな賭けです。たとえ明国まで攻め寄せ、明国を滅ぼせたとしても、しょせんはそれだけのこと。明国の巨大な版図を維持するのは、容易なことではありません」

「仰せの通り、それゆえ総見院様は港を制し、交易の利を独占することだけを念頭に置いたのです」

だが秀吉の野望は、とどまるところを知らない。

「殿下は過大な夢を抱き、点ではなく面で制そうとしています」

「それが、いかに難しいことか――」

「それがしとて諫言できればしたいのです。しかし前田殿（利家）、細川殿（幽斎）、黒田殿（孝高）らが口をそろえて反対しようと、殿下は聞く耳を持ちません」

豊臣政権の重鎮たちが唐入りの愚を様々な側面から説いたにもかかわらず、秀吉は耳を貸さない。

「それがしは、豊臣家の行く末が心配でならないのです」

「織部殿のお気持ちは分かります。だからといって殿下に申し聞かせようとしても、無駄に終わるだけでしょう」

「では、どうするというのです」

利休が答えないでいると、織部が不安をあらわに言った。

「もしや尊師は――」

「織部殿、それは心得違いというもの。いかにも誰かが殿下を殺せば、それで話は済みます。しかしそんなことをすれば、再び天下は乱れ、群雄割拠の世に逆戻りするだけです。天下は、まだ殿下を必要としているのです」

「よかった」と言って織部がため息をつく。

「では、どうなさるおつもりか」

「まずは奥羽のことを収めてからです」

利休が話題を転じる。

「伊達殿がいらっしゃれば、何かと波風が立ちます。しかし伊達殿が、私を信じてくれるなら事は収まります」

「もし、信じなければ――」

「殿下は再び奥羽に向けて出陣するでしょう」

「やはり――」

「それをどう収めるか。まずは、その方策を考えましょう」

利休は何としても、秀吉の奥羽出兵を防ぐつもりでいた。

十一

正月二十二日、秀長が永眠した。秀吉を支え続けた五十二年の生涯だった。

秀吉は嘆き悲しみ、大徳寺住持の古渓宗陳に導師を依頼し、盛大な葬儀を執り行った。だが秀長の直筆の遺言状を読んだ秀吉は、顔をしかめてそれを投げ出した。そこに何が書かれていたのか、秀吉以外は知るよしもないが、おそらく諫言がつづられていたはずだ。

まだ初七日も済んでいない正月二十六日の夕刻、葬儀に参列すべく大坂屋敷で過ごしていた利休の許に、秀吉の「御成」が伝えられた。

――遂に勝負の時が来たか。

秀吉はこうした奇襲を好む。

――勝負をするなら二畳だな。

利休は半東役の少庵に命じ、秀吉を二畳茶室に案内させた。

小半刻（約三十分）ほど秀吉に待ってもらった利休は、まず台所に立ち、秀吉のために夕餉を用意した。

串鮑、鰹《かつお》と生姜《しょうが》の膾、湯豆腐、菜の汁物、焼き栗といったものを載せた膳を持った利休が現れると、秀吉は笑みを浮かべて迎えた。

「おう、待っていたぞ」

「お待たせしてしまい、申し訳ありませんでした」

「いや、突然、何も告げずにやってきたわしが悪い。そなたの作った飯と点てた茶が、急に恋しくなったのだ」

秀吉が悪びれもせずに言う。

「此度のこと、ご愁傷さまです」

「小一郎のことは無念だった。まさかわしより先に逝くとはな。これで様々な目論見（構想）も見直さねばならん」

秀吉の顔が不安と悲しみに曇ったが、気を取り直したように言った。

「では、いただく」

秀吉が箸を取る。

「粗餐で申し訳ありません」

「気にするな。急なことなので、食材とてありあわせを用意するしかなかったであろう」

食事が終わると、秀吉は「うまかった」と言ってため息を漏らした。

「では、茶の支度をいたします」

本来なら客には中立させるのだが、この寒さである。秀吉に外に出てくれとは言い難い。

「出ずともよいな」

利休の心を見抜くかのように、秀吉が言う。

「もちろんです。では、掛物や花を替えずともよろしいですね」

「ああ、構わん」

秀吉は次の間に控える少庵に膳を片付けさせると、自ら次の間に立ち、茶道具を運び込んだ。

「今更だが、二畳というのは実に狭いものだな」

秀吉が室内を見回しながら言う。

「一対一で対峙することに、茶の湯の本義はあります。それゆえ二畳が最もよいかと」

「かように張り詰めた空気の中で茶を喫しても、うまくはなかろう」

「それは心の持ちようというもの」

利休は二畳敷きの茶室を創案したが、必ずしも「茶室は狭きをよしとする」という考えに固執していたわけではなく、三畳も四畳半も使っていた。だが秀吉との真剣勝負に臨むこの日だけは、二畳を使いたかった。

茶釜から湯気が上がり始めた。気まずい雰囲気の中、利休はいつものように点前を始めた。

「かつてのわしは、そなたの言うことをすべて尤もと思っていた。そなたこそ、わが世を陰から支えられる唯一無二の男だと信じていたからな」

利休は黙って点前を続けた。

「しかし乱世は終わった。もはや武士たちの荒ぶる心を鎮める必要はなくなりつつある」

「茶の湯は不要と仰せになりたいのですか」

「そういうわけではないが、何事にも飽きるのは人の常であろう」

利休が命を懸けてきた茶の湯とは、秀吉にとってはその程度のものだったのだ。

だが利休は、その一言が切所になると心得ていた。

「殿下は何かに執心すると、身も心も捧げるほどになりますな」

「そういえばそうだな」

「近頃は茶の湯に代わって何にご執心しておられるのですか」

「そうだな――、今とくに好んでいるのは演能だ」

演能とは能を舞うことを言う。

雑説では聞いていたが、秀吉は能を舞うことに熱中し始めていた。

「演能は無我の境地に誘ってくれる。緊張を強いる茶の湯とは大違いだ」

秀吉が皮肉っぽい笑みを浮かべる。

「どうぞ」

利休が濃茶の入った黒楽を秀吉の前に置くと、秀吉はためらわず喫した。

「ああ、うまい。そなたの練った茶は絶品だ」

「ありがとうございます。これからもこの茶を喫しますか」

利休が一歩踏み込む。

「ふふふ。そなたはいつも直截だな」

「茶人ですから、武士のように殿下のお気持ちを忖度することができません」

「よう言うわ。いかにもわが配下は、わしの顔色ばかり見ていて面白くない。その点、そなただけはいつまでも変わらぬ。だがな、出すぎた者は邪魔になる」

「豊臣家の天下の邪魔になると仰せか」

「そうよ。そなたとわしは手を組んだ。現世の支配者はわしで、心の内の支配者はそなただ。そして、わしは現世で天下人となった。一方、そなたは茶の湯を天下に比類なき道楽（趣味）として、上は朝廷から下は民にまで浸透させた」

　桃山時代は南蛮文化の到来、貨幣経済の広がり、商人の台頭といった事象が同時に起こり、豪華絢爛たる文化が花開いた。有徳人の間には道楽が浸透し、書、絵画、陶芸、連歌、立花《りっか》、謡や奏楽、能、狂言が一斉に流行していった。だが政治と密着したことで、茶の湯が桃山文化を代表するものとなり、上は天皇から下は民衆まで、あらゆる人々が熱中するまでになった。

「だがそなたは、わが領分に侵食してきた。静々と音を立てずにな」

「いかにも。しかしそれは殿下の思し召しによるもの。私は命じられるままに諸侯の間を取り持ち、この世を静謐に導いてまいりました」

「静謐か。その静謐とやらが、わしの望むものでないにもかかわらず、そなたは陰に回って策動し、世を静謐に導こうとした。しかも今では、多くの弟子まで手中に収めた」

利休が敢然と反論する。

「手中に収めたとは心外です。わが武将弟子は、あくまで豊臣家中の者たち。茶の湯は道楽にすぎず、何を措いても豊臣家の命を奉じるのが彼らの仕事です」

「わしが死んでもか」

秀吉が一歩踏み込む。

武士は恩を直接受けた主人には忠節を尽くしても、代替わりすれば、その後継者には意外に薄情だ。

――殿下は不安なのだ。

かつて秀吉の周りは、心を許した家臣たちで溢れていた。だが独裁者となった今、秀吉は孤独になり、それが将来の不安に結び付いているのだ。

「どうだ利休、答えられまい。そなたは弟子たちに対し、いかに静謐が必要かを説き、わが死後、豊臣家でなく静謐に忠義を尽くすよう導いていくつもりだろう」

「たとえそうであっても、静謐こそ豊臣政権の安泰につながるのではありませんか」

「いや、いまだわが武威に服しておらん者もいる。まだ文治だけで天下を治めるには尚早だ」

「しかし馬上天下を取った者は、馬上のままで天下を保つことはできません」

「何かの漢籍にあった言葉だな。わしにもそれくらいは分かる。だが辺土の逆徒を治めるには、いまだ武力が必要だ」

秀吉の瞳に武人の厳しさが宿る。それを見る度に、利休の胸奥の反発心が頭をもたげる。

「それは奥羽のことですか」

「そういうことだ」

「分かりました。では殿下が仰せになられる『辺土の逆徒』を、殿下の前にひれ伏させることができれば、奥羽への出兵を取りやめていただけますか」

「そなたが伊達の小僧を説き伏せるというのだな」

「いかにも」

しばし考えた末、秀吉が決然として言った。

「分かった。かの小僧に何の申し開きもさせず、わしの前で罪を認め、ひれ伏させることができれば、奥羽への出兵は取りやめてやる」

「ありがとうございます」

「だがな利休、そなたのできることは奥羽までだ」

「唐入りだけは、断じて行うと仰せですね」

「そうだ。わしは小一郎の遺言さえ足蹴にした。誰が何と言おうと、わしは明国を制し、この世のすべてを手に入れる」

秀吉の瞳には、狂気が宿っていた。

「どうしてさような無理をなさるのですか。総見院様は港だけを押さえるという目論見だったはず」

「それは分かっている。だがな――」

秀吉の顔に一瞬、寂しげな影が差す。

「わしもいつか死ぬ。まだ壮健なうちに、行けるところまで行ってみたいのだ」

――なんと、寿命か。つまり殿下は、自分がどこまでできるのか、どこまで運が強いのか試したいのだ。そのために万余の人々が死ぬことも厭《いと》わないというのか。

秀吉の心中を知った時、利休は天下人という生き物の恐ろしさを痛感した。

「では、どうしてもご翻意は叶いませんな」

「当たり前だ。もちろん――」

一転して秀吉が満面に笑みを浮かべる。

「わしを殺せば話は別だ」

秀吉の高笑いが二畳茶室の天井を震わせる。

「いかにも。しかし殿下はたった今、わが手で練った茶を何の躊躇もなく喫されました。それを見て、私が殿下を殺せないことをご存じだと察しました」

「さすがだな。わしを殺せば、天下は再び乱れる。困るのは、そなたら静謐を求める者たちだ」

「仰せの通り」

利休が薄茶を点てると、秀吉は喉を鳴らして飲み干した。

「そなたの負けだ。もはや茶の湯に力はない」

口端に茶を付けたまま秀吉が笑う。

「ということは、これでお役御免ですな」

「ああ、そうだ。かつて総見院様は『役に立たなくなったものは、物でも人でも捨てればよい』と仰せになっていた。わしもそう思う。しかもそなたは知りすぎた」

「ほほう。知りすぎたと――」

「そうだ。豊臣家中のことではないぞ。そなたが知りすぎたのは、わしの心の内だ」

「なるほど。いかにも知りすぎましたな」

「誰でも心の内を見透かされるのは嫌なことだ。そなたはわしのすべてを見透かした」

「傀儡子たる者、人形のすべてを知るのは当然のことではありませんか」

秀吉が高笑いする。

「ははは、傀儡子か。面白い。だがわしには、もはや傀儡子は要らん」

「それでは、何事もお一人でおやりになると仰せか」

「当たり前だ。わしは傀儡子にもなれるのだ」

利休が「ははあ」と感心する。

「見事な心構えです。それでこそ天下人。しかし傀儡子はたいへんな仕事ですぞ」

「分かっておる。だがわしは、もう思い通りに動きたいのだ」

あらゆるものから解放されたいという秀吉の気持ちも分からないではない。

「分かりました。では、私は退散いたしましょう」

「死んでくれるのだな」

「もはや死ぬ以外、ありますまい」

「隠居でもよいぞ」

「それでは万が一、殿下が先立たれた時、厄介なことになりましょう」

「尤もだ」

秀吉が首肯する。

「して、いかなる大義で死を賜りますか」

「それは、おいおい考える」

そう言うと秀吉は、「では、行く」と言って躙口に手を掛けた。

「殿下、一つだけお尋ねしてもよろしいですか」

「何だ」

秀吉が、肩越しに疑り深そうな目を向ける。

「殿下の演能の師匠は、どなたでしたかな」

「暮松新九郎だ」

「あの金春《こんぱる》流の猿楽の役者ですな」

「では、謡本《うたいぼん》書きはどなたで」

「そうだが」

「御伽衆の大村由己《ゆうこ》だが、そなたはなぜ、さようなことを問うてくる」

秀吉の顔に疑問の色が浮かんだが、次の利休の一言で消え失せた。

「私も演能でも嗜もうと思いまして」

「何と！」

半身になっていた秀吉が、元の座に跳ぶように戻る。

「そなたは、その年で演能を習うと申すか」

「はい。いけませんか」

「実に面白き男だ。なぜさように思った」

「殿下が執心しているものなら面白いのではないかと」

「ははは、こいつはいい」

秀吉が膝を叩いて喜ぶ。二畳茶室なので、秀吉の生々しい口臭が利休の許まで漂ってくる。

「そなたは死ぬのだぞ。分かっておるのか」

「分かっておりますが、冥土の土産に演能でも覚え、わが極めた道を大村殿の手で謡本にでもしていただこうかと」

「ああ、そういうことか」

秀吉が膝を打つ。

「さすが当代随一の宗匠だ。演能を学び、自らの事績を謡本に残したいのだな」

秀吉の態度も言葉も、勝利者の余裕に満ちていた。

「はい。わが肉体は朽ち果てようと、舞と謡本は残ります」

「たいしたものよの」

「死を賜るまで、碁松殿と大村殿の許に通ってもよろしいでしょうか」

「ああ、構わん。それにしても自らの事績を能の謡本に残すというのは、なかなか面白い趣向よの」

「殿下も大村殿に依頼したらいかがでしょう」

「そうだな。そなたの謡本を読んでから決めよう」

「それがよろしいかと」

利休が平伏すると、秀吉が躙口に身を滑り込ませた。

「利休」と秀吉が呼び掛ける。

その小さな顔が躙口からのぞいている。それはまるで、猿曳《さるひき》に入れられた檻《おり》の中から外をうかがう猿のようだ。

「それでも死んでもらうぞ。よいな」

「はい。一月も猶予をいただければ基本形はできますので、閏正月いっぱいいただけますか」

「よかろう。では、そなたが二月に死ねるよう取り計らっておく」

「ありがとうございます。豊臣家中への手本になるよう、腹の一つもかっさばいてみせましょう」

利休の一言に、秀吉が手を叩かんばかりに喜んだ。

「ああ、それがよい」

――殿下は本気にしておらんな。

紹安の言葉が脳裏によみがえる。

「武士は、その死に際の美しさで後世の評判が定まります。とくに切腹は武士の美学の到達点でしょう。つまり切腹という自裁の方法だけは独占していたいはずです。それを武士以外の者が行えば、武家の棟梁を自任する殿下は不快になるに違いありません」

利休が腹を切ったと聞いた時の秀吉の怒る顔が、目に浮かぶ。

「それでは行く。もう二人で話す機会もないだろう」

「はい。名残《なごり》惜しゅうございます」

利休が最後に強烈な皮肉を投げた。

「わしもだ。楽しかったぞ」

そう言うと、秀吉は呵々大笑しながら去っていった。

その笑い声が消えるまで平伏していた利休は、ようやく静寂が訪れたのを確かめてから顔を上げた。

――殿下、共に谷底へ身を投げましょうぞ。

胸奥から立ち上がる闘志の焔は、利休の身をも焼き尽くさんばかりになっていた。

十二

天正十九年（一五九一）は、正月と二月の間に閏月が存在する。つまり一年が十三カ月となる。

閏正月八日、秀吉は帰国した天正遣欧使節を聚楽第で引見した。この時、使節たちは秀吉の前で西洋音楽を奏でてみせた。これで秀吉が上機嫌になったと見たイエズス会東インド巡察使のヴァリニャーノは、インド副王の書状を秀吉に手渡した。それは布教の許しを請うものだったが、秀吉は伴天連追放令を取り下げることはなかった。

このことを聞いた利休は、信長の時代から秀吉の時代の初期にかけて、茶の湯と共に、この世を静謐に導ける可能性のあったキリスト教が、豊臣政権下ではよみがえることがないと覚った。そしてこのまま いけば、茶の湯も二の舞を演じさせられると覚悟した。


閏正月の初め頃から、利休は暮松新九郎と大村由己の許に足繁く通っていた。自らの人生を能の謡本にしてもらうというのが名目だが、本当の狙いはそこにはなかった。

そんな最中の閏正月中旬、蒲生氏郷が領国の会津から大坂に戻ってきた。葛西・大崎一揆の一件で秀吉に召喚されたのだ。

「少しおやつれになられたような」

利休の言葉に、氏郷が苦笑いを返す。

「会津に行ってから心労が重なり、少し前まで臥せっておりました」

「それは初耳です。それを押して、ここまでおいでになられたのですね」

「はい。しかし、それがしの体調が芳しくないのは、殿下のお耳には入れたくないのです」

炭手前を行いつつ、利休が「なぜですか」と問う。

「それがしは体軀頑健なことから、殿下に寒冷地の大領を任されました。その期待を裏切るわけにはいきません」

――生真面目なお方だ。

氏郷は何事に対しても真摯に向き合い、全力を尽くしてきた。その結果、会津九十一万石という大領を得た。

「蒲生殿が仰せのように、何事にも全力を尽くすことは大切です。しかし大きな身代を持てば厄介事は付き物。すべて己の手で片付けようとしたら、身が持ちませんぞ」

氏郷が苦笑いを浮かべて言う。

「尊師の仰せになられる通りです。しかしそれがしには、こんな生き方しかできません」

「それは分かります。私もかような生き方しかできませんから」

二人の笑いが茶室内に響く。

点前を終えた利休が「どうぞ」と言って茶碗を置くと、「これは――」と言ったきり、氏郷が絶句した。

「織部殿からいただいた今様です」

「何と――」

「織部殿は己の侘を見つけました」

利休が長次郎と織部から聞いた顚末を話す。

「これだけ奇妙に歪んでおっても、随分と持ちやすい」

「そうです。一見歪んでいるようでも、手の内に収まれば心地よい。さらに茶も喫しやすい。そうした美と利便性に折り合いを付けているところがよいのです」

利休は織部が長次郎に何度も焼き直させていた理由が、そこにあるのを知っていた。もしも美的感覚だけ考慮して歪ませていたら、実用性はなくなり、それは茶の湯における茶碗ではなく、ただの土くれとなる。

「織部殿が羨ましい」

氏郷がため息交じりに言う。

「大領の主となることよりも、かような境地に至りたい」

かつて同じ弟子として座を共にしていた氏郷と織部だが、一方の氏郷は九十一万石の太守となったが、織部は三千石のままだ。

「武士とは主人から厚い信頼を寄せられ、大領を賜るのが本望ではありませんか」

「いかにも。武士と生まれたからには、誰もが一国一城の主を目指します。しかしそれがしは百万石の封土を得るよりも、織部殿のように茶人として生き、己だけの侘を見つけていきたいのです」

「そこまで思い詰めておいでだったとは――」

利休には氏郷の気持ちも分かる。現世での大領など砂で造った城も同然であり、何ら心の内を満たしてくれるものではないからだ。

氏郷が苦笑いを漏らす。

「見知らぬ土地に封じられ、そのとたんに一揆征伐です。右も左も分からない上、伊達殿の真意を摑めず難渋しました」

「それはお気の毒。しかし蒲生殿の中では、伊達殿への誤解は解けたわけですね」

「はい。それを昨日、殿下にもお伝えしました」

「で、殿下は何と――」

「渋い顔をして、何も仰せになりませんでした」

利休には、その理由が分かっていた。

――意にそぐわないからだ。

秀吉は氏郷の愚直を愛してはいるが、秀吉の気持ちを察せられないことに、歯がゆさを感じているに違いない。

「殿下と会う前日、どなたか来られませんでしたか」

「はい。治部少輔殿が参られました。尊師はなぜそう思われたのですか」

「いや、何でもありません」

――そうか。三成は根回しで氏郷の許に行ったのだ。

しかし氏郷は、三成の真意を読めなかったに違いない。

「その時、政の話題は出ませんでしたか」

「そうですね。治部少輔殿は此度の一件でそれがしのことを持ち上げた末、『何事も殿下の意に沿うことが大切です』と申しておりました」

利休がため息をつく。

「尊師、それがしとて虚けではありません」

「これはご無礼仕った」

二人が笑い合う。

「治部少輔殿の真意は見抜いております。それがしに伊達殿を糾弾させ、伊達殿を改易に処したいのでしょう。それがしも伊達殿とは仲が悪く、その肚に一物あることも知っております。いかにも一揆の折は、裏に回って策動しておったかもしれません。しかし伊達殿が本気で一揆を討伐したのも事実。それがしは、それを正直に殿下に申し上げただけです」

「そうでしたか。これで道が開けました」

「道と――」

「はい。伊達殿を救い、奥州での戦乱が起こらぬようにする手立てです。伊達殿がいらした折は、何事も包み隠さず殿下に告げるよう勧めるつもりです」

「それは危うい。伊達殿は承服しませんぞ」

「しかし治部少輔のことです。伊達殿が乱を扇動していたという証拠か証人を摑んでおるはず」

利休が薄茶を点てると、茶碗を見回しながら氏郷が言う。

「此度は尊師好みの黒楽ですな」

「はい。この黒楽は、私が達したささやかな境地です」

「うまい」

氏郷は陶然とした顔で一服するや、真顔に戻って問うてきた。

「尊師、どうしても政とのかかわりをやめられませんか」

「はい。もはやこれは、私一個のことではありません」

「それは分かっております。しかし事は抜き差しならないところまで来ています。伊達殿のことに関与するのは致し方ないとしても――」

「その後のことには、かかわらない方がよいと仰せですね」

「もちろんです。唐入りは、すでに決定されたことなのです」

氏郷が真摯な視線で訴える。

「唐入りが始まろうと、殿下の関心がなくなれば撤兵も早まります」

「それはそうですが、何か秘策でもお持ちなのですか」

「いいえ」

――今はそう答えるしかない。

たとえ氏郷であっても、利休は真意を明かさなかった。

「そうでしたか。それでは、なおさらご注意下さい」

「ありがとうございます。ときに――」

物思いをするように中空を見ていた氏郷の視線が、再び利休に据えられる。

「わが息子の少庵を会津にお連れいただけませんか」

氏郷が「あっ」という声を出す。

「ということは、いよいよご覚悟を決められたのですね」

氏郷の問いに、利休が他人事のように答える。

「すでに殿下から死を賜りました。後は、いかに意義のある死に方をするかです」

「しかし殿下は、それを見抜いておるはず」

「はい。『勝負はついた』と上機嫌で仰せでした。それでも――」

「秘策はやはりあるのですね」

利休はにやりとすると言った。

「少なくとも少庵には、会津の桜を見せてやりたいのです」

氏郷がため息をつく。

「しかと承りました」

二人の間に深い沈黙が垂れ込めた。

十三

その太り肉《じし》を持て余すように座していた男が箸を置いた。

「いかがですか」

「さすが大坂は天下の台所。たいへん美味でした」

料理の膳をほとんど平らげた毛利輝元が、手巾で口元を拭く。

「それにしても二畳というのは――」

「苦手ですか」

「はい。体が大きいもので」

輝元が照れ臭そうに苦笑する。

――そういえば、この御仁との一客の茶事は初めてだったな。

大寄せでは何度か茶を点てているが、輝元との一客の茶事は、これが初めてになる。

「侘とは、かようなものなのですね」

「いや、侘は茶室の大小ではありません」

「えっ、また分からなくなりました」

「茶の湯三昧の暮らしをしていれば、いつかは分かります」

「それができれば、苦労はないのですが」

少し雑談をした後、利休が「では、茶にしますか」と言って退室を促したので、輝元が「ご無礼仕る」と言って躙口から出ていった。

――かの御仁は賢者か愚者か。

西国の王の心中を、利休は推し量ってみた。

――おそらく愚者ではない。だが愚者を装うことが、百二十万石を守る術であると心得ているのだ。

豊臣政権に臣従したとはいえ、かつて織田政権に盾突いて秀吉と干戈《かんか》を交えたことのある毛利家としては、細心の注意を払っているのだろう。

――しかも、わしと殿下の蜜月は続いていると見ておるようだ。

輝元の言葉が秀吉に伝わる可能性を考えれば、黙っているに越したことはない。

やがて、中立を終えた輝元が茶室に再び入ってきた。この間に利休は、掛物を替え、炭を直し、瀬戸水指を持ち出して濃茶を練っておいた。花入は「尺八」を使い、水仙を一輪だけ入れておいた。

「これが大名物の珠光香炉ですか」

草庵茶にはそぐわないのだが、利休は珍しく名物の香炉を置いてみた。

「はい。このところ香炉は置かなかったのですが、今朝方思い立ち、使ってみました」

それについて輝元はとくに反応しない。どうやら作法は身に付けているものの、茶事や道具に関心はなさそうだ。ちなみに輝元が茶の湯に執心するのは、剃髪した後のことである。

利休が濃茶の入った瀬戸茶碗を勧めると、輝元がゆっくりとそれを喫した。

「いつもは大寄せですから、宗匠の茶の味をじっくり味わえませんでしたが、こうして一客の茶事で味わう茶は格別ですな」

満足そうに微笑む輝元に、利休が唐突に問う。

「ときに毛利殿は、殿下の唐入りをいかが思われますか」

輝元の顔に緊張が走る。

「お立場上、見解を示せないのは重々承知しております」

「では、なぜ問われた」

それには答えず、利休が言う。

「毛利殿は戦を好まぬと聞いております」

「戦を好むのは、功に飢えている一騎駆けの者だけです」

「ご尤も。では百二十万石の太守として望むものは、この世の静謐ですね」

「もちろんです」

「それは幸い。では戦を好まず、静謐を望んでおられるということは、唐入りに同意していないと考えてもよろしいですね」

「それは、ちと乱暴では――」

輝元が鼻白む。

「毛利殿のお考えは分かっております。ただ知っておいていただきたいのは、黒田殿も細川殿も、唐入りには異を唱えております。徳川殿や前田殿も同じお考えです」

「そうした雑説はよく耳にします」

「では、皆様方がこぞって異を唱えた時、毛利殿はいかがなされますか」

輝元が沈黙する。まだ利休のことを疑っているのだ。

「徳川殿や前田殿と異なり、西国に大領を持つ毛利殿は、真っ先に渡海させられますぞ」

「もちろん、そのような陣立てをいただいております」

「では、渡海した後、殿下の気が変わり、『やめた』となった時、どうなさるおつもりか」

「そんなことはないでしょう」

「では、毛利殿が朝鮮国にいる時、殿下がご病気になるか、お亡くなりになられたらいかがいたしますか」

輝元のこめかみから汗が流れる。

ようやくこの茶事の目的を覚ったのだ。

「仮の話に、お答えするつもりはありません」

「分かりました。それで結構です。ただ先々は何があるか分かりません。徳川殿、前田殿、黒田殿、細川殿といった家中の重鎮がこぞって異を唱えた時は――」

「分かっております」

輝元が額の汗を拭う。

――これでよい。

いざという時には輝元も協力してくれることを、利休は確信した。

「薄茶を喫しますか」

「いや、もう結構。この後に所用もありますので、これでご無礼仕る」

「そうでしたか。またいらして下さい」

それには何も答えず、輝元が躙口から出ていった。

十四

閏正月十五日、大坂にいる利休の許に衝撃的な一報が入った。大徳寺の古渓宗陳の許に譴責使《けんせきし》が派遣されたというのだ。譴責使は、徳川家康、前田利家、細川忠興といった錚々《そうそう》たる面々で、容易ならざる事態だと察せられた。

使者によると、利休に関係することで宗陳は譴責されたという。

――来たか。

秀吉本人か三成の発案かは分からないが、秀吉が利休を抹殺すべく、最初の一手を打ってきたに違いない。

――だが、大徳寺を巻き込むとは思わなかった。

秀吉の思惑が、どこにあるのかは分からない。だが秀吉自身が信奉し、尊重してきた大徳寺を巻き込んだということは、考えに考えた末に絞り出された一手に違いない。

この知らせを十八日に受け取った利休は、すぐさま京に向かい、二十二日に大徳寺で古渓宗陳と相対することができた。


「此度のことは全くの寝耳に水！」

利休が待つ方丈に現れた宗陳が開口一番、不快をあらわにする。

「住持、まずは順を追って、お話しいただけませんか」

「それもそうですな」

宗陳によると、天正十七年（一五八九）の末頃、利休の出資により大徳寺の山門・金毛閣を造営し、その感謝の意を込めて利休の木像を金毛閣に飾った。

翌年、大檀那《おおだんな》となった利休が大徳寺を訪問した折、宗陳の案内で、その木像を見せてもらったことがある。木像は金毛閣の楼上に飾られていた。

そのまま一年近くは何事もなく過ぎたが、閏正月に入り、大坂から奉行衆の下役がやってきて、金毛閣を検分したいというので見せてやった。すると数日後、家康ら譴責使が入り、こう言ったという。

「金毛閣は勅使も通る場所。それを足下に見下ろす楼上に自らの像を置くなど、不遜僭上《せんじょう》の極み」

宗陳が憤怒をあらわに続ける。

「あの像は宗匠が望んだものではなく、拙僧が作らせ、拙僧の一存で、あそこに飾ったと言ってやりました。すると徳川殿は、『仰せのことは分かりましたので、追って沙汰いたします』と大儀そうに言いました」

家康が、やりたくもない仕事を引き受けさせられたのは明らかだった。

「しかし前田殿が、『利休殿も承知のことか』と問うので、『今は承知のこととはいえ、こちらが勝手にしたこと』と答えました」

――それでは、わしが知っていたことになる。

それが事実なのだから仕方がないが、楼上の木像の存在を知った時に「下ろしてくれ」と言わなかったことで、利休にも罪が及ぶことになる。

「このことは、拙僧が一山の長として執り行ったこと。大徳寺の諸老はもとより、宗匠には何の罪もないと言ってやりました」

「ありがとうございます」

利休には、そう言うしかない。

「いかなる沙汰が下されるかは分かりませんが、この身に災いが降りかかるのは覚悟の上。しかし大檀那の宗匠に累が及ばぬようにせねばなりません」

――それは無理だ。

秀吉の狙いは利休を糾弾することであり、宗陳はついでなのだ。

「私の方こそ迂闊でした。まさか貴山《きざん》を巻き込むことになるとは――」

宗陳が秀長の葬儀の導師を担ったとはいえ、それは秀長の遺言にあったからで、天正寺建立の一件で、秀吉は宗陳を快く思っていなかった。それゆえ心の内の支配者の利休と、宗教界の頂点にいる宗陳を、同時に葬り去ろうとしているに違いない。

――それは治部少輔にとっても利のある話だ。

豊臣政権の中枢を担う三成にとって、法の支配の邪魔になるのが、利休と武将弟子たち組織内組織と、大徳寺を中心とした宗教界なのだ。

――つまり双頭の大蛇の首を取ることで、胴の部分を従わせるということか。

利休と宗陳を同時に失脚させることができれば、豊臣政権に盾突く者はいなくなる。

利休が苦笑する。

「宗匠は、何がおかしいので」

「それは――」と言って利休は、宗陳にからくりを説明してやった。

宗陳の瞳が怒りに燃える。

「つまり石田殿ら奉行衆は、われらを見せしめにすることで、われらに続く者たちをひれ伏させようというのですか」

「はい。これからは奉行衆の定めた法により、この世のすべてを一元的に支配するということです」

だが利休は三成の立場も理解していた。組織内組織などというものを放置しておけば、秀吉の死後、一大勢力（派閥）になりかねないからだ。

「それでは、われらはどうなるのでしょう」

「住持は、いずこかの地に流されるやもしれませんが、命までは取られないはず」

「では宗匠は――」

利休が口辺にわずかな笑みを浮かべた。

「ま、まさか――」

「どのような沙汰が下ろうと、覚悟はできております」

利休は威儀を正して頭を下げた。

十五

閏正月二十四日、伏見にいた家康が上洛してきたと聞いた利休は、多忙で断られると思いつつも茶事に誘ってみた。だが意外にも家康は申し出を受け容れ、その日の夜、利休の聚楽屋敷を訪れた。

「風が強いのか、松籟がやけにうるさい夜ですな」

家康が赤楽の「木守」を手に取る。

老境に入った利休が愛用した「木守」は、木守柿から取られた名で、来年の実りを祈念して一つだけ残された柿を意味している。そのたたずまいが、冬の風に吹かれる木守柿のように寂しげであることから、利休自ら名付けた。

「本来なら松籟は耳に心地よいものです。しかし冬から初春にかけての風は強すぎます」

「いかにも」と答えつつ、家康が濃茶を喫した。

「いつもながら、喩えようもなく美味」

「ありがとうございます。激しい松籟の中でも、茶の味は変わりません」

家康がにやりとする。

どのように周囲が騒がしかろうと、利休は利休でしかないという寓意が、家康にも通じたのだ。

「宗匠も、いろいろ気苦労が多いようですね」

「まあ、それが生きるということでしょう」

「生きるというのは辛いことです」

「内府もそうですか」

「木守」を置くと家康がしんみりと言った。

「長く生きていると、門葉（一族）から家中まで、守らねばならぬものが増えていきます」

「とくに武門のお方は、そうでしょうな」

「宗匠には守るべきものは少ないと――」

薄茶の支度に掛かりながら利休が言う。

「いいえ。多すぎます」

家康が気の毒そうに言う。

「宗匠は、何もかも際限なく守ろうとしておりますからな」

「己の身を除いては――」

家康の顔が引き締まる。

「やはり、覚悟はできておられるのですね」

「もちろんです。だが、無駄には死にません」

「つまり、かの御仁を抱いて谷底に身を投げると――」

松籟の音が激しくなり、二人の間に沈黙が漂う。

「此度の唐入りの件、内府はいかにお考えですか」

利休が話題を転じた。

「懸案は、やはりそのことですな」

眼前に置かれた黒楽「鉢開《はちびらき》」の中の茶の渦を見ながら、家康がため息をつく。

「もはや止めることはできませんか」

「殿下を止めることは、何人たりともできないでしょう」

「では、失敗に終わらせることは――」

家康の射るような視線が利休に向けられる。

「それがしは知りませんな」

「しかし内府も渡海させられるのですぞ」

家康が笑みを浮かべながら、わずかに首を左右に振った。

――そうだったのか。そこまでは気づかなかった。

家康は秀吉の唐入りに反対しない代わりに、渡海しないで済むよう取り引きしていたのだ。

「さすがですな」

「長年、この仕事をやってきているのです。それがしのように才覚のない者でも、それくらいの知恵は回ります」

家康が含みのある笑みを浮かべる。

「では、肥前名護屋で高みの見物と」

「はい。殿下の周りに侍《はべ》り、話し相手をすることになります」

「それはそれで気苦労の多いことですな」

「いかにも。しかし家中の者どもを無駄に死なすよりはましです」

家康が薄茶を喫する。

――この御仁は、やはり食えぬお方だ。

「では、お力を貸してはいただけませんね」

「いやいや、それがしとて此度の件は憂慮しております。すでに幾度となく諫言をしておりますが、向後も折を見ていたします」

それが、どこまで本音だかは分からない。

「人というのは――」

利休がため息交じりに言う。

「力を持ってしまうと、何も見えなくなるものなのですか」

「仰せの通り。右府様もそうでした」

秀吉が信長と同じ破滅の道を歩んでいることは、家康にも分かるのだ。

「人には、挫折が必要なのでしょうか」

「はい。しかし武家は、一度挫折してしまうと這い上がれないのも事実。挫折しないに越したことはありません」

家康が苦笑いを浮かべる。挫折の多かった己のことを自嘲しているのだろう。

「内府、最後に一つだけお尋ねさせて下さい」

「何なりと――」

「殿下の死後、どなたが天下を預かるかは分かりませんが、この世は静謐になるのでしょうか」

しばし考えた末、家康が言う。

「宗匠の代わりとなる者が、大坂の者どもの荒ぶる心を鎮めてくれるなら、困難ではありません」

――つまり徳川殿が天下人となった時、誰かがわしの代わりをやらねばならないのだ。

利休の死後、その者には大坂城内の者たちを抑え、戦わずして天下人の座を譲渡していくという困難な仕事が待ち受けている。

むろんそれを担えるのは、古田織部以外にいない。

——それがいかに苦労多きことか。

その時、織部の苦悶する顔が、利休にはありありと思い描けた。

「奥州の荒夷《あらえびす》殿が来られるようですな」

家康が話題を転じる。荒夷とは伊達政宗のことだ。

「殿下は明日、尾張への里帰りも兼ねて熱田神宮に赴くとか」

「はい。鶴松様のご加減がよくないので、その平癒を祈願すべく下向すると、私も聞きました」

「それがしは、殿下の代わりに京の守りに就きます。宗匠はいかがなされますか」

「格別の沙汰がない限り、茶頭なので殿下に随伴することになります」

これまでもそうだったが、いつ何時、茶事になるか分からないので、茶頭は秀吉の行くところに随伴することが義務付けられていた。

「では、荒夷殿とも再会なさるのですね」

「はい。まずは奥羽のことを片付けねばなりませんからな」

「いかにも。唐入りを控えている今、奥羽のことは迷惑この上なきことです」

——何が言いたい。

家康の言には何か含みがあった。

「内府には、何かお考えがおありで」

「いいえ。ただ、もしもの時はご助力せねばならないと思っております」

「つまり内府としては、殿下を東国に近づけたくないと――」

「はい。それが東国の民にも、豊臣政権にもよいことです」

――つまり互いに利害が一致したということか。

利休は安堵した。

「承知しました。その場が来ましたら何卒――」

「分かっております」

松籟が依然として激しく聞こえる中、二人の男は視線を交わした。

十六

閏正月二十六日、荒夷がやってきた。その行列は三千にも及び、徒士《かち》にまで派手な格好をさせている。荒夷すなわち伊達政宗が、秀吉に無言の抵抗をしているのは明らかだった。

「何を考えておるのだ」

「あれで奇を衒っているつもりか」

「しょせん鄙人のやることよ」

出迎えの列に並んだ者たちが囁く。

――かの御仁は若い。これでは豊臣政権に叛意をあらわにしているのと同じではないか。

利休は前途の多難を思った。

出迎えの列の中に利休の姿を認めたのか、政宗は行列を止めると馬から下りた。

「宗匠、お出迎え、かたじけない！」

政宗が手を取らんばかりに親愛の情を示す。

「何ほどのこともありません。それよりもご家中の姿が目立ちすぎるかと——」

「分かっております。しかしこのくらいしないと、鄙人と馬鹿にされます」

——それは逆だろう。

そう思ったが、利休はそのことには触れず、政宗を誘った。

「長い旅路、お疲れでござろう。せめて茶でも点てさせて下さい」

「それはありがたい」と言って、政宗の日焼けした顔が笑み崩れた。

利休は、事前に知己である清須商人の数寄屋を借り受けていた。そこに政宗を案内し、まずは茶を点ててやった。

「うまい。これぞ京の味！」

濃茶を喫した政宗が、その片目を輝かせる。

「それは何より。昨年穫《と》れた宇治の茶ですが、それでもご満足いただけましたか」

まだ新茶の季節には三カ月ほど早く、利休は昨年の茶葉を持ってきていた。

「もちろんです。かような茶が京にいる間飲めるとは幸いです」

政宗は物見遊山にでも来たようなことを言う。

——明日にも腹を切らされるやもしれぬのに、豪胆なことよ。

「ときに此度のことですが——」

利休が本題に入ろうとすると、政宗が即座に反応した。

「全く身に覚えのないことです！」

政宗がきっぱりと言う。

「では、それを殿下の前で仰せになれますか」

「はい。堂々と言ってみせます」

「分かりました。では、そうなされよ。それなら何も申し上げることはありません」

利休が給仕に入る。それが意外だったのか、政宗が問う。

「宗匠は何かご存じなのですか」

「何も存じません」

「ではなぜ、さようなことを問うのです。わが身を案じていただいておるのですか」

利休が言下に突き放す。

「伊達殿の身など、私の知るところではありません。たださように軽々しいことを殿下の前で言われるなら、伊達殿は斬首となり、領国は焦土と化すでしょう」

政宗が唇を震わせる。何か言いたいが、どう言うべきか迷っているのだ。

「よろしいか」

利休が穏やかな声音で言う。

「豊臣家の奉行どもを甘く見てはいけません。しらを切った上で証拠を突き付けられたら、いかがなされるつもりか」

「証拠などありません」

「そう言いきれますか」

政宗が口をつぐむ。

――やはり、出していたのだな。

おそらく政宗は、一揆を煽る書状や回し文を出していたのだろう。むろん「それを見た後、焼くように」とでも書き添えていたのかもしれない。だがそうしなかった者がいるのは、こうした際の常でもある。

「もう一度、お尋ねしますが、証拠はないと言い切れますか」

政宗がため息をつく。

「やはり、そうでしたか。事ここに至れば、洗いざらい殿下に申し上げ、許しを請うのです」

「さようなことができようか」

政宗の顔が苦悶に歪む。

「いかに心を込めて謝罪しても、伊達殿の首は落とされましょう。しかし家中と領民は赦免されるやもしれません」

「それでは北条と同じではないか」

「そうです。それが嫌だと仰せですか」

政宗が息をのむような顔をする。

「自ら切り取った領国を取り上げられた無念は分かります。しかし伊達殿は、ちとやりすぎました。その償いはせねばなりません」

「しかし――」

「家中と領民のために首を献上するご覚悟が、伊達殿にはおありか」

政宗の額には汗が浮かんでいる。

「おありなら、この老人が間に立ちます。万に一つですが、その首と領国を守れるかもしれません」

「そ、それは真か」

政宗が、藁にもすがらんばかりの顔をする。

「もちろんお約束はできません」

「ああ――、どうせそんなことだと思った」

政宗が肩を落とす。

「しかし、やるだけのことはやってみましょう」

政宗が苦悶をあらわにして言う。

「いいだろう。わが身をそなたに預けよう」

「正直に罪を認め、謝罪できますな」

「ああ、この頭でよければ、いくらでも下げてやる」

政宗が顔を上げる。その一つだけの目は爛々と輝いていた。

――これでよい。

結果はどうなるか分からない。だが利休は、手応えらしきものを感じていた。

政宗との一客の茶事が終わった後、利休は家僕に家康への伝言を託した。

十七

清須城の大広間には群臣が居並んでいた。中央で平伏するのは白装束の伊達政宗である。

その状態で小半刻ばかり経った時、ようやく秀吉が現れた。背後には三成ら奉行衆と小姓が続く。

険しい顔で座に就いた秀吉が開口一番言った。

「小僧、わいらをなめるにゃーよ!」

秀吉が使ったのは尾張言葉だ。

「そぎゃーなことで、誤魔化せると思うたら、とんだまちげえだぞ」

政宗は微動だにせず平伏している。

「おい、どした。何か言わにゃー、その首を落としちゃーぞ」

「伊達殿」と家康が水を向ける。

「此度の命令の趣意はご存じのはず。何か弁明の儀があれば、申し述べた方がよろしいですぞ」

「はっ」と言って、政宗が顔を上げる。

「何なりと申し述べるがよい」

常の言葉に戻った秀吉が、慈悲深い眼差しを注ぐ。

「此度のこと――、一揆どもを扇動したのはそれがしに候」

「えっ」と言って三成ら奉行衆が瞠目する。どうやら三成の胸には証拠の回し文があるらしく、それを出そうと懐に手を突っ込んだまま動作が止まった。意表を突かれたのは秀吉も同じで、唖然として言葉はない。

「それについては、深くお詫びいたします」

政宗が青畳に額を擦り付ける。

「ど、どうしてさようなことをした」

秀吉が威厳を取り繕いつつ問う。

「大崎と葛西の後に入部した木村父子の苛斂誅求《かれんちゅうきゅう》が厳しく、それがしの許に泣きついてくる領民が後を絶たなかったのです。それを見るに忍びず、たとえわが身が処断されようと、木村父子を改易に処せるならと思い、領民に年貢を納めぬよう命じました」

秀吉が厳しい目を向ける。

「そなたはそう言いながら、城に籠もった一部の一揆を討ち取ったではないか」

「それは、彼奴らが『抗議の謂での年貢不納は構わんが、武器を取って戦ってはならん』というわが命を奉じず、勝手に戦いを始めたからです」

とは言っても、年貢不納をして小競り合いにならない方がおかしい。

三成が決めつける。

「殿下、伊達殿は、しらを切るために領民を殺したにすぎません」

「それは違います。葛西・大崎の領民たちに年貢不納を勧めたのは事実ですが、彼奴らはわが制止を聞かず、武装蜂起に至ったのです」

秀吉の金壺眼が鋭く光る。

「いずれにせよ死罪は免れんな」

その言葉により、大広間は凍りついた。

——そろそろだな。

末席でやり取りを聞いていた利休は、時機が来たのを覚った。

「お待ち下さい」

「誰だ——。なんだ利休か」

「はい。申し上げたき儀がございます」

三成が膝を扇子で叩くと言った。

「茶人の出る幕ではない!」

「いや、私は殿下の命により、伊達殿の手筋となっております」

「伊達殿の手筋はそなたではない。浅野殿だ」

この時、浅野長吉は蒲生氏郷の許にいる。

「それは表向きのこと。内々の手筋は仰せつかっております」

「佐吉、もうよい」

秀吉が三成を制する。

「利休、申し述べるがよい」

秀吉は諸将の前で鷹揚《おうよう》な態度を示したいためか、利休の発言を許した。

「はっ、此度の一件、確かに一揆どもを煽った罪が重いのは間違いありません。しかしながら伊達殿の統治が行き届いていたがゆえ、領民たちは、その命に従ったのではありませんか」

改易に処された大崎・葛西両氏は伊達傘下の国人なので、それぞれの領国も伊達領と言っていい。

秀吉が鋭い視線を向ける。

「それは分かるが、朝廷が認めた豊臣公儀に対し、あからさまに反旗を翻したのも事実ではないか」

「いかにも。しかしながら伊達殿の統治手腕は見事であり、それに倣うことが奥羽の静謐につながるのではありませんか」

「それは屁理屈だ」

秀吉が鼻で笑う。

「いえ、奥羽は未開の地です。そこに鎌倉時代から根を張ってきた伊達家は、豊臣家中にとって頼もしい味方です。それを取りつぶしてしまわれるなど百害あって一利なし。しかもわれらには、唐土を制するという大仕事が待っております。あたら奥羽ごときで兵を損じるのもどうかと。いっそのこと伊達殿に忠節を示してもらうべく、渡海していただいたらいかがでしょう」

唐入りは、西国大名が中心となって行うことになっていた。それをあえて伊達家にも行かせようというのが、利休の提案だった。これは後に実現し、政宗は兵を引き連れて渡海することになる。

その時、「殿下」と言って発言を求めたのは家康だった。

「宗匠の話にも一理あると思います。いまだ奥羽は治まらず、いつ何時一揆が起きてもおかしくない有様。しかし伊達殿なら、古くからの伝手によって一揆を扇動することも抑えることもできます。ここは、もう一度だけ機会を与えてもよろしいのではないでしょうか」

家康としては東国を蹂躙されるのは迷惑なだけで、秀吉の関心を唐入りに向けさせたいのだ。

「内府もそう思うか」

「はい。これも天下人としての度量を示すよき機会かと」

秀吉が扇子を差し上げると、その先端で利休を指した。

「利休よ、この小僧に何か言い含めたな」

「何を仰せか。私は誠心誠意を持って真を話すよう説いただけです」

「いや、何か入れ知恵したに相違ない」

「何を入れ知恵したというのです。伊達殿は真を話しただけではありませんか」

大広間に緊迫した空気が漂う。

「お待ち下さい」と三成が発言を求める。

「伊達殿が天下に弓を引いたのは歴然。それを許していては、豊臣家の法がないがしろにされます」

「分かっておる。だが今は一兵たりとも損じたくないのだ。小僧！」

「はっ」

「そなたの正直さに免じ、此度だけは許してやる」

「ありがたきお言葉！」

「その代わり、そなたを渡海軍に組み入れる」

「承知仕りました！」

それで政宗の赦免が決まった。

もしも唐入りがなかったら、奥羽は豊臣軍に蹂躙されるところだった。

――これで奥羽は安泰だ。

利休は次なる仕事に掛かろうとしていた。

十八

この頃から秀吉の演能への傾倒が激しくなる。利休が自らの生涯を謡本に仕立てようとしていると聞いた秀吉は、矢も楯もたまらず大村由己を呼び出し、自らの事績の謡本化を先にするよう命じた。もちろん由己に否はない。早速、由己が書き上げたのが「明智討」である。

「明智討」に能役者の暮松新九郎が舞をつけたので、秀吉はその舞を懸命に稽古した。

それは耽溺《たんでき》を通り越し、鬼気迫るものだった。

二月十日の深夜、利休が京屋敷で書状を書いていると、庭に人の気配がした。一瞬、「盗賊の類か」とも思ったが、現れたのはノ貫だった。

丿貫は相変わらずぼろをまとい、掘り出したばかりの長芋のように薄汚れた顔をしていた。

「また、塀を乗り越えてきたのか」

「ああ、こんな夜中に取次に頼むのも面倒だからな」

片足を引きずっている上、利休と同年代なのだが、なぜか丿貫は身軽だった。

「上がって酒でも飲むか」

「そうだな。でも草鞋《わらじ》を脱ぐのが面倒なので、広縁にしよう」

利休は自ら台所に立つと、酒肴の支度をして広縁まで運んだ。すでに丿貫は広縁に座し、見えているのか見えていないのか分からない目で月を眺めている。その肩はなだらかで、背中は肩甲骨の輪郭が分かるほど骨ばっていた。

――随分と小さくなったな。

利休同様、丿貫にも老いが迫っていた。

「丿貫よ、いよいよ、われらも手仕舞いだな」

「ああ、われらの時代は終わった」

丿貫の盃に酒を注ぐと、丿貫はうれしそうに飲み干した。

「久々の酒に胃の腑が喜んでおるわい」

「今日は何用だ。まさか、わしと月を見るために来たのではあるまい」

「それも悪くないが、用もないのに、山科の庵からここまで歩いてくる者もおるまい」

「それもそうだ。ということは、いろいろ聞いておるな」

「ああ、山科にいると、聞きたくなくても様々な雑説が入ってくる。京と東国を行き来する知り合いが、わしのところで一休みしていくんでな」

北野大茶湯で名を成した丿貫は、次第に知己が多くなり、京の東の玄関とも言える山科の地に庵を構えていることから、丿貫の茶を飲んでから京に入る東国の数寄者が多くいた。

「何か助言でもあるのか」

「助言か」と言って笑った後、丿貫が真顔で言った。

「もはや覚悟ができているとは思うが、隠遁すれば猿に殺されずとも済むのではないか」

「何もかも捨て、おぬしのような隠者になれと言うのか」

「そうだ。飯にありつけん日もあるが、世の中のしがらみから脱して生きられる」

「面白そうだな」

「そうだろう。何もかも捨てるんだ。これほど気楽なものはないぞ」

丿貫の言葉には、利休への思いやりが溢れていた。

「わしのことを案じてくれていたのだな」

「まあ、そういうことだ。昔からのなじみだし、おぬしがおらぬと――」

丿貫が寂しそうな笑みを浮かべる。

「つまらなくなる」

「どうしてだ。わしのような生き方を、おぬしは嫌っていたではないか」

「ああ、嫌っていたさ。だがな、おぬしの役割も分かってきた。おぬしは権力に巣くい、それを思うままに操ろうとした。わしとは真逆の生き方だが、それはそれで大切な仕事だ」

丿貫が自嘲的な笑みを漏らす。

「利休よ、若い頃に道を違えたわれらだが、こうしてみると、わしは己のためだけに生きてきた。だがおぬしは、己のために生きてこなかった。だからこそ死が訪れるまでの何年かを、己のために生きさせようと思うてな」

「いかにも、おぬしの生き方は羨ましい。茶の道を究めるためには、おぬしのような清貧になり、心を清めることが必要だ」

「そうだ。さすればまた新たな境地に至れる」

「新たな境地か。わしのような老人が、そうしたものに至れるだろうか」

「至れるさ。今からでも遅くはない。わしと一緒に山科に行こう。隠遁者になれば、猿もおぬしのことを忘れてくれる」

利休が首を左右に振る。

「それは叶わぬことだ」

「何を申すか。おぬしはやるだけのことをやった。もう猿の面倒を見ないでもよいはずだ」

「猿の面倒か」

利休が声を上げて笑う。

「そうだ。もう最後の仕掛けは済んだのだろう」

それが何なのかは丿貫にも分からないはずだ。だが丿貫は利休の周到さを熟知している。

「まあな。ひとまずは済んだが、これで十分な手が打てたかどうかは分からん」

「おぬしが十分だと言うなら、もはや打つ手はないだろう」

「ああ、多分な。だが出兵までは止められないだろう」

「そうなのか。だったらなおさら、もうよいではないか」

「いや、ぎりぎりまでやれることをやっておきたい」

ノ貫がため息を漏らす。

「おぬしは相変わらずの頑固者だな」

「ほかに取り柄もないからな」

「では、これ以上、何を言っても無駄だな」

「すまぬがそういうことだ」

ノ貫は酒を飲み干すと利休を促した。利休も満々と盃に満たされた酒を飲み干した。

「利休よ、わしの言いたいことはそれだけだ。息災でな」

「わざわざここまで来てもらって、すまなかった」

「いや、こういうことになるとは思っていた。どのみち、おぬしと今生最後の酒を飲みたかったので、ここまで来た甲斐があったというものよ」

ノ貫は歯の抜けた口を大きく開けて高笑いすると、広縁から飛び降りた。

「ノ貫、恩に着るぞ」

「その必要はない。ではまた――」

そう言い掛けたところで、丿貫が言葉を変えた。

「次は冥土で会うことになりそうだな」

「ああ、冥土では互いに点てた茶を飲もう」

「そうだな。それがよい」

丿貫は闇に消える寸前、振り向くと言った。

「さらばだ」

「ああ、さらばだ——、友よ」

丿貫の姿が闇に溶け込んでいった。

利休の最後の言葉を、丿貫が聞いていたかどうかは分からない。だが聞こえずとも、丿貫の心には届いているに違いない。

利休は一人、月を眺めながら、丿貫と過ごした若き日々に思いを馳せた。

十九

二月十三日の午後、利休は聚楽屋敷で、能楽師の暮松新九郎から送られてきた書状を読んでいた。

そこには当たり障りのないような時候の挨拶の中に、「殿下が能十番の習得を始められました」と書かれていた。

能十番とは「松風」「老松」「三輪」「定家」といった古くから伝わる名作能十番で、これらの舞の手をすべて覚えるのは、並大抵のことではない。遂には暮松新九郎だけでは稽古が行き届かず、金春大夫八郎や観世大夫左近といった当代の名人まで呼ばれ、三人がかりで稽古をつけているという。また大村由己からも書状が届き、秀吉の話を聞きながら複数の新作能を書き上げたという。

――これでよい。

秀吉の能への傾倒は急速だった。

――殿下は何事にも執心する。茶の湯には冷めても能を舞えば体は熱くなる。

飽きっぽい秀吉の心が、いつかは茶の湯から離れていくのは分かっていた。それでも秀吉は利休の提案する様々な趣向に気を取られ、随分と長く茶の湯に執心した。だがそれにも限界がある。

――となれば、別の何かに引き寄せればよいだけだ。

利休は自らが能に惹かれていくように見せかけることで、秀吉を能に連れ込んだ。

――殿下、そのうち唐入りへの関心が薄れ、現世のことなど、どうでもよくなります。

己と茶の湯が秀吉にとって邪魔になり始めたのを、利休は感じていた。しかし関心をつなぎ止めることよりも、秀吉を能の海に溺れさせる方が得策なのだ。

その時、家僕が駆けつけてきて、殿下の使者が来たと知らせた。

――遂に来たか。

利休が着替えて使者の待つ間に入ると、二人の使者が堅い顔つきで座していた。富田知信と柘植《つげ》与一という奉行の下役たちだ。彼らが何を告げに来たかは、その強張った顔を見れば明らかだった。

時候の挨拶を済ませると、使者がおもむろに言った。

「殿下の命により、堺の屋敷で蟄居謹慎《ちっきょ》していただきます」

「ほほう。その理由は何ですか」

「ただ蟄居謹慎とだけ告げろと、上役から命じられました」

「どなたからですか」

富田知信と柘植与一が口を閉ざす。

問わずとも、それが石田三成なのは利休にも分かっている。

「罪名も告げられず屋敷に引き籠もれと言われましても、おいそれとはできかねます」

その言葉に二人は顔を見合わせた。もちろん、どう対応してよいか分からないのだ。

――だが、かような小人《しょうじん》どもを困らせたところで何にもならぬ。

利休は威儀を正すと、笑みを浮かべて言った。

「いかなる罪科かは知りませんが、追って沙汰があると信じ、この場は堺に向かいましょう」

二人が安堵したように肩の力を抜く。

「では、用意してきた駕籠に乗っていただきます」

家僕に手伝わせて着替えを済ませ、表口に出て見ると、大ぶりの古駕籠が待っていた。

――まさか、罪人駕籠か。

それは、罪を犯した高位の者を移送する際に使われる駕籠だった。

利休が駕籠に身を入れると、外で金具をはめる音がする。

――錠前か。七十の翁《おきな》が逃げ出すとでもいうのか。

もちろん三成あたりが、利休を不快にさせるために命じたに違いない。

やがて駕籠が動き出した。駕籠は表門を出ると南に向かった。

淀の舟入が近づいてくる頃には、日もかなり西に傾いてきていた。駕籠の連子格子《れんじごうし》から差す西日が、駕籠の中の陰影をはっきりさせる。

駕籠が動く度にその陰影が揺れるのを、利休は美しいと思った。

――死が迫っていても、美しいものを美しいと感じる心を持てるのか。いや、死が近づいているからこそ、心が研ぎ澄まされてきたのだ。

死という生き物にとって最大の出来事を目前に控え、心の内にある感覚が全力で覚醒してきているのが感じられる。

その時、駕籠が突然下ろされた。続いて錠前をいじる音がする。

戸が開けられると、富田と柘植が左右から抱くようにして、利休を駕籠から引き出した。

「ここで小休止を取っていただきます」

「すみません」と答えて背を伸ばそうとすると、傍らに立つ二人の男に気づいた。

二人が、かぶっていた菅笠《すげがさ》を取る。

「尊師――」

「参りましたぞ」

西日を背にして立つ二人の顔はよく見えないが、その声だけで、利休には誰なのか分かった。

「古田殿と細川殿か」

待っていたのは古田織部と細川忠興だった。

「よくぞ――」

感無量で言葉が続かない。

蟄居謹慎を言い渡された者は、外部との接触を禁じられる。そのため利休は、もう二度と弟子たちに会えないものと思っていた。それでも秀吉や奉行を恐れることなく、二人は来てくれたのだ。

「尊師、こちらへ」

舟入で舟を待つ人々のためにある茶室の縁台に、利休は導かれた。

「かような場しかなく申し訳ありません」

「なんの、罪人にとっては格別の待遇です」

利休が皮肉を言うと、二人は気まずい笑みを浮かべた。

導かれるままに、その朱色の毛氈《もうせん》の敷かれた座に利休が腰掛けると、二人が対面に座った。

「此度のことは――」

忠興が言葉に詰まる。

「もうよいのです。来るべき時が来たのです」

「しかし、あまりに――」

「与一郎殿、その後の言葉を言ってはなりません」

利休が険しい顔で制する。

「尊師」と言って織部が唇を噛む。

「われらも手を尽くしたのですが、殿下は会ってくれず、石田ら奉行も取り合ってくれません」

「そうでしたか。お二人のご尽力に感謝いたします」

「尊師」と忠興が身を乗り出す。

「殿下に詫び状を書いてはくれませんか」

「何を詫びろというのです」

「詫びることなどないのは分かっています。それなら詫び状でなくても構いません。向後は隠居し、一切から身を引くと書いていただけませんか」

「隠居できなかったのは、殿下の茶頭だったためです。私人としてはすでに隠居し、商家の仕事は少庵に任せています」

「それはそうですが――」

忠興が肩を落とす。確かに何も詫びることはなく、すでに隠居もしている利休である。ただ秀吉から茶頭の解任を申し渡されていないので、そのまま秀吉の側近くにいただけだ。

「では、茶頭を返上するとしたらいかがでしょう」

「茶頭などというものは、正式な職ではありません。私の顔が見たくないなら、呼ばなければよいだけです」

忠興がため息を漏らす。

「どうしても、お聞き届けいただけませんか」

「お二人のお気持ちには感謝しております。しかし、それだけはできません」

織部が沈痛な面持ちで言う。

「すでにご覚悟はできておられるのですね」

「もとより」

「分かりました。もはや何も申し上げることはありません。殿下は――」

織部が言葉を切ると続けた。

「演能に夢中になっておられます」

「そうでしたか。何事にも執心するのはよきことです」

利休が微笑むと、織部も意味ありげにうなずいた。

そこに、ちょうど富田と柘植がやってきた。

「そろそろ、よろしいですかな」

「しばしお待ちを」

利休は懐から筆と短冊を取り出すと、さらさらと何かを書いて忠興に渡した。

そこには辞世ではないが、歌が一首したためられていた。

おもひやれ　都をいでて　今夜しも　よどのわたりの　月の舟路を

「尊師、ありがとうございました」

「こちらこそお世話になりました。お二人のことは決して忘れません」

利休は立ち上がると、駕籠に向かった。

「お二人とも、いつまでもお元気で。精進を忘れず」

そう言って利休が駕籠の中に入ると、再び錠前をかける音がした。

利休の乗る駕籠はそのまま舟に乗せられ、淀川を下っていった。

二十

二月十三日の深更、堺の屋敷に着いた利休は風呂に入り、りきの手になる食事を取り、ようやく人心地ついた。

「もう、春か」

居間から庭を眺めると、梅の花は満開になり、風に温かさが感じられる。

「あなた様がおらぬ間に、蕾が開き始め、梅は満開になりました。もうすぐ散り始めます」

給仕をしながら、りきが明るく言う。

「若い頃を思い出すな。三入師匠の家の梅は、枝ぶりが実によかった」

「あの頃のことを、まだ覚えておいでで」

りきは観世流小鼓師の宮王三入の妻だった。

「うむ。忘れるはずがあるまい。鼓を習っていると、そなたが茶と菓子を運んできてくれた。梅の木を背にしたそなたは――」

　利休が恥ずかしげに言う。

「実に美しかった」

「まあ」と言って、りきが頬を赤らめる。

「あの頃、師匠の家は人の出入りが多くて、そなたもたいへんだったな」

「そういえば、お弟子さんが多い日など、あなた様がお手伝い下さいましたね」

「そうだったな。そなたの後を追って台所に行き、共に餅や餡《あん》を練った」

「そこまでやらせましたか」

「わしがやりたいと言ったのだ。そなたと少しでも一緒にいたくてな」

「そうだったんですね」

　袖を口元にあてて、りきが笑う。

「りき、腕まくりして餅をこねるそなたは眩しかった。かような女がわが妻であったらと、幾度となく思ったものだ」

「それは気づかず、ご無礼仕りました」

「あの日々は帰ってこなくても、われら二人の胸の内にある」

「その通りです」

　利休が鼓の稽古で三入の家に通っていた頃の回想に、二人はふけった。

「三入が倒れた時は、あなた様のお世話になりました」

三入は突然、倒れて意識を失い、数日後に帰らぬ人になった。その間、利休は堺を駆け回り、次々と医者を引っ張ってきた。

「あの時のことは忘れません」

「人として当然のことをしたまでだ」

「そして、私を拾って下さいました」

「何を言う。心から好いていたから、『一緒になろう』と申したまでだ」

一時的にりきを妾にした後、利休も先妻を亡くしたことで、二人が夫婦になるのに何の支障もなくなった。

「楽しい日々でしたね」

「ああ、懐かしいな」

二人が笑い合う。

「でも、あなた様は行ってしまわれた」

「天下人の許へか」

「はい。私の知る宗易様ではなく、利休様となりました」

「ははは、名を変えてもわしはわしだ」

風が吹き、梅の花を庭に散らせる。

「桜は美しすぎる。梅のように、ほどよく美しい方がよい」

「以前は、よくそう仰せでしたが、殿下の黄金の茶室を見てからは、お考えが変わられたのかと思いました」

「ああ、つい最近までそうだった。しかしな——」

　利休がため息をつく。

「桜も黄金も、年ふりた身にはこたえる」

　利休の言葉に、りきが笑う。

「りきよ、二人で長い道を歩いてきたな」

「ええ、長く幸せな道のりでした」

「そう言ってくれるか」

　行灯《あんどん》に照らされたりきの頰に、一筋の涙が流れる。

「もちろんです。楽しいことも辛いことも幸せのうちです」

「そうか。さように考えればよいのだな。いつもりきは教えてくれる」

「教えるだなんて。私など、つまらぬ一人の女です」

「だから好いておるのよ」

　それを聞いたりきの瞳から、涙が溢れた。

「でも、あなた様は行ってしまわれる。もう帰ってこない」

「ああ、ここからは一人で歩いていく」

「りきも連れていって下さい」

「それはいかん。だが、いつかまた会える」

思い余ったように、りきが身を寄せてきた。そっと利休が抱き寄せると、利休の胸に顔を埋めるようにして、りきが嗚咽を漏らした。

「あなた様は、いつまでもりきの心の中におられます」

「ああ、そうだ。これからも、ずっとそなたと一緒だ」

その時、庭から吹き寄せられた梅の花びらが一片、二人のいる座敷に舞い落ちた。

――この梅の花も、蕾から花になり、枝を離れて風に乗り、ここに行き着いた。そして朽ちていくのを待つだけだ。

利休にとって、このまま隠居して安穏無事な老後を送るということは、朽ち果てていくことと同義だった。それなら、まだ「力囲希咄（力が漲っている）」としているうちに、自ら命を絶つべきだと思った。

「りきよ、生々流転という言葉を知っておるか」

「はい。生きとし生ける者は、生を得た瞬間から変化していくということですね」

「そうだ。人の生涯は生々流転だ。この肉体が消え失せようと、心はずっと生きていく」

「はい。りきが死した後も、あなた様はずっと生き続けます」

その瞬間、利休は永劫の命を得た気がした。

――わしは生き続けるのか。

利休は、なぜか自らが死した後のことが楽しみになってきた。

堺の屋敷に戻ってから、利休はりきと身を寄せ合うようにして時を過ごした。この間、京では利休の助命嘆願が、様々な人々によって行われていた。

とくに秀吉の母の大政所、秀吉の妻の北政所、そして秀長の未亡人から助命を嘆願された秀吉は、「詫び言があれば考えてもよい」というところまできた。むろん何かを詫びろというのではなく、形式的に秀吉の威に服すという態度を取ればよいということだ。

早速、堺の利休屋敷まで使者が走り、「至急、詫び言の上洛をされたし」と伝えたが、利休は「天下に名を顕《あらわ》した私が、命が惜しいからといって、御女中方を頼むというのは無念です。たとえ御誅伐されてもやむを得ません」と返した。

これにより、利休の死は定まった。

二十五日、聚楽第の大門に近い一条戻橋で、利休の木像が磔にされた。大徳寺の山門・金毛閣に飾られていた例の木像である。

この時、木像の下に高札が掲げられた。そこに書かれていたのは利休が蟄居謹慎させられた理由で、大徳寺の山門に木像を置いたことと、茶道具の目利きや売買を私利私欲で行ったこと、すなわち「売《まい》僧《す》の所業」が挙げられていた。

同日、秀吉の使者が来て、利休に京に戻るよう告げてきた。利休はりきを伴い、聚楽屋敷に入った。するると、たまたま上洛していた上杉景勝率いる三千の兵が屋敷を取り囲んだ。利休と縁の薄い上杉勢に取り囲まれたのは、利休の死が確実になったことを暗示していた。

二月二十八日、この日は朝から風が強く、水気を含んだ黒雲が低く垂れ込めていた。午後になると突然、霰が降り始め、やがてそれは雷雨に変わった。

蒔田淡路守、尼子三郎左衛門、安威摂津守の上使一行を迎えた利休は、顔色一つ変えず、申し渡しを聞いた。

蒔田が沙汰状を読み上げる。

「――よって、死罪に処す」

表向きの理由は、大徳寺山門の木像の件と「売僧の所業」である。

それを悠揚迫らざる態度で聞いていた利休は、一言「承りました」とだけ答えた。

蒔田が苦しげな顔で問う。

「このまま刑場にお連れしてもよろしいですか」

「つまり斬首ですね」

蒔田が言いにくそうに言う。

「そういうことになります」

「それでは趣向がありません」

「えっ、趣向と仰せか」

「はい。今生最後に見る風景が、さような殺伐としたものでは、この目が不憫《ふびん》でございます。できますれば――」

利休がにこやかに三人を見回す。

「わが草庵でお三方に茶を点てた後、腹を切るという趣向ではいかがでしょう」

しばし顔を見合わせていた三人だが、答えは出ない。言うまでもなく、それが秀吉の意にそぐわなければ、己の身にも火の粉が降り掛かるからだ。

しばし考えた末、蒔田が思い切るように言った。

「その趣向で構いません」

「蒔田殿、それは——」

二人が顔を見合わせたが、蒔田は決然と言い切った。

「それがしが、すべての責めを負います」

その一言に二人もうなずく。

利休は笑みを浮かべると、「では、こちらへ」と言って、不審庵へと三人を導いた。

——わしの肉体は朽ちても、わしは生き続ける。

弾むような気持ちで、利休は一歩一歩進んでいった。

その先に待つのは、死ではなく希望だった。


利休が切腹して果てた後、血の海に横たわる夫の体の上に、りきはおろしたての白小袖を掛けてやった。

三人の検使役は、利休の遺骸とりきに一礼すると、その場から去っていった。

しばしの間、利休と二人で過ごしたりきは、遺骸に向かって「後のことは案じず、ゆっくりお休み下さい」と声を掛けると、家僕を呼んだ。

利休の死は、ほとんど取り沙汰されなかった。すでに利休が秀吉に対して影響力を失っているのは周知の事実であり、過去の人のように思う者もいたからだ。

一方、秀吉は蒔田らから報告を受けると、一瞬、顔を強張らせた後、「大儀」とだけ言った。

利休の死後、秀吉は何もかも忘れたいかのように演能にのめり込んだ。そして慶長三年（一五九八）、病没した。

かくして、絢爛豪華な美を競い合った安土桃山時代は終わりを告げた。

利休が追い求めた静謐は、豊臣家を滅ぼした徳川家康によって実現し、人々は戦乱のない世を謳歌《おうか》することになる。

【茶道具等一覧（道具別）】

［茶碗］

白鷺《しらさぎ》
長次郎作の代表的な赤楽茶碗で、形状はやや細長く優美。枯れ寂びた赤色と釉薬の白が、得も言われぬ風情を醸し出している。

禿《かぶろ》
長次郎作の代表的な黒楽茶碗で「利休七種茶碗（長次郎七種茶碗）」の一つ。利休が常に所持していたことから、太夫（遊女）の側近くに仕える禿（遊廓に住む童女）になぞらえての命名とされる。

井戸茶碗《いどちゃわん》
李朝時代の高麗茶碗。朝顔のように開いた形状、枇杷《びわ》色の釉薬、鮫肌状の手触りなどが特色。室町時代の格付けでは唐物より上位に置かれた。

早船《はやふね》
「利休七種茶碗」の一つ。長次郎作の赤楽茶碗。利休が茶会の際に「早船で取り寄せた」と言ったため、この銘になったとされる。後に蒲生氏郷が所有。

無一物《むいちぶつ》
長次郎による赤楽茶碗の代表作の一つ。現代では黒楽の名碗・大黒と共に、利休の侘茶を体現する茶碗の双璧とされている。これほどのものは二つとしてないことから、無一物と命名されたと伝わる。

木守《きまもり》
木守りとは来年の豊作を祈り、一つだけ樹上に残した柿の実。利休がこの赤楽の一碗だけは弟子に与えず、自身が愛玩したからなど、命名の由来には諸説ある。

鉢開《はちびらき》
「利休七種茶碗」のうちの黒楽の一つ。托鉢僧の持つ鉢に似た形状から命名されたと伝わる。

釈迦《しゃか》
長次郎作の黒楽茶碗の逸品。利休、秀吉、家康と所有者が変転し、紀州徳川家に所蔵され、現代まで残った。

検校《けんぎょう》
「利休七種茶碗」のうちの赤楽の一つ。検校は盲目の僧侶の最上位であり、この茶碗が最上位に位置することを表すために、利休自ら命名したとされる。

狂言袴《きょうげんばかま》
利休も所有した高麗青磁の逸品。狂言師の袴に文様が似ていることから、利休の手を離れた後に小堀遠州が命名したとされる。

大黒《おおぐろ》
「利休七種茶碗」の一つに数えられる、長次郎作の大ぶりな黒楽茶碗。利休没後は、変転の後に鴻池家へ。

［茶入］

初花肩衝《はつはなかたつき》

楢柴《ならしば》・新田《にった》と並ぶ「天下三肩衝」の一つ。中国・南宋時代の作。日本に伝来する前は楊貴妃の油壺だったという。東山御物の一つで、春の訪れを告げる初花のように、清新な美しさをたたえていることから、足利義政が命名したと伝わる。

朱衣肩衝《あけのころもかたつき》

武野紹鷗が所有していたとされる大名物の漢作茶入。後に徳川家所有、さらに幕府から薩摩藩に下賜。赤みを帯びた釉の流れが僧侶の朱衣の裾に似ていることからの命名とされる。

新田肩衝《にったかたつき》

漢作の肩衝茶入。天下三肩衝の一つ。村田珠光が所有したのち、信長、大友宗麟、秀吉を経て徳川家の所有となる。大坂の陣で破砕するが、徳川家が修復し、現在まで伝わる。命名の由来は不明だが、一説に新田義貞が所有していたからといわれる。

楢柴肩衝《ならしばかたつき》

釉薬が濃いアメ色のため、「恋」にかけ、万葉集の古歌「御狩する狩場の小野の楢柴の汝はまさで恋ぞまされる」から命名されたと伝わる。島井宗室から秋月種実に譲られ、後に秀吉に献上されるが、その死に際して家康に譲られた。明暦の大火で破損し、修復されたものの所在不明となる。

似茄子《にたりなす》

九十九髪《つくも》、珠光、本茄子と共に「天下四茄子茶入」の一つとされ、九十九髪茄子と評価額が似ていることから命名されたといわれる。宣教師の記録によると、大友宗麟が現在価値の約二億円で購入したとあり、その珍重ぶりがしのばれる。

尻膨《しりぶくら》

利休が所有した唐物の名物茶入。なで肩で、胴から尻に近づくにつれ膨れていく形状から命名されたと伝わる。

鴫肩衝《しぎかたつき》

聚楽第で秀吉が茶会を開いた際、利休が天目茶碗と鴫肩衝の間に野菊を挟む演出を行ったことで有名な肩衝。大坂城落城後、宝蔵跡から出土した茶道具の一つで、家康の所有となった後、尾張徳川家初代義直に下賜され、その遺品として、三代将軍徳川家光に献上された。

［茶壺］

四十石《しじゅうこく》

茶が七斤入る大型の茶壺。足利義政の家臣が、四十石の米を産出する土地と交換で入手したことから、義政が命名したとされる。

松花《まつはな》

唐渡りの茶壺。松嶋・三日月と並ぶ「天下三名壺」の一つ。珠光、信長、秀吉を経て尾張徳川家の所蔵となる。

捨子《すてご》

室町時代の名茶壺の一つ。足利義政が初めてこの壺に対面した際、無銘(名無し)と知り、「さては捨て子か」と言ったことからの命名とされる。

橋立《はしだて》

利休が愛用した七斤入りの茶壺。もともとは丹後国で発見されたため、天橋立にちなんで命名されたという。

［書画］

圜悟《えんご》の墨蹟《ぼくせき》

中国・宋時代の禅僧・圜悟の墨蹟(筆跡)。一休禅師から村田珠光に圜悟の墨蹟が授けられたことから、茶席の床の間に墨蹟を飾る習慣が始まったとされる。

虚堂禅師《きどうぜんじ》の墨蹟《ぼくせき》

中国・南宋の禅僧・虚堂智愚《きどうちぐ》の墨蹟。虚堂智愚に師事した南浦紹明《なんぽしょうみょう》が大徳寺に伝えたという。

東陽徳輝《とうようとくき》の墨蹟《ぼくせき》

中国・元時代の禅僧・東陽徳輝の墨蹟。東陽徳輝は中国・禅院の規則である「百丈清規《ひゃくじょうしんぎ》」を編纂した高僧として知られる。

霊昭女図《れいしょうじょず》

中国・唐代の禅学者・霊昭女が手付きの竹籠を売り歩き、一家の家計を支えた故事を描いた禅画で、爾来、茶道では手付きの竹籠(花入れ)を霊昭女とも呼ぶ。

玉澗《ぎょくかん》・遠浦帰帆図《えんぽきはんず》

中国・南宋の画僧・玉澗による洞庭湖の山水図(墨絵)。遠浦帰帆は「瀟湘八景図」の画題の一つ。足利義政が八景図を八幅の掛物にしたとされる。

［花入・水指・香炉］

園城寺《おんじょうじ》

竹製の花入。小田原合戦の際、従軍した利休が伊豆韮山の竹で作り、義理の息子・少庵に与えたとされる。

尺八《しゃくはち》

竹製の花入。小田原合戦の際、従軍した利休が伊豆韮山の竹で作り、秀吉に献上したとされる。

信楽《しがらき》の水指《みずさし》

茶碗をすすいだり釜に水を足したりと、茶道に不可欠な水指に信楽焼を初めて使ったのは村田珠光とされ、以後、侘茶の必需品になった。

珠光香炉《じゅこうこうろ》

村田珠光所有の「珠光名物」の一つ。利休は信長主宰の相国寺茶会にこの香炉を持参し、喜んだ信長から蘭奢待《らんじゃたい》を下賜された。

【主要参考文献】

『千利休』村井康彦　講談社
『千利休　「天下一」の茶人』田中仙堂　宮帯出版社
『茶道の歴史』桑田忠親　講談社
『図説　千利休――その人と芸術』村井康彦　河出書房新社
『千利休の「わび」とはなにか』神津朝夫　KADOKAWA
『必携　千利休事典』世界文化社
『図解　茶の湯人物案内』八尾嘉男　淡交社
『茶人　豊臣秀吉』矢部良明　角川書店
『秀吉の智略「北野大茶湯」大検証』竹内順一、矢野環、田中秀隆、中村修也　淡交社
『山上宗二記　付　茶話指月集』熊倉功夫校註　岩波書店
『新訂　古田織部の世界』久野治　鳥影社
『利休七哲・宗旦四天王』村井康彦　淡交社
『へうげもの　古田織部伝――数寄の天下を獲った武将』桑田忠親、矢部誠一郎監修　ダイヤモンド社
『古田織部の世界』宮下玄覇　宮帯出版社
『千利休より古田織部へ』久野治　鳥影社

『高山右近』海老沢有道　吉川弘文館
『茶道と十字架』増淵宗一　角川学芸出版
『高山右近　キリシタン大名への新視点』中西裕樹編　宮帯出版社
『蒲生氏郷　―おもひきや人の行方ぞ定めなき―』藤田達生　ミネルヴァ書房

各都道府県の自治体史、論文・論説、展示会図録、事典類、ムック本等の記載は省略いたします。

また参考文献が多岐にわたるため、茶の湯関連だけの記載にとどめさせていただきます。

【付記】

本書は木村宗慎氏のご協力なくして書き上げることはできませんでした。この場を借りて、木村氏に謝意を表したいと思います。